U0029942

1895

JUDE THE OBSCURE

無名的裘德

(首度繁體中文全譯本)

Thomas Hardy　湯瑪斯・哈代

陳錦慧——譯

目錄

序言

本書最初是以連載方式發表，受到諸多限制，到這時才以完整面貌問世。關於創作過程簡單敘述如下：故事架構在一八九〇年確立，內容主要根據作者一八八七年之後的筆記，其中部分情節的靈感來自一八九〇年某位女士的死亡[1]；一八九二年十月重新整理，從那時到隔年春天寫下故事大綱；一八九三年八月到次年完成全部內容，也就是目前呈現的全貌；到了一八九四年年底，除了少數幾章，所有書稿都交到出版商手中；同年十一月底，這本書開始在《哈潑雜誌》[2]連載，每月發表一部分。

然而，如同《黛絲姑娘》[3]發表時的情況，基於各種理由，在雜誌上連載的版本都經過一定程度的刪節與編修，目前這個版本才是這部小說的原貌。由於沒辦法及早確定書名，這篇故事在連載時先後使用過兩個暫定名稱[4]。現在定下的書名整體來說最為恰當，也是最初的發想之一。

1. 可能指哈代的表妹特麗菲娜・史巴克斯（Tryphena Sparks，一八五一～一八九〇），見哈代的詩〈聽聞菲娜的死訊〉（Thoughts of Phena At News of Her Death）。
2. *Harper's Magazine*，一八五〇年在美國紐約市創刊的文學月刊。
3. *Tess of the D'Urbervilles*，哈代在一八九一年發表的小說。
4. 最初連載的書名是 *The Simpletons*，第二期之後改為 *Hearts Insurgent*。

這是一本男性作家寫給成年男女的小說，以冷靜的筆調陳述伴隨人類最強烈情感而來的煩躁與狂熱、嘲弄與禍患；以最樸實無華的文字訴說壯志未酬的悲劇。這樣的處理手法想必不至於遭受責難。

《無名的裘德》跟筆者過去的作品一樣，只是嘗試描繪一系列表面現象（或者說個人印象），使之前後連貫。至於這些現象合理或矛盾、恆久或短暫，並非筆者的首要考量。

湯瑪斯・哈代，一八九五年八月

在馬利格林

「是啊，許多人為女人喪失理智，為她們淪為奴僕。也有許多人為女人一命嗚呼、步入歧途、犯下罪行……唉，男人啊，見識到女人這種種能耐，誰能說她們不強大？」

——《以斯拉續篇》[1]

1

小學老師就要離開村子了，大家好像有點感傷。克列斯坎的磨坊老闆把白篷貨車連同馬兒借給老師，方便他將行李送往目的地，也就是大約三十公里外那座城。車雖不大，運送老師的全部物品卻是綽綽有餘。學校的設備有一部分是委員們添置的，老師的笨重行李除了一箱書，就是一架立式小鋼琴。某一年老師心血來潮想學習樂器，在一次拍賣會買下這架鋼琴。後來學習熱情消退，終究沒能學成，鋼琴於是變成他每次搬家的累贅。

那天教區牧師出門去了，因為他不喜歡變動的場面。他決定晚上再回來，那時新老師已經抵達、安頓下來，一切又會回歸常軌。

鐵匠、農場管事和老師一起站在會客室的鋼琴前面，不知如何是好。老師說，他剛搬到基督教堂城，只有臨時住處，就算把鋼琴弄上車運過去，也沒地方放。

有個十一歲小男孩原本在細心地幫老師打包行李，這時走了過來，鼓起勇氣對幾個撫著下巴發愁的大人說話：「老師，我姑婆的柴房夠大，你找到住的地方以前，鋼琴可以先放那裡。」他聽見自己的聲音，羞赧得臉色漲紅。

「這辦法不錯。」鐵匠說。

男孩的姑婆有了年紀，沒結過婚，大家一番討論，決定派人去問她願不願意借個地方給老師放鋼琴，日後老師會派人來取。鐵匠和農場管事負責去接洽，看看這個辦法能不能行得通，現場只剩下男孩和老師。

「裘德，我要走了，你很難過？」費洛森和藹地問。

男孩的淚水奪眶而出。老師在這裡任教期間，他晚上才來上課，不像日間班的學生能跟老師維持正常師生關係。如果非要說真話，此刻那些日間班的學生就像歷史上某些門徒[2]，站得遠遠的，絲毫沒有主動幫忙的意願。

男孩不自在地翻了翻拿在手裡的書（老師送給他的臨別贈禮），坦承他心裡很難過。

「我也是。」費洛森說。

「老師，你為什麼要走？」男孩問。

「啊，說來話長。裘德，我說了你也不懂。等你長大以後也許會明白。」

「老師，我覺得我現在就能明白。」

「嗯，那麼你聽聽就好，別到處說。你知道大學和學位是什麼嗎？想要在教書這行有點成就，就得有那樣的學歷。我的計畫……也可以說是我的夢想，就是拿到大學學位，之後得到教會任命。搬到基督教堂城，或住在那附近，就等於進入學術中心。如果我的計畫行得通，住在那裡會比在其他地方更有機會實現。」

鐵匠和管事回來了。佛雷小姐的柴房夠乾爽，非常合適，她也不反對鋼琴暫放在那裡。於

1. *Esdras*，基督教次經，不被新教、天主教接受。這裡的內容摘自此經上卷第四章。

2. 根據《聖經．路加福音》第二十三章第四十九節記載，耶穌受刑時，凡與他相識的人都遠遠站著。

是，鋼琴暫且留在學校，晚上人手夠多再搬。老師最後環顧校區一圈。

裘德幫老師把零散物品放上車，到了九點鐘，老師上車坐在他那箱書和其他行李旁，向在場的人道別。

馬車慢慢移動，老師笑著說，「裘德，我會記得你。記住，要當個好孩子，愛護動物和鳥兒，有時間就讀書。以後如果去基督教堂城，一定要來看看我這個老朋友。」

馬車咿咿呀呀越過草坪，消失在牧師公館旁那個轉角。男孩回到草坪邊緣的吊桶井：早先他把水桶留在這裡，去幫對他照顧有加的老師裝行李。他顫抖著嘴唇掀開井蓋，準備把水桶放進井裡，又停下來，前額和手臂靠在井架上，臉上有種心思細膩的孩子過早體驗人生苦楚的堅毅。他俯視的那口井跟村子一樣古老，從他的角度看下去，井裡是個長長的圓形視野，三十公尺下的盡頭是蕩漾的水面，像個閃亮圓盤。靠近井口的地方圍著一圈綠色苔蘚，再往上則長了鐵角蕨。

他用異想天開的男孩特有的誇張語調對自己說，老師曾經在這樣的早晨像這樣汲水無數次，以後再也不會了。「他累了的時候會低頭望著井水，就像我現在一樣。他會休息一下，再提著水回去！但他是個聰明人，不會留在這個死氣沉沉的小村子！」

一滴淚水從他的眼睛滑落，掉進底下的井水裡。這天早上有點薄霧，男孩呼出的氣息在凝滯厚重的空氣中散開，比霧氣更為濃實。他的思緒被一陣突如其來的叫嚷打斷：

「還不把水提回來！你這懶散的野孩子！」

那是個老婦人，剛踏出家門走向庭園的大門。那房子離水井不遠，屋頂鋪著綠色茅草。男孩揮揮手表示馬上好，使盡小小身軀的所有力氣把水提上來，放在地上，再將水倒進他帶來的兩只小水桶裡。他停下來喘口氣，才提起水桶橫越水井旁那片濕冷草地。水井的位置幾乎就在馬利格林村的中心點，不過，這地方其實只是個小村落。

這村子不但小，屋舍也相當老舊，坐落在高低起伏的高地低窪處，與北威塞克斯郡碧草如茵的丘陵接壤。不過，儘管年代久遠，村子裡唯一保持原狀的歷史古蹟大概只剩那口水井。近年來很多配置老虎窗的茅草屋都已經拆除重建，草地上的許多樹木也砍伐清除。甚至，原本那座附有木造角塔和古雅屋脊、駝峰般的教堂也拆掉了。拆下來的石材有些打碎鋪設巷道，有些用來建造豬舍的圍牆、庭園基石、籬笆的防護牆，以及村裡花圃的造景。取而代之的，是一棟英國少見的現代哥德式雄偉建築。新教堂坐落在另一個地方，負責建造的是某位專門消滅歷史遺跡的建築師。那人從倫敦來，總是當天往返。那座供奉基督教聖靈的古老教堂從此走入歷史，長久以來做為教堂庭院的原址如今變成平整綠地，不曾遺留丁點痕跡。只剩價值十八便士、保用五年的鑄鐵十字架紀念曾經存在的墳塋。

2

裘德．佛雷雖然身材細瘦，卻能一口氣不歇地把兩只裝滿水的水桶提回屋子。那屋子門上掛著一小塊藍色長方形木板，上面的黃色字體寫著：「茱希拉．佛雷麵包坊」。這是少數留存下來的老屋之一，窗子的小小鉛框裡擺著五罐糖果，另有一只柳枝圖案的盤子，上面放著三塊圓麵包。

裘德在後院倒水的時候，聽見姑婆（也就是店招上的茱希拉）在屋裡跟幾個村民聊得興致盎然。當天看著老師離開，大家正在談論這件事的始末，暢想老師未來的發展。

裘德進屋時，有個相當眼生的村民問，「這孩子是誰？」

「威廉斯太太，妳沒見過他。他是我侄孫，妳上次過來之後他才來的。」回答問題的佛雷小姐個子頗高、面容枯瘦，慣用哀戚的口吻訴說最枝微末節的瑣事。她輪流對在場的人說話，每個人都分配到隻字片語。「他不到一年前從南威塞克斯的梅爾斯塔克過來。這孩子沒福氣，貝琳達（轉向右邊）。以前他爸爸住在那裡，忽然全身發抖，那是要命的病，兩天就斷氣了。這妳知道的，卡洛琳（轉向左邊）。如果全能的上帝把他跟他父母一起帶走，倒是他走運，沒一點用處的倒楣孩子！我讓他過來跟我住，看看他以後能做點什麼。我不得不安排他去賺點小錢，幫種地的特魯薩趕鳥，免得成天淘氣。裘德，你躲什麼躲？」她問道，因為裘德往旁邊挪了幾步。他覺得那些人的目光像巴掌似地搧在自己臉上。

村裡的洗衣婦說，佛雷小姐（也有村民喊她佛雷太太，各隨喜好）帶這孩子過來是好事，「跟妳做個伴，幫妳挑挑水，晚上關個門窗，烤烤麵包。」

佛雷小姐不怎麼認同。「你為什麼不叫老師帶你去基督教堂城，栽培你讀書。」她皺著眉打趣。「再沒有比這孩子更合適的了。他太愛讀書，真的。這是我們家族的遺傳，我聽說他表妹蘇珊娜也是一樣。那孩子在這裡出生，就在這間屋子裡，不過我已經很多年沒見過她了。我侄女和她丈夫剛結婚那些年沒有自己的房子，後來好不容易有了一間……算了，不說那些。裘德，好孩子，以後千萬別結婚，佛雷家的人最好別再走那條路。貝琳達，蘇珊娜是他們唯一的孩子，我把她當自己親生的，後來他們分開了！唉，那女孩小小年紀就遇上這種變故！」

裘德發現大家的注意力重新回到自己身上，轉身離開，走進麵包房，吃了給他當早點的糕餅。該去上工了，他翻過後院的樹籬，從園子出去，沿著小路往北走，來到這片高地之中一處廣大僻靜的凹陷地帶，那地方種植大片小麥。這片開闊的窪地正是他為特魯薩打工的地點。他往下走進田地中央。

棕色的麥田向四面八方升起，直達天際。茫茫的霧氣遮蔽四野，麥田的邊緣漸次隱沒，彷彿遺世獨立。在這單調的景致中，唯一顯眼的事物是去年收割的麥稈，就堆在整片田地正中央。另外就是他走近時驚起的白嘴鴉，以及他走過來的那條穿越休耕地的小路。他不知道現在還有誰走這條路，不過他家族不少已故先祖都曾經在這裡留下足跡。

「這地方真醜！」他喃喃自語。

田地裡剛耙過的紋路向前伸展，像新燈芯絨布料上的線條，抹除了該有的色彩漸層，增添一分追逐效益的庸俗氛圍。除了近幾個月的變化，往昔的蛛絲馬跡一概湮滅。事實上，那裡的每一塊泥土，每一顆石頭，都有著太多與過去的聯繫，迴蕩著古時豐收季節的歌聲、人們的話語，以及力道的展現。每一寸土地都見證過活力、歡笑、玩鬧、爭執與疲累。每一方麥田都曾有過一群人蹲在豔陽下撿拾落穗。為鄰近村莊增添人口的好姻緣，都是麥子收割與搬運的過程中、在這塊土地上締結。在那道將田地與遠處林地分隔的樹籬底下，女孩向情郎獻身。在下一次收割季之前，那情郎不會再回頭看她們一眼。在那年代久遠的麥田裡，許多男人對心儀女子許下山盟海誓。他們在教堂兌現諾言後，下一次播種季來到，妻子的聲音會令他們顫慄。但不管是裘德或他身邊的白嘴鴉，想的都不是那些。在他們心目中，這是個僻靜角落：一方覺得這是打工的地方，另一方覺得這是個能飽餐一頓的糧倉。

裘德站在先前提到的麥稈堆底下，每隔幾秒快速揮動他的驅鳥響板。每一次嗒啦響，白嘴鴉就會停止啄食，鼓動有如鎧甲般的晶亮翅膀，從容不迫地飛走。之後又會折返，警惕地觀察他，再飛下來繼續進食，只是拉開距離以示尊重。

他不停甩動響板，直到手臂酸痛。最後他開始同情那些沒辦法填飽肚子的鳥兒。牠們好像跟他一樣，活在一個嫌棄牠們的世界。他為什麼要嚇走牠們？在他眼中，牠們越來越像溫和的朋友，像需要他照顧的對象。他覺得，在這世上只有牠們會在乎他，因為姑婆經常說她不在乎他。他不再揮舞響板，牠們重新停棲下來。

「可憐的小東西！」裘德大聲說，「你們該吃點東西，這些麥子夠我們大家吃。特魯薩不差你們這幾口。吃吧，我親愛的鳥兒，吃飽一點。」

鳥兒們留下來大快朵頤，像栗色土地上的墨黑斑點。裘德開心地欣賞牠們的好胃口。一條同病相憐的神奇絲線將他的生命與牠們的串連起來。這些生命弱小又可憐，跟他多麼相像。

到這時他已經把響板拋到遠處，因為那是小氣又可鄙的工具，對那些鳥兒，對身為鳥兒朋友的他，都是一種冒犯。他猛然意識到屁股狠狠挨了一擊，緊接著是一陣嗒啦響，於是他驚愕地發現，施暴的工具正是他的響板。鳥兒和裘德同時驚起。裘德迷惘的視線看見高頭大馬的特魯薩本人，對方發紅的臉龐低頭怒視他蜷縮的身軀，手裡揮舞著驅鳥板。

「年輕人，原來是『吃吧，我親愛的鳥兒！』是嗎？『吃吧，親愛的鳥兒！』哼！我來給你的屁股撓撓癢，看你還敢不敢說『吃吧，親愛的鳥兒！』你跑去老師那裡偷懶，沒有早點過來，是不是！你一天拿我六便士，就是這樣幫我趕白嘴鴉，是嗎？」

特魯薩暴跳如雷罵個不停，左手牢牢抓住裘德的左手，伸直手臂甩動他的小身子，繞著自己轉一圈，再用裘德的驅鳥板平坦的那面狠拍裘德的屁股。每轉一圈打一兩下，啪啪聲在整片麥田回響。

「別打了，先生，拜託你別打了！」旋轉中的裘德大聲哀求。他的身體無助地受制於離心力，就像咬鉤的魚兒被扯上岸，山丘、麥稈堆、林地、小路和白嘴鴉以驚人的速度在他眼前奔馳。「我……我……先生，我只是覺得……地上有很多麥子，我看見他們播種了。白嘴鴉吃一點應該沒關係。先生，你不缺那一點麥子。費洛森先生說要愛護小動物……哎喲，哎喲！」

這樣直白的解釋，比什麼都不說更令特魯薩光火，裘德於是繼續被甩圈子打屁股。驅鳥板的嗒啦響傳到田地的另一端，在遠處耕作的人聽見了，覺得裘德趕鳥確實勤奮認真。那聲音也從隱沒在霧氣裡的新教堂塔樓反射回來。當初建造新教堂時，特魯薩認捐了一大筆錢，藉此證明他愛上帝和人類。

到這時，特魯薩打累了，把渾身顫抖的裘德放下地，從口袋裡掏出六便士，支付這一天的工錢。他叫裘德回家去，從此別出現在這片田地上。

裘德連忙跳出一臂距離之外，哭哭啼啼沿著小路往回走。他哭不是因為疼痛（雖然確實很痛），也不是因為他發現世間的道理出現漏洞（對上帝的鳥兒有利的，對上帝的園丁卻有害），而是因為他非常鬱悶地醒悟到，他來到這個教區不滿一年，就丟光了臉面，以後可能變成姑婆一輩子的負擔。

他心裡有了這個陰影，不想走進村子，於是繞道回家，選擇高大樹籬後側的小路，穿過一片牧草地。他看見潮濕的地面躺著幾十條正在交配、身長縮減一半的蚯蚓。每年這個時節碰上這樣的天氣，牠們就會這樣。如果以正常的步伐往前走，每一步都會踩爛幾條。

裘德雖然挨了特魯薩一頓打，卻不忍心傷害任何生命。如果他帶著一窩雛鳥回家，當天就會愧疚得輾轉難眠，隔天早上連忙將鳥兒連同鳥巢送回原處。看見樹木被砍倒或剪枝，他於心不忍，因為他覺得樹也會痛。小時候看見人晚期修剪，他肯定會傷心難過，因為到那個時節樹木汁液上升，修剪後會大量滲出。基於這種軟弱個性（可能有人會這麼說），他這一生注定要承受許多痛苦。必須等到他多餘的人生走到終點，布幕落下，才能重新找回平靜。他踮著腳尖小心翼翼避開蚯蚓往前走，一條都沒踩到。

回到家時有個小女孩正在跟他姑婆買廉價麵包，小女孩走後，他姑婆問，「你怎麼不到中午就回來？」

「我被辭退了。」

「什麼？」

「我讓白嘴鴉吃幾口麥子，特魯薩就把我趕走了。這是今天的工資，也是最後一筆！」

他悲涼地把那枚六便士扔在桌上。

「呵！」他姑婆屏住呼吸，之後狠狠數落他一頓，說這下子整個春天他只能在家裡閒晃。「如果你連趕鳥都做不到，還能做什麼？好啦！別板著一張臉！真要說，特魯薩也沒什麼了不起。不過就像約伯說的，『但如今，比我年少的人戲笑我；其人之父我曾藐視，不肯安在看守我羊群的狗中。』[3]他老子給我老爹當過雇工呢。我真是蠢，竟然讓你去幫他打工。當初要不是怕你調皮搗蛋，我也不會那麼做。」

比起怠忽職守，她更氣裘德幫特魯薩打工辱沒了她的身分。因此，她數落他時多半從自己的身分地位出發，責任感倒變成次要。

「倒不是說你可以讓鳥兒吃掉特魯薩種的麥子，這件事你當然做錯了。裘德啊裘德，你為什麼不跟你的老師去基督教堂城或任何地方？可是，唉，可憐的孩子，庸庸碌碌的，你家那一支就沒出過能人，永遠不會有！」

3. 出自《聖經．約伯記》第三十章第一節。

「姑婆，那座美麗的城市在哪裡？就是費洛森先生去的那地方？」裘德沉思片刻後問道。

「老天！你該知道基督教堂城在哪裡，離這裡將近三十公里。可憐的孩子，那地方太好，你永遠沾不上邊。」

「費洛森先生會一直待在那裡嗎？」

「我怎麼知道。」

「我能去看他嗎？」

「天哪，不行！你不是在這地方長大，不然不會說這種話。我們從來不跟基督教堂城的人來往，那裡的人也不跟我們打交道。」

裘德走出去，那種自己的存在不被需要的感受比任何時候都強烈。他仰躺在豬舍附近一堆枯葉上。這時薄霧已經變淡，太陽的位置依稀可見。他把草帽拉下來蓋在臉上，視線透過帽子的縫隙看著那明亮的白色光芒，思緒任意遊走。他覺得長大就要承擔責任，世間的事不如他想像中那麼祥和。大自然的邏輯太醜陋，他不喜歡。對一種生物的仁慈，是對另一種的殘酷，這衝擊到他的和諧感。他領悟到，人一旦長大，會發現自己處在生命的中心點，不再像小時候那樣，覺得自己是在生命的邊緣。伴隨這份領悟而來的，是一陣寒顫：你周遭好像有什麼東西閃閃發亮、光彩奪目、咯咯有聲，而那喧鬧聲響和刺眼光芒摧殘著你稱之為生命的渺小個體，撼搖它、扭曲它。

真希望可以不必長大！他不想當大人。

畢竟還是個孩子，他轉眼忘卻內心的沮喪，跳了起來。這天早上接下來的時間他在家幫姑婆的忙，下午沒事做，他就進村子去，向路人打聽基督教堂城在什麼地方。

「基督教堂城？喔，在那個方向，只是我沒去過。我沒什麼事需要去那裡辦。」

那男人指向東北方，跟裘德害自己蒙羞的那片麥田同一個方向。真是個不愉快的巧合，不過這個令人害怕的事實反倒激發他對那座城市的好奇心。特魯薩禁止他再踏上那片麥田，偏偏基督教堂城就在麥田的另一邊，而且那條路不是私人道路。於是，他偷偷溜出村子，走下當天早上目睹他受處罰的那處低窪地，一步都沒有偏離小路。他爬上麥田另一頭那漫長無趣的斜坡，最後抵達一片樹林。小徑在這裡接上公路，這裡也是耕地的盡頭，前方是荒涼開闊的翠綠丘陵。

3

公路兩側沒有樹籬，放眼望去杳無人跡。白色路面彷彿往上延伸，漸遠漸細，最後消失在天際。到了最高點，公路跟另一條雜草蔓生的「山脊路」十字交叉。那是伊克尼德路，是通過這個地區的羅馬古道。這條古道向東西兩端延伸無數公里。在老一輩的記憶中，這裡曾經是趕著牛羊去博覽會或市集的主要通道，如今已經被人們遺忘，埋沒在荒煙蔓草裡。

裘德第一次往北走這麼遠的路。幾個月前某個漆黑的夜晚，他從南邊的火車站被驛馬車送到山坳裡的小村子。直到今天以前，他完全料想不到他們那個山區的邊緣竟有這麼遼闊的平野，而且離得這麼近。從東到西，北邊整個半圓就在他眼前展開，最遠去到七八十公里外。那裡的天空更藍，空氣明顯比他在這上面呼吸到的更濕潤。

離馬路不遠的地方有一棟紅灰色磚瓦搭造的破舊穀倉。當地人叫它「紅磚屋」。他就快經過紅磚屋時，瞥見一架梯子斜靠屋簷，忽然想到登高可以望遠，於是停下來考慮。有兩個男人正在斜屋頂上修補屋瓦，裘德踏上山脊路，朝穀倉走去。

他用渴盼的眼神觀察那兩個工人一段時間，才鼓起勇氣爬上梯子，站在他們身邊。

「孩子，你上來做什麼？」

「我想知道基督教堂城在哪裡，拜託。」

「基督教堂城在那邊，那片樹叢旁。從這裡看得到，不過得要天氣晴朗的時候。嗯，不行，今天看不到。」

另一個補瓦工人樂得有人來打斷他沉悶無聊的工作，也轉過頭望向同伴指的方向。他說，「這種天氣通常看不到。有一次我看到了，那時太陽正要下山，火紅的光線照亮天空。那城市看起來就像……我不知道像什麼。」

「像神聖的耶路撒冷。」

「就是這話，只是我自己想不出來。不過今天我看不到基督教堂城。」

一本正經的裘德說道。

裘德極目遠望，同樣看不到遠處那座城。他從穀倉下來，轉頭就把基督教堂城拋到腦後，畢竟這個年紀的孩子原本就忘性大。他沿著山脊路往前走，在路旁邊坡尋找有趣的東西。返回馬利格林的路上再次經過穀倉，發現梯子還在，工人則已經結束一天的工作離開了。

時間接近黃昏，霧氣比稍早消散了些，淡淡的，只有底下濕氣較重的區域和河流沿岸還朦朦朧朧。他又想到基督教堂城。他特地從姑婆家走三、五公里路來到這裡，很希望天黑前能看一眼他聽說過的那座迷人城市。可惜就算他守在這裡，太陽下山前天氣幾乎不可能轉晴。儘管如此，他還是不願意離開，因為只要朝村子的方向走幾百公尺，就看不見北邊那片平野。

近期內可能沒辦法來到這麼遠，所以他想再看一眼工人指的方向。他爬上梯子，跨坐在最高那根橫檔上，超過屋瓦的高度。

如果他禱告，也許想看見基督教堂城的心願會實現。聽說禱告雖然未必靈驗，有時也能心想事成。他在一本小冊子裡讀到過，有個人決定建造教堂，錢花光了卻還沒完工，於是他跪下來禱告，沒想到錢就跟著下一班郵車來了。另一個人依樣畫葫蘆，卻沒能如願。不過，事後那人發現，他禱告時穿的那條長褲是某個邪惡的猶太人做的。這故事帶給他信心，於是他在梯子上轉身，跪在第三條橫檔上，身體靠著上面兩根橫檔，禱告祈求霧氣散開。

之後他重新坐下，耐心等待。大約經過十到十五分，北邊地平線的薄霧也跟其他方向一樣，徹底散去。就在日落前十五分鐘，西邊的雲層撥開，太陽微微露臉，耀眼的光線從兩片深灰色雲朵之間照射出來。裘德趕緊回頭眺望剛才的方向。

就在眼前景物中的某處，黃玉般的光點閃耀著。隨著時間流逝，空氣越來越清透，那晶黃光點原來是風向標、窗戶、濕漉漉的石板瓦，以及螺旋塔、圓屋頂、砂岩建築和各種隱約顯現的輪廓上的亮點。那就是基督教堂城，不會錯的。可能是肉眼見到的實景，也可能是特殊天候形成的海市蜃樓。

裘德凝望很長一段時間，直到那些窗子和風向標像突然熄滅的燭火，不再明亮。那模糊的城市蒙上一層霧。他轉向西邊，發現夕陽已經落下，西方地平線的前景變得陰森漆黑，近處物體無論色澤或造形都像妖魔鬼怪。

他焦急地爬下梯子，朝回家的方向大步奔跑，不去想什麼巨人、獵人赫恩[4]、伏擊基督徒的亞玻倫[5]，或那個額頭有個血洞的船長和他那艘幽靈船上夜夜跳起來造反的死屍[6]。他知道自己長大了，不該再相信恐怖故事，只是，當他終於看見教堂塔樓和姑婆家窗子裡的燈光，即使他不是在那棟房子裡出生，姑婆也不是很關心他，還是覺得安心。

姑婆的鋪子櫥窗有二十四片小玻璃，鑲在鉛框裡。有些玻璃因為年代久遠已經氧化，幾乎看不清陳列在裡面的廉價商品。那些商品只是店裡存貨的一部分，不過全部貨物加起來也不多，一個壯漢就扛得動。裘德在這櫥窗內外四周度過一段平靜無波的漫長歲月，但他的環境有多窄小，他的夢想就有多遠大。

他經常隔著冰冷白堊高地的堅實壁壘，遠眺北邊那座輝煌的城市。他將那夢幻之城比做新耶路撒冷，只是，比起《啟示錄》的作者，他看待夢想裡那座城市的角度比較像畫家，而非寶石商人[7]。那座城市之所以在他的生命裡凝聚出實體，歷久不衰，取得支配力量，主要是基於一項核心事實：那位知識與理想備受他仰慕的人就住在那裡。不只如此，那人的生活周遭還有許多思想更豐富、心靈更高潔的人。

每到陰暗的雨天，雖然他知道基督教堂城一定也下雨，卻無法相信那裡的雨也會令人心緒煩悶。儘管機會不多，但只要他能有一兩小時的空檔可以離開村子，就會偷偷去到山上的紅磚屋，目不轉睛盯著同一個方向。有時幸運瞥見圓頂或螺旋塔，有時看到一縷輕煙，他覺得那煙氣帶有焚香的神祕色彩。

4. Herne the Hunter，英國民間傳說中出沒在溫莎森林與溫莎公園的幽靈獵人。
5. Apollyon，英國基督教作家約翰・班揚（John Bunyan, 一六二八～八八）的名作《天路歷程》（*The Pilgrim's Progress*）裡攻擊基督徒的惡魔。
6. 應指德國童話作家威廉・豪夫（Wilhelm Haüff, 一八〇二～二七）的作品《幽靈船的故事》（*The Tale of the Ghost Ship*）。
7. 新耶路撒冷典故出自《聖經・啓示錄》第三章第十二節，指耶穌再臨時從天而降的聖城，城裡裝點著各式各樣的奇珍異寶。

有一天他忽然想到，如果他天黑以後爬上梯子，或者再往前走個兩三公里，也許能看見那座城的萬家燈火。事後他得一個人走回來，但他並沒有因此退縮，因為必要時他肯定也能表現出些許男子氣概。

計畫如常執行，他到達目的地還不算晚，夜幕初籠。不過東北方天色漆黑，又有一陣風從那個方向吹來，光線足夠昏暗。他的辛苦得到回報，但他看見的不是預期中的一排排燈火。沒有清晰可辨的燈火，只有一整團光暈或明亮的霧氣籠罩那個地方，更遠處則是黑魆魆的天空，燈火和城市彷彿就在一兩公里外。

他開始猜想老師究竟在那片亮光之中的哪一點。老師離開後沒有跟馬利格林的任何人聯絡，對於這裡的人，他等於不存在這個世界。在那光亮中，裘德彷彿看見費洛森悠閒地漫步，像尼布甲尼撒的火爐裡的人[8]。

早先他聽說過微風的速度是每小時十五公里，現在他忽然想起這件事，於是面向東北方張開嘴，吸了一大口風，彷彿那是甜美的酒液。

他輕柔地對那微風說，「一兩個小時前你在基督教堂城，拂過那裡的街道，轉動那裡的風向標，撫摸費洛森先生的臉龐，被他吸進身體裡。現在你來到這裡，又被我吸進來，就是同一個你。」

突然之間，某種東西隨著風朝他而來，是那個地方送來的信息，像是來自某個定居在那裡的靈魂。那一定是鐘聲，是那座城的聲音，似有若無，美妙悅耳，在向他呼喊，「我們在這裡很開心！」

他天馬行空地遐想，全然忘卻自己置身何處，好不容易才把自己拉回現實。他所在的山頂往下幾公尺的地方出現幾匹馬，是花了半小時從寬廣的斜坡底下蜿蜒曲折地爬上來的。馬兒拉的是煤炭，只能走這條路運上這片高地。跟馬車一起來的除了車夫，還有一個助手和一個男孩。男孩把一塊大石頭踢到車輪後面，讓氣喘吁吁的馬兒好好休息一段時間。負責運煤的人從車上拿下一個大酒壺，痛快地喝了起來。

那兩人已經有點年紀，說起話來相當和藹。裘德主動上前攀談，問他們是不是從基督教堂城過來。

「當然不是，這麼一大車東西！」他們答。

「我說的地方就在那邊。」他對基督教堂城已經深深依戀，這時像個羞澀的少年情郎，不好意思再次說出心上人的名字。他指著天邊的光線，可惜那兩人有點年紀，幾乎看不見。

「嗯，東北方向的確有個地方好像比其他地方亮一點，聽你說我才注意到，那應該就是基督教堂城。」

裘德來的時候帶了一本故事書，方便天黑以前在路上讀。他把書夾在腋下，現在書往下滑，掉在地上。車夫看著他撿起書本，將書頁撫平。

「年輕人，」車夫說，「你得換個腦子，才讀得懂那裡的人讀的書。」

8. Nebuchadnezzar，見《聖經・但以理書》第三章第二十五節。巴比倫王尼布甲尼撒將不信奉他的神的三個人扔進火爐，卻看到四個人在火爐裡從容行走。

「為什麼？」裘德問。

「我們這種老百姓都懂的東西，他們看也不看。」車夫接著說，只當打發時間。「他們只用巴別塔[9]時代的外國話，那時沒有任何兩家人說一樣的話。他們讀起那些東西快得像夜鷹咻咻飛過。那地方的人只做學問，除了宗教，就只做學問。宗教也是學問，因為我從來弄不懂。沒錯，那地方的人思想都正經八百的。不過夜裡街上也有妓女……我猜那裡的人培養牧師就像在地裡種蘿蔔吧？雖然要花……你說幾年，鮑勃？……五年才能把邋遢懶散的蠢少年變成沒有邪念的正經牧師，只要辦得成，他們就會做。他們還會像工人一樣一個勁打磨他，最後他會板起臉，穿一身黑色長大衣和黑色背心，配戴牧師的衣領和帽子，打扮得像《聖經》裡的人，有時候連他媽媽都不認得他……對啦，那裡的人幹的就是這些事，就像別地方的人也幹別的事。」

「你怎麼會知道……」

「孩子，你別打岔，不要打斷大人說話。鮑勃，把前面的馬拉旁邊去，有人來了……你注意聽，我現在要說說大學裡的情況。那些人活得高高在上，這是事實，雖然我沒拿他們當回事。我們是身體住在這麼高的地方，他們是把心放得高高的。有高尚的精神，錯不了。有些人把心裡的想法說出來，就能賺上幾百鎊。有些健壯的年輕人贏的銀杯價值也差不多。還有音樂，基督教堂城到處都有好聽的音樂。不管你信不信教，都會忍不住跟著其他人一起露一手。那裡有一條街，是主街，全世界找不到第二條。我對基督教堂城也算略知一二！」

到這時，馬兒已經喘過氣來，重新套上拉車的頸環。裘德用崇敬的眼神看了遠處的光暈最後一眼，轉身走在他那位無所不知的朋友身旁。那人不介意在路上多跟他聊些基督教堂城的事，比如那裡的塔樓、禮堂和教堂。馬車在十字路口轉向，裘德衷心感謝車夫跟他說了那麼多，還表示真希望他介紹基督教堂城能說得有車夫一半好。

「我都是聽來的，」車夫謙虛地說，「我跟你一樣，也沒去過那地方。不過我這裡聽一點，那裡聽一點，你喜歡聽就好。像我這樣走過很多地方、接觸過三教九流的人，難免聽得多些。我有個朋友年輕時在基督教堂城的權杖旅館擦鞋，他過世前那些年我們處得像親兄弟。」

裘德一個人走回家，他想事情想得太投入，忘記害怕。他忽然長大了。他的心一直渴望找個安定的處所，有個依靠，一個值得稱頌的地方。如果他能去到基督教堂城，是不是能在那裡找到那樣的地方？在那裡，他是不是不必再害怕農夫，不再擔心阻撓或嘲笑？是不是可以觀察、等待，像他聽說過的古人一樣，去做些偉大的事？十五分鐘以前他眺望的光暈吸引他的目光，這時他走在黝黑的路上，那座城市占據他的心。

「那是光之城。」他對自己說。

「智慧之樹[10]長在那裡。」往前走幾步後他又說。

「教導人的人從那裡出來，也往那裡去。」

「那地方可以說是城堡，由學術和宗教掌控。」

9. Tower of Babel，根據《聖經．啓示錄》第十一章第一到九節，人類一度想在巴比倫建造一座通天塔，彰顯自己的威名。上帝於是打亂原本統一的語言，讓人們彼此猜忌。

10. 指辨識善惡的樹，見《聖經．創世記》第二章，伊甸園裡有一棵生命樹，能辨識善惡。

做過這個比喻後，他沉默了很長時間，最後又說：

「那裡適合我。」

4

裘德某些方面的思想像個老人，其他方面卻遠遠跟不上他的年齡。當時他沉浸在思緒裡，走得有點慢，被一個腳步輕快的路人趕過去。夜色雖暗，他還是看得出來那人戴著極高的帽子，穿著燕尾服，邁著細瘦雙腿搖搖擺擺往前走，靴子沒有發出聲響，前襟的錶鍊卻劇烈擺盪，把一道道天光反射向四面八方。裘德開始感到孤單，邁開腳步趕上去。

「嘿，年輕人！我在趕時間，如果你想跟我一起走，得加快腳步。你知道我是誰嗎？」

「嗯，應該知道，威伯特醫生？」

「啊，到處都有人認識我！為大家做好事的人就是這樣。」

威伯特是個到處行騙的遊方郎中，在偏僻的鄉間名聲響亮，在其他地方則無人知曉。因為他刻意提防，避免招來盤查，惹上麻煩。他的顧客都是村民，在整個威塞克斯郡，也只有村民認識他。比起那些有資金、懂宣傳的庸醫，他的地位相對卑微，活動範圍只限窮鄉僻壤。事實上，他只能勉強餬口。他靠兩條腿走南闖北，幾乎踏遍整個威塞克斯郡。有一次裘德看見他把一罐調色豬油賣給一個老婦人，說可以治腳痛。那罐珍貴的藥膏要價一基尼[11]，

11. Guinea，英國在一六六三年到一八一三年發行的金幣，原本等於一英鎊，後來隨金價略有浮動。

婦人以分期付款方式支付，每兩星期給一先令。威伯特聲稱那油膏只能從一種生活在西奈山[12]的草食動物身上提取，想要抓到那種動物必須冒著失去生命或手腳的風險。裘德雖然對這位先生的藥有所懷疑，卻覺得對方肯定見聞廣博，只要不涉及醫療專業，說出來的話應該相當可信。

「醫生，你一定去過基督教堂城吧？」

「沒錯，去過很多次。」那瘦瘦高高的男人答。「那是我執業的重點地區之一。」

「那是學術和宗教很發達的城市嗎？」

「孩子，如果你去過，也會這麼認為。在學院裡洗衣服的老婦人的兒子都能說拉丁語，雖然在我這種評論家的眼光看來，算是蹩腳拉丁語。我們在大學時代都說那叫不入流拉丁語。」

「也會希臘文嗎？」

「嗯，準備當主教的人才學希臘文，方便他們讀《新約》的原文。」

「我要學拉丁文和希臘文。」

「這志向很遠大。你得先弄兩本文法書。」

「我以後要去基督教堂城。」

「你去的時候，別忘了跟人說威伯特醫生獨家專賣知名藥丸，包治消化系統所有疾病，還能治療哮喘和呼吸急促。一盒兩先令三便士，有政府的特許標章。」

「如果我幫你在這附近宣傳，你能給我文法書嗎？」

「我可以把我的賣給你，我學生時代用的那些。」

「先生，太謝謝你了！」裘德感激不盡。他喘著氣說話，因為醫生走得太快，他只得一路小跑，側腹陣陣刺痛。

「年輕人，你在後面慢慢走。這樣好了，我幫你把文法書帶來，教你第一課，如果你記得住，就向村裡每一戶人家推薦威伯特醫生的黃金油膏、救命藥水和婦科藥丸。」

「你會把文法書拿到什麼地方？」

「兩星期後的今天，同樣七點二十五分，我會經過這裡。我的行程安排得非常精準，就跟在軌道上運行的行星一樣。」

「我會來這裡見你。」裘德說。

「帶著藥膏的訂單？」

「是的，醫生。」

裘德於是停下腳步，等幾分鐘後呼吸平穩，才走回家，覺得自己為基督教堂城付出一分努力。

接下來那兩星期他忙碌奔走，心裡的念頭一浮現，臉上就展露笑容，彷彿那些念頭是迎面走來對他點頭致意的人，那笑容格外容光煥發。年輕人一旦萌生某種美妙的念頭，臉上就會浮現這

12. Mount Sinai，基督教聖山。根據《聖經．出埃及記》第十九章，上帝在這裡向摩西傳達十誡。

樣的笑容，彷彿他們純淨的天性裡燃起一盞神奇的燈火，製造出美好幻象，覺得那個時刻天國就在他們眼前。

他認真地履行對那位包治所有疑難雜症的醫生的承諾。現在他全心全意相信醫生，在周遭村莊來回奔走幾公里路，擔任醫生的馬前卒。

到了約定的那天晚上，他一動不動站在高地上，就在他跟醫生分別的地方，等待醫生的到來。醫生相當準時。令裘德驚訝的是，當他趕上醫生的步伐，對方並沒有放慢速度。雖然過了兩個星期，天黑得慢，醫生卻沒有認出他來。裘德覺得可能是因為他換了一頂帽子，於是他莊重地跟醫生行禮致意。

「孩子，有事嗎？」醫生心不在焉地問。

「我來了。」裘德說。

「你？你是誰？喔，對了，沒錯！孩子，拿到訂單了嗎？」

「拿到了。」裘德跟他說了幾個村民的姓名和地址，那些人都有興趣試試那些舉世聞名的藥丸和藥膏。醫生仔細地默記下來。

「你的拉丁和希臘文法書呢？」裘德緊張得聲音顫抖。

「文法書怎麼了？」

「你說要帶文法書過來，你上大學用的那些。」

「啊，對，對！我忘得一乾二淨！太多人的生命仰仗我的關照，所以，年輕人，其他的事我實在有心無力。」

裘德努力控制住自己，直到確認這是事實，才用哀傷的語氣說，「你沒帶書來！」

「沒有，不過如果你多找些病人買我的藥，下回我就帶來。」

裘德放慢腳步。他雖然涉世未深，但年幼的孩子偶爾會靈光乍現，讓他瞬間恍然大悟，看清那個江湖郎中的卑劣人格。這個人對他的求知路沒有幫助，他心目中的桂冠葉片飄落下來。他轉向一扇大門，靠在門上痛哭失聲。

失望過後，他的腦子一片空白。或許，他可以從阿弗列斯頓訂文法書。可是買書得花錢，還得知道該訂哪些書。雖然衣食無缺，但他現在寄人籬下，身無分文。

這段期間費洛森派人來取他的鋼琴，裘德因此靈機一動。他為什麼不寫信給老師，拜託老師在基督教堂城幫他找文法書？他可以把信塞進裝鋼琴的箱子裡，老師一定看得到。不妨請老師寄些二手文法書來，那種書經過大學氛圍的薰染，更為香醇迷人。

這事如果告訴姑婆，肯定辦不成。他必須保守祕密。

又考慮幾天後，他果真行動了，鋼琴搬走那天剛好是他的生日。為免姑婆察覺、猜出他的動機，強迫他放棄計畫，他偷偷把信放進包裝箱裡，收信人是他百般仰慕的老師。

鋼琴送走了。裘德等了幾天、幾星期，每天早上趁姑婆還沒起床去村子郵局詢問。最後終於有個包裹送進村子，他從包裹兩端開口看見裡面有兩本薄薄的書冊。他帶著包裹找個僻靜處所，坐在倒地的榆樹上拆開來。

自從那次在迷幻狀態下或真實看見基督教堂城、預見那地方的發展機會後，裘德經常思考不同語言的表達方式相互轉換時、會涉及哪些可能的過程。他的結論是，任何語言的文法應該包含一套密碼般的規則、慣例或線索，一旦學會了，只要加以套用，就能隨心所欲把自己的語句轉換成外國語。他這種幼稚的觀點其實就是以數學的精準度、將遠近馳名的格林定律[13]推展到極限，將粗略的規則誇大為完善無缺的系統。他猜想，要學習的語言的字句都潛藏在自己的語言的字句裡，掌握訣竅的人就能找出來，而那種訣竅可以在文法書裡學到。

他看一眼包裹上的基督教堂城郵戳，割開繩子，打開書本，讀起拉丁文法（這本正好擺在上面），幾乎不敢相信自己的眼睛。

書本相當舊，已經三十年了，髒污處處，滿是信手塗寫的古怪名稱。那千奇百怪的字體像是在對印刷文字宣戰，隨手寫下的日期距今已經二十年。但裘德最震撼的不是這點。他赫然發現自己早先的想法太天真，根本沒有轉換的規則（確實有一定的規則，只是寫這本書的人沒發現），不管學習拉丁文或希臘文，都得花幾年苦功逐字背誦記憶。

裘德扔下書，往後仰躺在粗大的榆木樹幹上，悽愴地度過接下來那一刻鐘。他習慣性地把帽子拉過來蓋住臉，看著太陽偷偷摸摸穿過草帽的縫隙窺探他。原來這就是拉丁文和希臘文，真是一場大錯覺！他想像中等待著他的魔法，原來是以色列人在埃及的苦活[14]。

他心想，基督教堂城和那些高等學校裡的人有著什麼樣的頭腦啊，幾萬個單字竟能一個一個學會！他的腦子沒有這種本事。看著細細的陽光穿過草帽照射下來，他只希望自己沒見過任何書本，此後也不會再見到，更希望自己根本沒有出生。

應該有個人路過他身旁，問他碰上什麼難題，再給他一點鼓勵，讓他知道他的見解比那本文法書的作者更先進。可惜沒有人來，因為沒有人會經過這裡。裘德醒悟到自己的重大誤解，備受打擊，只希望離開這個世界。

13. Grimm's Law，德國哲學家雅各．格林（Jacob Grimm，一七八五～一八六三）發現的定律，描述原始印歐語的子音如何遞變到原始日耳曼語。

14. 根據《聖經．出埃及記》第一章第十三到十四節記載，以色列人在埃及服各種勞役，苦不堪言。

5

接下來那三、四年，一輛怪異又獨特的馬車經常穿梭在馬利格林附近的小路和便道上，駕車的方式也十分怪異與獨特。

收到文法書後一、兩個月，裘德已經忘懷那兩種滅絕語言對他開的差勁玩笑。經過一段時間後，他對拉丁文和希臘文的失望化成一股動力，基督教堂城的高深學術在他內心更為光芒萬丈。他現在知道，想要學習語言，無論是已經絕跡的或現存的，必然要面對諸多障礙。這項任務的超高難度慢慢激發他的興趣，比先前誤以為有規則可循時更強烈。那些名為經典、記載思想觀念的塵封書冊厚重浩繁，他要像老鼠似地小口小口啃咬，鍥而不舍地搬回那座知識的大山。

為了讓壞脾氣的姑婆看他順眼，他竭盡全力幫她做事，村裡的小麵包坊生意因此蒸蒸日上。他們花了八鎊在拍賣會買了一匹無精打采的老馬，又用幾鎊添購一輛附有發白棕色車篷、咿呀響的貨車。有了這套裝備，裘德每星期駕車出門三趟，為馬利格林周遭的村民或獨戶佃農送麵包。

不過，剛才提到的獨特，主要在於裘德駕馬車走在路上的模樣，而非馬車本身。馬車便是裘德以「自學」方式求知的主要場所。等到老馬認識路，知道該在哪些人家停留片刻，裘德就坐在馬車前面，轡繩掛在前臂，巧妙地用綁在車篷上的皮帶固定住攤開的書本，字典則擺在腿上，專注閱讀凱撒、維吉爾或賀拉斯[15]等人所寫、內容簡單些的文章。他這樣盲目摸索磕磕絆絆地學習，付出的努力會令心軟的教師潸然落淚。他想辦法理解他讀到的文字，約略猜測而非真正看見原文的精神。他猜測到的，往往未必是文章教他理解的東西。

他能找到的書是戴爾芬舊版，因為這個版本已經淘汰，價格比較便宜。這種書對散漫的學生沒有好處，對他卻還算合用。求學路受阻的他自力學習，勤勉地遮蔽書頁空白處的注解，只有遇見結構上的難題時才去查看，就像向碰巧路過的同學或導師請教。雖然他不太可能靠這些簡陋將就的教材成為飽學之士，至少已經朝他想走的道路前進。

他埋首研讀這些古老書頁（曾經翻閱過的人或許已經與世長辭），挖掘那些縹緲遙遠又近在眼前的思想。瘦骨嶙峋的老馬循著送貨路線踽踽前行，每當車子停下來，某個老婦人大喊「賣麵包的，今天要兩條，這條不新鮮退給你。」沉浸在狄多[16]苦難中的裘德便會被驚醒。

經常有路人或村民遇見他，他卻沒看見他們。漸漸地，附近村民怨聲載道，指責他邊工作邊玩耍（他們覺得他讀書是為了消遣）。他們說，這麼做對他自己是很方便，對走在那些路上的人卻不太安全。人們議論紛紛。後來鄰村有個人向當地警員舉發，說麵包店那男孩不該邊駕車邊看書，要求警察克盡職責到現場取締，將他送進阿弗列斯頓的警察局，以在公路上危險駕駛為由處

15. 凱撒（Gaius Iulius Caesar, 西元前一〇〇～四四），羅馬共和國軍事統帥，也是拉丁文散文作者。維吉爾（Virgil, 西元前七〇～一九），古羅馬詩人，最著名的作品是《埃涅阿斯記》（*Aeneid*）。賀拉斯（Horace, 西元前六五～八），古羅馬詩人，也是文學評論家，知名作品有《詩藝》（*Ars Poetica*）。

16. Dido，古迦太基女王。維吉爾在《埃涅阿斯記》描寫她與埃涅阿斯相愛，埃涅阿斯為了建造羅馬城不得不離開，她心碎自殺。

以罰款。警察於是前往裘德必經之路埋伏，有一天終於攔下他，給予口頭警告。

裘德凌晨三點就得起床加熱烤爐，把當天要送出去的麵包揉好送進烤爐，所以他前一天晚上和好麵團後就得上床睡覺。這麼一來，如果他不能在路上讀他的古典文學，根本就沒時間讀書。因此，唯一的辦法就是看書時盡量提高警覺，隨時留意前方和四周的動靜，只要看到遠處依稀出現人影，特別是警察，立刻把書收起來。在此為警察說句公道話，他沒有過度為難裘德的麵包車，因為在這種人煙稀少的地區，馬車出事危及的其實是裘德自己。所以，只要隔著樹籬看見那白色車篷，他就掉頭走開。

到了十六歲時，裘德的閱讀能力已經增進不少。有一天回家的路上，他費力讀著《世代之歌》[17]，周遭光線突然出現變化。他抬頭查看，發現馬車來到紅磚屋旁那片高地的邊緣。太陽正在西沉，同一時間一輪圓月從東方的樹林後方升起。當時他全副心思灌注在詩句裡，多年前促使他在梯子上下跪的那股激情再次湧現。他拉住老馬，跳下車舉目四顧，確認附近沒有其他人，就帶著攤開的書本跪在馬路邊坡。他先轉向皎皎明月。月之女神靜靜望著他的一舉一動，那目光既溫柔又嚴苛。接著他又轉向西邊即將消逝的金燦落日，開始誦念：

「菲布斯和林中之后黛安娜！」[18]

老馬站在原地聽他讀完整首詩，而後在連串多神崇拜的假想中，裘德又誦讀一次。如果是大白天，他絕不會陷入這樣的思緒。

回到家以後，他琢磨著當時那不管是天生或學習而來、莫名其妙的迷信行為，也滿腹疑惑，不明白像自己這樣一個立志當學者或基督教神職人員的人，為何將常理和習慣都拋到腦後。這都是因為他只讀異教作品。他越想越覺得自己的想法與行為不一致，他開始質疑自己目前讀的書對人生目標是不是有益。至少，這些異教文學跟基督教堂城的中世紀學院明顯不相符，而那些學院才是不容質疑的基督教傳奇。

最後他斷定，他熱愛閱讀，但以一個基督教青年而言，他的熱情用錯地方。他涉獵過克拉克翻譯的荷馬史詩[19]，卻沒有認真研讀向中古書商郵購來的希臘文《新約聖經》。於是他放棄已經熟悉了的愛奧尼亞語[20]，開始學習另一種方言。接下來很長一段時間裡，他只讀格利斯巴赫[21]的福音書和使徒傳。甚至，有一天他去了阿弗列斯頓，在一家書店找到幾本基督教早期宗教作家的著作，於是接觸到了教父文學。那些書都是當地一名破產牧師留下的。

這次改弦更張的另一個結果是，每逢星期日他就會前往步行距離內的教堂解讀十五世紀銅牌和墓碑上的銘文。有一次前往教堂途中遇見一名見書就讀、知識豐富的駝背老媼，對方又跟他描述了那座光明與傳說之城的諸多傳奇色彩，進一步鞏固他前往那城市的不變決心。

17. *Carmen Sæculare*，古羅馬詩人賀拉斯奉皇帝奧古斯都（Augustus, 西元前六四～一四）之命撰寫的讚美詩。
18. Phœbe silvarumque potens Diana，《世代之歌》的第一句。菲布斯是羅馬神話中的太陽神，黛安娜是希臘神話中的月神與狩獵女神。
19. 英國哲學家Samuel Clarke（一六七五～一七二九），曾經翻譯古希臘詩人荷馬（Homer）以特洛伊戰爭為主題的《伊里亞德》（*Iliad*）。
20. Ionic，古希臘方言，荷馬史詩主要使用這種方言寫成。
21. Johann Jakob Griesbach（一七四五～一八一二），知名的德國《新約聖經》文本評論家。

可是他在那裡靠什麼生存？目前他沒有收入，沒有任何體面的買賣或職業來支撐經年累月的求學生涯。

城市的居民最需要的是什麼？食物、衣服和住宅。吃食的買賣收入太微薄，他又不喜歡做裁縫，所以傾向選擇第三種。城市裡總有人建屋造房，他就學習建房子。他想到那未曾謀面的姑父，也就是表妹蘇珊娜的父親，那人是鐵匠，專門接教會的工作。不知怎的，只要涉及中世紀藝術，不管是什麼材質，他都很感興趣。追隨姑父的腳步、花些時間建造供學者容身的處所，多半不會出大錯。

金屬取得不易，於是他找了些小塊砂岩練練手。他的閱讀暫時中斷，將空閒的半小時用來仿造教區教堂的柱頭與柱冠。

阿弗列斯頓有個普通石匠，裘德找到人接替他在姑婆麵包店的工作之後，就去給那個石匠當助手，只要求微薄的工資。在這裡裘德終於有機會學到砂岩雕刻的基礎。一段時間後，他轉投阿弗列斯頓另一個教堂建造商，在建築師指導下學會修復附近幾處村莊教堂崩壞的石造建築。

他不曾忘記，他學習這門技藝的初衷，只是為了支持自己追求更遠大、更適合他的職業。不過，對於石匠這個行業本身，他確實也產生了興趣。現在他平日住在阿弗列斯頓，週六晚上回到馬利格林，就這樣度過他人生的第十九年。

6

在他生命中難忘的這個時期，某個星期六下午三點左右，他從阿弗列斯頓返回馬利格林。那是個晴朗和煦的夏日，他背著工具走在路上，背簍裡的小鑿子跟大鑿子碰撞，發出輕微的叮叮聲。這天是週末，他提早下班，要去克列斯坎的麵粉廠幫姑婆辦點事，因此繞道而行，選擇一條不常走的彎路。

當時他情緒十分亢奮，彷彿看見自己一兩年後舒適地住在基督教堂城，準備踏進他魂縈夢牽的知識堡壘。當然，他現在就有能力搬過去，做某種工作謀生，但他還沒有把握能在那裡生活無憂，所以願意多等一段時間。想到自己多年來的努力，他內心油然生起一股強烈的滿足感。他往前走著，不時轉頭查看左右兩側的景物。但他其實什麼都沒看見，那只是他不算太專注時的慣性動作，他全副心思都在評估自己目前的進度。

「我閱讀一般古典著作的能力已經不輸普通學生，特別是拉丁文。」這是事實，以他現在對拉丁文的熟練度，已經可以在踽踽獨行時輕而易舉用假想的對談消磨時間。

「我讀過兩卷《伊里亞德》，某些段落也讀得相當熟，比如第九卷福尼克斯的談話[22]、第十

22. 福尼克斯（Phœnix）將阿基里斯（Achilles）當成兒子般教導，勸他保護希臘戰船，及時出戰特洛伊人。

四卷赫克托和埃阿斯的對戰[23]、第十八卷失去盔甲的阿基里斯與匠神為他重新打造的盔甲[24]、第二十三卷葬禮上的競技[25]。我也讀過幾篇海希奧德[26]，一丁點修昔底德[27]，還有不少希臘文《新約》……不過，我還是希望希臘只有一種方言。

「我還讀了數學，包括歐基里德[28]的前六卷和第十一、十二卷，代數學到一次方程式。

「古代宗教作家的著作我也涉獵一二，還知道羅馬和英國的歷史。

「這些都只是起步，不過我暫時沒辦法繼續精進，因為書本很難取得。那麼接下來我應該全力為將來在基督教堂城的生活做準備。以後到了那裡，我能得到很多幫助，學問會突飛猛進，到那時我會覺得自己現在跟孩童一樣無知。我必須存錢，我會做到。現在會拒絕我的學院，將來一定會為我敞開大門，就算等二十年也無妨。

「我一定要當上神學博士，絕不放棄！」

他繼續做白日夢，覺得自己甚至可能成為主教，過著純淨、積極、睿智的基督徒生活。他會成為世人學習的典範！如果他年收入有五千鎊，他會以不同方式捐出四千五百鎊，用剩下的錢過著寬裕（對他而言）的生活。話說回來，成為主教有點誇張，他決定把目標放在副主教。副主教應該跟主教一樣，都會是仁慈、博學又有用的人。只不過，他還是覺得當主教比較好。

「搬到基督教堂城之後，我要開始讀那些我在這裡拿不到的書，李維[29]、塔西佗[30]、希羅多德[31]、埃斯庫羅斯[32]、索福克里斯[33]和阿里斯托芬[34]……」

「哈哈哈！假惺惺！」樹籬另一邊傳來輕快的調笑聲。他沒聽見，繼續尋思：

「……歐里庇德斯[35]、柏拉圖、亞里斯多德、盧克萊修[36]、愛比克泰德[37]、塞內卡[38]、奧理略[39]。

23. 赫克托（Hector）和偉大戰士埃阿斯（Ajax）對陣，他無法刺穿埃阿斯的盔甲，卻被埃阿斯擲出的石頭擊中。

24. 阿基里斯決定出戰時盔甲已失，他母親海洋女神忒提斯（Thetis）請匠神赫菲斯托斯（Hephaestus）重新為他打造。

25. 阿基里斯的好友帕特羅克洛斯（Patroclus）穿著阿基里斯的盔甲出戰，被赫克托殺死。阿基里斯殺死赫克托後為帕特羅克洛斯舉辦葬禮，葬禮後的競技賽就在兩軍交戰的海邊舉行。

26. Hesiod，古希臘詩人，生卒年不詳，首先將訓誡寫入詩中，因此被譽為「訓諭詩之父」。

27. Thucydides，古希臘歷史學家，知名傳世作品有《伯羅奔尼撒戰爭史》（*The History of Peloponnesian War*）。

28. Euclid，古希臘數學家，著有《幾何原本》（*Stoicheia*），奠定歐洲數學研究的基礎。

29. Livy，古羅馬歷史學家，著有《羅馬史》（*Ab Urbe Condita*）。

30. Publius Cornelius Tacitus（約五五～一二〇），古羅馬知名歷史學家，重要作品包括《歷史》（*Histories*）與《編年史》（*Annals*）。

31. Herodotus，古希臘作家，被稱為「歷史之父」。他的作品《歷史》（*Histories*）是西方第一部完整保存的散文作品。

32. Æschylus（西元前五二五～四五六），古希臘劇作家，有「悲劇之父」之稱。

33. Sophocles（西元前四九六～四〇六），古希臘悲劇作家，作品《伊底帕斯王》（*Oedipus Rex*）是傳世經典。

34. Aristophanes（西元前四四六～三八六），古希臘作家，是古希臘喜劇的代表人物。

35. Euripides（西元前四八〇～四〇六），古希臘劇作家，與埃斯庫羅斯和索福克里斯並稱希臘三大悲劇作家。

36. Titus Lucretius Carus（約西元前九九～五五），古羅馬哲學家，最知名的作品是《物性論》（*De Rerum Natura*）。

37. Epictetus（五五～一三五），羅馬時期斯多葛學派（Stoic）哲學家。

38. Lucius Annaeus Seneca（西元前四～西元六五），古羅馬政治家，也是斯多葛學派哲學家。

之後我還得熟讀其他東西：必須徹底掌握教會作家；大致了解比德[40]的作品和教會通史；再學點希伯來文，現在我只認得字母。」

「假惺惺！」

「……不過我願意下苦功。感謝上帝，我有充足的毅力和耐力！毅力和耐力才是關鍵……沒錯，基督教堂城會是我的母校，而我是她心愛的兒子，她會以我為榮。」

裘德全神貫注暢想未來的種種，腳步逐漸放慢。這時他停住腳步，視線盯著地面，彷彿未來被魔法燈籠投射在那裡。突然之間有個東西猛地擊中他的耳朵，是某種柔軟冰涼的物體，砸中他之後掉在他腳邊。

他瞄了一眼，看出那是一片肉，是閹豬的那個特定部位，鄉下人都拿它來給靴子上油，因為它沒有其他用處。附近地區養了不少豬，北威塞克斯郡部分地區是養豬重鎮。

樹籬另一邊有一條小溪，到這時他才發現，早先夾雜在他白日夢裡的細微說笑聲正是從那邊傳來。他爬上邊坡，探頭望向樹籬那邊。小溪對岸有一棟農舍，屋子連著菜園和豬舍。屋子前面有三個年輕女孩蹲在溪邊，身旁擺著水桶和大淺盤，裡面堆著豬下水，她們正用流動的溪水清洗豬腸。其中一兩個人悄悄抬頭瞅了瞅，發現他的注意力終於被吸引過來，而且正看著她們，於是端莊地閉上嘴巴，洗得更加勤快，任由他觀看。

「多謝妳們！」裘德口氣嚴厲。

「我可告訴妳，不是我扔的！」有個女孩對另一個說，彷彿裘德不存在。

「也不是我。」第二個女孩答。

「安妮，妳怎麼可以這樣！」第三個說。

「如果我真要扔，也不會扔那個！」

「呸！我才不在乎他！」她們朗聲大笑，埋頭做事，沒再抬頭看，繼續張揚地互相指控。

裘德惱怒地擦著臉，聽見她們的話。

「不是**妳**扔的，當然不是！」他對最上游那個女孩說。

那女孩有著一雙黑色眼眸，容貌清秀，稱不上漂亮，但隔一段距離看著還不錯，只是皮膚肌肉略顯粗糙。她的胸部渾圓凸出、嘴唇豐滿、牙齒潔白整齊，膚色像九斤雞下的蛋一樣潤澤。她是個成熟又強悍的雌性動物，這點無庸置疑。裘德幾乎可以確定，是她主導這起事件，讓他的注意力脫離更為崇高的文學夢，轉移到周遭的人蠢蠢欲動的心。

「你永遠不會知道。」她盛氣凌人。

「不管是誰扔的，都是蹧蹋別人的東西。」

「那東西反正不值錢。」

「妳要跟我聊聊嗎？」

39. Marcus Aurelius Antoninus（一二一～一八〇），羅馬五賢帝之一，有「哲學家皇帝」之稱。他的作品《沉思錄》（*Meditations*）記錄他的哲學思想。

40. Bede（六七三～七三五），英國神學家兼編年史家，被譽為「英國歷史之父」。

「可以，如果你有興趣。」

「妳希望我過去，或者妳走到木橋那裡。」

或許這位黝黑女孩預見機會上門，因為他剛才說那些話時，她的目光跟他交會，似乎心意相通，默默昭示兩人之間有著某種潛在吸引力。不過，裘德自己事先完全沒有這方面的預謀。她看得出來，他在三個女孩之中選中她，就像在這種情況下選中任何女孩一樣，並不是為了跟她進一步交往，只是自然而然地聽命行事。原本不打算與女性產生任何交集的倒楣男子，會在不知不覺中接下這樣的指令。

她跳了起來，說道，「把地上那東西送回來。」

裘德現在知道了，她找他說話不是為了她父親的生意。他放下裝工具的背簍，拾起那片豬器官，用手杖撥開一條路，走到樹籬另一邊。他們在溪流兩岸同步走著，朝那條小木橋而去。女孩走近木橋時，趁裘德不注意，熟練地輕輕把兩頰依序往內吸嘬，以這種古怪又奇特的手法，像魔法般在平滑圓潤的臉龐製造出完美酒窩。只要她保持笑容，酒窩就不會消失。這種隨心所欲製造酒窩的技法不是祕密，很多人都試過，但只有少數人能成功。

他們在木橋正中央會合，裘德把她的飛彈拋回去，似乎等著她解釋為什麼大膽地用這麼新奇的武器攔下他，而不是直接喊他。

可是她狡猾地移開視線，手拉著木橋欄杆，身體前後擺動。最後，基於對情愛的好奇，她轉過頭來，用審視的目光看著他。

「你不會以為是我拿東西扔你吧？」

「不會。」

「我們在幫爸爸清洗豬下水，東西少了他會不高興。他要拿來做皮革防水油的。」她的腦袋朝草地上那塊東西一點。

「那麼當初那人為什麼要扔呢？」裘德問。他客氣地接受她的說辭，卻不太相信這番話的真實性。

「只是胡鬧。你可別跟人說是我扔的！」

「怎麼可能？我根本不知道妳叫什麼名字。」

「的確。需要我告訴你嗎？」

「請說！」

「艾拉貝拉．唐恩。那是我家。」

「如果我常走這條路，一定會知道妳家。不過我通常走公路。」

「我爸爸養豬，那兩個女孩在幫我清洗豬內臟，準備做血腸之類的東西。」

他們倚著欄杆相互打量，聊了又聊。艾拉貝拉身上清楚地散發出一種女人對男人的無聲召喚，將裘德留在原處，違反他的意願，也幾乎違反他的意志力，對他而言是全新的體驗。說起來一點也不誇張，裘德到目前為止從沒把女人當成女人，而且隱隱將女人排除在他的人生和目標之外。他的視線從她的眼睛移到她的嘴唇，再到她的胸部和她裸露在外的豐滿手臂。那手臂像大理石般結實，此時掛著水珠，被冰冷的溪水凍得色澤斑駁。

「妳長得真好看！」他喃喃說道，但她對他的吸引力不需要這樣的言語來表達。

「你該看看我星期天的模樣！」她挑逗地說。

「我能看得到嗎？」他問。

「那就要看你了。現在沒有人約我，不過一兩星期後就難說了。」她說這話時收起笑容，酒窩也消失了。

裘德意識到一種怪異的飄浮感，卻身不由己。「我可以約妳嗎？」

「我無所謂。」

她把臉轉向一邊，重複剛才提到的吸臉頰小動作，製造出一個酒窩。裘德暫時還注意不到她外表的細節。「星期天見面？」他大膽地問，「也就是明天。」

「對。」

「我過來接妳嗎？」

「好。」

她臉上綻放得意的神采，轉身時用近乎溫柔的目光掃了他一眼，踩著溪流旁的青草走向下游，回到同伴身邊。

裘德背起工具簍，重新踏上無人小徑，內心滿溢著令自己詫異的激情。他剛吸入一口全新氣息，那種氣息顯然一直寸步不移圍繞在他周遭，連他自己都不清楚究竟有多久了，只是不知怎的被一片玻璃隔絕。短短幾分鐘前，他明確地為自己籌謀的讀書、工作和學習計畫，此時不明所以地崩塌潰散，棄置在角落。

「只是輕鬆一下。」他告訴自己。他隱約意識到，根據常理判斷，這個刻意吸引他的女孩性格上似乎少了一點該有的，多了許多不該有的。所以他有必要告訴自己，接近她只是為了找點樂子，因為那女孩身上有著某種特質，是那個致力研讀典籍、嚮往莊嚴的基督教堂城的他反感不喜的。女孩用那種飛彈對他發動攻擊，顯然談不上純真無邪。他的理智看見了這點，卻只是匆匆一瞥，就像藉由熄滅前的短暫燈光看清刻在牆壁上的文字，旋即被黑暗籠罩。之後這條忽閃現的洞察力撤退了，裘德已經暈頭轉向，整個人被一股新奇又狂野的喜悅占滿，找到了近在咫尺、卻未曾察覺的全新情感出口。這個星期天，他就要跟這個引燃他熱情的異性見面。

女孩回到同伴身邊，不發一語地拿起豬腸在清澈的溪水裡翻動、沖洗。

「親愛的，釣上了嗎？」那個叫安妮的女孩開門見山。

「不知道。早知道就扔別的東西！」艾拉貝拉懊喪地嘀咕著。

「老天！妳可別以為他是什麼好對象。以前他駕著老茱希拉的麵包車在馬利格林送貨，後來去阿弗列斯頓當學徒。從那時起就一副高高在上的模樣，只知道讀書。聽說他想當學者。」

「哼，我才不在乎他，他的事跟我沒關係。妳可別多想！」

「少來！妳何必騙我們！如果妳不想釣他，剛才為什麼跟他說那麼多？不管妳對他有沒有意思，他跟小孩子一樣單純。你們在橋上調情，我就看出來了。他看妳的眼神一副長這麼大沒見過女人似的。任何女人只要能勾起他的興趣，再耍點好手段，絕不會失敗。」

7

隔天裘德站在他那間斜屋頂臥室裡看著桌上的幾本書，而後視線往上移，看見灰泥板被油燈燻出的污黑印子。

時間是星期天下午，他遇見艾拉貝拉後的二十四小時。過去一個星期裡，他一直打算要把這天下午的時間撥出來做件特別的事，那就是重讀他的希臘文《新約》。這是本新書，內容比他原來那本好，以格利斯巴赫的版本為基礎，經過許多人訂正，書頁空白處附有各家注解。這本書很令他自豪，因為他壯起膽子寫信向倫敦的出版商購買，以前他從沒做過這樣的事。

現在他每星期只在姑婆家住兩夜，原本他預期這天下午會一如往常，在這靜謐的環境中暢快享受閱讀的樂趣。可是就在昨天，他波瀾不起的平靜人生出現了一種全新事物，一股強大的拉力。他的感受想必如同冬天過後剛蛻皮的蛇，對這層全新外皮的光澤與敏感度感到陌生。

最後他決定不去見她。他坐下來，翻開那本書，兩邊手肘穩穩擱在桌面上，雙手扶著額角，讀了起來：

《新約全書》

他承諾過要去找她嗎？當然！可憐的女孩，她會在家裡痴痴地等，為他浪費整個下午的時間。再者，除了承諾之外，她也是個迷人的女孩。他不該失信於她。雖然他只能利用星期天與平日夜晚讀書，但撥出一個下午問題不大，畢竟其他年輕人撥出大部分下午來玩樂。今天過後他也許不會再跟她見面。基於他的人生規劃，這很有可能。

總之，他彷彿被力道強勁的手臂牢牢抓住，那種力量跟一直以來驅動他的心的那些意念與影響力截然不同。這種力量好像不在乎他的理性與意志，不在乎他所謂的崇高目標，像粗暴的小學老師抓住學生的衣領，一味地驅使他前進，將他拉向某個女子的懷抱。那女子在他心目中不值得敬重，跟他之間唯一的共同點，就是住在同一個地區。

《新約全書》已經被他遺忘，在劫難逃的裘德跳起來跑向房間另一頭。早先他預期下午會出門，已經穿上最好的衣裳，不到三分鐘他就走出家門，沿著那條小路橫越麥田所在的寬廣低地。艾拉貝拉家單獨坐落在高地另一側的山坡下，與馬利格林村之間隔著那片麥田。他走在路上時看了看錶：兩個小時內就可以回來，吃過茶點後還有很多時間可以讀書。

他穿過幾棵零落的冷杉，又經過小路與公路銜接處那棟農舍，繼續快步往前，而後轉向左邊，走下紅磚屋西側的陡坡。抵達白堊岩層底部時，他走向從岩層冒出來的那條小溪，終於到了她家。豬舍的味道伴隨著豬隻的咕噥聲，從屋子後側飄過來。他走進菜園，舉起手杖柄敲敲門。

窗子裡的人已經看見他，因為屋裡有個男人喊道：

「艾拉貝拉，那個年輕人來追求妳啦！女兒，動作快點！」

裘德聽見那句話皺起眉頭。那人說出「追求」二字的口氣明顯認真嚴肅，但那樣的事他想都沒想過。他只是想跟她散散步，也許還會親吻她，但「追求」帶有明顯的目的性，跟他的想法背道而馳。門開了，他走進去，艾拉貝拉正好穿著嬌美俏麗的外出服下樓來。

「請坐，你叫什麼名字？」她父親用裘德在外面聽見的那種正經口吻問。他蓄著烏黑的落腮髫，整個人精神飽滿。

「我想馬上出門，你覺得呢？」艾拉貝拉悄聲問裘德。

「好。」他答。「我們散步到紅磚屋再折回來，要不了半小時。」

在這亂糟糟的屋子裡，艾拉貝拉看起來是那麼嬌豔，裘德慶幸自己來了，在此之前一直困擾他的疑慮也煙消雲散。

他們先爬到開闊丘陵地的最高處，上山過程中，他偶爾扶她一把。接著他們左轉，沿著峰頂踏上山脊路，繼續往前走，來到跟公路交會處的紅磚屋。以前他懷著熱切的渴盼在這裡眺望基督教堂城，現在他已經忘懷那些渴盼。他跟艾拉貝拉聊著本地最普通的瑣事，就算跟不久前還衷心仰望的大學裡的先生討論任何哲學話題，也不會有那麼旺盛的熱情。他走過之前跪下來朝拜黛安娜與菲布斯的地點，絲毫沒有想起那些神話人物。在他眼中，太陽只是一盞便利的燈火，幫他照亮艾拉貝拉的臉龐。他這個剛入門的學者、未來的神學博士、教授、主教或什麼的，此刻踩著難以形容的輕快腳步往前走，深深覺得榮幸又有面子，因為身旁這位漂亮的鄉村女孩穿著星期天的洋裝、繫著絲帶，屈尊俯就跟他出來踏青。

他們到了紅磚穀倉，也就是他計畫折返的地點。兩人站在這裡俯瞰北邊開闊的平野，震驚地看見鄰近小鎮冒出陣陣濃煙，就在底下離他們大約三公里的位置。

「是火災。」艾拉貝拉說，「我們跑過去看看！離這裡不遠！」

此刻裘德的胸腔填滿一股柔情，不願意拂逆她的意願。他反而覺得高興，因為他找到理由跟她多相處一段時間。他們幾乎跑著下山，到達底下的平地後往前走了一公里半，才發現失火地點比原先估計的遠得多。

不過，都已經走到這裡，他們繼續往前，到達火災現場時已經五點。那地方離馬利格林將近九公里遠，離艾拉貝拉家則是五公里。他們到的時候大火已經熄滅，兩人簡單查看那慘烈的焦土斷壁，就打道回府，途中經過阿弗列斯頓。

艾拉貝拉說她想喝茶，於是他們走進一家三流小酒館，點了飲料。他們點的不是啤酒，所以得等上很長時間。酒館女侍認出裘德，走到一旁對老闆娘竊竊私語，表達她的驚訝。她說那個「與眾不同」的學生竟然自貶身價到這個地步，跟艾拉貝拉走在一起。艾拉貝拉猜到她說了些什麼，笑著迎向裘德真摯又溫柔的目光，那是輕佻女子預見勝利在望，粗俗又得意的笑聲。

他們坐在位子上打量四周，看見牆壁上參孫與大利拉[41]的畫像、桌上的圓形啤酒漬，以及腳邊裝滿木屑的痰盂。裘德看著周遭的一切，只覺心情抑鬱。大概只有星期天傍晚的酒館能像這樣讓人心情低落，那時夕陽西斜，酒館買不到烈酒，可憐的旅人也找不到其他棲身之所。

天色開始變暗，他們覺得不能再等下去。裘德問，「我們該怎麼辦？妳回家還得走五公里路。」

「我們可以喝點啤酒。」艾拉貝拉答。

「啤酒，對啊，我沒想起來。只是，星期天晚上跑到酒館喝啤酒好像有點奇怪。」

41. 根據《聖經．士師記》第十六章記載，擁有神力的參孫愛上了大利拉，他的敵人指使大利拉刺探參孫的弱點，順利捉住參孫，挖去他的雙眼。

「可是我們來這裡不是為了喝啤酒。」

「的確不是。」裘德很想趕快離開這個跟他格格不入的環境，但他還是點了啤酒，啤酒很快就送來。

艾拉貝拉嘗了一口，嫌惡地說，「噁！」

裘德也輕啜一口，問道，「有什麼不對嗎？我對啤酒實在不內行。我不討厭啤酒，只是喝酒會影響讀書，咖啡比較適合。不過這啤酒好像還可以。」

「這啤酒不純，我喝不下去！」她說出酒裡除了麥芽和啤酒花之外的三、四種成分，裘德聽得驚奇不已。

「妳懂得真多！」他和善地說。

不管怎樣，她還是把自己的啤酒喝掉，之後兩人重新上路。夜幕已經低垂，走出鎮上燈光的範圍後，他們向對方靠近，直到身體互相碰觸。她暗暗希望他摟她的腰，但他沒有，只說了一句，「妳可以挽著我。」他覺得自己相當大膽。

她照他的話做，做得很徹底，雙手抱住他整條手臂。他意識到她溫暖的身軀緊貼著他，於是把手杖夾在另一邊腋下，用被她抱著的右手握她的右手。

「親愛的，現在我們很親近了，是嗎？」他問。

「是。」她答。又對自己說，「普普通通！」

「我變得這麼放蕩！」他心想。

他們就這樣走著，來到高地底部，昏暗中看見那條白色公路往上爬升。從這個地方去艾拉貝拉家只能爬上斜坡，再往右邊下坡去到她家所在的谷地。他們剛上坡不久，險些撞上兩個男人。那兩人從草地上走過來，他們沒看見。

「這些情侶到處遊蕩，不管什麼季節什麼天氣。只有情侶和流狼狗才這樣。」那兩人往山下走，其中一個的聲音傳過來。

艾拉貝拉輕聲竊笑。

「我們是情侶嗎？」裘德問。

「這得問你。」

「那妳覺得呢？」

她沒有回答，而是直接把頭靠在他肩上。裘德得到暗示，伸手攬住她的腰，將她拉過來深情擁吻。

現在他們不再是手挽著手，而是如她所願地相依相偎。裘德告訴自己，反正天已經黑了，又有什麼關係。他們走到山坡中途時，兩人不約而同停下腳步，他再次吻她。走到山頂時，他又吻她一次。

「你喜歡的話，可以繼續摟著我。」她溫柔地說。

他照她的話做，心想，她多麼信任他。

他們就這樣慢慢走向她家。他下午三點半出門，原本打算五點半回家讀《新約全書》。等他將她送到她家門口，兩人再次擁抱，時間已經是晚上九點。

她邀他進去，就算露個臉也好，否則會顯得很奇怪，彷彿她晚上一個人出門。他讓步，跟著她進門。門一打開，他看見裡面除了她父母，還有幾個鄰居圍坐在一起。他們都用恭賀的語氣說話，把他當成艾拉貝拉未來的另一半。

那些人跟他不是同一種人，也不屬於同一個圈子，他頓時手足無措，困窘不已。他沒預料過這種場面，原本只想跟艾拉貝拉散個步，度過愉快的午後，其他的沒想太多。他沒有多做停留，只跟她繼母（一個單純溫和的女人，外表與性格都十分平凡）聊兩句，跟在場所有人道過晚安，就奔上那條穿越丘陵的小路，鬆了一大口氣。

不過，那只是一時的感覺，艾拉貝拉很快又盤據他腦海。走在路上時，他覺得自己已經不是昨天那個裘德。他的書對他有什麼重要？他的志向呢？他堅持了那麼久，日復一日，連一分鐘都不肯浪費。「浪費！」要看你從什麼角度去解釋：他到現在才真正活著，不是浪費生命。品嘗愛情的滋味，比當大學生、牧師好得多，嗯，甚至比當教宗更美妙！

他回到家的時候，姑婆已經睡了，眼前的一切彷彿都在指責他的怠忽。他摸黑走上樓，黑暗的房間彷彿憂傷地質問他。他的書本攤開在桌上，跟他離開時一樣。在幽微的星光下，書名頁的大寫字母堅定地譴責他，就像亡者不肯瞑目的雙眼：

《新約全書》

隔天裘德起個大早，趕到鎮上的平日住處。他把這次帶回家卻沒有讀的書扔在背簍裡的工具上，覺得帶這些書徒勞無功。

關於熱情澎湃時的所做所為，他幾乎連自己都不說，艾拉貝拉卻在親友間大肆宣揚。

他迎著曙光重遊幾小時前跟心愛的人在漆黑夜色裡走過的路，來到山腳下時放慢腳步，最後一動不動站著。這是他第一次吻她的地方。旭日初升，昨晚以後應該還沒有別人經過這裡。裘德看了看地面，嘆了一口氣。他細細查看，只在潮濕的泥土上找到他們緊緊相擁時留下的淡淡腳印。現在她不在這裡，「想像力以天然素材鋪錦列繡」[42]，生動描繪出她當時的倩影，以至於他的心彷彿被掏空了，什麼都填不滿。一棵剪枝柳樹就站在那個定點近旁，因此變成全世界獨一無二的柳樹。他承諾再去找她，但還得等六天。現在他最大的心願是讓這六天瞬間消失，就算他只剩一星期壽命也在所不惜。

一個半小時後，艾拉貝拉跟星期六在溪邊那兩位同伴來到這裡。她渾然不覺地走過擁吻的地點，無視那棵標記位置的柳樹，毫無隱瞞地跟朋友聊起那個話題。

「然後他跟妳說了什麼？」

「然後他說……」她幾乎一字不漏地重述他最濃情蜜意的話語。如果這時裘德就在樹籬另一邊，會驚愕地發現他前一天晚上說的話做的事都不是祕密。

「妳確實讓他動心了，這話絕不假！」安妮斬釘截鐵地說，「真替妳高興！」

一段時間後，艾拉貝拉才壓低聲音回應，那飢渴的語調隱含著情慾。「是啊，他對我動心

42. 這句話是法國哲學家伏爾泰（Voltaire，一六九四～一七七八）在他的《哲學辭典》（*Philosophical Dictionary*）中對愛情的定義。

了！但我要的不只是他對我動心。我要他擁有我，娶我！我一定要得到他，我不能沒有他，他就是我想要的那種男人。如果我不能完全屬於他，我會發瘋！我第一次見到他就有這種感覺。」

「他是個溫柔多情、坦率正直的年輕人，只要妳用對方法套牢他，一定能成功，他一定會娶妳。」

艾拉貝拉又尋思片刻，問道，「什麼樣的方法才算對？」

「別說妳不知道，少來！」第三個女孩莎拉說。

「我發誓我不知道！除了一般的調情，不讓他跨越防線，別的我都不知道！」

莎拉看著安妮，「她**真的**不知道！」

「看來是這樣！」安妮說。

「虧她在鎮上住過！好吧，我們可以教教妳，妳也可以教教我們。」

「好。妳們所謂套牢男人是什麼意思？就當我什麼都不懂，趕快說清楚！」

「變成丈夫。」

「變成丈夫。」

「像他這種老實又熱心的鄉下孩子才行。如果是大兵、水手、城裡來的商人，或那些處處留情玩弄可憐女孩的男人，我絕不會贊成。我絕不會害朋友！」

「像他那樣的人當然可以！」

安妮和莎拉對望一眼，玩鬧似地翻了翻白眼，嘻嘻竊笑。其中一個走到艾拉貝拉身旁，儘管四下無人，她還是壓低聲音說話，另一個好奇地觀察艾拉貝拉的反應。

「啊！」艾拉貝拉顯得意外。「我真的沒那樣想過！可是萬一……他不可靠呢？女人最好別那麼做。」

「不冒險哪能有收穫！再者，妳要先確定他肯負責才能做。那樣的話就不會有事。我倒希望有這種機會！很多女孩都這麼做，不然妳以為她們是怎麼結成婚的？」

艾拉貝拉默默往前走，輕聲對自己說，「我要試試！」

8

到了週末，裘德照例離開他在阿弗列斯頓的住處，朝他姑婆在馬利格林的家走去。如今這趟路程對他有著莫大的吸引力，倒不是說他急著見他那位老邁又孤僻的姑婆。他在上坡前拐向右邊，只為了在正式約會以外的時間偷瞄她一眼。還沒到她家以前，他敏銳的視線隔著菜園子樹籬看見她的腦袋忽東忽西快速移動。走進大門後，他發現有三隻還沒養肥的小豬跳過豬舍圍欄逃了出來，艾拉貝拉一個人想盡辦法要把牠們趕進敞開的豬舍門。她看見裘德後，原本趕豬時的強硬表情頓時化做似水柔情，含情脈脈地轉頭望著他。小豬趁這個機會掉頭跑了。

「這幾隻今天早上才關進豬舍。」她大聲說。雖然情郎就在一旁，她還是忍不住追起豬仔。「昨天從斯帕朵農場趕回來，爸爸花了大價錢買的。牠們想回家，真是蠢豬！親愛的，請你把大門關上，幫我趕牠們進豬舍。家裡沒有男人在，只剩媽媽。如果不管牠們，跑出去就回不來了。」

裘德開始幫忙，東奔西跑，避開園子裡種的馬鈴薯和甘藍菜。偶爾兩人跑在一起，他會拉她過來親一口。第一頭豬很快逮回來，第二頭好不容易也進了豬舍。第三頭腿比較長，也比較頑固，行動敏捷，衝過樹籬上的洞，跑到外面的小路上。

「如果不追上去就找不回來了！」她說。「跟我來！」

她追著小豬全力衝出菜園，裘德跟在她身旁，只能勉強看見脫逃小豬的蹤影。偶爾他們會叫路旁的男孩幫忙攔住小豬，可是小豬總是竄開，埋頭往前跑。

「親愛的，我拉著妳跑。」裘德說，「妳快喘不過氣了。」她將熱烘烘的手遞過來，顯得十分樂意。兩人手拉手往前跑。

「當初就不該一路趕牠們回來。」她說。「牠們會認路。用馬車運過來就沒事了。」

到這時小豬已經跑到通往那片開闊丘陵草地的大門。當時門開著，小豬用細長的腿能跑出的最高速度衝了出去。裘德和艾拉貝拉跟著爬上高地頂端，發現如果想追到小豬，就得一路跑到農場。從山頂往下看，小豬變成小小的黑點，循著正確的路線跑向牠原來的家。

「沒用的！」艾拉貝拉大喊。「等我們追上牠，牠早到家了。反正我們知道牠沒有在路上跑丟或被偷，就不會有事。他們知道那是我家的豬，會送回來。親愛的，我好熱！」

她沒有鬆開裘德的手，直接轉身躺在一棵矮小棘樹下方的草地上，裘德被猛力一扯，直接跪倒在地。

「噢，真抱歉，幾乎把你扯倒。我實在累垮了！」

她像一根箭似地筆直仰躺在山坡頂端這片傾斜草地上，凝望著蔚藍的天空，暖熱的手仍然抓著裘德不放。裘德撐著手肘斜倚在她身旁。

「我們白費力氣跑那麼遠。」她又說，大口喘著氣，身體隨著呼吸高低起伏。她臉蛋泛紅，飽滿的紅唇微張，皮膚上密布細細的汗珠。「親愛的，你怎麼不說話？」

「我也累極了，一路都是上坡。」

附近沒有任何人，這點再明顯不過，因為四面八方開闊空曠，視線毫無遮擋。只要有人出現在方圓一兩公里內，他們一定能看見。這裡是本郡最高的山頂之一，從他們躺著的地方就能看見遠處基督教堂城周遭的景物，但裘德當時沒想到這點。

「哇，我看到這棵樹上有個漂亮的東西。」艾拉貝拉說，「是毛毛蟲，黃黃綠綠的，你再也看不到更漂亮的。」

「在哪裡？」裘德坐了起來。

「你那裡看不到，要過來這邊。」她說。

他俯身靠過去，腦袋伸到她面前。「不行，我看不到。」他說。

「就在那個樹枝岔開的地方，靠近那片正在擺動的葉子。那裡！」她輕輕把他拉到自己身邊。

「還是看不到。」他的後腦勺抵著她臉頰。「如果我站起來，也許能看見。」說著，他站起來，伸長腦袋順著她的視線往上瞧。

「你可真笨！」她氣呼呼地罵了一聲，把臉轉開。

「親愛的，我不想看，看那個做什麼？」他低頭俯視她。「艾拉，起來。」

「做什麼？」

「我想吻妳，我等很久了！」

她把臉轉回來，銳利的眼神斜斜盯著他好一陣子。接著她輕輕噘起嘴唇跳起來，突然說，「我得快點！」說完，快步往回家的方向走去。裘德追上去，跟她走在一起。

「一下就好！」他哄道。

「不要！」她答。

他驚訝地問，「怎麼回事？」

她含嗔帶怨地緊閉雙唇，裘德像乖順的羔羊跟著她。最後她放慢腳步跟他並肩而行，平靜地聊些無關緊要的話題，只要他想拉她的手或摟她的腰，就會制止他。他們就這樣回到她家院子，艾拉貝拉用一種被冒犯的倨傲神態對他點點頭告別，轉身進門去。

「看來我對她太不尊重了。」裘德自言自語，而後嘆息一聲，走向馬利格林。

星期天早上，艾拉貝拉家裡照例是每週一次的忙亂現場，為週日大餐做準備。她父親對著掛在窗框上的小鏡子刮鬍子，她跟她母親就在一旁剝豆莢。有個鄰居在附近教堂做完晨禱回程時路過，看見唐恩在窗子旁刮鬍子，點個頭打了招呼後走進來。

她看見艾拉貝拉馬上打趣說，「我看見妳跟他跑在一起，嘻嘻！很快會有好消息吧？」

艾拉貝拉瞧都沒瞧對方一眼，臉上的表情示意她聽見了。

「我聽說他要去基督教堂城，等他有能力就去。」

「這話是妳最近聽說的嗎？就這段時間？」艾拉貝拉氣勢凶猛地吸一口氣，恨恨地質問。

「啊，不是！不過大家很久以前就知道那是他的計畫。他只是在這裡等機會。哎呀，他總得跟某個人交往。這年頭年輕人沒什麼定性，這裡玩玩，那裡逗逗。我那個時代的人不會這樣。」

那個長舌婦走了以後，艾拉貝拉忽然對她母親說，「今天晚上吃過茶點後妳跟爸爸去看看艾德琳夫婦。或者，范斯渥斯有晚禱，你們可以走過去。」

「哦？今晚有什麼事嗎？」

「沒事。我只是不想家裡有別人在。他很害羞，如果你們在家，他不會進來。我很喜歡他，如果我不多用心思，他會從我手上溜走。」

「既然妳這麼說，我們出去就是了。」

這天下午艾拉貝拉跟裘德見面，一起去散步。裘德已經幾星期沒有讀過拉丁、希臘或其他任何語言的書本。他們漫步爬上山坡，抵達那條綠草鋪地的山脊路，又沿著這條路往前走，去到毗鄰的古代環形土堤。裘德想到這條路悠久的歷史，想到古時趕著牛羊往返奔走的人們，那時說不定羅馬人還沒來到英國。底下平原傳來和諧的教堂鐘聲。這時鐘聲已經融合成單音，速度加快，而後停止。

「我們回去吧。」艾拉貝拉說。剛才她專心聽著鐘聲。

裘德不反對。只要在她身邊，去哪裡都無所謂。他們回到她家門口時，他躊躇地說，「我不進去了。今天妳為什麼這麼急著回家？天色還亮著。」

「你等等。」說著，她轉了轉門把，發現門鎖住了。

「他們上教堂去了。」她從刮鞋架後面找出鑰匙打開門，又輕鬆地問，「要不要進來坐一下？家裡只有我們。」

「當然。」裘德欣然回答，情況的演變出乎他的意料。

兩人一起進屋。要喝茶嗎？不，時間太晚了，他寧可坐下來跟她說說話。她脫掉外套和帽子，兩人坐了下來，當然彼此靠近。

「拜託別碰我，」她輕聲說，「別把蛋殼碰碎。也許我應該把它放到安全的地方。」她開始解洋裝的領子。

「那是什麼？」裘德問。

「蛋，九斤雞的蛋。這是非常稀有的品種，我隨身帶著，再過不到三星期就能孵出來。」

「妳把蛋放在哪裡？」

「就這裡。」她把手伸進胸口，取出那顆蛋。雞蛋裹著一層羊毛，裝在豬膀胱裡，以免碰壞。她讓他看過蛋以後，重新放回胸前。「你別靠近我，我不想把蛋打破，否則又得重新開始。」

「妳為什麼做這麼奇怪的事？」

「這是古時候傳下來的習俗，可能是女人的天性，想要創造生命。」

「現在對我卻很不便利。」他笑著說。

「你活該。這裡，你只能碰我這裡。」

早先她把椅子向後轉，這時她隔著椅背探過頭來，小心翼翼地把臉頰送過來。

「妳真吝嗇！」

「剛才我把蛋放下，你就該抓住機會！你看！」她挑釁地說。「蛋拿開了！」她快速把蛋取出來，不過，在他還沒碰到她以前，重新又放了回去，被自己的小把戲逗得哈哈大笑。接著兩人拉扯一番，裘德伸手去掏蛋，得意洋洋地取出來。她臉色緋紅，他忽然意識到自己做了什麼，也漲紅了臉。

他們四目相對，喘著大氣。這時他站起來，說道，「現在我不需要擔心碰碎雞蛋，讓我親一下，我就走了。」

但她也站起來了。「你得先找到我！」她大聲說。

她跑了，裘德追上去。屋裡光線已經暗了，窗子太小，很長一段時間他不知道她在哪裡。最後一陣笑聲顯示她已經上樓去了，裘德跟了上去。

9

兩個月過去了，這段期間他們經常見面，艾拉貝拉好像不太滿意，總是幻想著、等待著、納悶著。

有一天她遇見江湖郎中威伯特。她與附近的村民一樣，跟這個庸醫也很熟，她向他描述自己的症狀。原本她快快不樂，跟他談過之後心情變開朗。那天晚上她跟裘德有約，裘德好像有點哀傷。

「我要離開了。」他告訴她，「我覺得我應該要走，這樣對妳我都好。真希望這些事沒有發生！我知道這該怪我，不過只要改正，永遠來得及。」

艾拉貝拉哭了起來。「你怎麼知道來得及？」她說，「說得倒容易！有件事我還沒跟你說！」她珠淚漣漣地望著他。

「什麼事？」他臉色轉白。「不會是……？」

「沒錯！如果你拋棄我，我該怎麼辦？」

「噢，艾拉貝拉，親愛的，妳怎麼能說這種話！妳**明知道**我不會拋棄妳！」

「那麼……」

「我現在幾乎沒有收入，也許我早該想到這件事……不過，如果真是那樣，我們就結婚！妳以為我會怎麼做？」

「我以為……親愛的，我以為你知道以後更想一走了之，讓我一個人面對！」

「妳知道我不會！當然，半年以前，甚至三個月以前，我做夢也沒想過結婚。這麼一來，我的計畫全毀了。我是說我認識妳以前的計畫，親愛的。不過那些計畫算什麼！只是關於書本、學位和大學教職的遙不可及夢想。我們當然會結婚，一定要！」

那天晚上他獨自出門，在夜色中漫步，自我反省。在腦海深處，他很清楚艾拉貝拉絕不是女性的好榜樣。只是，在鄉下地方，正直的年輕男子一旦像他這樣不幸跟某個女子有了過度親密的關係，就得負起責任。他已經打定主意要遵守諾言，承擔自己行為的後果。為了安慰自己，他假裝對她有信心。他言簡意賅地告訴自己，重點不在艾拉貝拉是什麼樣的人，而在他如何看待她。

結婚啟事送進教堂，下個星期六公告出來。教區的人都說裘德真是個頭腦簡單的呆瓜，讀了那麼多書，最後的結果卻得賣掉書本換鍋碗瓢盆。也有人猜到他們結婚的原因，包括艾拉貝拉的父母。這些人都說，像裘德這麼正直的男人，對天真無邪的情人做了不該做的事，就得用這種方法補救。為他們主持婚禮的牧師好像也對這樣的結果感到滿意。於是，他們兩人站在牧師面前宣誓：從今往後直到死亡，他們相信、感受與渴望的，必定跟過去幾個星期以來相信、感受與渴望的分毫無差。有一件事跟這場婚禮一樣異乎尋常，那就是沒有任何人對他們的誓詞感到意外。

裘德的姑婆經營麵包店，為他們做了一個結婚蛋糕。她尖刻地說，這是她能為那可憐的傻小子做的最後一件事了，幾年前他就該跟著他父母離開人世，不要活下來拖累她，總比現在好。艾拉貝拉切了幾塊蛋糕，用白色信紙包起來，送給她那兩個清洗豬下水的夥伴安妮和莎拉，蛋糕外包裝上寫著「感念妙計」。

就算是最樂觀的人，也不認為這對新人就會從此幸福美滿。裘德是石匠學徒，十九歲，期滿以前工資折半。如果住在鎮上，他妻子對家計很難有任何貢獻。原本裘德覺得他們必須住在鎮上，可是他們迫切需要增加哪怕微乎其微的收入，他只好在紅磚屋和馬利格林之間租下一間臨路的獨棟小屋，既有菜園子可以種種菜，艾拉貝拉也可以善用她的家學淵源養養豬。但這不是他想要的生活，況且每天要走很遠的路往返阿弗列斯頓。不過，艾拉貝拉覺得這只是短暫的過渡期，她已經有了丈夫，這才是最重要的。這個丈夫看清現實的可怕，願意認真做石匠，扔掉那些破書，做點有用的事，就能賺很多錢供她買洋裝和帽子。

於是，結婚當天晚上他帶她去到他們的新家，從此離開姑婆家那個他焚膏繼晷、苦心鑽研希臘文和拉丁文的房間。

裘德第一次看見她更衣，只覺渾身一陣寒顫。她一派從容地把盤在腦後的豐盈髮髻取下來，梳理整齊，掛在他買給她的鏡子上。

「什麼？那不是妳的頭髮？」他忽然對她生起一股憎惡感。

「不是，上流階級的人都這樣。」

「胡說！鎮上或許是，鄉下應該不一樣。再者，妳自己的頭髮就夠多了吧？」

「是啊，以鄉下人的標準是夠了，可是城裡的男人喜歡女人頭髮多，我在阿爾布里罕當酒吧女侍的時候……」

「在阿爾布里罕當酒吧女侍？」

「也不算酒吧女侍，只是在那裡的酒館倒酒，時間不長，就這樣。有人鼓吹我戴假髮，我覺得好玩，就買了。在阿爾布里罕，頭髮越多越好。那地方比你的基督教堂城體面得多。有身分地位的女士都戴假髮，理髮店助理告訴我的。」

裘德只覺反胃。他心想，某種程度上這話或許沒錯。天曉得，很多不諳世事的女孩會進城去住個幾年，依然保持簡樸的生活和外貌。其他的，唉，天生偏好矯揉造作，任何弄虛造假的事，她們只看一眼就能精通。不過，女人戴假髮或許不是什麼大罪，他決定不再想這件事。

即使家計方面前景黯淡，新嫁娘的興奮期通常可以維持幾個星期。她的身分改變了，對朋友的態度也隨之改變。這些事帶有一定程度的趣味，可以驅散現實的烏雲。即使最清貧的新娘，也能暫時忘卻生活的真實面貌。某個市集日，裘德．佛雷太太以這樣的新嫁娘姿態走在阿弗列斯頓的街上，遇見了以前的朋友安妮。自從婚禮後兩人沒再見過面。

她們跟過去一樣，開口說話前先哈哈大笑。彷彿這個世界本身就很好笑，不需要多說什麼。

「看吧，我的點子果然不錯！」安妮說。「對他那種人，這招肯定有效。他是個好人，妳該以他為榮。」

「我是啊。」艾拉貝拉輕聲說。

「預產期什麼時候？」

「噓！沒那回事。」

「什麼！」

「我弄錯了。」

「天哪，艾拉貝拉，艾拉貝拉！妳可真有心機！弄錯！好吧，真聰明，這招太妙了！雖然我懂得多，這種辦法我永遠想不出來！我能想到的辦法就是真懷孕，沒想到還可以作假！」

「妳別太早斷定我作假！我沒騙人，當時我真的不知道。」

「他會不會氣壞了！以後會不會每到星期六晚上就跟妳發脾氣！不管怎樣，他都會說妳騙他。而且是雙重騙局，我的天！」

「我承認第一重，不承認第二重……呸，他才不在乎！他知道我弄錯了，只會高興。他會安分下來，男人都會。不然還能怎樣？婚都結了。」

不管怎麼說，艾拉貝拉內心忐忑，因為總有一天她必須承認當初的警訊欠缺事實依據。事情發生在某天晚上就寢前，他們在那棟路旁孤獨小屋的臥室裡。裘德每天辛苦工作整整十二小時，再走路回來，這時已經先上床睡覺了。她進房間的時候，他正處於將睡未睡的狀態，幾乎沒有發現她在鏡子前寬衣解帶。

不過，她做了一個動作，他徹底清醒過來。鏡子映出她的臉，他看見她正在擺弄先前提到過的假酒窩自娛。她是這種神奇技能的高手，只要吸一下臉頰就能成功。他赫然發現，婚後他們相處的時間裡，那酒窩出現的頻率比過去交往時少得多。

「艾拉貝拉，別那樣！」他突然說，「那沒什麼害處，可是我不喜歡妳那樣做。」

她轉過來，笑著說，「老天，我不知道你還沒睡著！你真是土包子！這沒什麼大不了的。」

「妳在哪裡學來的？」

「沒在哪裡學。以前在酒館的時候，酒窩輕輕鬆鬆就可以保持，現在不行了。那時候我的臉比較有肉。」

「我不在乎有沒有酒窩，女人不會因為有酒窩就變美，尤其是像妳這種體格的已婚女子。」

「大多數男人的想法不是這樣。」

「就算是這樣，我也不在乎。妳怎麼知道男人怎麼想？」

「我在酒館工作的時候，經常有人這麼跟我說。」

「妳在酒館做過事，那個星期天晚上我們喝啤酒的時候，妳才會知道酒不純。我們結婚的時候，我以為妳從來沒離開過家。」

「你如果有點眼力，就該看得出來沒離開過家的女孩不可能有我這種見識。那時候在家裡沒事做，我閒得發慌，所以離家三個月。」

「親愛的，妳很快就有很多事可做了，對吧？」

「什麼意思？」

「當然是做孩子用的小東西。」

「喔。」

「什麼時候生？妳能不能告訴我準確的日子，別像之前那樣說得含糊籠統？」

「告訴你？」

「是啊，孩子出生的時間。」

「沒什麼可說的，那時我弄錯了。」

「什麼？」

「我弄錯了。」

他猛地從床上坐起來，盯著她，「怎麼會？」

「女人有時候會胡思亂想。」

「可是……當時我沒有任何準備，一件家具都沒有，口袋裡幾乎不到一先令，如果不是妳告訴我那件事，我覺得不管有沒有準備都得保護妳，不然我也不會不顧一切辦婚事，帶妳住進這間半空的房子。我的天！」

「親愛的，別生氣，事情已經成定局。」

「我無話可說了！」

他簡單回應一句，重新躺下，兩人陷入沉默。

隔天早上裘德醒來時，看待世界的角度好像不一樣了。關於那件事，他只能接受她的說法。世俗觀點凌駕一切，在那種情況下他只能那麼做。可是世俗觀點為什麼會凌駕一切？

他隱隱約約覺得，某種社會慣例竟能抹除投注多年心血與勞力的完善計畫，迫使男人放棄證明自己比低等動物更優秀、為整個世代的進步貢獻一己才能的機會。而這些都只是因為他一時被某種新奇又短暫的天性迷惑。那種天性本質上稱不上邪惡，最多也只能算是軟弱。這種社會慣例顯然不恰當。他很想知道，他究竟做了什麼，或者她究竟損失了什麼，以至於他必須落入這樣的陷阱，毀掉他（也許還有她）往後的人生？他結婚的直接理由並不存在，或許這是一種幸運，但婚姻已經存在。

10

秋天來了，他們養在豬舍那頭豬已經可以殺了。殺豬的時間訂在大清早，這麼一來裘德趕到阿弗列斯頓只會晚半個上午。

那天晚上似乎出奇地安靜。天亮前，裘德探頭看向窗外，發現地面鋪著一層雪。以這個季節來說，這樣的積雪算相當厚，雪花好像還稀稀落落飄下來。

「殺豬的恐怕來不了。」他告訴艾拉貝拉。

「他會來的。如果你要查洛燙豬毛，就得起床去燒熱水。我比較喜歡用火燒。」

「我馬上起來，」裘德說，「我喜歡我家鄉的方法。」

他下樓去，生起銅鍋底下的爐火，把豆莖塞進去。他自始至終都沒有點蠟燭，火焰投射出的歡騰光芒照亮屋子。只是，想到生火是為了燒水，燒水是為了燙掉一隻此時還活著的動物身上的毛，而那隻動物的聲音還持續從菜園子角落傳過來，他的好心情低落了些。到了跟屠夫約定的六點半，水燒好了，艾拉貝拉下樓來。

「查洛來了嗎？」她問。

「還沒。」

他們繼續等。天色亮了一點，有種雪中清晨的陰鬱。她走到門外望向馬路盡頭，進屋說道，「他不會來了。昨天晚上八成喝醉了，否則他不會在乎這麼點雪的。」

「那我們就得延期，只是熱水白燒了。山谷那邊積雪可能很深。」

「不能延期。家裡沒有東西可以餵豬，最後一點大麥飼料昨天早上吃完了。」

「昨天早上？那牠後來吃什麼？」

「沒吃。」

「什麼！牠餓到現在？」

「對。最後一兩天我們不餵食，清洗內臟可以省點麻煩。真沒常識，連這個都不知道！」

「難怪牠叫個不停，可憐的傢伙！」

「沒辦法了，你來殺吧。我告訴你怎麼做，或者我自己來，我應該沒問題。只是，那隻豬塊頭不小，我寧可讓查洛動手。總之，他的刀子和工具已經送過來了，我們可以拿來用。」

「再怎麼樣也不能讓妳動手。」裘德說，「既然一定要殺，我來吧。」

他走出屋子去到豬舍，拿起雪鏟清理出幾公尺空地，把板凳放在豬舍前，刀子和繩子放在手邊。一隻知更鳥在附近的樹枝上窺探這些準備工作，牠不喜歡這不祥的場面，餓著肚子飛走了。這時艾拉貝拉也來了，裘德拿著繩子走進豬舍，套住飽受驚嚇的豬。那豬先是驚駭地尖叫，又跳起來憤怒地嘶吼。艾拉貝拉打開豬舍門，兩人一起把豬抬上板凳，四條腿朝上。裘德按住牠，艾拉貝拉把牠綁在板凳上，繩子在牠腿上繞圈固定，防止牠掙扎。

豬的叫聲變了，現在已經不是憤怒，而是絕望的哀嚎，緩慢、失望的長音。

「我發誓我寧可不養豬，也不要做這種事！」裘德說，「這是我親手養過的傢伙。」

「別說這種軟弱的蠢話！殺豬刀在那裡，尖的那把。不管你怎麼做，別刺太深。」

「我會給牠致命一擊，用最快的速度了結。那是最重要的事。」

「不行！」她叫道，「一定要把血放乾淨，所以牠得慢慢死。如果肉色太紅又帶血，我們每二十磅會少賺一先令。輕輕刺一下血管，這就夠了。我從小看殺豬，知道得很清楚。高明的屠夫都會讓血慢慢流光。牠死的時間至少要七、八分鐘。」

「我不在乎肉是什麼顏色，只要辦得到，我會讓牠在半分鐘內死掉。」裘德堅決地說。他效法以前見過的屠夫，先刮掉豬脖子上的毛，切開肥肉，全力一刺。

「哎，真該死！」她大喊，「真被我說中了！你刺太深了！跟你說了很多次……」

「安靜點，艾拉貝拉，給這傢伙一點同情心。」

「把桶子拿起來接血，不要說話！」

不管這豬殺得多麼不專業，至少還算慈悲。鮮血奔騰流瀉，而非她想要的涓滴細流。奄奄一息的豬換了第三種、也是最後一種聲調，是痛苦的尖叫。牠的眼睛緊緊盯著艾拉貝拉，那目光傳神地表達強烈的指責，彷彿在最後一刻發現，那些背叛牠的人，原本似乎是牠僅有的朋友。

「別讓牠再叫了！」艾拉貝拉說，「可能會有人聽見聲音跑過來，我不要別人知道我們自己殺豬。」她撿起裘德扔在地上的刀子，刺進豬脖子的刀口，切斷氣管。豬叫聲立刻停止，牠的最後一口氣從切口噴出來。

「好多了。」她說。

「這事太討人厭了！」他說。

「豬總得殺。」

那頭豬最後一次抽搐，雖然被繩子捆著，還是用盡最後的力氣猛踢一陣。一小團黑色血塊噴了出來，鮮紅的血幾秒前已經停止滴落。

「結束了，現在牠真的死了。」她說，「狡猾的傢伙。牠們都是這樣，最後一滴血能留多久就留多少！」

最後那一陣掙扎太出乎預料，裘德嚇得腳步踉蹌，一不小心踢倒接血的桶子。

「看你！」她大發雷霆，「這下子我做不成血腸了。白白糟蹋了，都怪你！」

裘德把桶子扶正，可惜裡面的豬血只剩三分之一，大多數都灑在雪地上。對於某些不認為這只是尋常取肉過程的人，這種場面淒涼、悲慘又醜陋。死豬的嘴和鼻孔變成青紫色，而後蒼白，四肢的肌肉也鬆弛了。

「感謝上帝！牠死了。」裘德說。

「我倒想知道上帝跟殺豬這種麻煩事有什麼關係！」她語帶嘲諷，「窮人總得活下去。」

「知道，知道，我沒罵妳。」裘德說。

他們突然注意到旁邊有人在說話。

「幹得好，年輕小夫妻！我敢賭咒連我都沒把握殺得比你們俐落。」那粗啞嗓音從菜園子大門傳來。原本盯著屠宰現場的兩人抬起頭來，看見查洛魁梧的身軀倚著柵門，上身探過來，正細細審視他們的表現。

「你還好意思站在那裡說風涼話！」艾拉貝拉說，「因為你遲到，肉都帶血，毀了一半！這下子二十磅賣不到一先令！」

查洛表達了歉意，又搖著頭說，「你們該多等一會兒，不要自己動手。尤其以妳目前的情況，這太危險了。」

「那事不需要你操心。」艾拉貝拉笑著說。裘德也笑了，只是他的笑帶著濃濃的苦澀。

查洛賣力地燙豬毛刮豬皮，彌補自己的遲到。裘德想到剛才做的事，對自己心生不滿，卻也知道這種想法很沒道理，而且就算由別人來動手，結果也沒有差別。潔白的雪地浸染了生物同類的血跡，在他這個正義愛好者看來不合邏輯，更別說他還是個基督徒，但他想不出有什麼方法可以補救。他妻子說得對，他確實是個心腸太軟的傻瓜。

現在他不喜歡通往阿弗列斯頓那條路，那條路彷彿帶著冷笑凝視他。路旁的一景一物都讓他回想起追求妻子的過程，於是他上下班途中有機會就讀書，眼不見為淨。只是，偶爾他會覺得，對書本的熱愛並沒有幫助他脫離平庸，他也沒有從書本獲得珍貴見解，因為如今的工人也都愛讀書。有一天他經過第一次見到艾拉貝拉那個溪畔，跟那次一樣聽見說話聲。其中有個聲音是當時跟艾拉貝拉在一起的朋友，她在一間棚屋裡跟人聊天，聊天的主題正是他自己，也許是因為他們看見他遠遠走來。他們不知道棚屋牆板太薄，他經過的時候能聽見他們說的話。

「總之，是我鼓勵她那麼做。我告訴她，『不冒險哪能有收穫』。如果不是我，她只會是他的情婦。」

「我覺得那時候她很清楚根本沒事，但她還是告訴他……」

這個女人鼓勵艾拉貝拉做了什麼，否則她只會是他的「情婦」，而不是妻子？那番話隱含的意思實在惱人，他滿腔怒火，到家時過門不入，把工具簍拋進菜園柵門後繼續往前走，決定去看看姑婆，在那裡吃晚餐。

他很晚才回到家。不過艾拉貝拉正忙著把那頭豬的肥肉煉成豬油。她出門玩了一天，該做的事拖到現在。裘德擔心自己因為那些閒言閒語說出後悔莫及的話，盡量避免開口，艾拉貝拉卻很有談興，說了不少話，也跟他要錢。她看見裘德口袋露出的書本，又說他應該多賺點錢。

「親愛的，學徒的工資通常養不起妻子。」

「那你就不該娶。」

「艾拉貝拉，這種話太沒良心，尤其妳明知道這樁婚姻怎麼來的。」

「我對天發誓，我當時以為我跟你說的話是真的，是威伯特醫生告訴我的。你該慶幸那件事不是真的！」

「我不是那個意思。」他趕緊說，「我指的是在那之前的事。我知道那不是妳的錯，是妳那些朋友給妳出壞主意。如果她們沒給妳出主意，或者妳沒聽，我們兩個都不會像現在這樣被綁住，說句實在話，這種日子我們都飽受折磨。說起來或許很可悲，卻是事實。」

「誰告訴你我朋友的事？什麼主意？你今天一定要把話說清楚。」

「呸，我寧可不說。」

「但你要說，一定得說。你不說就太卑鄙了。」

「好吧。」於是他輕描淡寫地暗示他聽見的話。「我不打算再談這件事了，我們以後都別再提。」

她的防衛姿態瞬間潰散。「那沒什麼。」她冷冷地笑著說，「每個女人都有權利那麼做，風險由她承擔。」

「艾拉，這話我不贊成。如果男人（或者女人，假使男方逃避責任）不會受到終身懲罰，如果當下的軟弱帶來的後果可以在當下結束，甚至在一年內解決，她是可以那麼做。既然影響那麼深遠，她就該慎重。因為如果那是個正直的男人，她的行為就會束縛對方一輩子；如果他不正直，受害的就是她自己。」

「那麼當時我該怎麼做？」

「妳該給我時間……妳為什麼這麼晚還熬豬油？拜託別弄了。」

「那我就得明天早上做，這東西放不久。」

「那就明天做。」

11

第二天是星期日，她大約十點鐘開始處理豬油。這件事讓她想起前一天晚上的對話，她心裡的怒火重新燃起。

「馬利格林的人都是這麼說我的，是嗎？說我引誘你？你是金龜婿，是天賜良緣！」她越說越氣憤，忽然看見桌上有幾本裘德心愛的古典書籍，那些書不該出現在那裡。她惱怒地大吼，「我不喜歡這些書在這裡礙手礙腳！」接著一本一本拿起來往地上扔。

「別碰我的書！」他說，「妳不喜歡就放到旁邊去，像這樣丟在地上弄髒，實在太差勁！」艾拉貝拉正在熬豬油，雙手沾滿油脂，自然而然在書封上留下明顯指印。她繼續把書一本本丟在地上，裘德忍無可忍，只好抓住她手臂制止她。過程中她的髮夾掉了，頭髮垂落在耳際。

「放開我！」她說。

「妳先答應不再碰我的書。」

她遲疑了一下，再次說，「放開我！」

「妳先答應我！」

她停頓了片刻，「我答應。」

裘德鬆開手，她橫越房間去到門口，面無表情地出門走到公路上。她在路上來回踱步，氣沖沖地把被丈夫碰亂的頭髮扯得更鬆散，還解開洋裝的幾顆釦子。那是個風和日麗的星期天早晨，乾燥、清朗、冷冽，阿弗列斯頓的鐘聲隨著北風傳送過來。公路上人來人往，都穿著假日服飾，多半是情侶，就跟幾個月前在同一條路上嬉遊的裘德和艾拉貝拉一樣。那些人轉頭盯著艾拉貝拉那副匪夷所思的模樣：沒戴帽子、散亂的頭髮隨風飛揚、胸衣敞開、為了熬豬油捲到手肘的衣袖、油膩膩的雙手。有個路人裝出驚愕口吻：「上帝保佑！」

「看看他是怎麼對我的！」她大聲說，「星期天早上我該上教堂，他卻叫我工作，還把我頭髮抓亂，衣服扯開！」

裘德怒不可遏，走出去用暴力手段拖她進門。之後他突然洩了氣。裘德醒悟到他們之間已經完了，而這個結果跟她或他做了什麼無關。他定定站在原地，看著她。他心想，他們的人生毀了，毀在這場婚姻的根本性錯誤，那就是只憑短暫激情就訂下永恆契約。兩個人彼此扶持相伴一生，憑藉的是親密情感，而非短暫激情。

「你爸爸折磨你媽媽，你姑姑折磨她丈夫，你也有樣學樣想要折磨我，是嗎？」她問。「你們家族都不是正常的丈夫和妻子！」

裘德用驚訝的眼神直勾勾盯著她。她沒再說話，只是繼續走來走去，直到走累了。他離開家，漫無目標地遊蕩一陣子之後，朝馬利格林走去。他去了姑婆家，這時姑婆的健康已經越來越差。

「姑婆，我爸對我媽不好嗎？我姑姑對姑丈也不好嗎？」裘德在爐火旁坐下，劈頭就問。

茱希拉一如往常戴著過時的帽子，老邁的雙眼從帽沿陰影下往上看，問道，「誰跟你說的？」

「我聽人說的，想多知道一點。」

「我猜是你妻子說的，她一定是個蠢貨，才會說出這些事！不過你知道也好。事情很簡單，你爸爸媽媽感情不好，所以分開了。有一天他們從阿弗列斯頓的市集回來，在紅磚屋穀倉旁那個山頂吵了最後一架，最後一次跟對方告別。那時你還是個小嬰兒。你媽媽不久以後就死了，投水自盡。你爸爸帶著你去了南威塞克斯，再也沒有回來過。」

裘德回想起父親絕口不提北威塞克斯和母親的事，過去種種都跟著他進了墳墓。

「你姑姑也一樣。她丈夫惹她生氣，她再也不願意跟他一起生活，帶著她的小女僕去了倫敦。佛雷家的人不適合結婚，多半沒有好結果。我們骨子裡不喜歡被束縛，原本可以心甘情願去做的事，一旦被強迫，就會抗拒。所以當初你就該聽我的，不要結婚。」

「你說爸爸和媽媽最後一次吵架是在紅磚屋附近，具體是在哪個位置？」

「過了紅磚屋、往芬斯渥斯的路岔開的地方，那裡有個路標。以前那裡有個絞刑架，跟我們家族的歷史也有一點關係。不過那些不必再提。」

那天日暮時分，裘德從姑婆家出來，往回家的方向走去。他去到那片開闊丘陵，直接走了上去，到達一個圓形大池塘旁。霜越結越厚，天氣卻不是特別嚴寒，比較大的星星慢慢出現，閃耀著光芒。裘德伸出一隻腳踏上冰面的邊緣，而後另一隻腳。冰層在他的踩踏下劈啪作響，但他沒有退卻。他步履艱難地朝池塘中央走去，每走一步，腳下的冰就發出強烈抗議。來到池塘中央以後，他環顧四周一眼，原地往上一跳。劈啪響不絕於耳，他卻沒有落水。他再跳一次，冰層的碎裂聲卻停止了。裘德走回池邊，重新踏上陸地。

他心想，真是奇怪。為什麼讓他活著？莫非他太卑賤，沒有資格自殺。平靜的死亡國度厭惡他，拒絕接納他這個臣民。

除了自我毀滅，他還能用什麼方法向下沉淪？還有什麼更卑下的、更符合他目前墮落狀態的手段？他可以把自己灌醉。就是這個，他忘了還有這條路。酗酒正是前途無望的廢物最常見、最典型的逃避方式。他終於明白有些男人為什麼會在酒館裡買醉。他下山往北邊走去，來到一家偏僻的小酒館。進門坐下之後，看見牆上的參孫與大利拉畫像才回想起來，他跟艾拉貝拉第一次約會的那個星期天來過這裡。他點了烈酒，痛飲一個多小時。

那天深夜他踩著踉蹌的腳步回家，頹喪的心情一掃而空，頭腦卻還是相當清醒。他縱聲狂笑，好奇艾拉貝拉會如何看待這樣的他。他進門的時候屋裡黑漆漆的，跌跌撞撞摸索一陣子，才點亮燈火。之後他發現，雖然處理豬下水和豬油的痕跡還在，但東西都已經收走了。艾拉貝拉寫在舊信封上的留言別在壁爐的鼓風簾上：

「去我朋友家，不會再回來。」

隔天他沒有出門。他把殺好的豬送去阿弗列斯頓，再把家清理乾淨，鎖上門，鑰匙留在她知道的地方，以防她回來，之後就回阿弗列斯頓工作。到了晚上，他踩著沉重步伐回家，發現她沒有回過家。隔天和第三天都是一樣，之後她的信送來了。

她直言已經對他厭倦，說他反應遲鈍老氣橫秋，她不喜歡他過的那種生活，他永遠沒有能力提升他自己和她。她接著說，他也知道她父母很久以前就考慮移民澳洲，因為目前養豬這行景氣不好，這才決定離開。如果他不反對，她打算跟他們一起去。她說，像她這樣的女人在那邊會比在這個蠢地方更有前途。

裘德回信表示，他一點都不反對。他覺得既然她想去，未嘗不是明智的抉擇，也許對他們兩個都好。他把賣豬肉的錢和他為數不多的全部現款連同那封信裝進信封裡寄給她。

從那天起，他沒再跟她聯絡過，只間接聽說她的消息。不過，她父親並沒有馬上帶著家人離開，而是等到他的貨品和其他東西都賣完才走。裘德聽說唐恩家要舉辦搬家拍賣，就打包自己家裡的東西，租輛馬車送到她娘家給她，她可以趁娘家拍賣時把想賣的東西一起賣掉。

之後他搬到阿弗列斯頓住，在那裡的商店櫥窗看見岳父家搬家拍賣會的小廣告。他留意了一下日期。那個日子來了又走，他沒有去。拍賣會那天從阿弗列斯頓往南的交通流量明顯增加，但他沒有發現。幾天後他走進鎮上主街一家陰暗的二手商店，看見裡面堆著平底深鍋、衣架、擀麵棍、黃銅燭台、旋轉鏡子等雜項物品，顯然是近期低價買來的。他在那堆東西裡看見一幀裱框照片，照片裡的人正是他自己。那是他專程去拍攝，再請當地匠人用鳥眼紋楓木加框，是給艾拉貝拉的禮物，也在結婚那天鄭重送給她。相框背面標註的「裘德致艾拉貝拉」和日期都還在。她一定是把相框跟其他東西一股腦丟出去拍賣。

「喔，」店主人看見他在端詳相框和那堆東西，沒有發覺他就是照片裡的人。「那些是往馬利格林那條路一棟房子的搬家拍賣會買來的，你把照片拿掉，相框還蠻實用的。只要一先令。」她把他送的照片賣了，這偶然發現的無聲證據告訴他，妻子對他已經沒有任何舊情，而他對她的感情也在這最後一次小小打擊中化為烏有。他付了一先令買下，回到住處後，把相框連同照片一併燒毀。

兩三天後，他聽說艾拉貝拉和她父母出發了。先前他寫信給她，想正式跟她道別。她說她已經下定決心，還是別見面比較好。也許她真心想走。他們移民後的隔天晚上，他結束一天的工作，吃過晚餐後往外走，在星光下漫步，沿著那條太過熟悉的馬路，走向那片高地。他曾經在那裡體驗到激動與狂喜。那地方好像重新屬於他自己。

他心神恍惚。在那條古道上，他彷彿還是個小男孩，如痴如醉站在山頂上，內心首度燃起熊熊火焰，那是對基督教堂城與學術的激情。「但我已經是成年人。」他說，「我有妻子。甚至，我已經歷了更多，跟她起爭執，討厭她，跟她扭打，最後跟她分開。」

那時他忽然想起，他所在的位置離他父母分開的地點不遠。

前面不遠處就是最高點，從那裡好像可以看見基督教堂城（或他以為是基督教堂城的城市）。有個里程碑一如既往地站在路旁。裘德走過去，伸手去摸（而不是用眼睛看）往那座城的公里數。里程碑象徵他的抱負。他記得有一次在回家的路上，意氣風發地用鋒利的新鑿子在背面刻字。那是他當學徒的第一個星期，當時他還沒有為一個不合適的女人偏離人生目標。他好奇當時刻的字是不是依然清晰，於是繞到里程碑後面，撥開擋路的蕁麻。在火柴的微光中，他看見許久以前熱情刻下的字跡：

朝向那裡☞——J F

看見被雜草和蕁麻遮蔽的字跡完整如初，昔日的火焰在裘德的心靈點燃新的火花。未來的路不管悲苦喜樂，他都應該努力往前走，就算看見人世間的醜惡，也不需要憂傷懊惱，是不是？

「開開心心做對的事」，聽說這句話是一個名叫史賓諾莎[43]的人的人生觀，即使在這個時刻，他也可以效法這種精神。他可以跟他的噩運對抗，勇敢追逐最初的夢想。

他往前走了一段距離，看見了東北方向的地平線。那裡浮現淡淡光暈，像一小團微暗的星雲，只有信念堅定的雙眼才看得見。只要他學徒期滿，馬上去基督教堂城。回到住處時，他心情開朗了些，做了禱告。

43. Baruch de Spinoza（一六三二～一六七七），十七世紀荷蘭哲學家，是西方哲學史上舉足輕重的理性主義者。

第二部

在基督教堂城

「只有他自己的靈魂為他指引前路。」[1]——斯溫伯恩

「他們因為地緣相近而結識；情感日益深厚。」[2]——奧維德

1

裘德踏出生命中重要的下一步，踩著堅定步伐橫越向晚的鄉野。距離他跟艾拉貝拉交往和他們摩擦不斷的婚姻生活已經三年，周遭的綠意新了又新。他的位置在基督教堂城西南方兩、三公里，朝那座城市走去。

他終於離開馬利格林和阿弗列斯頓。他結束了學徒生涯，帶著工具邁向人生的全新起點。撇開他和艾拉貝拉的戀情與婚姻不談，這個起點他已經期待了將近十年。

此時的裘德給人的印象是強壯、好沉思、誠懇真摯的年輕人，相貌稱不上英俊。他皮膚黝黑，有一雙與膚色搭襯的深色眼眸，以他的年齡而言過於濃密的墨黑鬍子修得極短。鬍子和茂密鬈曲黑髮的梳理和清洗是個麻煩，因為他工作時總有太多粉塵落在上面。他在鄉下地方當學徒，學到的技藝是全面性的，包括紀念碑的打磨、修復教堂用的哥德式砂岩雕琢，以及一般的石材雕刻。如果是在倫敦，他可能會專攻某些項目，比如「飾板」、「葉飾」，或者「雕像」。

這天下午，他從阿弗列斯頓搭小馬車來到離基督教堂城最近的村莊，打算徒步走完最後六公里路。他沒必要走這段路，卻選擇這麼做，因為他長久以來一直想像自己以這種方式抵達基督教堂城。

最終促使他成行的動機說來奇怪，主要偏向情感面，而非理智，這是年輕人的常態。他還住在阿弗列斯頓的時候，有一天去馬利格林探訪姑婆，看見她壁爐架上黃銅燭台之間有一張照片，照片裡的女孩長相漂亮，戴著寬邊帽，帽沿下的褶邊向外伸展，有如從光圈向外投射的光芒。他問姑婆那是誰，姑婆不耐煩地說那是他表妹蘇・布里海德，屬於家族害群之馬的那一支。對於他的追問，姑婆只說她住在基督教堂城，不知道她的地址，也不知道在做什麼。

姑婆不肯把照片給他，但那個影像縈繞他心中，最後變成了催化劑，喚醒沉寂多年的志向，決定追隨老師的腳步前往基督教堂城。

他在坡度平緩、地面崎嶇的斜坡頂端停下腳步，第一次看見那座城市。灰色石造建築和暗褐色屋頂，離威塞克斯邊界不遠。曲折的邊界線上最北端一小塊地方幾乎探進了威塞克斯，悠閒的泰晤士河沿著邊界沖刷這個古老王國的田野。此刻那些建築物靜靜沐浴在夕陽餘暉下，處處可見尖塔和圓頂上的風向標一閃一閃，成為眼前色彩灰暗紛雜的肅穆景色中的亮點。

來到斜坡底部，他沿著平地上的馬路往前走，馬路兩旁的剪枝柳樹在薄暮微光中影影綽綽。他很快走近城市最外圍的燈光，其中某些燈向空中投射出輝煌的光芒，許多年前映入滿腔抱負的他極力遠望的雙眼。那些黃色燈光不太信任地對他眨眨眼，彷彿它們多年來在失望中等候遲疑不決的他，現在已經不太想要他了。

1. 摘自英國詩人阿爾杰農・斯溫伯恩（Algernon Charles Swinburne，一八三七～一九〇九）的詩集《日出前之歌》（*Songs Before Sunrise*）的序言。

2. 摘自古羅馬詩人奧維德（Ovid，西元前四三～西元一七）的代表作《變形記》（*Metamorphoses*）。

他跟狄克・威廷頓[3]是同一類人，能觸及他靈魂的，是更高雅的事物，而非物質的收益。他走在城市邊陲的街道上，步履謹慎，像個探險家。他無法從這處近郊推測出城市的真實面貌。他的當務之急是找個落腳處，所以他仔細尋找他想要的那種簡樸的平價分租房。一番打聽後，他在一個別名「貝爾謝巴」[4]的郊區租了一個房間，不過那時他還不知道這個別稱。安頓好之後，他吃過茶點就出門去了。

這天晚上沒有月光，風聲欷欷。為了找路，他在路燈下打開帶在身上的地圖。地圖在風中翻飛鼓動，但他還是看明白了這座城的核心區域在哪個方向。

左彎右拐之後，他來到一棟古老的中世紀建築。這是他進城後遇見的第一棟，從入口看得出來是一所學院。他走了進去，信步閒逛，深入燈光照射不到的漆黑角落。近旁還有一所學院，往前不遠又是另一所。這麼一來，他已經置身這座神聖城市的氣息與情操之中。沿途看見跟這座城的氛圍不和諧的事物，他的視線直接掠過，彷彿沒有看見。

鐘聲噹噹響起，他靜靜聽著，直到全部一百零一響[5]結束。他覺得自己一定數錯了，應該是一百響。

校門關閉後，他不能再走進校園裡的方院，於是沿著外牆和大門漫步，用手指撫摸飾板與雕刻的輪廓。隨著時間流逝，路上的行人越來越少，他依然在黑暗中緩步遊蕩。這裡的一景一物他已經嚮往了十年，一晚的睡眠又算得了什麼？高處的燈光襯著漆黑的夜空，照亮哥德式卷葉飾紋尖頂和齒垛。有些隱蔽巷弄顯然已經絕了人跡，被世人遺忘。中世紀風格繁複華麗的柱廊、凸窗與門樓往外凸伸，破落的石材平添巷道的荒涼感。這些傾圮頹敗的屋舍似乎不太可能孕育現代思想。

在城裡沒有任何熟人，裘德開始體會到自己的孤獨。像個孤魂野鬼，明明在人間行走，卻沒有人看得見或聽得見他。他感慨地深吸一口氣。想到自己鬼魂般的存在，他於是注意到盤桓在這些幽暗角落的其他鬼魂。

自從妻子和家具一去不回頭，他著手為這一步做準備，在能力範圍內閱讀並聽聞許多傑出人士的事跡。那些人在這些莊嚴的建築裡度過青春歲月，直到暮年仍然在這裡流連。其中有些人在他碰巧讀到的書籍中顯得格外出色，在他心目中也有了不成比例的高大形象。微風吹拂著屋角、拱壁和門柱，彷彿那些除了他以外的居民飄移而過；藤蔓枝葉相互拍擊，像是他們哀傷靈魂的低語；四周的幢幢暗影，宛如他們緊張不安的遊移。這些都是他形單影隻時的伴侶。在幽暗光線下，他彷彿迎頭撞上他們，卻感受不到他們的軀殼。

街道空空蕩蕩，但他捨不得拋下這些幽靈。詩人的靈魂在這裡遊走，有古代的、有近期的，從莎士比亞的朋友兼頌揚者[6]，到近期辭世的那位[7]，還有那位仍然與我們同在、擅長韻律的詩

3. Richard Whittington（一三五四～一四二三），英國政治人物，曾四度擔任倫敦市長，熱心公益行善助人。童話故事《威廷頓和他的貓》（*Dick Whittington and His Cat*）便是以他的故事改編。

4. Beersheba，現今以色列南部行政中心，又譯「別示巴」。在《聖經》中，貝爾謝巴是亞伯拉罕與基拉爾王亞比米勒人起誓的地方。

5. 基督教堂城的原型是牛津，牛津的大湯姆鐘（Great Tom）每晚九點零五分校門關閉時敲響一百零一聲，紀念最早的一百零一位學院人員。

人[8]。與他們同行的還有好深思的哲學家。他們不似裱框肖像裡那般眉頭緊蹙、髮色灰白，而是膚色紅潤、體格纖瘦，有年輕人的活力。另外就是身披白衣的當代神學家，其中在裘德心目中最有真實感的是「牛津運動」[9]這個宗教學派的創建者。這三位聲名遠播，一個有熱忱、一個是詩人，另一個重儀式[10]。早年裘德還住在偏僻鄉間時，就已經深受這三人的學說的影響。他在腦海中送走這些人之後忽然心生反感，因為緊接著出現的是這個地方的另一批學子，其中一個是戴著及肩假髮的政客、浪子、善辯者兼懷疑論者[11]；另一個是鬍子刮得乾乾淨淨的歷史學家，對基督教表面有禮暗地嘲諷[12]；還有其他同樣的懷疑派，他們跟那些虔信的人一樣熟悉這些方院，同樣自由自在地遊走在這些迴廊裡。

他望著各有千秋的政治家，有行動穩健不空想的；有學者、演說家、耕耘者。有人隨著年歲增長心境趨於成熟，也有人越活越褊狹。

接下來出現在他腦海的是科學家與文學家這不可能湊在一起的古怪組合。有人一臉沉思、有人鎖眉蹙額，也有人因為不停歇的研究，視力有如蝙蝠般衰弱。再來是政府官員，包括總督和郡守，這些人他不感興趣。還有他幾乎只知道姓名、寡言薄唇的首席法官和法政大臣。基於過去的夢想，他比較熱衷觀察高級教士。這個族群他知道得不少，有些重感情，有些講理智。比如以拉丁文為教會辯護的那位[13]，還有譜寫《晚禱》那位神聖作者[14]。在這些人身旁的，是那位偉大的巡迴布道家、頌詩創作者和狂熱人士，跟裘德一樣婚姻不幸[15]。

裘德發現自己在大聲說話，跟想像中那些人對談，像戲劇裡的演員對腳燈另一側的觀眾大發感嘆。他被自己的怪異行為嚇了一跳，連忙停止。也許他這個漫遊者說出的那些顛三倒四話語飄進牆壁的另一邊，被某個坐在燈光下的學生或沉思者聽見。那人或許抬起頭來，好奇那是什麼聲音，又傳達什麼涵義。裘德發現，除了偶爾路過的少數夜行人，他是這座古老城市此時此刻唯一

6. 指英國劇作家班・強生（Ben Johnson, 一五七二～一六三七）。強生曾寫詩稱頌莎士比亞，收錄在莎士比亞作品合集《第一對開本》（*First Folio*）。
7. 指英國詩人羅伯・布朗寧（Robert Browning, 一八一二～八九），《無名的裘德》寫成時，布朗寧剛過世不久。
8. 即阿爾杰農・斯溫伯恩。
9. Tractarian，一八三三年由牛津神職教職員發起的運動，呼籲恢復羅馬天主教某些儀式和教義，希望藉此復興英國國教。
10. 這三個人分別是：約翰・亨利・紐曼（John Henry Newman, 一八〇一～九〇），原為英格蘭教會牧師，後來皈依天主教；約翰・基布爾（John Keble, 一七九二～一八六六），英國神職人員，牛津大學的基布爾學院以他為名；愛德華・普西（Edward Pusey, 一八〇〇～八二），英國神職人員，曾在牛津教授希伯來語。
11. 指第一代博林布魯克子爵亨利・聖約翰（Henry St John, 1st Viscount Bolingbroke），政治上曾經兩度背叛君主，宗教上支持英國國教，卻發表反宗教反神學論點，被稱為投機政客。
12. 指英國歷史學家愛德華・吉朋（Edward Gibbon, 一七三七～九四），他在《羅馬帝國衰亡史》（*The History of the Decline and Fall of the Roman Empire*）中以不友善的筆調敘述基督教的興起與發展，受到宗教界猛烈抨擊。
13. 應指英國國教主教約翰・朱爾（John Jewel, 一五二二～七一），他在一五六二年以拉丁文撰寫〈為英國國教辯護〉（Apology of the Church of England）。
14. 指湯瑪斯・肯恩（Thomas Ken, 一六三七～一七一一），英國神職人員，是現代英語讚美詩的創始人。
15. 指英國國教神職人員約翰・衛斯理（John Wesley, 一七〇一～九一），衛理宗創始人，曾經與初戀情人論及婚嫁，卻對婚姻猶豫不決，最後女方琵琶別抱。

的血肉之軀，他還發現自己好像受寒了。

有個聲音從陰影外傳來，是真實存在的人，本地口音：

「年輕人，你在那個柱腳坐很久了，你想幹什麼？」

說話的人是個警察，注意裘德一段時間了，只是裘德沒發現。

裘德回家睡覺，睡前又翻開他帶來的一兩本書，讀了那所大學學子的資料，以及他們帶給這個世界的訊息。

睡意朦朧之際，他彷彿聽見那些人喃喃誦念著他剛讀過的名言佳句，有些依稀可聞，有些則含糊不清。其中一個幽靈（此人後來哀嘆基督教堂城是「折翼壯志的故鄉」[16]，只是裘德記不得）正在讚嘆這座城市：

「美麗的城市！如此崇高，如此可愛，絲毫沒有遭受本世紀凶猛的學術潮流摧殘。如此平靜……她不可言喻的魅力持續召喚我們所有人朝真正的目標邁進，實現理想，盡善盡美。」

另一個聲音來自那位反《穀物法》的先生[17]，裘德不久前才在那個有座大鐘的方院看見那人的幽靈。裘德覺得當時那人的靈魂可能正在準備發表那篇偉大演說裡的歷史性段落：

「先生，我或許想錯了，但基於我個人的職責，我主張當國家面臨饑荒威脅，就得採取在類似情況下都會選擇的慣常方案，那就是，不管糧食從哪裡來，人們都應該能自由取得……你可以要我明天下台，但我永遠不會忘記，我行使職務賦予我的權力時，絕非出於邪惡或自私的動機，既不是為了滿足自己的野心，也不圖個人利益。」

而後撰寫那個關於基督教的不朽章節的狡猾作者[18]說道：「異教徒與哲學家疏於關注全能上帝提示的證據（或奇蹟），我們該如何為他們辯解？……希臘與羅馬的賢者別開視線，不去看那令人心生敬畏的景象，彷彿沒有察覺主宰這個世界的精神與實質力量都已經改變。」

緊接著是那位詩人的鬼魂，那是最後的樂觀主義者[19]：

這個世界是為我們每個人創造的！

……

每個人都在廣大藍圖中

增益人類的生命。

16. 摘自英國詩人兼文化評論家馬修・阿諾德（Mathew Arnold，一八二二～八八）的《評論集》（*Essays in Criticism: First Series*）序言。

17. 指英國政治家羅伯特・皮爾（Sir Robert Peer，一七八八～一八五〇）。皮爾擔任英國首相期間主張廢除《穀物法》（*Corn Law*），此處引述的文字出自他在一八四六年五月對下議院發表的演說。

18. 指吉朋。這裡指他的《羅馬帝國衰亡史》第十五章。

19. 指詩人布朗寧。這裡的詩句摘自他的長詩《爐火旁》（*By the Fireside*）。

再來是他不久前看到的三位熱心派之一，亦即《辯護書》的作者[20]：

我的論點是……自然神學之所以是絕對可信的真理，是許多或然率同時發生與匯合的結果……或然率就算未能達到邏輯必然性，也有機會創造心理上的可信度。

他們之中的第二位不愛爭辯[21]，壓低聲音喃喃念叨：

依照上帝的意旨，我們都將孤獨死去，
那麼我們為什麼懦弱，為什麼害怕獨自生存？

裘德可能也聽見了那個臉形方正的和藹幻影說的幾句話[22]：

我望著偉人的墳墓時，心中的嫉妒蕩然無存；當我讀著美人的墓誌銘，所有的放浪情慾化為烏有；當我看見在墓碑前哀慟的父母，我的心在憐憫中融化；當我看到那些父母本身的墳墓，我不禁思考，為亡者哀傷何其無謂，因為我們很快會步入後塵。

最後一位語調溫和的神學家[23]說話了。裘德從小就喜歡那人親切、熟悉的詩韻，就這麼聽著入睡：

教導我活著，讓我面對墓地時，
就像面對床鋪般沒有恐懼。
教會我死亡……

他到隔天早晨才醒。那些幻影般的過去好像消失了，眼前的一切屬於今天。他從床上跳起來，覺得自己睡過頭，說道：

「老天，我把我那漂亮的表妹給忘了，也忘了她一直住在這城裡……還有我小時候的老師。」

他說到老師的口氣好像不如說到表妹時那麼熱情。

20. 指約翰・亨利・紐曼，這裡指的是他的自傳，書名是《為個人一生辯護》（*Apologia Pro Vita Sua*）。
21. 指基布爾。這裡的句子摘自他的知名詩集《基督教年》（*The Christian Year*）。
22. 指英國作家約瑟夫・埃迪森（Joseph Addison, 一六七二～一七一九）。這裡的句子摘自他創辦的雜誌《旁觀者》（*Spectator*）稍加改編。
23. 指湯瑪斯・肯恩。這裡的句子摘自他的〈晚禱〉（Evening Hymn）。

2

生活現實面的必要考量，包括庸俗的三餐問題，暫時驅散那些幻影，裘德不得不放下高層次的思維，考慮立即性的需求。他必須起床，出去找工作，體力工作。很多這個行業的人都認為只有體力活才算工作。

他帶著這個任務出門，卻發現那些學院已經背叛了它們原本的和諧面貌，有些流於浮誇，有些則像是建在地面上的家族墓穴。建築物的石材似乎都顯得粗野，偉大人物的靈魂也不復存在。

他仔細品讀周遭數不清的建築物，當然，他不像藝術評論家那般鑑賞它們的造型，而是站在工匠兼同行的立場。這些建築都是故去的同行用體力打造而成。他檢視那些飾板，像個內行人般伸手撫摸，熟知工序的開端，雕琢是難是易，耗時是長是短，過程費力艱辛，或工具運轉順暢。

夜間看似理想完美的景象，白天變成瑕疵的真實。他知道這些古老建築遭受過殘暴的對待與羞辱，其中幾處的破損模樣令他心痛，就像看見傷殘的生靈。它們傷痕累累、殘缺不全，在與歲月、天候和人類的生死搏鬥中面目全非。

看見這些衰朽的歷史記錄，他想到自己沒有照原訂計畫優先處理現實問題。他出來找工作，賺錢謀生，現在一個上午快要過去了，某種程度上他覺得信心倍增，因為在這樣一個老舊破敗的環境裡，石匠這個行業想必不缺修繕工作。阿弗列斯頓的石匠為他介紹城內的石匠，他一路打聽去到那人的工作坊，很快聽見砥石與鑿子熟悉的聲音。

那個工作坊是個小規模修復中心，這裡的石雕邊緣明確弧度平滑，跟他在牆壁上看見的那些在漫長歲月中磨損或侵蝕的造型一模一樣。那些青苔覆蓋的學院以古老詩歌闡述的理念，在這裡以現代散文呈現。就算是那些古蹟，剛打造出來的時候有一部分也能稱為散文。它們什麼也沒做，只是等待，就醞釀出詩意。就連最小的建築物都能輕鬆達到的境界，大多數人卻是望而興嘆。

他請人知會工頭，轉頭看看四周工作台上的全新花窗、豎框、橫梁、柱身、尖頂和齒垛，有些是半成品，有些則等著移走。這裡的石雕都精確畫記，筆直平滑，分毫不差；而古老牆垣承載的舊有理念則是殘破的線條：凹凸不平的曲線，失準、不規則、雜亂無章。

裘德得到短暫的明悟：在這個工作坊付出的心血，其價值不輸在最高學府冠上學術研究美名的種種努力。不過，他原有的觀念根深蒂固，這種領悟迅速消失。他會接受前雇主推薦的工作，但這只是權宜之計。這是屬於他自己的當代紛擾。

甚至，他看見這裡所做的只是抄襲、補綴與模仿，猜想這些可能是本地的暫時性作業。當時他沒有察覺，中世紀精神就像埋在煤堆裡的蕨類葉片，已然斷絕了生機。他也沒發現各種新穎潮流正在塑造他周遭的世界，在那個世界裡，哥德式建築和相關事物沒有一席之地。他還沒意識到，當代邏輯與見解對他衷心仰望的大多數觀點抱持多麼致命的敵意。

這裡暫時沒有適合他的工作，離開後他又想起表妹。表妹就住在這座城裡，他內心激盪出一波波漣漪，或許稱不上情感，至少也算關注。他多麼希望擁有她那幅漂亮的照片！最後他寫信請姑婆把照片寄給他。姑婆寄來了，但要求他不要去見她或她的親人，以免為家族製造麻煩。裘德凡事率性而為，沒有做出任何承諾。他把照片放在壁爐架上，親吻了一下（他不知道自己為什麼這麼做），覺得身心安頓。她好像低頭看著他，為他準備茶點。那照片激勵了他，在他和這座真實城市之間建立了情感連結。

還有老師，現在可能已經是受人尊敬的牧師了。但他眼下的身分鄙俗粗陋，前途未卜，不能去找那麼崇高的人。因此，他仍然孤身一人。雖然身邊人來人往，他幾乎一個都沒看見。他還沒融入這個地方的日常，所以感覺不到它的存在。可是花窗裡的聖人和先知，走廊的畫像、雕像、半身像、滴水獸和梁托，這些東西彷彿與他同在。這個地方深深銘刻過往的印記，他像所有新來乍到的人一樣，聽見那些過往歲月的熱情呼喚。那份熱情是俯仰其間的當地人未能察覺、甚至難以置信的。

接下來許多天，他路過時總會撥空逛逛學院裡的迴廊和方院。他腳步聲的回音神出鬼沒，那大頭槌般的撞擊聲令他驚乍。所謂的基督教堂城「情懷」一步一步滲入他的心靈，到最後，他比住在那裡的任何人都熟悉那些建築物的實體、藝術與歷史。

直到此時，他真正來到這座他憧憬的城市，才明白自己與心嚮往之的目標距離多麼遙遠。那些同世代的幸福年輕人跟他有著共同的精神生活，彼此之間只有一牆之隔。那些人從早到晚什麼都不必做，只需要閱讀、留意、學習、消化吸收。只有一道牆，但是，好一堵牆啊！

每一天，每一小時，當他出門找工作，看見那些人來來去去，跟他們擦身而過，聽見他們的說話聲，留意他們的舉動。他長時間堅持不懈地為這個地方做準備，那些人之中偏好思考的人的對談好像特別接近他的觀點。然而，他跟他們相隔遙遠，彷彿處在對立的兩端。當然是這樣。

他是穿著白色罩衫的年輕工人，衣服皺褶堆積石屑。他們經過他身邊時甚至看不見他，也聽不見他。彷彿他是一片玻璃，他們的視線穿透他，看見在他背後的熟人。不管他如何看待他們，在他們眼中他根本不存在。然而，過去他以為只要來到這裡，就能接近他們的生活。

但未來還值得期待，只要運氣好，能找到好工作，他可以忍受一時的艱難。於是他感謝上帝給他健康與力量，覺得勇氣倍增。目前他還被擋在所有的大門外，包括學院，或許有一天他能走進門裡。也許有一天他走進那些光明與權威的殿堂，隔著窗玻璃俯視整個世界。

最後他總算收到石匠的工作坊送來信息，有個工作機會在等著他。那是他得到的第一個鼓勵，他立刻接下這份工作。

之後他白天揮汗工作，夜晚大多數時間用來讀書。幸虧他年輕力壯，否則不可能幹勁十足地執行目前這種作息。首先他花了四先令六便士買了一盞遮罩燈，提高室內的亮度。他還買了筆、紙和其他地方買不到的必讀書籍。最後，在女房東驚詫的目光下，他把兼具生活與睡眠功能的房間的家具大挪移，用繩子掛起布簾將房間一分為二，再裝上厚厚的窗簾，不讓人發現他熬夜苦讀。安排妥當後，他將書本擺放整齊，坐了下來。

他曾經結婚、租房子、購置家具（後來跟著妻子一起消失），一時的莽撞代價慘烈，經濟狀況飽受打擊，始終沒有多少積蓄。在拿到新工資以前，他只能縮衣節食拮据度日。買了一兩本書之後，他連取暖的爐火都供不起。入夜後，凜冽的冷空氣從牧草地那邊大舉來襲，他披上厚大衣、戴上帽子和羊毛手套，伏在燈下讀書。

從窗子望出去，他能看見大教堂的尖頂和那個雙彎曲線穹頂，城裡的大鐘就是在那個穹頂下音聲迴蕩。走到樓梯間，還能瞥見橋邊那所學院雄偉的塔樓、高處鐘樓的窗戶和一座座巍峨的尖塔。每當他對未來信心動搖，那些建築物能帶給他鼓舞。

他跟大多數滿腔熱火的人一樣，不會探討過程中的細節。他在粗淺的接觸中獲得一般概念，不會再深入思索。他告訴自己，目前他該做的是累積金錢與知識，具備大學學子資格，等待入學機會。「因為智慧護庇人，好像銀錢護庇人一樣。惟獨智慧能保全智慧人的生命。」[24]他的願望將他吞沒，沒有任何心力評估那願望是否可行。

這段期間他收到可憐的年邁姑婆寫來的信，字裡行間滿是焦急憂慮。她重提早先困擾她的話題，擔心裘德心志不夠堅定，沒能跟表妹蘇・布里海德和她的親戚保持距離。姑婆認為蘇的父親已經回倫敦，蘇卻留在基督教堂城。更不可取的是，那女孩在一家所謂的教會文物店從事藝術家或設計師之類的工作。那是偶像崇拜的完美溫床，就算稱不上是天主教徒，肯定也自甘墮落，擺布那些裝模作樣的可笑儀式。（茱希拉女士配合時代潮流，信奉福音教派。）

裘德追求的是學問，而非神學，所以對蘇的信仰取向沒有任何想法。不過，姑婆的來信提到蘇的現況，裘德對這些線索倒是非常感興趣。他只要有一丁點空閒時間，就帶著格外愉快的心情去逛符合姑婆描述的那類商店。他在其中一家看見一個年輕女孩坐在桌子後面，那臉蛋非常可能就是那幀照片的本人。他假意要買個小東西，壯著膽子走進店裡，買好後沒有馬上離開。這家店的經營者和職員好像都是女性，店裡販售英國國教書籍、文具、經文和各式花俏商品，比如附托架的天使石膏像、哥德風格畫框的聖人像、酷似耶穌受難像的烏木十字架、彌撒經本似的祈禱書。他不太好意思看桌子後面那個女孩，她是那麼美麗，他不敢相信他們有血緣關係。這時女孩跟櫃台裡那兩個年齡稍長的女性說話，他聽出某些跟自己的口音類似的特徵。那聲音輕柔甜美，但口音跟他一樣。她在做什麼？他偷偷瞄了一眼。她面前有一塊鋅板，切割一公尺左右的長卷，有一面塗了底色顏料。她用教會文件的字體在底色上設計或裝飾這幾個字：

哈利路亞

「她從事的是多麼美好、聖潔的基督教行業！」他心想。

她出現在此的理由已經很明顯。她這方面的技藝想必是跟她父親學的，因為她父親專為教會打造各種金屬器物。她此刻正在處理的作品顯然是為了安裝在某種聖壇上，勉勵信徒虔誠奉獻。他離開了。在店裡找她說話一點也不難，但姑婆剛寫信來提醒他，這時候那麼做好像有點愧對姑婆。姑婆對他不好，但畢竟將他養育成人。再者，如今姑婆已經沒有能力控制他，這個事實讓他願意暫時配合姑婆的意願，效果比口頭勸說來得好。

於是裘德沒有洩露任何蛛絲馬跡。目前他還不打算主動找她。他走出店鋪以後，又想到更多暫時不能跟她相認的理由。她看起來那麼優雅，而他自己穿著粗布工作外套和灰撲撲的長褲。他覺得自己還沒準備好跟她接觸，就像他還不能去找老師一樣。再者，她很可能也遺傳到她家族的

24. 出自《聖經・傳道書》第七章第十二節。

叛逆性格，會輕視他（在基督教義容許範圍內）。尤其日後他還得說出自己不但有一段不愉快的往事，還因為那段往事跟一個她肯定不會欣賞的女子結了婚。

於是他繼續留意她，喜歡她就在近處的感覺。想到她是個活生生的存在，他覺得備受激勵。但他心中或多或少將她理想化，開始以她這個人編織奇異又美妙的幻夢。

之後兩三個星期，裘德跟幾個人在舊日街的權杖學院外面工作。他們把一塊雕刻好的砂岩從人行道對面的運貨馬車搬下來，準備抬上他們正在修復的矮牆。工頭在自己的位置上站定後說道，「往上抬的時候一起喊！嘿嗬！」大家同時發勁。

突然之間，就在裘德用力往上抬的時候，他表妹出現在他身側，踏出去的腳步停在空中，等待他們將那塊擋路的石雕移開。她水汪汪的眼眸直盯他臉龐，那眼神難以描繪，結合了敏銳與溫柔（至少他這麼認為），這兩種特質又都帶點神祕感。她的眼睛和嘴唇的神態因為剛才對同伴說的幾句話靈動起來，在不知不覺中投射到他臉龐。她沒有發現他的存在，正如她沒有注意到被他的動作揚起的塵埃。

他跟她距離這麼近，不禁心神蕩漾，渾身顫抖。他因為害羞，直覺地別開臉，以防被她認出來。只不過，她從沒見過他，絕不可能認得他，甚至可能連他的名字都沒聽說過。他看得出來，雖然她本質上是鄉下女孩，少女時期在倫敦住過幾年，成年後又住在這地方，整個人已經脫胎換骨。

她走了以後，他繼續工作，心裡想著她。剛才他太震撼，沒有注意到她的外貌和身形。現在他想起來了，她個子不算高大，體態輕盈纖瘦，是所謂的優雅型。他看見的就只有這麼多。她不是莊嚴穩重那個類型，舉手投足之間帶點神經質。她活潑敏捷生氣勃勃，但畫家不會認為她「標致」或「俏麗」。這樣的她令他驚豔。她已經徹底擺脫他身上依然存在的鄉土氣。他這個秉性乖戾、時運不濟，幾乎被詛咒的家族，怎麼會有人能培養出這樣高雅的風範。他覺得一定是倫敦造就出來的。

他獨自生活在這個充滿詩意的城市，許多被壓抑的情感在心中累積。從這個時刻起，那些情感悄悄轉移到那個半虛幻的身影上。他心裡很清楚，雖然他願意聽從姑婆的話不去見她，卻也知道自己很快就抵抗不了想認識她的欲望。

他假裝把她當成親人，因為有幾個壓倒性的理由告訴他，他不該、也不能對她有別的心思。首先，他已經結婚了，不該對她有男女之情。其次，他們是表兄妹。即使沒有任何阻礙，表親也不適合彼此相愛。第三，就算他還是自由身，在他這樣的家族，婚姻的結局通常是悲劇。跟有血緣關係的對象結婚，這種不利條件會加倍，結局可能從悲劇惡化為驚悚。

所以，他對蘇只能有對親屬的關懷，以務實的角度將她視為一個值得他驕傲的人。用這種態度跟她閒話家常、寒暄問候，之後邀請她來喝茶。嚴格約束對她的情感，只以親戚的身分祝福她。那麼她會給他善意的引導，給他提升的力量，既是信仰路上的知己，也是親切的朋友。

3

只是，儘管遭遇種種阻礙力量，裘德仍然本能地想一步步接近她。接下來那個星期天，他去主教學院的大教堂參加晨禱，希望能再看她一眼，因為他發現她經常去那裡。

她沒有出現，所以他等到下午。下午天氣好了一點。裘德知道，如果她會來，一定會走方形大草坪東邊那條路，從那裡的入口進教堂，所以鐘響的時候他站在角落等著。禮拜開始前幾分鐘她出現了，跟其他人一起走在學院圍牆下。他看見她以後，立刻邁開步伐走向另一邊的入口，跟著進了教堂，無比慶幸自己還沒有暴露身分。目前來說，能看見她，自己不會被看見，還能繼續扮演不相干的路人，這就夠了。

他在門廳稍做停留，等他終於進去坐下來，禮拜已經進行一段時間。那是個陰沉、悲切又死寂的午後，在這種時候，宗教的慰藉不只是情感豐富從容悠閒之輩的奢侈品，也是務實的普通人的必需品。教堂裡幽幽暗暗，天窗灑下來的光線模糊不清，裘德只能勉強辨識對面的人影，但他看見蘇就在其中。他剛找到她的座位不久，唱詩班就唱誦到《詩篇》第一百一十九章的第二部分〈潔淨之歌〉。風琴轉換成哀淒的格雷果聖樂[25]，詩班唱著：

年輕人該如何潔淨自己的行為？

此時此刻吸引裘德注意力的正是這個問題。過去的他真是個墮落的廢物，竟會放任自己沉淪在對女人的原始情慾裡，還讓整件事發展成悲慘的後果，之後甚至想結束自己的生命，又自我放棄、藉酒澆愁。雄渾的風琴聲浪在唱詩班周遭翻騰，裘德從小相信超自然力量，這時免不了認定，他第一次踏進這棟肅穆建築，就聽見這段詩篇，必定是上帝有意的安排。然而，這段詩篇是每個月二十四日晚禱的固定曲目呀。

此時飄進他耳朵的和聲，也包圍著那個在他心中激盪出無限柔情的女孩，想到這裡，他暗自心喜。她可能經常來這裡做禮拜，基於工作和生活習慣，她的身心想必都感染濃濃的教堂氛圍，跟他之間無疑有許多共同點。像他這樣敏感又孤單的年輕人，一旦意識到自己飄蕩的心靈終於找到停泊點，無論社交或精神生活都有開拓的機會，就像得到黑門山的甘露[26]。整個禮拜過程中，他始終徜徉在歡欣的微風裡。

雖然他不願意胡思亂想，但或許會有人提醒他，那陣微風明顯不只來自加利利，也來自塞普路斯[27]。

裘德等她離開座位、從聖壇屏底下走過，才站起來。她沒有看向他這邊。等他走到門口，

25. Gregorian tune，羅馬帝國時期教皇格雷果一世（Pope Gregory I，約五四〇～六〇四）下令搜集民間教會與宗教歌曲，集結成《格雷果聖歌》，為基督教儀式音樂的起源，是沒有伴奏的純唱誦。

26. 黑門山（Mount Hermon）位於巴勒斯坦北側，是約旦河的發源地。根據《聖經・詩篇》第一三三章，弟兄團結同住何其美善可喜，就像黑門山的甘露降在錫安山。

她已經去到寬敞小徑的中途。這天他打扮整齊，穿著上教堂的正式服裝，很想走過去對她表明身分。但他還沒準備好，還有，唉，他該懷著心中生起的情愫去接近她嗎？儘管做禮拜時那份情感好像有宗教基礎，他也如此說服自己，卻不能全然無視那份吸引力真正的本質。她是個陌生人，所謂的血緣關係只是托詞。他告訴自己，「不可以！我是個有婦之夫，不能去找她！」不過，蘇**的的確確是**他的親戚，而他已婚（雖然妻子在另一個半球）的事實某種程度上也有好處，因為蘇不會認為他對她懷有男女之情，跟他交談時會更隨性，更放心。只是，想到她因為他已婚而感到隨性、放心，他又覺得心痛不已。

這次大教堂禮拜前不久，那位眼眸水汪汪、步履輕盈的漂亮女子蘇得到一個下午的休假，走出她工作兼住宿的基督教文物店，帶著一本書到鄉間散步。那是個天清氣朗的日子，威塞克斯和其他地方的濕冷季節偶爾會出現這樣的好天氣，彷彿是反覆無常的氣候之神刻意安插的。她往前走了一兩公里，最後來到一個地勢比背後的城市高得多的區域。道路兩旁是碧綠的田地，蘇走到一處路柵後停了下來，讀完正在讀的那一頁之後，回頭眺望或新或舊的塔樓、尖頂與圓頂。

路柵的另一邊是一條鄉間小路，她看見有個臉色蒼白的黑髮外國人坐在草地上，身邊有塊方形大木板，上面固定著不少小型石膏像，排得相當緊密，其中有些塗成青銅色。那人正在整理雕像，準備帶著繼續往前走。那些雕像主要是古代大理石雕像的縮小版，其中很多神祇跟她經常見到的大不相同，包括一尊典型的維納斯和一尊黛安娜，男性方面則有阿波羅、巴克斯和瑪爾斯[28]。那些雕像離她幾公尺遠，來自西南方的陽光將它們照亮，在後方鮮綠牧草襯托下，顯得光彩奪目，她可以清楚看見它們鮮明的輪廓。雕像跟遠方的教堂塔樓正好在一條直線上，二者的對比在她心中喚醒新奇古怪、截然不同的觀點。那男人看見她，站起來禮貌地脫下帽子喊道：「雕像！」那口音跟他的外形相符。下一刻，他俐落地將大木板連同那些著名的神像和人像舉到膝蓋上，再放上頭頂，帶到她面前，放在路柵上。他先向她推銷比較小的商品，比如帝王和皇后的半身像，再來是吟遊詩人，最後是有一對翅膀的邱比特。她搖搖頭。

「這兩個多少錢？」她問，手指碰了碰托盤上體積最大的維納斯和阿波羅。

他說十先令就可以帶走。

「我買不起。」蘇說。她出了個相當低的價格，令她驚訝的是，賣雕像的男人拆開固定那兩尊雕像的鐵絲，隔著路柵遞過來。她視若珍寶地接住。

等她付過錢，那人也離開後，她開始煩惱該拿這兩尊雕像怎麼辦。雕像屬於她之後，忽然變得太大，也太赤裸。由於本身的神經質，她為自己的大膽行為顫抖。她捧著石膏像，手套和外套都沾上白色粉末。走了一段路之後，她忽然想到就這樣拿著太明目張膽，於是從樹籬拔下巨大的

27. 加利利（Galilee）是以色列最大的淡水湖，耶穌許多神蹟都發生在這裡。塞普路斯（Cyprus）是希臘神話中代表情愛的阿芙蘿黛蒂（Aphrodite）的聖島，相傳阿芙蘿黛蒂從海浪泡沫中升起，被酒神帶到塞普路斯島。

28. 巴克斯（Bacchus）是羅馬神話中的酒神。瑪爾斯（Mars）是羅馬神話中的戰神。

牛蒡葉、峨參和其他長得茂盛的植物，想盡辦法把雕像包裹起來，最後彷彿抱著一大團熱愛大自然的人採集的綠色植物。

「什麼都比那些沒完沒了的教會裝飾品好！」她說。但她還在發抖，幾乎希望自己沒有買這兩尊雕像。

她偶爾偷瞄一眼綠葉裡的雕像，確認維納斯的手臂沒有碰壞。她抱著異教雕像走進基督教氛圍最濃厚的城市，踏上一條跟大街平行的僻靜街道，拐個彎回到她工作的文物店側門。她把雕像直接帶回自己的房間，立刻想將它們鎖進自己的箱子裡。但雕像太大裝不下，她只好用大張棕色紙將它們包起來，放在房間的角落。

屋子的主人范托佛小姐是個上了年紀的女性，戴著眼鏡，穿得像女修道院院長。她精通教會儀式（這點倒很適合她的行業），在注重儀式的聖西拉斯教堂做禮拜。那座教堂就在我們前面提到過的貝爾謝巴郊區，裘德最近也開始去那裡。范托佛小姐的父親是個家道中落的牧師，幾年前過世，她為了脫離貧窮，大膽承接一家教會文物店，發展到如今值得讚賞的規模。她除了胸前的十字架和念珠，沒有佩戴任何首飾，能夠背誦整本《基督教年》。

這時她來通知蘇下樓喝茶，蘇沒有馬上回應，她直接開門走進去，發現蘇正匆忙用繩子綑綁兩個包裹。

「布里海德小姐，那是妳買的東西嗎？」她看著那兩個包裹著的物品。

「是，買來當房間裡的擺飾。」蘇答。

「我覺得我已經在房間裡放了不少擺飾。」說著，范托佛小姐看看哥德式畫框的聖徒像、教會經文卷軸和其他東西。那些東西都太舊，賣不出去，所以拿來裝飾這個陰暗的房間。「妳買了什麼？體積可不小！」她在棕色包裝紙上撕開一個聖餅般大小的洞，窺探裡面的東西。「咦，是雕像？兩尊？妳在哪裡買的？」

「我跟一個賣石膏像的行商買的……」

「是聖徒吧？」

「是。」

「哪兩個？」

「聖彼得和聖……聖瑪麗．瑪德蓮。」

「嗯，下樓喝茶。之後如果天色還夠亮，就把那篇管風琴經文處理完。」

原本蘇只是一時興起縱容自己買了雕像，現在碰到小小障礙，反而引發極大的興致，想打開包裝紙好好欣賞一番。到了就寢時間，她確定不會有人來打擾，放心地拆開包裹雕像的紙張。她將兩尊神像放在五斗櫃上，兩邊各點一根蠟燭，退到床邊躺下來，開始讀從箱子裡拿出來的書。范托佛小姐完全不知道這本書的存在，那是吉朋的《羅馬帝國衰亡史》，蘇目前讀到關於「叛教者朱利安」[29]的章節。偶爾她會抬起頭看一眼那兩尊神像。神像看起來怪異又突兀，因為它們之

29. Julian the Apostate，指羅馬帝國皇帝朱利安二世（Flavius Claudius Julianus, 約三三二～六三），在基督教信仰下成長，登上帝位後回歸傳統羅馬多神信仰，對宗教採取寬容態度，被基督教指為「叛教者」。

間剛好掛著一幅耶穌受難像。這幕景象似乎給了她暗示，她跳起來，從箱子裡拿出另一本書（是一本詩集），翻到一首熟悉的詩：

蒼白的加利利人，你已經獲勝：
你的呼吸讓整個世界失了顏色！30

她把整首詩讀完，熄掉神像旁的蠟燭，脫掉外衣，最後才熄滅自己的燈。

她正是好睡的年紀，這天晚上卻是睡睡醒醒，每一次睜開眼睛，都能藉著外面街道的漫射光看見那兩尊白色神像站在五斗櫃上，跟周圍的經文和受難者形成古怪的對比。那幅哥德式畫框裡的耶穌受難像比較模糊，看起來就像一般的十字架，上面的人像隱沒在陰影中。

有一次醒來教堂鐘聲正好響起，是凌晨的寥寥幾聲。那聲音傳到某個伏案讀書的人耳中。那人也在這座城市，離這地方不遠。那是個週六夜晚，他沒有設定鬧鐘，因為隔天不需要像平時那麼早起，所以他照慣例熬夜讀書，比平常日晚睡兩到三小時。當時他專注讀著他的格利斯巴赫版《聖經》。就在蘇翻身盯著神像那一刻，從裘德窗子下走過的警察和夜歸市民如果在原地駐足，可能會聽見熱情誦念的古怪音節。那些文字對裘德有一股難以形容的魔力，聽起來卻晦澀難懂：

「我們只有一位神，就是父，萬物都本於他；我們也歸於他。」

接著是書本閣上的聲音，伴隨虔誠宏亮的誦念聲：

「並有一位主，就是耶穌基督——萬物都是藉著他有的；我們也是藉著他有的。」[31]

30. 這個句子摘自英國詩人阿爾杰農・斯溫伯恩的作品〈贊誦普洛瑟菲妮〉（Hymn to Proserpine）。普洛瑟菲妮是希臘神話中的冥后。蒼白的加利利人指耶穌。

31. 這兩句話出自《聖經・哥林多前書》第八章第六節。

4

他算是石匠這行的全能幫手，什麼活都能做，鄉鎮地區的工匠都是如此。在倫敦，負責葉簇浮雕的人不屑雕刻跟葉簇搭配的小裝飾，彷彿做一整件事的第二部分會貶損身價。裘德則不然，如果沒有哥德式飾板需要修復，或工作台上沒有花飾窗格可做，他就到外面去刻石碑或墓碑，享受變換工作的樂趣。

他再次看見她是在一間教堂，當時他站在梯子上做著這類工作。那是一次簡短晨禱，牧師進教堂以後，裘德從梯子上爬下來，跟其他五、六個信眾一起坐下，打算等晨禱結束再繼續敲敲打打。晨禱進行到中途時，他才發現其中一個女信徒是蘇。她陪伴年長的范托佛小姐一起去。

裘德坐在那裡欣賞她美麗的肩膀，看著她從容自在又若無其事地配合儀式起立又坐下，看她漫不經心地屈膝行禮，心裡想著，如果情況許可，擁有這樣的信仰伴侶對他多麼有益。晨禱結束，信徒陸續離開，他立刻爬上梯子繼續工作。倒不是他急著趕工，而是因為在這樣一個神聖處所，他不敢去面對那個慢慢對他產生某些說不出口的影響力的女人。如今他對她的關注已經確定出自男女之情，而那三個不能跟她密切往來的重大理由一如既往地無可轉圜。但人類的生命裡顯然不能只有工作，況且，裘德這個人無論如何都想要有個情感寄託。有些男人會不顧一切去找她，建立一段她幾乎無法拒絕的友誼，從中獲取一點樂趣，其他的事就順其自然。裘德不會這麼做，至少一開始不會。

隨著時間一天天過去，特別是那些寂寞冷清的夜晚，他無比驚愕地發現，他對她的思念非但沒有變淡，反而越來越深重。這種飄忽不定、來去自如、不可預期的思念卻又帶給他一種令人憂心的欣喜。他的思緒時時刻刻繞著她打轉，喜歡造訪她常去的地方，腦海裡始終想著她。最後他不得不對自己坦承，他的道德良知很可能會在這場戰鬥中落敗。

他肯定把她想得太完美了。或許真正認識她之後，這種突如其來、毫無根據的激情症狀就會痊癒。但他心裡有個聲音悄悄在說，他雖然渴望認識她，卻不想痊癒。

從他自己的正統觀念來看，這種情況毫無疑問越來越傷風敗俗。國家的法律規定他這輩子只能愛艾拉貝拉一個，直到死亡。而他又立志追求宏大的目標，好不容易重新起步，這時候愛上蘇，實在不是好事。這個念頭是那麼真實，有一天他一如往常獨自在鄰近村莊的教堂工作，忽然覺得必須禱告，祈求克服自己的軟弱。只是，儘管他希望成為這方面的楷模，禱告卻不順利。他發現到，如果你的心其實希望被引誘七十七次[32]，就不可能真心祈求擺脫這些引誘。他說，「這次完全不一樣，不是第一次那種情慾的衝動。我看得出來她非常聰明，所以我追求的是知性上的共鳴，也想在孤單的時候得到一點溫暖的關懷。」於是他繼續愛慕她，擔心有一天會發現這是人性的乖僻。不管蘇有多少美德和才華，宗教信仰多麼虔誠，可以確定的是，那些都不是他愛她的理

32. 根據《聖經．馬太福音》第十八章第二十一節，彼得問耶穌，如果兄弟得罪自己，寬恕七次夠嗎？耶穌說七次不夠，要到七十七次。七十七意指無限多。

由。

那段時間的某個午後，有個年輕女孩略帶遲疑地走進石匠的工作坊，朝辦公室走去，一路提著長裙避免沾染白色粉塵。

「真是個漂亮的小姑娘。」有個人稱喬大叔的工人說。

「她是誰？」另一個問。

「不知道，在附近見過她幾次。對了，她父親是那個叫布里海德的聰明小子，十年前聖西拉斯教堂所有鑄鐵工作都是他接的，後來去了倫敦。我不知道他現在做得怎樣，應該不太好，所以她才會回來。」

這時那個年輕女子敲了辦公室的門，打聽裘德．佛雷是不是在這裡工作。那天下午裘德碰巧出去了，她聽見這個消息後略顯失望，馬上轉身離開。裘德回來以後有人告訴他，也描述那女子的模樣，他聽完驚叫道，「哎呀，那是我表妹！」

他沿著街道找她，可惜已經看不到她的蹤影。他把謹慎避開她的念頭拋到腦後，決定當天傍晚就去拜訪她。他回到住處時收到她的短信。那是他們之間的第一封信，這種文件本身單純又普遍，事後回想起來卻含藏著激情洋溢的後續。男人或女人第一次寫這種單純信件給對方時，通常沒有意識到可能發展出的愛情故事。如果真有這樣的後續，而且當事人依故事華麗或慘淡的結果重讀，這些信件就越發感人、莊嚴，或（在某些情況下）令人不快。

蘇的個性非常率真自然，她在信裡稱呼他親愛的裘德表哥，說她偶然聽說他住在基督教堂城，責怪他不跟她聯絡。她說他們原本或許可以共度過美好時光，因為她現在自己一個人生活，沒有談得來的朋友。可是現在她幾乎確定不久後會離開這裡，他們可能再也沒有相處的機會。

裘德得知她要離開，全身冒出冷汗。他從沒料想過這個可能性，這時受到刺激，連忙加快回信的速度。他說他希望當天傍晚跟她見面，地點約在殉道紀念塔[33]的十字架底下，時間是他寫這封信的一小時後。

他託跑腿的男孩送出字條後，又後悔自己匆忙之間考慮不周，明明應該過去拜訪，竟約她出來見面。事實上，在鄉下習慣約在外面，所以他沒有多想。很不幸，當初他跟艾拉貝拉見面都用這種方式，可是對於蘇這麼可愛的女孩，這樣好像不太尊重。算了，反正已經來不及了。到了約定時間前幾分鐘，他朝十字架的方向走去，剛點亮的路燈發出微弱光芒。

寬敞的街道寂靜無聲，雖然時間不晚，路上卻幾乎沒有行人。他看見對面有個人影，仔細一看就是她，兩個人同時向十字架走去。不過，他們還沒走到目的地，她就大聲喊：

「我第一次跟你見面，才不要選在那個地方！往這邊來。」

那嗓音雖然自信又清脆，卻微微顫抖。裘德跟她平行往前走，一路觀察她想停在哪裡，等到她有意會合，他就走過去。那地方是白天運貨馬車停駐的地方，不過現在空空蕩蕩的。

33. 英格蘭女王瑪麗一世（Queen Mary I，一五一六～五八）一五五三年登基後恢復羅馬天主教，極力迫害新教。此處殉道紀念塔紀念的是當時殉教的三名基督新教主教尼古拉斯・瑞德利（Nicholas Ridley，一五〇〇～五五）、休・拉蒂默（Hugh Latimer，一四八七～一五五五）與湯瑪斯・克蘭莫（Thomas Cranmer，一四八九～一五五六）。

「很抱歉，我應該上門拜訪，卻把妳約出來。」裘德說話時帶著戀人的羞怯。「我覺得如果我們想散散步，這樣可以省點時間。」

「喔，我不介意。」她的態度像個朋友，落落大方。「我反正沒有地方可以招待朋友。我只是覺得你選的地方太恐怖……或許我不該說『恐怖』，那地方因為過去的事有點陰森森的不吉利……不過剛見面聊這些是不是很可笑，畢竟我還不認識你。」她上下打量他，裘德卻不太敢正視她。

「我對你不熟，你卻好像知道我。」她又說。

「是，我見過妳幾次。」

「而你明知道我是誰，卻一直不說出來？現在我都要走了！」

「是啊，真可惜。我幾乎沒有朋友。不對，有個很久以前的朋友在這附近，只是我現在還不太想去拜訪他。妳有沒有聽說過費洛森這個人？可能在郡裡某個地方當牧師。」

「沒聽說過。我只知道一個費洛森，住在鄉間，在倫斯登，是個村莊的小學老師。」

「啊！不知道是不是同一個人。肯定不是！到現在還是小學老師！妳知道他的教名嗎？是理察嗎？」

「沒錯，就是理察。我曾經寄書給他，只是沒見過人。」

「那麼他沒達成目標！」

裘德愀然變色。如果連偉大的費洛森都失敗了，他怎麼可能會成功？幸好聽見這消息時他可愛的蘇就在身邊，否則他一定會深陷在絕望的情緒中。但即使在這個時刻，他也能預料到，等蘇離開後，自己會為費洛森沒能實現的輝煌大學計畫何等沮喪。

「既然我們要去散步，要不要順道去看他？」裘德突然問，「時間還不晚。」她同意。於是他們爬上山丘，穿過林木秀美的鄉間，不一會兒教堂的垛牆高塔和方形角樓在天際浮現，再來就是小學的校舍。他們在街上向路人打聽費洛森會不會在家，對方表示費洛森很少出門。費洛森聽見敲門聲來到校舍門口，手裡拿著蠟燭，露出探詢的表情。他的臉比裘德跟他分開時更消瘦，也更憔悴。

分別多年後再次見到的費洛森，竟是這般平凡無奇的模樣，裘德想像中那個被光暈籠罩的費洛森瞬間潰散。在此同時，裘德也對費洛森心生憐憫，覺得他遭受磨難，希望落空。裘德說出自己的名字，說他來探望一個在他小時候善待他的老朋友。

「我一點都不記得你。」費洛森尋思道，「你說你是我的學生？嗯，肯定是。只是到現在我已經教過幾千個學生，他們也都變了很多，所以除了最近教過的，大部分都記不得了。」

「那是在馬利格林。」裘德後悔來這一趟。

「對，我在那裡教過一段時間。這位也是我教過的學生嗎？」

「不是。她是我表妹……不知道你記不記得，我曾經寫信請你寄文法書給我，你寄了兩本？」

「啊，想起來了！的確有這件事。」

「你實在太好心了。因為你的鼓勵，我才走上這條路。你離開馬利格林那天早上，行李都搬上馬車以後，你跟我說再見，說你的目標是上大學，之後進教會服務。你說想要從事神職或教職，一定得有大學學位。」

「我記得那些都是我自己心裡的想法，沒想到竟然會說出去。那個念頭很多年前就放棄了。」

「我從沒忘記過。我會搬來這個地方，今天會來看你，都是因為那個念頭。」

「進來。」費洛森說，「你表妹也一起進來。」

他們走進客廳，那裡有一盞燈附有紙燈罩，將光線往下投射在三、四本書上。費洛森取下燈罩，方便他們看清楚彼此。光線落在蘇緊張的小臉蛋、靈活的黑眼珠和烏黑的秀髮上，也照亮裘德誠摯的表情和老師更為成熟的面容與身形。現年四十五歲的老師身材瘦削，心思細膩，嘴唇偏薄，唇形頗為典雅，背有點彎。他身上的黑色長大衣由於長時間磨擦，肩胛、後背中段和手肘部位都發亮了。

往日的情誼悄悄恢復，費洛森分享自己的經歷，裘德和蘇也各自聊了一些。費洛森說他偶爾還想從事神職工作，覺得就算他不能實踐早年的理想當正式牧師，也許可以想辦法取得資格。不過，他對目前的生活很滿意，只是還缺一個實習老師。

由於蘇不能太晚回去，他們沒有留下來吃晚餐，直接踏上往基督教堂城的歸途。雖然他們只聊些一般性的話題，裘德震驚地意識到，表妹真是讓他對女性徹底改觀。她是那麼熱情洋溢，做的每件事都發自情感。她想到振奮的事，腳步就會加快，他幾乎跟不上。她在某些方面特別敏感，幾乎會被誤認為浮誇。他苦惱地意識到，雖然她對他只有最真誠的友誼，他對她的愛卻比認識她以前更為濃烈。那天回家的路陰鬱漆黑，不是因為夜色深沉，而是因為她即將離去。

「妳為什麼非得離開基督教堂城？」他懊惱地說，「紐曼、普西、渥德[34]和基布爾這些人在這個城市的歷史留下赫赫聲名，妳應該想盡辦法留下來才是！」

「沒錯，他們在這裡的歷史確實很有名，但在全世界的歷史呢？為了這種理由留在某個城市也太好笑了！我絕不可能想得到！」她哈哈大笑。

「我必須要走。」她又說，「我的老闆之一范托佛小姐被我惹惱了，我也被她惹惱了，而且離開對我比較好。」

「怎麼回事？」

「她打破我的雕像。」

「哦？故意的？」

「對。她在我房間裡發現雕像。那是我私人的東西，但她不喜歡，就故意把它摔在地上，用腳去踩。她用鞋跟把其中一個雕像的手臂和頭碾碎，太可怕了！」

「她可能覺得那太偏向天主教使徒教派？她一定會說那是天主教的偶像，是向聖徒祈願。」

「不……她沒那麼說。她的看法不是那樣。」

「啊，那我倒是很驚訝！」

「是啊。她不喜歡我的守護聖徒是基於其他原因，所以我忍不住反駁她。最後的結果是我決定離開，換個比較自由的工作。」

「不如妳再去教書？我聽說妳以前當過教員。」

34. 指威廉・渥德（William George Ward，一八一二～八二）英國神學家，也是牛津運動的領導人之一。

「我沒想過再去教書，因為我目前做藝術設計還蠻順利的。」

「我幫妳去問問費洛森先生，看能不能讓妳在他的學校試試，好嗎？如果妳喜歡那份工作，以後可以去讀師範學校，變成擁有證照的初級女教師。那時妳的收入會比任何設計師或教會藝術家多一倍，也多一倍自由。」

「好吧，你去問問。我該走了，再見，親愛的裘德。我很高興我們終於見面了。雖然我們的父母意見不合，我們不需要跟他們一樣，對不對？」

裘德不願意讓她發現他多麼贊同她的話，轉身走回他寄宿的那條偏僻街道。

他現在只想把蘇留下來，不計後果。隔天傍晚他就出發前往倫斯登，因為光靠書信沒辦法達到他要的結果。他的提議出乎費洛森的意料。

「我需要的是所謂的第二年調任老師，」他說，「你表妹當然沒問題，只是她沒有教學經驗。喔……她有經驗，是嗎？她真的打算走教書這行嗎？」

裘德認為她確實有這個意願，還大言不慚地宣揚她會是多麼合適的教學助手（其實他對這點一無所知）。費洛森被他說服了，同意聘請她。不過，他也站在朋友的立場提醒裘德，除非他表妹真的有心從事教職，並且把這份工作當成第一階段的實習，之後再到師範學校接受第二階段訓練，否則就是浪費時間，畢竟這份薪水相當微薄。

這次談話的隔天，費洛森接到裘德的來信，信裡說他已經問過表妹，表妹對教學越來越感興趣，願意接下這份工作。離群索居的費洛森絲毫沒有想到，裘德這麼熱心促成這件事，並不是出於對親戚的尋常關照，而是因為其他情感。

5

費洛森的家與學校校舍相毗鄰，兩棟都是現代建築。此刻他坐在簡樸的家中，望著馬路對面蘇寄宿的那間老房子。整件事很快拍板定案。原本要調過來協助費洛森的實習老師來不了，蘇替補那人的缺。這只是臨時措施，要等到下個學年督學實地考核通過之後，才會確定下來。蘇在倫敦教過大約兩年書，雖然前不久轉行，卻也不是毫無經驗的新手，費洛森覺得她一定能通過考核。雖然兩人共事才三、四星期，他已經希望她能留下來。他發現蘇確實如裘德所說，是個聰明女孩。有哪個當師傅的不希望留下能幫自己節省一半心力的學徒？

那時早上八點半剛過，他等著看她跨越馬路走進學校，之後他就會跟著進去。到了八點四十分她果然來了，頭上戴著輕便帽子。他以觀賞珍奇物品的目光看著她。這天早晨她周身彷彿散發著全新光芒，那跟她的教學技能沒有任何關係。他也進了學校，蘇繼續在教室另一頭教導她的班級，一整天都在他監督下。她的確是個優秀教師。

他的職責之一是利用夜間為她補習。根據禮教的規範，老師和學生性別若是不同，教學時就得有一位體面的年長婦人在場。費洛森覺得這樣的規矩實在荒謬，因為他的年紀都可以當蘇的父親。但他還是忠實地配合。他跟蘇上課的時候，蘇的寡居房東霍斯太太就坐在同一個房間裡做針線。這條規定其實也很難迴避，因為這棟房子只有這一間客廳。

這天的課程是算術，蘇在計算的時候，會無意識地抬起視線，用帶著探詢意味的笑容看著他，彷彿在說，他既然是師傅，一定知道她腦子裡想的究竟是對是錯。當時費洛森心裡想的跟算術一點關係都沒有，他想的是她。身為教導者，他覺得自己用那種角度看待她未免有點奇怪，也猜想她或許知道他在想什麼。

連續幾星期的課程千篇一律，他卻樂在其中。有一天，孩子們要去基督教堂城參觀一項巡迴展覽，展出內容是耶路撒冷的模型。業主為了嘉惠學子，學校師生每人參觀費只要一便士。學生們兩兩並排走在路上，蘇走在她的班級旁，手裡撐著樸素的棉布傘，拇指豎直貼在傘柄上。費洛森穿著寬鬆的長大衣走在後面，斯文地擺動他的手杖，一副若有所思的模樣。蘇到來之後，他臉上經常出現這樣的表情。這天下午陽光明媚，一路塵土飛揚。他們到的時候，展覽室裡沒有多少旁人。耶路撒冷古城的模型陳列在房間正中央，業主像個十足的宗教慈善家，拿著教鞭繞著模型走動，為學生們介紹他們在《聖經》裡讀到的各種建築物與地點，例如摩利亞山[35]、約沙法谷[36]、錫安城[37]和城牆與城門。其中一個城門外有個狀似墳墓的大土堆，上面豎著小小的白色十字架。那人說那地方是各各他[38]。

蘇和費洛森站在一旁，跟其他人拉開一點距離。她對費洛森說，「我覺得這個模型雖然製作精巧，卻是憑空想像出來的。有誰能知道耶穌那個時代的耶路撒冷是什麼模樣？我敢說製作模型的人一定不知道。」

「這個模型是依據最可信的地圖製作的，而那些地圖是實地考察目前的耶路撒冷推測出來的。」

「我覺得我們太在乎耶路撒冷了。」她說，「畢竟我們不是猶太人。那地方或那裡的人又沒什麼精彩絕倫的特色，不像雅典、羅馬、亞歷山大城或其他古城。」

「可是親愛的孩子，它對我們意義非凡。」

她沉默不語，因為她很容易順服。這時她的視線轉向圍在模型旁的學生，看見另一邊有個穿著白色法蘭絨外套的年輕男人，那人上身彎得極低，正專注查看約沙法谷，臉部被橄欖山[39]擋住。老師又說，「看看妳表哥裘德，他不覺得我們太在乎耶路撒冷！」

「啊，剛才我沒看到他！」她輕快地驚呼，「裘德，你看得好認真！」

裘德的遐想被打斷，愕然驚醒，看見了她。「哎呀……蘇！」他開心又尷尬，臉色泛紅。「這些一定是你們學校的學生！我看到每天下午都有學生來參觀，覺得你們可能也會來。剛才我看得太入神，一時忘了自己在哪裡。這模型會把人帶回過去，對不對！我可以一連看個幾小時，可惜我只有幾分鐘，我在這附近工作。」

「你表妹實在太聰明，毫不留情地批評這模型。」費洛森用友善的語氣開玩笑，「她懷疑它的真實性。」

35. Mount Moriah，錫安山的另一個名字。
36. Valley of Jehoshaphat，根據《聖經．約珥書》第三章第十四節，先知約珥稱約沙法為判決之谷。
37. the City of Zion，錫安山上建有大衛王的王宮和聖殿，被視為聖山，也是耶路撒冷的象徵。
38. Calvary，又譯「髑髏地」，相傳為耶穌受難的地點。
39. Mount of Olives，根據《聖經》記載，耶穌受難前常在此地的村莊住宿，教導門徒。

「不，費洛森先生，我一點也不聰明！我不喜歡別人說我聰明，現在聰明女孩太多了！」蘇有點反應過度。「我只是想說……我也不知道自己想說什麼，只知道你沒弄懂我的意思！」

「**我**懂妳的意思。」雖然其實不懂，裘德仍熱烈地說，「我覺得妳的想法很正確。」

「這才是好裘德，我就知道你相信我！」她情不自禁地抓住他的手，用責備的目光看了費洛森一眼，就轉向裘德。她說話的聲音有點顫抖，連她自己都覺得沒道理，畢竟費洛森只是開了個無傷大雅的玩笑。她絲毫沒有發現自己一時的情感流露，對身邊兩位男士產生多麼強大的吸引力，又在他們兩人的未來埋下多少糾葛。

模型富有教育意義，孩子們很快就看膩了，過不了多久他們就打道返回倫斯登，裘德繼續他的工作。他目送孩子們穿著乾淨的連身衣和圍裙，跟著費洛森和蘇朝城外走去，內心忽然湧起一股哀傷與惆悵，覺得自己被排除在他們的生活圈之外。費洛森邀請他星期五晚上去看看他們，因為那天他不必給蘇上課。裘德滿口應承，說他一定會去。

師生們一路走回學校，隔天費洛森看了看蘇那班的黑板，驚訝地發現上面用粉筆畫著耶路撒冷的透視圖，技巧十分純熟，每一棟建築物都在各自的位置上。

「我以為妳對模型沒興趣，沒有認真去看？」他問。

「我的確沒仔細看。」她答，「但還記得這些。」

「記得比我還多。」

當時督學正好在附近地區「無預警視察」，出其不意地對老師們進行考核。兩天後上午課程進行到中途，教室的門閂輕輕被拉開，那位先生——實習老師心目中的死神——走了進來。

費洛森並沒有太驚訝，這種事他經歷得太多，已經鎮定自如。不過蘇的班級在教室的另一端，她剛好背對門口，所以督學進來、站在她背後看她教學半分鐘之後，她才意識到他的存在。她轉身，發現最擔心的時刻終於來了。她怯懦的天性受到極大刺激，不自主地驚叫出聲。費洛森情不自禁地擔憂，及時去到她身旁，以防她暈厥過去。她很快恢復正常，笑出聲來。督學離開後，她忽然虛脫，臉色實在太蒼白，費洛森扶她回屋子，給她一點白蘭地，讓她醒醒神。她發現他握著她的手。

「你早該告訴我最近督學會來。」她氣呼呼地說，「哎，我該怎麼辦？這下子他會寫信告訴教育委員我表現得不好，我的名聲都完了！」

「親愛的，他不會那麼做。妳是我遇過最好的實習老師！」

他的眼光是那麼溫柔，她深受感動，後悔剛才責備他。她精神穩定之後就回家去了。

另一方面，裘德不耐煩地等待星期五的到來。星期三和星期四他實在太想見到她，天黑以後往村莊的方向走了一段距離。回到住處讀書時，發現自己靜不下心來。到了星期五，他將自己打理成他覺得蘇會喜歡的模樣，匆匆吃過茶點就出發了，不在乎當時在下雨。頭頂上的樹木加深暮色的昏暗，枝葉上的雨水憂傷地滴在他身上，像是不祥的預感。這種預感不合邏輯，因為雖然他知道自己愛她，卻也知道他們的關係不可能有任何進展。

他拐個彎走進村莊，映入眼簾的第一幕是兩個人共撐一把傘走出牧師家大門。他離得太遠，他們沒注意到他，但他一眼就看出那是蘇和費洛森。費洛森舉著傘為她遮雨。他們剛才顯然去拜訪牧師，也許是為了學校的事。他們走在雨中的無人小徑，裘德看見費洛森伸手摟住蘇的腰。蘇輕輕撥開他的手，但他再次摟住她，這回她沒有反對，只是不安地望了望四周。她沒有回頭查看，所以沒看見裘德。裘德頹喪地躲進樹籬，直到他們路過蘇的住處，蘇進門去，費洛森自己則是往前走向鄰近的學校。

「天哪，他年紀比她大太多，太老了！」裘德痛苦吶喊，為絕望、受挫的愛情肝腸寸斷。他無權干涉他們。他不是艾拉貝拉的丈夫嗎？他不能繼續往前走，只好循著原路返回基督教堂城。他踏出的每一步彷彿都在告訴他，他絕不能阻止費洛森追求蘇。費洛森或許比蘇大二十歲，但很多老夫少妻擁有幸福的婚姻。他的悲傷夾雜著揪心的反諷，那就是蘇和費洛森的親近是他一手促成的。

6

裘德在馬利格林那位年邁又哀怨的姑婆生病了，接下來那個星期天他回去探望她。這是他歷經一番天人交戰的勝利成果，因為原本他想去倫斯登跟蘇見面。然而，就算他去了，也只是自尋煩惱，畢竟他不能向她傾訴內心深處的話語，也不能透露他看見的那一幕令他飽受折磨的畫面。

姑婆臥病不起。那天為數不多的時間裡，裘德多半在安排她的事。他把麵包坊賣給鄰居，有了這筆錢和多年的積蓄，姑婆在物質上不虞匱乏。同村有個寡婦跟姑婆住在一起，會照顧她的生活起居。直到離開以前，裘德才有機會跟姑婆單獨說話，他的話題不知不覺轉向表妹。

「蘇在這裡出生的嗎？」

「對，就在這個房間。當時他們住在這裡。你為什麼問這個？」

「我只是想知道。」

「你一定跟她見面了！」姑婆厲聲質問，「當初我是怎麼跟你說的？」

「妳叫我別去找她。」

「你跟她聊過了嗎？」

「是。」

「別再繼續了。她父親從小教她恨她母親的家族，她現在是城裡的姑娘了，會瞧不起你這種工人。我從來不喜歡她，她神經繃得太緊，總是冒冒失失的。她常挨我打，因為太莽撞。有一次她脫掉鞋襪，把裙子拉到膝蓋上面，走進池塘裡玩水。我覺得丟臉極了，還沒出聲喊她，她就說，『姑婆，趕緊走！端莊的人不適合看這個！』」

「那時她年紀還小。」

「至少有十二歲。」

「嗯，是啊。不過現在她長大了，變得細心、敏感又柔弱。靈敏得像……」

「裘德！」姑婆大喝一聲，從床上坐起來。「別為她失去理智！」

「不，當然不會。」

「你跟艾拉貝拉那種女人結婚，已經是男人所能做的最糟糕的事。現在她去了地球另一邊，也許永遠不會再來找你麻煩。但你畢竟已經結婚，如果你愛上蘇，只會把自己害得更慘。如果蘇對你客客氣氣的，你也用同樣的態度對她。你對她的感情如果超過親戚間的善意祝福，你就是瘋了。萬一她染上城裡人的壞習慣，任性胡鬧，可能會毀了你。」

「姑婆，別說她壞話！拜託妳！」

這時跟姑婆同住的寡婦走進來，裘德鬆了一口氣。那婦人多半聽見他們剛才的談話，也開始回憶往事，聊起她記憶裡的蘇。她說蘇跟她父親去倫敦之前，在草坪對面的村學讀書，是個非常古怪的小女孩。有一天牧師舉辦朗讀和背誦比賽，她是所有學生裡個子最小的一個，「穿著潔白連衣裙和鞋子，繫著粉紅腰帶」走上講台。背誦〈精益求精〉[40]、「入夜後狂歡聲傳」[41]和〈渡鴉〉[42]。背詩的時候她會皺起眉頭，哀傷地環顧四周，對著空氣說話，彷彿真的有人站在那裡：

驚悚、陰森的古老渡鴉，
從黑夜的彼岸飄流至此，
告訴我你在黑夜的冥界
有著什麼樣的尊貴姓名！

「她繫著小腰帶站在那裡，把那隻吃腐肉的可怕渡鴉演得活靈活現。」生病的姑婆不太情願地附和，「你幾乎能夠親眼看見。裘德，你也是。你小時候也會這種把戲，好像能在空中看見東西。」

那個寡婦又說起蘇其他方面的事蹟：

「她其實不像男孩那麼調皮，卻會做些通常只有男孩才做的事。我曾經看見她在那邊的池塘滑冰，小小的髮鬈在風中飛揚。他們一群總共二十個人一起往前滑，襯著背後的天空，像畫在玻璃上的人影，一直滑到池塘另一邊，中途沒有停頓。除了她以外，其他都是男孩。之後他們為她喝采，她說，『你們沒禮貌。』突然跑回家去。他們想再哄她出來，但她沒再出現。」

這些有關蘇的往事只是徒增裘德的悲傷，因為他沒有資格追求她。那天他帶著沉重的心情離

40. Excelsior，美國詩人亨利・朗費羅（Henry Wadsworth Longfellow, 一八〇七～八二）於一八四一年發表的詩。
41. 這句話出自英國詩人喬治・戈登・拜倫（George Gordon Byron, 一七七八～一八二四）的長詩《恰爾德・哈羅德遊記》（*Childe Harold's Pilgrimage*）。
42. The Raven，美國作家愛倫・坡（Edgar Allan Poe, 一八〇九～四九）創作的敘事詩。

開姑婆的家。他很想去學校看看小時候的她展露才華的那間教室，但他制止自己，繼續往前走。

那是星期天傍晚，有些以前認識他的村民穿著體面衣裳站在路旁。其中有個人向他行禮，嚇了他一跳：

「所以你終於如願去了那裡！」

裘德一臉困惑不解。

「就是那個學術中心，你小時候常跟我們提到的『光之城』！那地方跟你想的一樣嗎？」

「沒錯，比我想的更好！」裘德大聲回答。

「我去過那裡，待了一小時，覺得沒什麼。建築物又破又舊，一半是教堂，一半是救濟院，冷冷清清的。」

「約翰，你錯了。那地方很精彩，只是路過的人看不到。那是思想和宗教中心，獨一無二，是這個國家知識與靈性的糧倉。表面上的寂靜和冷清，是動到極限的靜止。藉用某個名作家的比喻，就是陀螺的沉睡[43]。」

「好吧，事情也許是那樣，也許不是。像我說的，我在那裡的那一兩個小時什麼也沒看到，所以就去喝了啤酒，吃了一便士的麵包和半便士的乳酪，坐在那裡等到回家的時間。你現在已經進大學念書了吧？」

「還沒！」裘德答，「這件事一點進展都沒有。」

「怎麼回事？」

裘德拍拍口袋。

「我們猜對了！那些地方只收有錢人，不是你這種人能去的。」

「你們錯了。」裘德語帶苦澀地說，「我這種人也能去！」

儘管如此，那些人的話已經足以把裘德拉出他近來沉浸其中的想像世界。那個世界裡有個隱約模糊的人物（多半是他自己），全心全意投注在純淨的藝術與科學裡，篤定能在學者的天堂謀得一席之地。這時他才冷靜地思考自己的前途。近來他開始對自己的希臘文（特別是希臘劇作家的作品）不太滿意。有時白天工作結束後他太疲倦，沒辦法全神貫注去閱讀。他覺得他需要指導者，迅速為他解決某些難題，否則他可能要花一整個月時間漫無目標地翻查厚重書籍。

近日來他思考事情顯然不夠周密。為了空中樓閣般的「自學」耗費全部閒暇時間，絲毫沒有考慮到這種做法有什麼實質意義、有什麼好處？

「以前我就該思考這個問題。」他在回程的路上尋思。「付出努力之前沒有看清楚我要往哪個方向去，或目標在哪裡，還不如什麼都不做。像這樣在大學的圍牆外徘徊，彷彿期待有一隻手從裡面伸出來拉我進去，行不通的！我必須搜集更進一步的資訊。」

接下來那個星期他果然去搜集了。某天下午機會好像來了。當時有個據說是某學院院長的年長男士在一個類似公園的小園子裡散步，裘德坐的地方剛好離得不遠。那人越走越近，裘德焦急

43. 名作家指蘇格蘭作家湯瑪斯・卡萊爾（Thomas Carlyle，一七九五～一八八一），關於陀螺的比喻出自他的小說《薩托・雷沙圖斯》（*Sartor Resartus: The Life and Opinions of Herr Teufelsdröckh in Three Books*）第三章。

地看著他的臉。那張臉看似仁慈、體貼，卻有點拘謹。裘德再三考慮後，覺得不能直接上前去攀談。不過這件事給了他足夠的啟發，他覺得最聰明的辦法就是寫信向那些最優秀、最有見識的老先生陳述自己的難題，徵求他們的建議。

接下來那一兩個星期，他去了城裡幾個有機會看見重要人物的地點，比如各學院院長和其他領導人，最後從中挑選出五個外表看上去既有識人之明又有遠見的人。他寫信給這五個人，簡單敘述他的難處，就他目前的困境請他們指點迷津。

信投遞出去以後，裘德開始在心裡自我批判。他真希望他沒有寄出那些信。「那些信汲汲營營、鄙俗急切，現在這種信太泛濫了。」他心想，「我怎麼會用這種方式去跟陌生人接觸？他們可能會誤以為我是騙子、遊手好閒的流氓或品行不端的傢伙。也許我就是那樣的人！」

然而，他還是殷切地期待收到回信，希望獲得最後的脫困機會。他等了一天又一天，一面告訴自己不可能會有回信，一面懷抱希望。這段等待的時間裡，關於費洛森的消息帶來震撼。費洛森即將離開基督教堂城附近這所學校，換到更南邊威塞克斯中部一所規模比較大的學校。這件事代表什麼，又對蘇有什麼影響。這會不會是費洛森的務實舉措，為了增加收入，以便供給兩個人的生活。裘德不敢往這個方向猜測。費洛森與裘德深深愛慕的蘇有著一段情，裘德因此對費洛森產生反感，不願意就未來的事請教他。

在此同時，裘德致函的那些學術界大佬始終沒有回音，他因此重新退回原點，只能靠自己，只是希望更渺茫，前途更黯淡。輾轉打聽之後，他清楚看見一直以來憂心忡忡猜測的事，也就是說，他入學的最佳途徑是取得某些公開獎學金資格。只是，想申請到獎學金需要大量的指導，當然還要有卓越的天賦。一個用自己的方法閱讀的人，無論讀得多麼廣泛或精細，即使花了漫長的十年光陰，也不可能比得過那些在專業教師指導下接受正規教育的人。

另一條路就是花錢付學費，這好像是他這樣的人唯一的辦法。這條路的困難點就是金錢。了解到這些訊息後，他開始評估自己究竟需要克服多大的障礙。他震驚地發現，以他目前存錢的速度，在諸事順利的情況下，要到十五年後他才能向學院院長提交資格證明，取得入學考試的機會。這條路毫無希望。

他醒悟到，這個地方對他曾經有著多麼奇異又詭譎的魅惑力。年少時的他滿懷美夢，被這座城在地平線上的光暈施展的魔力吸引，異想天開地覺得在這裡生活，在這些教堂、禮堂之間遊走，沉浸在這裡的「地域精神」裡，顯然是最理想的人生目標。「只要讓我去到那裡，」他像極了對著大船發豪語的魯賓遜。「剩下的就是時間和精力的問題了。」如果他不曾耳聞目見這個迷惑人的地方，而是去到某個繁榮的商業城市，專心憑本事賺錢，再以真實的角度審視他的計畫，無論從哪一方面來看，對他都好得多。現在，他終於看清了真相，知道他的計畫就像七彩斑斕的肥皂泡沫，經不起理性的探索，已經徹底破滅。他回首前塵，檢視多年來的自己，忽然湧起跟海涅[44]相同的感受：

44. Christian Johann Heinrich Heine（一七九七～一八五六），十九世紀德國浪漫主義詩人，這裡引用的文句出自他的詩〈諸神的黃昏〉（Gotterdäammerung）。（*Robinson Crusoe*）的主角。

在年輕人光采煥發的閃亮眼神裡
我看見色彩駁雜的小丑帽升起！

幸好他失敗的計畫沒有牽扯到親愛的蘇，他的失望不至於影響她的生活。他醒悟到自己的局限，這種痛苦經歷應該盡量避免被她察覺。畢竟，關於他輕率、寒酸又盲目地投入的這場慘烈搏鬥，她知道得並不多。

他永遠記得幻想破滅的那天下午。當時他不知道該做些什麼，於是去到這座古雅獨特的城市中心一棟造形特殊的劇院，爬上頂樓的八角形房間。那個房間四面八方都有窗子，可以俯瞰整座城市和城裡的建築物。裘德的視線依序掃過所有景物，若有所思、悲傷淒切，卻意志堅定。那些建築物和它們的相關事物與特權跟他無關。他的目光落在大圖書館依稀可見的屋頂（他從來沒有時間走進去），之後轉向形形色色的尖頂、禮堂、山牆、街道、禮拜堂、庭園和方院，這一切共同組成眼前這幅無可匹敵的全景畫。他看出來了，他的命運不是寄託在這裡，而是在他居住的破舊郊區那些體力勞動者之間。在造訪或稱頌這個城市的人眼中，那些地方不屬於這裡。然而，如果沒有那些市民，勤奮的學者沒辦法閱讀，崇高的思想家也沒辦法生活。

他的視線越過城市，去到另一邊的鄉間，看見遮蔽城市的樹木。這座城的存在曾經是支撐他的力量，如今失去後，變成瘋狂的折磨。如果不是這個打擊，他或許能承受他的命運。只要有蘇相伴，他能夠面帶笑容放棄雄心壯心。如果沒有她，他長期緊繃的神經造成的反作用力一定會為他帶來災難。費洛森的求學路必然也經歷過類似的挫折。可是費洛森幸運地擁有可愛的蘇的安慰，他卻只能獨自承受。

他下樓走到街上，無精打采地往前走，最後進入一家旅館。他連續喝了幾杯啤酒，離開時天色已經暗了。他藉著閃爍的街燈緩步走回住處吃晚餐，剛在餐桌旁坐定，女房東就送來一封剛收到的信。女房東慎重地把信放下，彷彿認定那是一封重要信件。裘德瞄了一眼，發現上面有一所學院的浮雕印紋，他曾給那所學院的院長寫過信。他大聲說，「總算收到**一封**！」

確實是院長的回函，但十分簡短，也與他的期待不符。信的內容如下：

致石匠裘德·佛雷先生

先生：本人仔細讀了閣下的來信。閣下在信中表明自己從事勞力工作，個人的淺見是，比起轉換跑道，閣下留在自己的領域、在自己的專業上堅持不懈，更有機會成功。以上就是本人給予閣下的建言。

謹此。

特圖菲涅

畢博利歐學院

這個無比明智的建言激怒了裘德。這點他早就知道了，也知道這是事實。只是，他用十年的時間埋首苦讀，這無疑是一記狠狠的耳光。飽受打擊之下，他憤怒地離開餐桌，沒有像平時一樣回房間讀書，而是下樓走到街上。他站在吧台前連喝兩、三杯酒，而後無意識地在街頭漫步，來到市中心區一個叫「四條大道」的地方，心神渙散地看著熙來攘往的人群，彷彿處於恍惚狀態。等他終於清醒過來，就對在那裡站崗的警察說話。

警察打個呵欠，兩邊手肘往外伸展，踮起腳尖將自己拉高兩、三公分。接著他露出笑容，打趣地看著裘德，說道：「年輕人，你喝多了。」

「沒有，我才剛開始。」他自嘲地說。

不管他喝了多少，腦子都還算清楚。警察說了幾句話，他只聽見一部分，因為他已經陷入沉思。曾經也有像他一樣艱苦奮鬥的人站在這個路口，如今再也沒人想起他們。這個路口的歷史比城裡最古老的大學更久遠。一群群不同年代的幽魂擠擠挨挨匯聚在這裡，上演著悲劇、喜劇與鬧劇，都是激情戲碼的真實呈現。男人站在四條大道路口談論拿破崙、美國殖民地的失去、查理一世被斬首、殉教者的火刑、十字軍、諾曼人征服英國，或許還討論凱撒來到英格蘭[45]。男人和女人在這裡會面，彼此相戀、反目、結合、分手；為彼此守候、受苦；凌駕對方，嫉妒時相互詛咒，寬恕時彼此祝福。

他開始明白，市井生活是一本人性的書，遠比學術生涯更動人，更多變，也更明快。他眼前這些在生活中掙扎的男男女女儘管對「基督」或「大教堂」所知有限，卻是基督教堂城的真實面貌。有趣的就在這裡。那些來來去去的學生和老師某種程度上確實知道基督和大教堂，卻不是真正生活在這個地方。

他看了看錶，為了繼續思索這個議題，信步走到一處公共禮堂，那裡正在舉行走動音樂會。

他走了進去，裡面擠滿男女店員、士兵和學徒、抽菸的十一歲男孩、聲名只比職業娼妓略高一等的浪蕩女子。他碰觸到真正的基督教堂城日常。樂隊正在演奏，人們自由走動，你推我擠，每隔一段時間就有個男人跳上舞台，獻唱一支詼諧小曲。

愛玩樂的女子主動上前搭訕，只為了找點樂子。但蘇的形影還盤據在他心田，制止他和其他女子調情或飲酒。到了十點鐘，他離開了，刻意繞路回家，經過不久前給他回信的那位院長所在的學院大門。

大門關著，他一時衝動，從口袋拿出因為工作習慣而帶在身上的粉筆，在牆上寫著：

「但我也有聰明，與你們一樣，並非不及你們。你們所說的，誰不知道呢？」

——《約伯記》第十二章第三節

45. 這裡的事件依發生時間回溯：拿破崙（Napoléon Bonaparte，一七六九～一八二一）一八〇三年到一八一五年統治法國。美國一七七六年打敗英國，脫離英國獨立。英國國王查理一世（King Charles I，一六〇〇～四九）一六四九年以叛國罪被處死。十字軍東征發生在一〇六九年到一二九一年，是西歐封建勢力在教皇允許下對伊斯蘭世界發動的戰爭。一〇六六年諾曼第公爵威廉（William, Duke of Normandy）率領諾曼人征服英格蘭，成為威廉一世，是第一位統治英格蘭的諾曼人。西元前五五年和五四年羅馬共和國的凱撒大帝（Gaius Iulius Caesar，西元前一〇〇～四四）兩度入侵不列顛。

7

這一番藐視化解了他內心的壓力，隔天早上他為自己的自負失笑，那笑聲沒有一點欣喜。他重讀院長的回信，那字裡行間的智慧昨天觸怒了他，此刻卻讓他灰心又抑鬱。他終於看清自己確實是個傻瓜。

學業和愛情兩頭落空，他沒辦法繼續工作。每當他認命地接受求學無望的事實，只要想到跟蘇之間不可能的戀情，平靜的心又會再起波瀾。他難得遇見心靈契合的對象，卻因為他的婚姻不得不放棄。這殘酷的挫折不斷折磨他，最後他再也無法承受，只好再度走進基督教堂城的真實生活，轉移自己的注意力。這次他在一條死巷盡頭找到一家低矮陰暗的小酒館。這家酒館在某些底層人物之間頗有知名度，如果他心情好，會覺得那裡的光怪陸離頗堪玩味。他幾乎在這裡坐了一整天，滿心認定自己墮落到無以復加，任何期待都不可能實現。

入夜後酒館的常客陸續進來，裘德口袋裡的錢花光了，整天只吃一塊餅乾，卻依然坐在角落的位子。他慢條斯理喝了一天的酒，這時用僅存的沉著與鎮定觀察周遭的人群，跟其中幾個結交。他新交的朋友修補匠泰勒是個落魄的教會五金商，早年顯然曾經信仰虔誠，如今已經不再敬奉神明。另一個是個酒糟鼻拍賣商；兩個跟他一樣的哥德建築石匠，分別是吉姆大叔和喬大叔。其他客人包括幾個辦事員、一個禮服法衣裁縫的助理、兩個根據當下的伴侶隨機調整道德標準的女子，綽號分別是「快樂窩」和「雀斑」、幾個賽馬圈的「消息靈通」人士、一個四處遊歷的演員、兩個隨遇而安的年輕人。這兩個年輕人是沒有穿制服的大學生，偷溜出來洽談小鬥牛犬的事，留下來和前面提到過的賽馬人士喝喝酒，抽短菸斗，時不時看一眼懷錶。

話題越聊越廣泛。大家評論了基督教堂城的社會現況，感嘆大學老師、地區治安官和其他當權者的缺失，還心胸開闊又大公無私地議論那些人該如何自重並得到他人的尊重。

裘德原本就任性固執，酒酣耳熱之際更顯得自大、厚顏、自以為是，這時也武斷地發表自己的見解。由於多年來他一直追求特定目標，無論別人談論什麼，到他這裡就會自動轉向學術成就與學習，彷彿出於某種無意識的執念。他開口閉口談的都是自己的學習大業，如果他神智清醒，一定會覺得這樣的自己很可悲。

「我一點都不在乎什麼學院院長、校長、研究員，不在乎大學裡該死的文學碩士！」他說。「我只知道，只要他們給我機會，我包準在他們擅長的領域打敗他們，讓他們開開眼界，學點他們還不懂的東西！」

「聽聽！聽聽！」躲在角落低聲討論小鬥牛犬的大學生起鬨。

「我聽說你喜歡讀書，」修補匠泰勒說，「你的話我信。我的看法不一樣，我一直認為書本外面可以學的東西比書本裡面多，所以我按部就班學習，否則不會有今天的成就。」

「你的目標是進教會吧？」喬大叔問，「既然你這麼有學問，可以把目標訂得那麼高，不如露一手我們見識見識？你能不能背拉丁文《信經》？以前在我家鄉曾經有人這麼考驗一個小伙子。」

「我覺得沒問題！」裘德高傲地說。

「他不行！瞧他那自大的模樣！」有個女人大聲說。

「快樂窩，妳閉嘴！」有個大學生說，「安靜！」他喝掉杯子裡的酒，拿起酒杯在吧台上敲了敲，大聲說，「角落那位先生為了啟發我們大家，要背誦他信仰的經典，用拉丁文。」

「我才不！」裘德回應。

「應了吧，試試！」法衣裁縫說。

「你不行！」喬大叔喊道。

「他可以！」修補匠泰勒反駁。

「我發誓我可以！」裘德說，「好吧，請我喝一小杯威士忌，我馬上背。」

「這要求不過分。」說著，那個大學生把酒錢拋出來。

吧台女侍動手調酒，那神態彷彿被迫跟一群低等動物生活在一起。酒杯隔著吧台遞到裘德面前。裘德喝了酒之後，站起來聲情並茂地背誦，沒有一點遲疑：

「我信仰唯一的神，全能的父。祂造天造地，創造一切有形無形之物。」[46]

「好！出色的拉丁文！」有個大學生大聲叫好，其實他一個字也聽不懂。

整間酒館鴉雀無聲，女侍一動不動站著，裘德宏亮的回音傳進酒吧裡間，原本在裡間客廳打盹的酒館老闆出來看看怎麼回事。裘德仍然穩定地背誦：

「祂被龐提烏斯．比拉多定罪判刑釘上十字架，為我們受難而死，之後被埋葬。如《聖經》所言，祂在死後第三日復活。」[47]

「你背的是《尼西亞信經》[48]，」另一個大學生語帶不屑，「我們想聽的是《使徒信經》[49]！」

「你剛才沒說！而且除了你以外，每個傻瓜都知道《尼西亞信經》才是最古老的《信經》！」

「讓他繼續，讓他繼續！」拍賣商喊道。

可是裘德的腦子好像又迷糊了，沒辦法接著背。他伸手扶著額頭，露出難受的表情。

「再給他一杯，他就會想起來，把經文背完。」修補匠泰勒說。

有人扔出三便士，酒杯遞出來，裘德看也不看，接過來一仰而盡。不一會兒他重新打起精神往下背，結束前拉高嗓音，像正在主持禮拜的牧師：

「我信奉聖靈，祂是主，賦予生命。祂由聖父、聖子所共發，與聖父、聖子同受敬拜，同享光榮。祂藉先知的口發言。[50]

「我相信唯一、神聖、寬容的使徒教會。我相信唯一可免罪的聖洗。我期待死後復活，期待來世的生命。阿們。」[51]

46. 原文是：Credo in unum Deum, Patrem omnipotentem, Factorem coeli et terrae, visibilium omnium et invisibilium。
47. 原文是：Crucifixus etiam pro nobis: sub Pontio Pilato passus, et sepultus est. Et resurrexit tertia die, secundum Scripturas。龐提烏斯．比拉多（Pontius Pilate）是當時羅馬帝國猶地亞省（Judaea）的行政長官。
48. *The Nicene*，西元三二五年第一次教會議會中制定，是基督教最古老的祈禱文。
49. *The Aposlles*，可能寫於西元第一、第二世紀，內容簡短，描述早期基督教會信仰。
50. 原文是：Et in Spiritum Sanctum, Dominum et vivificantem, qui ex Patre Filioque procedit. Qui cum Patre et Filio simul adoratur et conglorificatur. Qui locutus est per prophetas。
51. 原文是：Et unam Catholicam et Apostolicam Ecclesiam. Confiteor unum Baptisma in remissionem peccatorum. Et exspecto Resurrectionem mortuorum. Et vitam venturi saeculi. Amen。

「好！」幾個人同聲喝采，他們聽到最後的「阿們」相當開心，因為只有這兩個字聽得懂。

裘德盯著周圍的人，腦袋裡的酒氣好像清空了。

「你們這群呆瓜！」他喊道，「你們哪個人知道我是不是背對了？就算我胡言亂語背了〈捕鼠人的女兒〉[52]，你們這些蠢腦袋也聽不出來！看看我淪落到什麼地步，跟什麼樣的人混在一起！」

酒館老闆的營業執照允許他接待各種邊緣人物，他擔心有人鬧事，走到吧台外面。可是腦子一時清明的裘德已經嫌惡地離開，「砰」地一聲關上酒館的門。

他快步走出死巷，拐彎踏上寬闊的街道，再繼續往前走，去到街道與公路交會的地方，把剛才那些人的聲音拋到腦後。他繼續走著，懷著孩子般的渴望，想要奔向世上唯一一個可以投靠的人。這是個非理性的渴望，只是目前他還看不出來。經過一個小時（大約晚上十點多），他走進倫斯登村，來到蘇的住處前，看見樓下有個房間還亮著燈。他猜那是她的房間，事後證實他猜對了。

裘德走到牆邊，伸出手指敲敲窗玻璃，急躁地喊，「蘇，蘇！」

她想必認得他的聲音，因為房間的燈光消失，過了一兩秒門開了，蘇拿著蠟燭出現在門口。

「是裘德嗎？果然是！我親愛的表哥，出了什麼事？」

「噢，我……我忍不住來找妳，蘇！」說著，他癱坐在門階上。「蘇，我太壞了，我的心就要碎了，這種日子我過不下去了！所以我藉酒澆愁，還褻瀆上帝……幾乎褻瀆上帝。我在污穢的地方談論神聖的事，為了無謂的逞能，說出只有最虔誠的時刻才能說的話。噢，蘇，妳想怎麼懲罰我都可以，殺了我吧，我不介意！只要妳別恨我，不要跟全世界其他所有人一樣鄙視我！」

「可憐的表哥，你病了！我不會鄙視你，當然不會！進來休息，看看我能為你做點什麼。你可以靠在我身上，不要在意。」蘇一手拿蠟燭，一手扶著裘德，帶他進屋，讓他坐進屋裡唯一一張安樂椅（租屋時附帶的少量家具之一），再把他的腳放在另一張椅子上，幫他脫掉靴子。裘德的酒慢慢醒了，只能用悲痛悔罪的沙啞聲音說，「親愛的、親愛的蘇！」

蘇問他要不要吃點什麼，他搖搖頭。她讓他好好睡一覺，天亮以後她會下樓來幫他準備早餐，之後道過晚安就上樓去了。

裘德幾乎立刻沉沉睡去，一覺到天明。剛醒的時候他忘了自己身在何方，之後慢慢回想起來，為自己的處境驚恐不已。她看見他最糟的一面，糟得不能再糟。接下來他該如何面對她？她說她會下樓來做早餐，應該馬上就下來，而他會在她面前羞愧得抬不起頭來。想到這裡，他再也無法忍受，輕手輕腳穿上靴子，拿起她掛在釘子上的帽子，悄無聲息地溜走。

他一心只想找個隱密的地方躲起來，或許向神禱告，而他唯一想得到的地方是馬利格林。他回到他在基督教堂城的住處，發現石匠寄來的解雇信在等著他。他收拾了行李，轉身離開令他深覺如背上芒刺的城市，往南走向威塞克斯。他僅有的一小筆存款放在基督教堂城一家銀行裡，幸運地保留下來了。現在他口袋裡沒有半毛錢，想去馬利格林只能靠兩條腿。這段路有三十公里遠，所以他的時間很充裕，可以徹底從漸漸消退的宿醉中清醒過來。

52. the Ratcatcher's Daughter，維多利亞時期的市井歌謠。

當天晚上他走到阿弗列斯頓，在鎮上當掉背心，又往鎮外走兩、三公里，找個乾草堆睡了一夜。拂曉時分他醒過來，拍掉身上的乾草籽和莖幹，再度踏上旅途。沿著長長的白色馬路爬上山坡，去到那片遠遠就能看見的綠草丘陵。他走過丘陵頂端那個里程碑，上面留著他多年前刻下的願望。

抵達古老的馬利格林時正是吃早餐的時間，他疲累不堪，泥斑點點，腦子卻一如往常地清明。他坐在水井旁胡思亂想，覺得自己是個虛有其表的基督[53]。他看見附近有個水槽，用裡面的水洗了臉，就走向姑婆的家。那時姑婆在床上吃早餐，同住的寡婦在照顧她。

「怎麼了？你失業了？」姑婆問。她眼窩深陷，眼皮像鍋蓋般厚重，但那雙眼睛打量著他。一輩子在溫飽線上掙扎，她判定裘德這副狼狽模樣不會有別的原因。

「是。」裘德語氣沉重。「我需要休息一段時間。」

裘德吃過早餐恢復一點精神，就上樓回到以前住的房間，依照工匠的習慣穿著襯衫躺在床上。他睡了一會兒，醒來時彷彿置身地獄。的確是地獄，是「自覺失敗的地獄」，抱負和愛情兩頭落空。他想到離開這個小村莊之前陷入的那處深淵，當時他以為那是最深的深淵。但那個深淵還比不上這個。那個深淵打破的是他的希望外圍的堡壘，這個衝破了他的第二道防線。

如果他是個女人，一定會被目前緊繃的神經逼得尖叫，但他的男子氣概禁止他用這種方式發洩。於是他悲慘地咬緊牙根，嘴唇周邊擠出類似〈勞孔群像〉[54]裡的線條，額頭也多了幾道皺紋。

一陣悲風拂過樹林，在煙囪裡發出類似管風琴腳踏鍵的聲音。附近的教堂拆除後，廢棄的教堂墓園圍牆上的長春藤生長過剩，葉片靈巧地輕啄緊鄰的同伴。建在新址上的維多利亞哥德式教堂上的風向標已經嘎吱響。只是，有些低沉的呢喃聲顯然不是來自戶外的風，那是人聲。他很快就猜到聲音的來源，那是牧師在隔壁跟他姑婆一起禱告。他聽姑婆提起過這個牧師。這時聲音停止了，腳步聲越過樓梯間。裘德坐起來，喊了一聲，「喂！」

腳步聲朝他房間而來，當時門開著，有個人探頭看進來。是個年輕牧師。

「你是海瑞吉先生吧？」裘德說，「我聽姑婆提過你幾次。我回來了，剛到家。我曾經有過最崇高的志向，最後卻墮落了。現在我因為喝酒和一些糊塗事，瘋狂得無可救藥。」

裘德一五一十對牧師說出他近期的計畫和行動。基於無意識的偏向，他對學術上的遠大志向輕描淡寫，反倒側重神學方面的追求，儘管神學原本只是他整體發展計畫之中的一環。

「現在我知道我是個傻瓜，而且問題都在我身上。」裘德總結說道，「進不了大學，我一點也不可惜，除非我確定可以成功，否則絕不會再走那條路。我已經不在乎能不能在社會上功成名就，但我真的很希望能做點有意義的事。我非常遺憾進不了教會，再也沒有機會領聖職擔任牧師。」

牧師剛到這個村莊，聽了裘德的話深深動容，最後他說道，「如果你真的感受到聖職的召

53. 根據《聖經．約翰福音》第四章第六節，旅途勞累的耶穌走到雅各泉旁坐了下來。
54. Laocoön，目前收藏在梵蒂岡博物館，創作年代不明。雕像描述特洛伊祭司勞孔和他的兩個兒子企圖拆穿特洛伊木馬的詭計，被海神派出的巨蟒纏身而亡。

喚，可以先取得候補牧師資格。根據你的談話，我相信你確實受到感召，因為你顯然有思想有學識。不過你必須下定決心遠離烈酒。」

「只要還有一點希望，我可以不喝烈酒！」

在梅爾切斯特

「新郎啊，這世間再沒有像她這樣的女孩！」

——莎芙（亨利．桑頓．沃頓譯）[1]

1

這是個全新概念：宗教界的無私奉獻與學術界的爭強好勝截然不同。就算不能在基督教堂城的學校名列前茅，就算沒有無與倫比的學識也能傳道，能利益人類同胞。過去他懷抱夢想，奢望步步高陞當上主教，出發點並不是對倫理或神學的熱忱，而是包裝在法衣下的世俗野心。他整個計畫雖然不是源於社會弊端，卻也已經敗壞。那種弊端不是源自更高貴的本能，而是文明的虛偽產物。時下就有數不清的年輕人同樣走在這條追逐私利的道路上。而那些只知飲食男女、渾渾噩噩虛度人生的鄉野村夫[2]，相較之下可喜得多。

可是他沒有受過正規教育，用這樣的身分進入教會，一輩子也沒辦法晉升，頂多只能在偏僻村落或城市貧民區當個基層牧師，勞心勞力度過一生。這本身或許就是不凡的善舉，是真正的信仰，能夠洗滌罪惡，值得悔過的人去實行。

對於卑微又孤單的裘德，這個全新概念比過去的目標更合適。接下來那幾天裡，過去十二年來他付出絕大多數時間追求的學術夢想轟然倒塌，被這個新目標取代。不過，他什麼都沒做，原地踏步很長一段時間，在周遭村莊打零工，建建墓碑刻刻碑文，被少數自認屈尊俯就跟他點頭致意的農夫或鄉下人看成失敗者、殘次品，也毫不在乎。

這個新目標的人性化動機（最崇高純潔、最無私奉獻的事業必然少不了人性化動機）來自蘇的一封信，信上的郵戳已經換了新地點。蘇寫信時情緒顯然頗為焦躁，對於近況她沒有多做描述，只說她通過某種國家考試，即將進入梅爾切斯特一所師範學院就讀，以便取得資格，走上她選擇的職業。她會選擇這個行業，有一部分原因是受他影響。梅爾切斯特有一所神學院，那個城市靜謐又安詳，充滿宗教氣息，世俗的學問與知性的聰敏沒有發揮的餘地。在那個地方，他具備的利他精神或許比他所沒有的聰慧更被看重。

他在基督教堂城苦讀一般古典著作，忽略了神學，所以一開始他必須邊工作邊讀書。那麼最好的做法就是到梅爾切斯特找個工作，繼續自學。他對那個城市過度強烈的人性化動機全是因為蘇，然而，蘇卻比過去更不適合擔任這個角色。這樣的道德衝突他並不是看不出來，但他判定這是人性的弱點，希望日後只以朋友與親戚的立場關懷她。

對於未來的規劃，他覺得自己三十歲可以開始傳道。三十歲這個年齡對他有極大吸引力，因為他的榜樣耶穌也是三十歲開始在加利利教導世人。這麼一來，他會有充裕的時間從容地閱讀，也能賺到足夠的金錢，支付日後在神學院修習課程的學費。

耶誕節來了又走，蘇進了梅爾切斯特師範學校。那正是一年之中最難找到新工作的時節，裘德於是寫信給蘇，說他要再等一個月左右，等白晝變長再出發。她對他的決定沒有任何異議，以

1. Sappho（西元前六三〇～五七〇），西元前七世紀古希臘抒情詩人。這裡的詩句摘自英國作家亨利・沃頓（Henry Thornton Wharton，一八四六～九五）翻譯的《莎芙作品集》。

2. 根據《聖經・傳道書》第九章第九節：「神賜你在日光之下虛空的年月……同你所愛的妻，快活度日。」

至於裘德後悔主動提出來。雖然她從來沒有責怪他那天晚上莫名出現又悄悄溜走，卻顯然不太在乎他。她也不曾提及她跟費洛森的關係。

不過，蘇突然寄來一封情緒激動的信，說她覺得孤單又難過。她討厭目前所在的地方，因為那裡比之前的宗教文物店更糟，比任何地方都糟。她一個朋友都沒有，他能不能馬上過去？只是，如果他真的去了，她能跟他見面的時間也不多，因為學院的規定相當嚴格。是費洛森建議她進這個學校的，她真希望當初沒有聽他的。

顯然費洛森的追求也不太順利，裘德沒由來地欣喜雀躍。他收拾了行李，帶著幾個月來最輕快的心情前往梅爾切斯特。

踏上人生道路的新頁，裘德本分地尋找禁酒旅館，在往車站的街道上找到一個符合標準的地方。吃過東西後，他在冬季的昏暗天光下走過鎮上的橋，轉個彎朝克洛斯教堂走去。這天霧濛濛的，他來到英格蘭最典雅的建築物圍牆下，停下腳步抬頭仰望。他能看見這棟巍峨建築的屋脊，上面的尖塔漸高漸細直入雲霄，頂端消失在飄移的霧氣裡。

街燈陸續點亮，他拐個彎走向教堂西側。地面上擺放許多石塊，他覺得這是個吉兆，顯示大教堂正在進行大規模重建或修繕。他是個迷信的人，覺得這是某個主宰力量深謀遠慮的結果，讓他在等待更崇高職業的召喚時，不愁找不到工作。

接下來他的心湧起一股暖流，因為他想到自己所在的位置跟那個眼神明亮活潑歡快的女孩距離多麼近。那女孩有開闊的前額，一頭深色秀髮，目光炯炯有神，有時卻又溫柔似水，有點像他在西班牙畫派[3]雕版作品裡看到的女子。她就在這裡，就在大教堂西側對面那些房子之中的某一棟裡。

他走上寬敞的石子路，朝那棟建築物而去。那是十五世紀的古老建築，曾經是宮殿，現在是師範學院，豎框窗子配置氣窗，前院與馬路之間有一道圍牆隔開。裘德打開大門走向門房，說出表妹的名字，被小心翼翼引到會客室，幾分鐘後她就來了。

她來到這裡的時間雖然不久，卻已經跟他上次見到的模樣大不相同。她不再蹦蹦跳跳，以往動如脫兔的舉止神態，如今變得內斂、壓抑，傳統習俗在她身上留下的淡淡痕跡也不復存在。不過，她也不全然是那個寫信要他前來的女子。那封信顯然只是一時衝動，三思之後已然後悔，三思時想到的多半是他那次的失禮夜訪。裘德心情激動不已。

「蘇，我那次那樣去找妳，又用那麼可恥的方式離開，妳會不會覺得我是個品行低劣的壞人？」

「喔，我告訴自己別那樣想！你跟我說了很多，我猜得到你為什麼會那樣。可憐的裘德，希望我永遠不會對你的品德有任何懷疑！我很高興你來了！」

她穿著深紫紅長袍，搭配小小的蕾絲領子。長袍式樣簡樸，她纖細的身材穿起來顯得優雅服貼。以前她的髮型總是能趕上時代潮流，現在緊緊挽起。她看上去就是個受到嚴格紀律約束的女

3. 西班牙繪畫藝術十七世紀達到黃金時期，以里貝拉（Jusepe de Ribera, 一五九一～一六五二）、維拉斯蓋茲（Diego Velázquez, 一五九九～一六六〇）、慕里歐（Bartolomé Esteban Murillo, 一六一七～八二）為首，肖像畫是他們的特色之一，除了表現貴族人物的尊榮，也呈現平民百姓的堅毅。

子，卻隱隱有一道光線從紀律還無法觸及的內心深處散發出來。

她泰若自然地走過來，雖然裘德很想那麼做，但他覺得她不會願意接受他以超出表兄妹關係的任何情感親吻她。蘇已經看見他最醜陋的一面，就算他有資格當她的情人，她也絲毫沒有透露出這方面的跡象，而且永遠都不會。因為這點，他向她坦白婚姻狀況的決心越來越強烈。過去他之所以一再拖延，純粹是擔心失去有她相伴的喜悅。

蘇跟他一起到鎮上，兩人邊走邊聊，話題圍繞著當下的瑣事。裘德說他想給她買個小禮物，她有點難為情地說她餓極了，學院裡的伙食填不飽肚子，所以她現在最大的希望就是吃一頓午餐、茶點和晚餐三合一的大餐。裘德於是帶她到一家小飯館，點了店家能供應的食物，其實也不多。不過，那地方倒是方便他們親密交談，因為當時店裡沒有其他客人，他們能暢所欲言。

她告訴他學院裡當時的情況，刻苦的生活，來自同一個主教轄區、性格互異的同學，還說她每天一大清早起床，點著煤氣燈用功。她說話的語氣滿是不習慣受束縛的年輕人的埋怨，他耐心地聽她說。他最想知道的是她和費洛森的關係，她卻隻字未提。等他們吃完東西，裘德情不自禁按住她雙手。她抬起頭看他，露出笑容，隨性地用她柔軟的小手拉起他的手，冷靜地研究他的每一根手指，像在翻查想買的手套。

「裘德，你的手有點粗，對吧？」她說。

「嗯。如果妳也整天拿大頭槌和鑿子，手也會變粗。」

「我不在乎粗糙的手。我覺得男人的手因為工作改變模樣很值得尊重。總之，我還是很高興進了師範學院，兩年後我就可以獨立自主！我希望可以用優秀的成績通過，之後費洛森先生會運用關係安排我到大學校教書。」

她終於談到這個話題。裘德說，「我有個猜測……我擔心他對妳太熱情，可能想娶妳。」

「別說傻話！」

「我猜他提過這方面的事。」

「就算有，又有什麼關係？他那麼老！」

「別這麼說，他也不算太老。我曾經看見他……」

「絕不會看見他吻我，這我敢肯定！」

「不是。我看見他摟住妳的腰。」

「啊，我記得。當時我不知道他會那麼做。」

「蘇，妳在逃避，這樣不好！」

她一向靈敏的嘴唇開始顫抖，眼睛也眨呀眨的，裘德的責備讓她思考接下來要說的話。

「如果我說了，你一定會生氣，所以我不想說！」

「那好吧，親愛的，」他用安撫的口氣說，「我其實沒有資格問，我也不想知道。」

「我要告訴你！」她倔強的個性占了上風。「是這樣的：我答應他……我答應他……兩年後離開師範學院、拿到教師資格，就跟他結婚。他打算到大城鎮找一所大型男女合校，他教男生，我教女生，兩個人都有收入。其他很多教書的夫妻都這麼做。」

「噢，蘇！這樣當然很好，妳做得太對了！」

他看她一眼，兩人視線相對，他眼裡的指責違背他的話語。接著他把手抽回來，疏離地轉頭望向窗外。她消極地打量他，一動也不動。

「我就知道你會生氣！」她的語調沒有夾帶任何情感。「好吧，看來我做錯了！我不該叫你來看我！我們最好永遠不再見面，久久寫一封信，寫信也只談正事！」

這正是他無法忍受的情況（她或許也知道），所以他馬上軟化，連忙說，「我們當然要繼續往來。妳訂婚對我沒有任何差別，我想見妳就見妳。我有這個權利，也會這麼做！」

「那我們別再談這件事了，好好的氣氛都搞砸了。兩年後的事有什麼好在意的？」

他覺得她像個謎，只好放棄這個話題。晚餐結束後，他問，「我們要不要去大教堂坐一坐？」

「大教堂？也好，不過我寧可去火車站坐坐。」她的語氣還殘留一絲惱怒。「火車站才是鎮上的新焦點，大教堂已經過時了！」

「妳真跟上得時代！」

「如果你過去幾年來也跟我一樣生活離不開中世紀，你也會走在時代尖端。四、五百年前大教堂是個好地方，可是現在已經過氣了……我也不新潮。如果你了解我，會發現我比中世紀還古老。」

裘德一臉沮喪。

「好了，我不會再說那些了！」她大聲說，「只是你不知道，從你的觀點看來，我是多麼壞的人，否則你就不會這麼看重我，也不會在乎我訂不訂婚。好了，我們的時間只夠在大教堂外面繞一圈，之後我就得回去了，不然會被鎖在門外。」

他送她到學院門口，兩人分別。裘德認定他們會這麼快訂婚，一定是因為那個悲傷的夜晚他去找她，而那件事只是徒增他的痛苦。這麼說來，她用訂婚表達對他的譴責，而不是用言語。隔天他開始找工作，只是，在這裡謀職不像在基督教堂城那麼容易。這地方目前沒什麼石材切割工作，石匠也多半是長期聘雇。但他總算一步步擠了進去。他的第一份工作是在山上的墓園雕刻，最後順利得到他最想要的工作，也就是大教堂的修繕。這次的整修規模龐大，內部所有石作全面拆檢，大部分都要換新，整個工程可能需要幾年時間才能完成。他對自己操縱大槌和鑿子的技藝深具信心，有把握他想做多久就能做多久。

他在克洛斯門租的房子夠體面，即使堂區牧師入住也不辱沒身分。只是，租金占去他收入的一大部分，一般的工匠不會花這麼多錢租房子。他的臥室兼客廳擺設幾幀加框照片，都是他的女房東過去擔任忠實女僕時待過的牧師公館或主教寓所。樓下客廳壁爐架上的鐘上面刻有題辭，顯示那是思想嚴肅的女房東結婚時，其他女僕送給她的賀禮。裘德也拿出幾張照片裝飾房間，內容都是他親手雕刻的教堂物品與紀念碑。在這個原本待租的房間，他算是個令人滿意的房客。

他發現城裡的書店有許多神學書籍，有了這些書，他重新展開苦讀生涯，只是這回他的精神與方向都跟過去不同。如果主教文學、佩利和巴特勒[4]這類作品讀累了，他就改讀紐曼、普西和其他許多現代名家的書。他租了一架簧風琴放在房間裡，經常彈唱一節或兩節聖詠。

4. 佩利（William Paley, 一七四三～一八〇五）是英國牧師兼哲學家；巴特勒（Joseph Butler, 一六九二～一七五二）是英國聖公會主教，兩人都寫過不少基督教辯護學的作品。

2

「明天是我們的大日子，打算去哪裡？」

「我放假是三點到九點。只要能在這段時間裡來回，去哪裡都可以。裘德，別去看遺跡，我不喜歡。」

「我們去沃德城堡[5]，之後如果有興趣，還可以去方特希爾修道院[6]。一個下午可以走完。」

「沃德城堡是哥德建築遺跡，我討厭哥德式風格！」

「不，恰恰相反。那是古典建築，好像是科林斯式[7]，裡面有很多畫像。」

「啊，那可以，『科林斯』聽起來就不錯。我們去那裡。」

這段對話發生在他們見面的幾星期後。隔天早上他們做好出發前的準備。這次出遊的每個細節都在裘德心中激起喜悅的火花。他不敢去想自己過著多麼表裡不一的生活，他只知道，他的蘇的一舉一動在他眼中都是可愛的謎團。

時間終於到了，他滿心歡喜地去學院找她。她出來了，身上穿著修女般的簡樸服飾。這樣的打扮是為了遵守規定，而非自願。兩人悠閒地走向火車站，腳夫叫嚷著「請讓讓」，火車在嘶鳴，這一切共同凝聚成美麗的真實世界。沒有人盯著蘇看，因為她的服飾太樸素。裘德想到只有他知道那身服飾掩蓋了什麼樣的魅力，內心無比快慰。只要走進服飾店（這種地方跟她的真實生活或真正的她沒什麼關係）花個十鎊，她就會變成整個梅爾切斯特的注目焦點。火車的列車長以為他們是情侶，讓他們單獨坐一個車廂。

「他的一片好心白費了！」她說。

裘德沒有說話。他覺得蘇的話是多此一舉的殘忍，而且不完全正確。他們到了沃德花園和城堡，參觀裡面的畫廊。裘德依照他的興趣在德爾．薩托[8]、奎多．雷尼[9]、小西班牙人[10]、薩索費拉托[11]、卡洛．多爾奇[12]和其他人的宗教作品前駐足。蘇耐心地陪在他身旁，偷偷審視他的臉，看著他的面容因為眼前的聖母、聖家和聖徒變得虔誠恭敬、木然出神。每次像這樣仔細端詳過他的臉後，她就會往前走，停在萊利或雷諾茲[13]的畫作前等他。她顯

5. Wardour Castle，位於英格蘭西南部威爾特郡，建於一七七〇年代。
6. Fonthill Abbey，位於威爾特郡，建於一七八〇年前後，是一座雄偉奢華的仿哥德式建築。
7. Corinthian，是古希臘三種建築風格之中最華麗的一種。
8. Andrea Del Sarto（一四八六～一五三一），義大利畫家，以浮雕畫法繪製宗教題材作品享有盛譽。
9. Guido Reni（一五七五～一六四二），義大利畫家，擅長以神話與宗教題材表現古典的理想主義。
10. Lo Spagnoletto，指十七世紀西班牙畫派領導人之一貝里拉（José de Ribera，一五八八～一六五二）。貝里拉定居義大利，主要作品多在義大利創作，以宗教題材為主，擅長刻劃人物與場景。
11. Sassoferrato（一六〇五～八五），義大利巴洛克時期畫家，以創作聖母像著稱。
12. Carlo Dolci（一六一六～八六），義大利巴洛克時期畫家，以宗教畫聞名。
13. 萊利（Sir Peter Lely，一六一八～八〇）與雷諾茲（Sir Joshua Reynolds，一七二三～九二）都是英國畫家，作品均以宮廷肖像畫為主，與裘德偏好的宗教畫形成對比。

然對裘德非常感興趣，就像逃出迷宮的人看著還在迷宮裡摸索的人。

他們出來的時候時間還早，裘德提議先吃點東西，之後徒步穿越北邊的高地，到大約十一公里外的車站搭另一線火車返回梅爾切斯特。蘇爽快同意，只要能在這天假期裡享受更多自由自在的感受，她都樂意。於是他們出發了，一步步遠離附近的車站。

那果然是遼闊的鄉間，面積廣闊地勢高聳。他們邊走邊聊，步履輕快。裘德在小樹叢截取一根樹枝，幫蘇做了跟她等高的拐杖，拐杖有個大曲柄，蘇拿著拐杖的模樣像個牧羊女。大約走到半途的時候，他們越過一條東西向的大馬路，那是倫敦通往英格蘭最西端蘭茲角的古道。他們停下來，望向古道兩端，感嘆這條曾經繁忙的大道如今已是滿目荒涼。這時一陣風拂向地面，捲起麥稈和乾草。

他們越過古道往前走，接下來那幾百公尺，蘇顯得越來越疲倦，裘德看在眼裡相當擔憂。他們已經走了很遠的路，如果到不了另一個車站，事情就會很麻煩。很長一段時間裡，周遭都是廣大的綠草丘陵和蕪菁田，放眼望去沒有任何屋舍。不一會兒，他們遇見一處羊欄，緊接著看到正在修築圍欄的牧羊人。那人指著前面飄著一縷淡藍色輕煙的小窪地告訴他們，附近唯一一棟房子是他跟他母親的家，建議他們去那裡歇歇腳。

他們照那人的話做，被一個牙齒掉光的老嫗迎進屋子。他們表現出初次見面的最佳禮儀，因為他們能不能留下來休息，全憑屋主對他們的印象。

「真是漂亮的屋子。」裘德說。

「漂不漂亮我不清楚。我很快就得換茅草，到現在還不知道茅草要從哪裡來。茅草價格漲得凶，要不了多久，屋頂鋪瓷盤會比鋪茅草便宜。」

他們坐下來休息，牧羊人回來了。「你們別在乎我，」他無所謂地揮揮手。「想待多久就待多久。不過你們是不是打算今天晚上搭火車回梅爾切斯特？這個不成，因為附近的路你們不熟。我不介意帶你們走一段路，不過你們一定趕不上火車。」他們嚇得站起來。

「你們可以在這裡過夜。媽，可以吧？你們就當自己家。這裡吃住雖然差一點，總比沒地方住強。」他轉頭悄聲問裘德，「你們是夫妻嗎？」

「噓……不是！」裘德答。

「我沒別的意思！那好吧，她可以跟我媽住一房間，等她們進房間以後，你跟我就在外邊這間將就一晚。明天一早我會叫醒你們，讓你們趕上第一班火車。晚上這班你們趕不上了。」

他們考慮過後，決定接受牧羊人的提議，於是把椅子拉到餐桌旁，跟牧羊人母子一起吃煮燻肉配青菜。

牧羊人母子收拾餐桌時，蘇說，「我喜歡這種生活，除了地球的引力和萬物的萌生，不受任何規則約束。」

「這只是妳的感覺，妳其實不喜歡。妳是文明社會的產物。」裘德想到她的婚約，心裡一陣難受。

「裘德，我才不是。我喜歡讀書之類的事，卻也渴望回到小時候那種無拘無束的生活。」

「小時候的事妳印象很深刻嗎？在我看來，妳不是反傳統的人。」

「是嗎？你根本不了解我的真面目。」

「什麼樣的真面目？」

「以實瑪利人[14]。」

「妳的真面目是城裡的小姐。」

她顯然極度不認同，轉身走開。

隔天早上牧羊人依照約定叫醒他們。天清氣朗，往車站的六公里路走得相當愜意。他們到達梅爾切斯特後，走路回到克洛斯教堂，蘇看見即將再度圈禁她的那棟古老建築物的山牆聳立眼前，露出害怕的神色，喃喃說道，「我大概會被處罰！」

他們拉響巨大的門鈴，耐心等著。

「對了，我買了禮物給你，我差點忘了。」她倉促說著，忙不迭翻找口袋。「是我新拍的照片。你喜歡嗎？」

「**當然**喜歡！」他開心地收下。門房來了，臉上有著不祥預兆。她進門後回頭看裘德一眼，揮手道別。

14. Ishmaelite，根據《聖經・創世記》，以實瑪利是亞伯拉罕與夏甲所生的兒子，卻不被神認定為正統後裔，後來成為阿拉伯民族的祖先。

3

梅爾切斯特這所名為師範學院的女修道院目前有七十個年輕女學生，年齡大多在十九到二十一之間，有幾個年紀大一點。這個團體成員複雜，學生來自各種家庭，有工匠、牧師、醫生、店員、農夫、酪農場工人、士兵、水手和村莊百姓。就在我們先前提到的那個晚上，她們坐在學院的大教室裡交頭接耳，談論蘇・布里海德沒有在規定的時間內返校。

「她跟她男朋友出去了。」有個在這方面頗有經驗的二年級學生說，「崔絲麗小姐在車站看見她跟那個人。她回來以後有得受了。」

「她說那是她表哥。」有個年輕的新學生說。

「這種藉口在學院裡太浮濫，已經沒有用了。」學年長冷淡地說。

事情是這樣的，就在十二個月前有個學生抵抗不了愛情的誘惑，用這個理由出去見她的情人。那件事後來演變成醜聞，之後校方就嚴格限制表哥表弟這類親屬。

九點鐘點名，崔絲麗小姐大聲喊了三次蘇的名字，沒有人回應。

九點十五分，七十個學生站起來唱〈晚禱讚美詩〉，之後跪下來禱告。禱告之後她們去吃晚餐，每個人心裡都在想：蘇在哪裡？有些學生先前隔著窗子看見裘德，暗自覺得能被那個看上去溫柔體貼的男孩子親吻，她們甘願冒著受處罰的危險。幾乎沒有人相信他們真是表兄妹。

半小時後，她們仰躺在自己的小隔間裡，柔和的女性臉龐對著耀眼的煤氣燈。煤氣燈的光線時時照亮長長的宿舍，每一張臉都印著「弱者」這兩個字。這是她們天生的性別附帶的懲罰。只要無情的自然法則存在一天，她們就算願意發揮才能付出最大的努力，也不可能變成強者。她們看起來是那麼嬌美、誘人、惹人憐愛，卻對自己的感染力與美貌一無所知。日後在生命的風霜雪中經歷不公平待遇、孤單寂寞、生兒育女、痛失親人，回首前塵後恍然大悟，發現這段青春年華就在她們的忽略中匆匆流逝。

有個女老師過來熄燈，在熄燈前看了一眼蘇的床鋪。床鋪還是空的，床腳的小梳妝台跟所有人的梳妝台一樣，擺放各種女孩子的小東西，加框照片擺在顯眼的位置。蘇的梳妝台東西不算多，兩張男子照片裝在金絲細工天鵝絨相框裡，並排站在她的梳妝鏡旁。

「這兩個人是誰？她說過嗎？」女老師問。「嚴格來說，梳妝台上只能放家族親屬的照片。」

「那個中年男人是她以前教書時的上司，」隔壁床的女學生說，「姓費洛森。」

「另一張呢？這個戴帽子穿長袍的大學生又是誰？」

「是她朋友，以前的朋友。她沒有說他的姓名。」

「來找她的是這兩個其中之一嗎？」

「不是。」

「妳確定不是那個大學生？」

「確定。那個年輕人留著黑鬍子。」

燈很快熄滅，女學生入睡前恣意猜測蘇的事，好奇她來到這裡以前，在倫敦和基督教堂城有過什麼樣的故事。有些人靜不下來，下床走到豎框窗子旁，望著對面大教堂西側雄偉的外牆，以及矗立在後方的尖塔。

隔天早上她們醒來時探頭查看蘇的床鋪，發現還是空的。她們沒來得及梳理整齊，先在煤氣燈下做晨課。等換裝完畢下樓吃早餐，大門口的鈴聲震天價響。女舍監離開了，回來以後轉述校長的命令，全校學生未經許可不准跟蘇．布里海德交談。

於是，當蘇臉色漲紅神情疲倦回到宿舍，默默走向自己的小隔間準備簡單梳洗，沒有人出來跟她打招呼或問她問題。學生們下樓吃早餐，發現蘇沒有跟她們一起進食堂，還聽說她受到嚴厲責罵，被罰單獨監禁一星期，一個人在房間裡吃三餐和讀書。

七十個女學生低聲談論這些消息。她們覺得處罰太嚴厲。於是學生們聯合提交一份沒有明顯發起人的環狀連署書，請求減輕對蘇的處分。校方沒有回應。到那天傍晚，地理老師要學生們記下她說的內容，學生們卻雙手抱胸靜靜坐著。

「妳們這是要罷課？」老師問，「我告訴妳們吧，事情已經查清楚了，跟蘇一起在外面過夜那個年輕人不是她表哥，因為她根本沒有表哥。我們寫信到基督教堂城求證過。」

「我們願意相信她的話。」學年長說。

「這個年輕人在基督教堂城的酒館喝醉，褻瀆經文，被雇主辭退。後來跟著她搬過來，只為了離她近一點。」

但她們不為所動，繼續靜坐。老師走出教室，去向上司詢問該如何處理。

天色漸暗，學生們坐在教室裡，聽見隔壁教室的一年級學生發出驚叫，有個學生跑進來說，蘇從監禁室的後窗爬出去，趁著夜色越過草坪消失無蹤。沒有人知道她是怎麼跑出花園的，因為花園的外圍是一條河，而側門上了鎖。

她們一起去查看空蕩蕩的監禁室，豎框之間的窗子打開了。有人提著燈籠再一次搜索草地，每一叢灌木和樹叢都仔細檢查，卻沒找到蘇的身影。校方又查問了前門的門房，那人仔細回想，說他好像聽見後面的河水傳來某種啪啦聲，當時他沒注意，以為是鴨子從岸上跳下水。

「她一定是涉水渡河了。」女老師說。

「或跳水自殺。」門房說。

女舍監驚恐萬分，她擔心的倒不是蘇可能溺水死亡，而是這件事會鉅細靡遺地登載在報紙上，占據半版的篇幅。加上去年的醜聞，未來幾個月學院必然臭名遠播。

更多燈籠送過來了，眾人沿著河岸尋找。最後在河對岸的泥地上看見幾個小巧的靴印。河岸再過去就是廣闊的田野，這條是郡內的主要河流，所有的地理教科書都會鄭重介紹。蘇在情緒激動下顯然涉水渡過水深及肩的河流到達對岸。由於蘇沒有溺死自己給學校帶來惡名，舍監又用高傲的語氣批評她，為她的離去表示慶幸。

同一天晚上，裘德坐在克洛斯門附近的租屋處房間裡。入夜後的這個時刻，他通常會走進靜謐的大教堂，站在蘇所在的那棟建築物對面，看著女學生腦袋的影子在百葉窗裡來回移動，暗自希望他可以什麼都不做，整天坐著讀書，學習裡面大多數思想淺薄的女學生所鄙夷的知識。可是今晚吃過茶點梳洗過後，他全神貫注讀著普西的主教叢書第二十九卷[15]。這套書是向二手書商買來的，他覺得能以如此低廉的價格買到這麼珍貴的書，簡直是奇蹟。他彷彿聽見窗子傳來咯嗒輕響，再一次側耳傾聽，確認有人對他的窗子扔石子。他起身輕輕把窗框往上推。

「裘德！」（聲音從底下傳上來。）

「蘇！」

「是我！我能不能悄悄上去不被人看見？」

「可以！」

「那你不必下來，把窗子關上。」

裘德等著。他知道她輕易就能進來，因為任何人都能打開前門，大多數古老鄉鎮的房子都是如此。想到她碰上麻煩就來投奔他，就像當初他心情鬱悶只想找她一樣，他的心不禁怦怦狂跳。他們多麼相像啊！他拉開自己房間的門閂走出去，聽見漆黑的樓梯傳來躡手躡腳的窸窣聲，不一會兒她就出現在他的燈光裡。他走上前去拉住她的手，發現她像海中女神般又濕又冰涼，衣服緊貼在身上，像帕德嫩神廟[16]簷壁飾帶上人物的長袍。

「我好冷！」她牙齒不停打顫。「裘德，我能到你的爐邊烤烤火嗎？」

她橫越房間走到他的小爐柵和微弱火焰旁。只是，水滴不停從她身上滴落，想直接烘乾是天方夜譚。「寶貝，妳到底做了什麼？」他心驚不已，不知不覺中溫柔地喊她「寶貝」。

15. 指牛津運動領導者愛德華・普西（Edward Pusey）等人編修的 *Fathers of the Holy Catholic Church, anterior to the Division of the East and West*，全書共四十八冊，是牛津運動的重要典籍。

16. Parthenon，建於西元前五世紀，是現存重要的古希臘建築物，奉祀女神雅典娜。

「涉水渡過郡裡最大的河，就是這樣！他們處罰我跟你出去，把我關起來。那實在太不公平，我不能接受，所以跳窗溜走，渡過那條河逃出來！」她開始解釋時用的是平時那種略為大膽的口氣，但還沒說完，粉紅色的薄唇已經不住抖動，幾乎要哭出來。

「親愛的蘇！」他說，「你得把身上的濕衣服脫掉！我想想……妳可以借房東的衣裳，我去問她。」

「不，不要！天哪，別讓她知道！我們離學院太近，他們會來追我！」

「那妳只能穿我的。妳介意嗎？」

「不介意。」

「穿我的主日禮服，就放在手邊。」事實上，裘德這個房間裡的東西都在手邊方便拿取，因為空間不大，沒辦法放太遠。他拉開抽屜，拿出他最好的黑色西裝，甩一甩，說道，「妳需要多少時間？」

「十分鐘。」

裘德離開房間出門走到街上，在那裡踱方步。七點半的鐘敲響，他回到房間。有個纖瘦脆弱的人影坐在他的扶手椅上，就像星期日的他一樣。她看上去是那麼弱小可憐，他的心都漲滿了。爐火前另外兩張椅子上攤放著她濕透的衣物。他在她身邊坐下時，她臉色羞紅，但很快就消退了。

「裘德，你看見我這副模樣，還把衣服掛在那裡，覺得很奇怪吧？真是胡扯！那些只不過是女人的衣服，無性的布料和亞麻……真希望我身體沒這麼不舒服！你能幫我把衣服烘乾嗎？拜託你，裘德。之後我會盡快找到住的地方，時間還不晚。」

「不行，如果妳身體不舒服，就別那麼做。妳必須留在這裡。親愛的蘇，我能幫妳做點什麼嗎？」

「我不知道！我一直發抖，好想暖和起來。」裘德又拿他的大衣幫她披上，而後跑到距離最近的酒館，帶著一只小瓶子回來，說道，「這是最好的白蘭地。親愛的，喝了它，全喝掉。」

「我不能喝純的，對吧？」裘德拿下梳妝台上的酒杯，倒些白蘭地再加點水。她倒抽一口氣，但還是一仰而盡，喝完就躺回扶手椅裡。

她隨口聊起兩人分開後的遭遇，說到一半聲音開始結巴、腦袋點呀點的，之後完全停住。她睡熟了，裘德心急如焚，擔心她感染風寒留下病根，聽見她規律的呼吸，鬆了一大口氣。他躡手躡腳走到她身旁，看見原本泛青的臉頰已經有了血色，從扶手垂落的手也不再冰涼。之後他背對爐火站在原地觀察她，覺得她近乎完美無缺。

4

有個腳步聲嘎吱嘎吱上樓來，打斷裘德的遐想。

他迅速收走蘇晾在椅子上的衣服，一股腦塞進床鋪底下，坐下來看書。有人敲門後立刻打開門。是女房東。

「噢，佛雷先生，我不知道你在不在。我想問你今天吃不吃晚餐。你房裡有個年輕男士……」

「是，房東太太。今晚我就不下樓了。妳能不能用托盤幫我把晚餐送上來，我還要喝點茶。」

平時裘德習慣在樓下廚房跟房東一家人吃晚餐，省一點麻煩。不過今天房東太太把他的晚餐送上來，他走到門口拿。

房東太太下樓以後，裘德把茶壺放在壁爐保溫架上，重新把蘇的衣服拿出來，但衣服還是太濕。他發現她的厚羊毛洋裝吸了太多水，於是又把她的衣服掛起來，將爐火燒得更旺盛，望著衣服上的蒸氣飄向煙囪，陷入沉思。

她突然喊道，「裘德！」

「我在。妳現在感覺怎麼樣？」

「好了一點，感覺還不錯。我是不是睡著了？幾點了？應該還不晚吧？」

「十點多了。」

「是嗎？我該怎麼辦？」她猛地跳起來。

「留在這裡。」

「對，我也這麼想，可是別人會怎麼說！而且你怎麼辦？」

「我一晚上都會坐在爐邊讀書。明天是星期天，我不需要出門。妳在這裡多休息，也許可以避免生重病。別害怕，我沒事。妳看看，我幫妳準備了晚餐。」

她坐直身子，傷感地吸了幾口氣，說道，「我還是覺得有點虛弱，原本以為我好了。我不該留在這裡，對吧？」不過，吃了晚餐後，她精神好像恢復了些，等她喝過茶躺回椅子裡，她變得興高采烈。

那壺茶想必是綠茶，或浸泡太久，因為接下來她顯得異常清醒。裘德沒有喝茶，覺得有點睏倦，直到被她的談話內容吸引。

「你說我是文明世界的產物，或什麼的，是不是？」她打破沉默，「你說那種話實在很奇怪。」

「為什麼？」

「因為錯得叫人惱火，我幾乎是站在文明對立面。」

「妳的話充滿哲理，『對立面』這個詞很深奧。」

「是嗎？你是不是覺得我學識豐富？」她打趣地問。

「不，不是學識豐富。妳只是談吐跟一般女孩不一樣，我指的是沒有優勢的女孩。」

「我有優勢。我知道拉丁文和希臘文的文法，只是讀不懂那些文章。但我讀過大多數拉丁和希臘古典文學的譯文，還讀過很多書，比如蘭普里爾[17]、卡圖盧斯[18]、馬雪爾[19]、尤維納利斯[20]、琉善[21]、博蒙特與弗萊徹[22]、薄伽丘[23]、斯卡隆[24]、布朗托姆[25]、斯特恩[26]，笛福[27]、斯摩萊特[28]、費爾丁[29]、莎士比亞、《聖經》之類的東西。我發現即使對這些書迷惑人心的部分感興趣，到最後都會因為晦澀難解而打退堂鼓。」

「妳讀的書比我多。」裘德嘆一口氣。「妳怎麼會讀那些怪胎作家的書？」

「唔……」她若有所思地說，「偶然接觸到的。有人說我有一種怪僻，而我的人生完全是這種個性造就的。我不害怕男人，也不害怕他們寫的書。我跟他們稱兄道弟，特別是其中一兩個。我的意思是，我對他們的感覺跟大多數女人不一樣。很多女人從小被教導要保護自己，防止男人奪走她們的貞操。其實除非是好色的狂徒，一般男人只要沒有得到女人的暗示，不論白天或夜晚、在家裡或在外面，都不會騷擾女人。除非她用眼神說『來吧』，否則男人不敢亂來。如果她永遠不開口邀請或用眼神示意，男人絕不會靠過來。不過，我想說的是，我十八歲的時候在基督教堂城認識一個大學生，變成親密的好朋友。他教了我很多，借給我不少我不可能接觸到的書。」

「你們的友誼後來斷了嗎？」

「是啊，他拿到學位離開基督教堂城，之後兩、三年就過世了，可憐的人。」

「當時妳常跟他見面吧？」

「對。我們經常到處去，一起去散步、一起讀書之類的，相處得像兩個男人。他寫信來邀我去跟他住在一起，我回信表示同意。可是等我到了倫敦找到他，發現他心裡想的跟我不一樣。他其實想要我當他的情婦，但我不愛他。我告訴他，如果他不同意**我的**安排，我就離開，他妥協了。我們住在同一棟房子裡，共用一間客廳，前後總共十五個月。他變成倫敦一家大報的首席撰稿人，後來他生病了，不得不出國休養。他說我傷透他的心，因為我留在他身邊這麼長時間，卻

一直拒絕他，他無法相信會有女人這麼做。他說，總有一天我會嘗到苦果。後來他回國了，因為

17. John Lemprière（一七六五～一八二四），英國古典學者兼神學家。
18. Catullus（約西元前八五～五四），古羅馬抒情詩人，作品對後世有深遠影響。
19. Martial（四〇～一〇二），古羅馬文學家，以諷世詩描寫當時社會百態。
20. Juvenal（約六〇～一三〇），古羅馬諷世作家，描寫社會的腐敗與人性的愚蠢。
21. Lucian of Samosata（約一二五年生），古羅馬諷刺作家，以希臘語創作，知名的無神論者。
22. Francis Beaumont（一五八四～一六一六）與John Fletcher（一五七九～一六二五），文藝復興時期英國劇作家，兩人合作編寫十多部劇本，挑戰當時的主流戲劇形態。
23. Boccaccio（約一三一三～七五），義大利文藝復興時期作家，作品抨擊教會的黑暗。
24. Paul Scarron（約一六一〇～六〇），法國詼諧作家，風格簡潔，筆法辛辣諷刺。
25. de Brantôme（約一五四〇～一六一四），法國軍人兼作家，本名Pierre de Bourdeille，曾擔任布朗托姆修道院院長而得名。知名作品有《風流女子的生活》（*Vie des dames galantes*）。
26. Laurence Sterne（一七一三～六八），十八世紀英國最偉大的小說家。他的作品《項狄傳》（*The Life and Opinions of Tristram Shandy, Gentleman*）被譽為「奇書」，是現代小說的先驅。
27. Daniel Defoe（約一六六〇～一七三一），英國小說家，創作政治諷刺詩與政論文章，也是經典小說《魯賓遜漂流記》的創作者。
28. Tobias Smollett（一七二一～七一）蘇格蘭作家，以創作流浪漢小說聞名，知名作品有《藍登傳》（*The Adventures of Roderick Random*）。
29. Henry Fielding（一七〇七～五四），英國傑出作家，作品風格以幽默、諷刺著稱，知名作品有《湯姆・瓊斯》（*The History of Tom Jones, a Foundling*）。

他不想死在國外。他死後我非常懊悔，覺得自己太殘酷。但我還是希望他的死因是肺癆，而不是我。我去桑博恩參加他的葬禮，當天只有我一個人去送葬。他留了一點錢給我，大概是因為我讓他心碎吧。男人就是這樣，比女人好多了！」

「我的老天！後來妳又做了些什麼？」

「啊，你生我的氣了！」她原本銀鈴般的聲音變成悲傷的女低音。「早知道就不告訴你！」

「不，我沒生妳的氣。都跟我說了吧。」

「我用那筆錢投資，沒想到那是個空頭公司，錢賠光了。我一個人在倫敦生活一段時間，搬了幾個地方。當時我父親也在倫敦，在朗埃克街附近做金屬藝品，他不肯讓我搬回家，所以我回到基督教堂城，在那家文物店找到工作，就是你找到我的地方……我說了，你不知道我多壞！」

裘德轉頭盯著扶手椅和坐在上面的女子，彷彿更深入審視他收留的人。他用顫抖的聲音說，「蘇，無論妳過著什麼樣的生活，我相信妳既跳脫傳統，又純真無瑕。」

「我也不是那麼純真無瑕，因為我『扯掉你的想像力披在那具空洞傀儡上的長袍。』[30]」說完，她裝出輕蔑的冷笑，但他看得出來她淚水盈眶。「不過我從來不曾對任何情人以身相許，如果你的純真無瑕指的是這個！我還是原來的我。」

「我相信妳。不過有些女人不會守住自己的底線。」

「也許不會，有些比我好的女人不會。因為這件事，有人說我一定是天生無情，不懂男歡女愛。但我不認同！有些最激情的豔情作家過著最自制的生活。」

「妳跟費洛森提過這個大學生朋友嗎？」

「很久以前就說了。我從來不對人隱瞞那件事。」

「他怎麼說？」

「他沒有評論，只說不管我做過什麼，我都是他最重要的人，諸如此類的。」

裘德心情沮喪。基於她古怪的作風和對性別差異的無感，她似乎離他越來越遙遠。

「親愛的裘德，你**真的**不生我的氣嗎？」她突然問，嗓音異常溫柔，跟剛才訴說過去時那種輕蔑語調幾乎不像同一個人。「在這個世界上，我最不想惹惱的就是你！」

「我不知道我有沒有生氣，卻知道我非常在乎妳。」

「我有多喜歡我認識的每個人，就有多喜歡你。」

「妳對我跟對別人**一樣**！算了，我不該說這種話。別回答！」

兩人沉默很長時間。他覺得她對他太殘酷，卻說不上來她怎麼對他殘酷。因為她的無助，她似乎比他強大許多。

「我雖然刻苦讀書，卻不懂人情世故。」他換個話題，「妳也知道我目前沉迷神學，如果妳沒來，妳猜我現在在做什麼？我應該是在做晚禱，妳可能不想……」

「不，不！」她答，「如果你不介意的話，我寧可不要。否則我會顯得太……太虛偽。」

30. 摘自英國詩人布朗寧的詩〈太遲〉（Too Late）。

「我也猜到妳不願意，所以沒提起。妳該記得我希望以後當個有益世人的神職人員。」

「你好像說過希望領聖職？」

「對。」

「那麼你還沒放棄目標。我以為到這時你應該放棄了。」

「當然沒有。一開始我天真地以為妳也跟我一樣，因為妳在基督教堂城積極參與教會活動。還有費洛森……」

「基督教堂城沒有什麼值得我推崇的，除了學術上的成就，但也只是過得去。」蘇認真地說，「我剛才提到的那個朋友改變我的想法。他是我見過最反宗教的人，也是品德最好的人。再者，基督教堂城的學術界是舊瓶裝新酒，那裡的中世紀精神不能再保留，必須摒除，否則基督教堂城也會沒落。確實，有時候我們不由自主地偷偷欣賞古老信仰留下的傳統，那些都是那個地方一群思想家以單純、動人的真誠保留下來的。但在我心情最悲傷、心智最正常的時候，我總是覺得，『噢，聖徒那慘白的榮光，是被絞殺的諸神的殘肢！』[31]」

「蘇，妳說這種話，不是我的好朋友。」

「那我就不說，親愛的裘德！」那情緒化的低沉嗓音再次出現，她轉頭不再看他。

「雖然不能融入那個地方我很氣惱，但我還是覺得基督教堂城非常光輝燦爛。」他語氣溫和，盡量壓抑把她氣哭的衝動。

「那是個無知的地方，那裡的鎮民、工匠、酒鬼和乞丐除外。」她還是氣惱地跟他唱反調，「那些人才能看見生命的本質，學院裡的人幾乎都不能。你自己就是最好的例證。基督教堂城的學院最早就是為你這樣的人建立的，也就是有學習熱忱卻沒有錢、沒有機會或沒有背景的人。可是現在你被有錢人的子弟擠到圍牆外。」

「我可以不需要那地方的賜予，我喜歡的是更崇高的東西。」

「我喜歡更開闊、更真實的。」她毫不退讓。「目前基督教堂城的學術朝一個方向發展、宗教則朝另一個方向，於是兩邊都停滯不前，像兩頭互相牴撞的公羊。」

「那麼費洛森會怎……」

「那地方有太多人盲目崇拜，也有太多人覺得自己見到鬼神！」

他發現，只要他提起費洛森，她就會把話題轉向與那所惱人大學相關的一般性議題。對於她跟費洛森學習、訂婚的一切過程，裘德有著極端的、病態的好奇心，她卻什麼也不肯說。

「我就是那種人。我害怕生命，經常看見鬼魂。」

「可是你善良又親切！」她喃喃說道。

他的心臟怦怦跳，但沒有回應。

「你現在很熱衷牛津運動，對不對？」她以輕率掩飾內心感受，這是她一貫的策略。「我來想想，我在你這個階段是什麼時候？是一八……」

「蘇，我不喜歡妳用這種嘲諷的口氣說話。現在妳能不能聽我的安排？我跟妳說過了，平常

31. 摘自斯溫伯恩的作品〈贊誦普洛瑟菲妮〉（Hymn to Proserpine）。

這個時候我會讀一個章節，再做禱告。妳能不能轉身背對我坐著，隨便找本書讀，讓我做自己的事？妳真的不跟我一起？」

「我看著你做就好。」

「不。蘇，別胡鬧！」

「好吧。我照你的話做，不惹你心煩。」她的口氣像個打定主意從此乖乖聽話的孩子，照他的要求轉身過去。她身旁正好有一本袖珍版《新約》，她順手拿起來，隨意翻開。

裘德禱告結束後，她爽朗地問他，「裘德，要不要我幫你做一本**新的**《新約全書》，就像我在基督教堂城給自己做的那本一樣？」

「好啊。妳是怎麼做的？」

「我把我原來的《聖經》拆開，所有〈使徒書〉和〈福音書〉都變成獨立的小冊子，之後依照它們各自寫成的年代重新排序。開頭是〈帖撒羅尼加書〉，再來是〈使徒書〉、〈福音書〉排到更後面。之後整本重新裝訂。我那個大學朋友……可憐的人，不提他的名字了……說這個點子好極了。像這樣重新調整過以後，讀起來有趣多了，也更容易懂。」

「唔！」裘德似乎覺得那是褻瀆聖物。

「還有，這是對文學犯下的滔天大罪。」她瞄了一眼《聖經》裡所羅門寫的〈雅歌〉。「我指的是每一章前面的摘要，扭曲了那些熱情史詩的真正涵義。你別緊張，沒有人說那些摘要是上帝的啟示。事實上，很多神學家對那些摘要嗤之以鼻。你想想，二十四個（或不管幾個）老人家或主教板著臉坐著，寫出這樣的東西，那是多麼可笑的畫面。」

裘德露出痛苦的表情。「妳很像伏爾泰[32]！」他低聲說。

「是嗎？那我不再多說了，只不過，我認為沒有人有權利曲解《聖經》。我**痛恨**那些騙子，用宗教的空想遮蔽那首偉大、熱情詩歌裡如此令人著迷、如此自然不做作的人類愛情！」她的語調越來越激昂，幾乎被他的責難激怒，眼眶也濕潤了。「我**真希望**這時候有個朋友贊同我，可是從來沒有人支持我！」

「親愛的蘇，我最親愛的蘇，我無意跟妳抗衡！」他拉起她的手，很意外她竟然把個人的情緒投入單純的爭論裡。

「你就是，你就是！」她大叫著別開臉，不讓他看見她眼裡滿溢的淚水。「你跟師範學院那些人站在同一邊，至少你表現出來的幾乎跟他們一樣！我要強調的是，把『你這女子中極美麗的，你的良人往何處去了？』[33]這樣一句詩注解成『**教會闡明她的信仰**』，簡直荒謬至極！」

「嗯，那就隨它去吧！妳把所有事情都跟自己牽扯在一起！這個時候我倒是非常樂意用凡俗的角度解釋那句詩。順道一提，在我心裡妳就是那最美麗的佳人！」

「這時候你不該說這種話！」她的語調換成最溫柔的責備。他們視線交會，像酒館裡的好友般握了手。裘德意識到，為那些假設性話題起爭執實在荒誕，蘇則覺得為《聖經》那種古老書籍

32. 伏爾泰（Voltaire），法國啓蒙時代思想家，激烈批評宗教迷信。
33. 出自《聖經．雅歌》第六章第一節。

的內容哭泣未免愚蠢。

「我不會干擾你的信仰，真的不會！」她用安撫的口氣說，因為現在他比她更不開心。「不過我確實想要、也渴望引導某個男人邁向崇高目標。當初見到你，知道你想要當我的知己，我……我可以說出來嗎？我覺得那個男人可能就是你。可是你抱守太多傳統觀念，所以我不知道該說些什麼。」

「親愛的，我覺得人總得抱持某些信念。生命不夠長，沒辦法先用歐幾里德的原理解開所有謎題，再決定相不相信。我選擇基督教義。」

「嗯，這世上還有比基督教義更糟的。」

「的確。也許我已經遇上了！」他想到艾拉貝拉。

「我不會問，因為我們要對彼此非常友善，是不是？而且永遠、永遠不再惹惱對方？」她抬起頭用信賴的眼神看著他，那聲音似乎想要停留在他的心窩。

「我永遠都喜歡妳！」裘德說。

「我也是。因為你總是那麼真心實意，總是原諒你渾身缺點又惹人厭煩的蘇！」

他別開視線，因為她那女性的柔情太折磨人。這就是那個首席撰稿人心碎的原因嗎？他是不是下一個？但蘇是那麼可愛！只要他能忘掉她的性別（她好像輕而易舉就能無視他的性別），她會是多麼好的知己。他們談論假想話題時各執己見，在日常生活的事務上卻更親近彼此。她比他認識過的其他女人都更親近他，他不相信時間、信仰或離別能讓他們彼此疏遠。

只是，想到她不信神，他再度感到沮喪。他們就這樣坐著，直到她再次入睡，他也在自己的椅子上打瞌睡。每次他醒來，就會翻她的衣服，添些柴火。大約六點他徹底清醒，點亮一根蠟燭，發現她的衣服已經乾了。她的椅子比他的舒適得多，所以她還裹著大衣熟睡，看起來像剛出爐的小圓麵包那般溫暖，又像加尼米德[34]那般男孩子氣。他將她的衣服放在她身邊，碰碰她的肩膀，之後就下樓，在院子裡就著星光洗漱。

34. Ganymede，特洛伊國王特雷斯之子，據說是絕色美少年，天神宙斯被他的容貌吸引，將他帶到天上為諸神侍酒。

5

他回來的時候，她已經換回自己的衣裳。

「我能不能悄悄出去不被人看見？」她問，「城裡的人還沒醒。」

「可是妳還沒吃早餐。」

「我不想吃早餐！我覺得我不該從學院跑出來！在早晨冰冷的光線下，人的想法會改變，對不對？我不知道費洛森會怎麼說！當初我進學院是聽從他的意願，他是這世上唯一讓我敬畏的人。希望他能原諒我，不過我猜他一定會狠狠責罵我！」

「我去跟他解釋……」裘德說。

「不，你別去。我不在乎他！他要怎麼想都隨他，我想怎麼做就怎麼做！」

「可是妳剛才說……」

「就算我說了，我還是要照我的意思，不管他！我已經想好了，我要去找師範學院同學的姊姊，她曾經邀請我去拜訪她。她在薛斯頓附近有個學校，離這裡大約二十八公里。在這次風波平息以前，我都會待在那裡，之後我會回師範學院。」

到最後一刻他說服她讓他幫她煮一杯咖啡。他房間裡有一套簡便的器具，方便他每天早晨出門前先喝杯咖啡，因為那時房東還沒起床。

「先吃點小東西配咖啡，」他說，「之後我們就出發。等妳到目的地再吃一頓正常早餐。」

他們悄悄離開屋子，裘德陪她走到車站。他們走在街上時，他住的那棟房子樓上有個腦袋伸出窗子又快速縮回去。蘇好像很後悔自己的魯莽，也希望自己沒有反抗。分開時對裘德說，等她重新回到師範學院，會立刻通知他。他們鬱悶地站在月台上，裘德顯然還有話要說。

「我要告訴妳兩件事，」火車進站時，他匆忙說道，「一件是溫暖的，另一件是冷酷的！」

「裘德，」她說，「我知道其中一件。你不可以那樣！」

「什麼？」

「你不可以愛我。你可以喜歡我，不能愛我！」

裘德的臉滿是複雜的憂鬱，她隔著車窗向他道別時，臉上露出焦慮的神色，顯然十分不忍心。火車啟動了，她漂亮的小手對他揮了揮，之後隨著火車一起消失。

她離開的那個星期六，裘德眼中的梅爾切斯特陰暗淒涼，克洛斯教堂顯得太可憎，他一次都沒有進去做禮拜。隔天早上他收到她的來信，基於一貫的果決，她一到朋友家立刻寫信。她說她已經平安抵達，那個地方相當舒適。接著她說：

親愛的裘德，我寫這封信真正的目的，是為了我在車站說的話。你對我太好、太仁慈，離開後我開始反省，我是個多麼殘忍又不知感恩的女人，才會跟你說那種話。我內心一直受到譴責。裘德，如果你想愛我，就愛吧，我一點也不介意。我再也不會跟你說那種話！

我不想再談那件事。你粗心的朋友那麼殘酷地對待你，你能原諒她嗎？你不會拒絕原諒她、讓她傷心吧？

裘德的回信寫了什麼，他又如何想像假使自己是自由身會怎麼做，都不必多說。當然，如果他是未婚身分，蘇就不必借住女性朋友家。他覺得如果他跟費洛森為了爭奪蘇發生衝突，勝利的一定是他自己。

只是，裘德的風險在於，他對蘇一時衝動寫來的信的解讀，可能超出蘇想表達的意思。

經過幾天後，他發現自己翹首期盼蘇的來信，她卻音訊全無。他實在太擔憂，於是又寫一封信過去，說他打算找個星期天去探望她，因為只有不到三十公里的路程。

信送出去以後，他以為隔天早上就會收到回音，可惜他失望了。到了第三天，郵差同樣沒有按門鈴。這天是星期六，他等得心急如焚，覺得她一定出事了，於是又寫了三行話送過去，告訴她隔天他會過去。

他的第一個念頭是：她因為涉水渡河生病了。但他很快又想到，如果真是這樣，一定會有人幫她回信。星期天他在耀眼的晨光下抵達薛斯頓附近那所村莊學校，所有的猜測才終於結束。他到的時間是十一點多，整個教區空蕩有如沙漠，大多數居民都在教堂裡面，偶爾能聽見他們整齊畫一的聲音。

有個小女孩來應門，說道，「布里海德小姐在樓上，您能上樓去看她嗎？」

「她病了嗎？」裘德連忙問。

「只是有點不舒服，不嚴重。」

裘德進門往樓上走。到了樓梯口時有個聲音告訴他該往哪裡走，那是蘇在喊他的名字。他走進一個約莫三點六公尺見方的房間，看見她躺在小床上。

「天哪，蘇！」他激動地喊她，坐在她床邊拉起她的手。「怎麼回事？妳不能寫信嗎？」

「不，不是那樣的！」她答，「我得了重感冒，但還能寫字，只是我不想寫！」

「為什麼？妳真是嚇壞我了！」

「是啊，我也擔心會嚇到你！只是我已經決定不再寫信給你。他們不肯讓我回學院，所以我不能寫信給你。我不想告訴你他們拒絕的理由！」

「什麼理由？」

「他們不但拒絕我再入學，還給我一個臨別忠告……」

「什麼忠告？」

她沒有直接回答。「裘德，我發誓永遠不告訴你，那實在太粗魯，太讓人鬱悶！」

「跟我們有關嗎？」

「是。」

「告訴我吧！」

「有人用沒有根據的謠言向學院舉發我們，學院的人建議我們盡快結婚，免得影響我的名聲！好啦，我都告訴你了，真希望我沒說！」

「可憐的蘇！」

「我對你沒有那種念頭！他們以為我把你當結婚對象，我是在發生這件事之後才往那個方向想，一開始完全沒想到。我發現我們的表兄妹關係有名無實，因為我們相逢的時候根本互不相識。可是親愛的裘德，結婚這種事……如果我真有這種念頭，就不會經常去找你！原本我也沒有想過你可能想跟我結婚，直到那天晚上，我開始覺得你可能有點愛我。也許我不該跟你那麼親密。都是我的錯，每次都是我的錯！」

這番話似乎有點勉強，也不真實，他們苦惱地看著對方。

「一開始我真是瞎了眼！」她又說，「一點都沒有察覺你的感情。噢，你對我太不公平，對我有意卻什麼都不說，讓我自己發現！現在別人也知道你對我的心，自然而然覺得我們做了錯事！我再也不相信你了！」

「是，」裘德坦白答道，「都怪我，妳想像不到我犯了什麼錯。我很清楚，在前一兩次見面之前，妳完全不知道我對妳的感情。我承認我們初見面的時候彼此不認識，所以很難有真正的表兄妹關係，而且那確實是我用來接近妳的藉口。我不該對妳隱瞞這種大錯特錯的情感，但是妳不覺得我應該得到一點諒解嗎？因為我也沒辦法克制自己啊！」

她疑惑地看著他，而後移開視線，彷彿害怕會原諒他。

依照所有的自然定律與兩性法則，唯有熱吻最適合這種情境這種時刻。經過熱情的一吻，蘇對他隱而不顯的情感或許有機會升溫。有些男人會拋開所有顧忌冒險一試，不去理會蘇口口聲聲表示她對他沒有男女之情，也不在乎他和艾拉貝拉的簽名還存放在教區法衣室的櫃子裡。裘德沒有這麼做。事實上，這次他來找她，部分原因是為了坦承他自己無可挽回的過去。話已經到了嘴邊，可是在這個憂傷時刻，他實在說不出口。他選擇談論彼此都知道的阻礙。

「當然，我知道妳對我沒有特別的感情。」他遺憾地說，「妳不該有，而且妳做得很對，妳屬於費洛森。他來看過妳吧？」

「是。」她答得簡潔，臉色微變。「雖然我沒有叫他來。當然，你很高興他來看過我！但就算他不再過來，我也不在乎。」

裘德感到十分困惑，她拒絕了他的愛，現在他大大方方地認可情敵，她卻又跟他嘔氣。他決定換個話題。

「親愛的蘇，這件事會過去的。」他說，「師範學院的決策者不代表全世界，妳一定可以去別的地方上學。」

「我會問問費洛森。」她堅定地說。

這時蘇那位好心的女東道主從教堂回來了，親密的話題到此為止。裘德下午離開，心情沮喪到極點。不過他見到她，跟她坐著聊天，這段回憶會是他餘生僅有的慰藉。想要成為教區牧師，他該學習放棄這段情。這麼做有其必要，也合乎體統。

可是隔天早上醒來以後，他又對蘇感到氣惱，認定她不理性，甚至反覆無常。他也發現她似乎習慣事後追悔，彷彿為了印證他的看法，他很快收到她的信，想必是他離開後馬上寫的：

原諒我昨天的任性！我知道我對你太惡劣了。我為自己的行為難過到了極點。當時你沒跟我生氣實在太好了！裘德，雖然我有那麼多缺點，也請跟我當朋友，不要斷了聯繫。我會努力改變自己。

星期六我會去梅爾切斯特，到師範學院拿我的東西。我們可以一起散步半小時，你願意嗎？

悔過的蘇

裘德立刻原諒她，要她過來的時候到大教堂工地找他。

6

同一時間，有個中年男子正在編織綺麗的幻想，美夢的內容跟前面那封信的作者有關。他是費洛森，最近剛離開基督教堂城附近倫斯登那所男女合校，回到故鄉薛斯頓接掌一所大型男校。這所學校坐落在山丘上，就在原先的學校西南方直線距離九十六公里處。

只消看一眼這個地方和周遭環境，幾乎就能看得出來，費洛森已經揚棄長期以來懷抱的計畫與夢想，他的新夢想跟教會或文學沒有太多共通點。本質上他不是個務實的人，現在卻為了務實的目標致力賺錢儲蓄，這個目標就是建立家庭。如果妻子願意，可以負責管理他的學校附近的女校。為此，他建議她去上師範學院，因為她不肯立刻嫁給他。

大約就在裘德從馬利格林搬到梅爾切斯特、在那裡跟蘇共同經歷那些事件的時間，費洛森剛在薛斯頓的新學校安頓下來。等到家具都配置妥當，書本在架上排列整齊，釘子都釘好，他走進客廳坐下來，重拾過去的研究，度過陰暗的冬夜。他的研究內容有一部分涉及羅馬時期的不列顛古器物，對於一個公辦學校的校長，這樣的研究不會有回報。不過，當初放棄大學夢之後，他發展出這方面的興趣，覺得這是一塊有待挖掘的礦藏，適合像他這種居住地遠離塵囂、留存不少遺跡的人。關於那個時期的文明，他們這種人往往能提出悖於既有觀點的驚人推論。

從外在表現看來，費洛森明顯重拾這方面的興趣。基於這個理由，他獨自走向田野，觀察那裡的許多堤道、攔河堰和墓塚，或關在家裡專心研究收集來的古甕、地磚或拼貼瓷片，不去拜訪那些十分樂意跟他往來的新鄰居。不過，這並不是真正（或唯一）的理由。於是，在那個月某個特別的夜晚，夜深人靜的時候（事實上已經接近午夜），他屋裡的燈光從窗子裡照射出來。那扇窗子在這座山頂村莊一個突出的位置，俯瞰向西綿延無數公里的山谷。彷彿斬釘截鐵地宣示那地方有個人正在苦心鑽研。事實卻不然。

屋子內部的景象，包括書籍，家具，掛起來的寬鬆大衣，他伏案的姿態，甚至搖曳的爐火，在在證實他果然如傳言所說，正聚精會神鑽研古物。以一個沒有任何有利條件、全憑自己努力的男人，這是相當值得欽佩的。只是，那個不久前還千真萬確的傳說，如今已經徒具虛名。他正在探索的不是歷史，而是關於歷史的筆記，幾個月前由他口授、明顯由女性筆跡書寫而成。吸引他的是那每一個字的一筆一劃。

這時他從抽屜拿出一疊細心捆綁的信件。信件不多，以現今的通信頻率而言，可說非常少。每一封信都原封不動裝在信封裡，就跟收到時一模一樣。信上的筆跡是跟歷史筆記相同的女性字體。他一封一封打開來，邊閱讀邊尋思。乍看之下這些簡短信函似乎沒什麼值得尋思的，內容簡單明瞭，坦白直率，署名「蘇．布里海德」，像是短暫分離時會寫的信件，看過後可以隨手銷毀，無需收藏。內容主要是關於正在閱讀的書本和師範學院的大小事。毫無疑問，這樣的信函隔天就被書寫者拋到腦後。那個年輕女子在其中一封信（近期收到的）裡表示，她已經收到他體貼的信件，他能尊重她的意願，避免太常去探望她，是非常可敬又寬厚的做法。一來學校不是適合探望的地點，二來她不希望他們訂婚的消息外傳。如果他經常探訪她，這件事勢必很難保密。費洛森思索著信裡的字句。一個女人感謝愛她的男人答應不會經常探視她，這樣的感謝能為那男人帶來什麼樣的喜悅？這個問題盤據他腦海，讓他心煩意亂。

他打開另一個抽屜，裡面有另一個信封。他從信封裡拿出一張蘇小時候的照片，那是他認識她之前很久拍攝的，她手裡提著小籃子，站在棚架下。另一張照片也是她，已經是年輕女子，深色眼眸和秀髮讓她顯得與眾不同、嫵媚動人，同時也透露出她愉快表情下的思慮。這張照片跟她給裘德那張一樣，可以送給任何男人。費洛森把照片送向唇邊，想到她令人費解的話語，又放下來。最後他還是親吻了那張沒有生命的硬紙板，那一吻有著十八歲年輕男子的熱情，還有更多赤誠奉獻。

費洛森氣色不佳，面容古板，鬍子的樣式更讓他顯得老派。他的臉孔天生有種紳士風範，顯示出與人為善的傾向。他說話的速度不快，但語調十分誠懇，所以他的慢條斯理倒不至於變成缺點。他有一頭花白鬈髮，從頭頂的中心點往四面八方伸展；額頭有四條橫紋；只有夜裡讀書時才戴眼鏡。他之所以到現在還保持單身，可以確定絕不是因為厭惡女性，而是為了學術理想不得不放棄婚姻。

只要離開學生們的視線，他就經常重複這天晚上這種沉默舉動。學生們的目光能迅速看穿一切，費洛森原本就內向害羞，現在又為情所困，幾乎無法承受那些目光。每到灰濛濛的上午時分，他就害怕迎向那些洞悉人心的視線，擔心他們看見他內心懷抱什麼樣的美夢。

蘇曾經明白表示不希望他經常去師範學院探望她，他大方地同意了。可是到最後，他的耐心漸漸消磨殆盡，某個星期六下午他決定當個意外訪客，到學校去探視她。他到了學院門口，期待幾分鐘後見到她，迎接他的卻是毫無預警或緩衝的消息：她離開了，幾乎可以說是被勒令退學。

他轉身走開時幾乎看不清眼前的路。

事情發生在十四天前，她卻完全沒有寫信通知他。他略一沉思，就覺得這不能證明什麼。她保持沉默可能只是因為羞於啟齒，不代表她做了什麼值得怪罪的事。

學院給了他她目前的地址。確定不需要為她目前的處境擔憂之後，他把注意力轉向師範學院，對校委會的做法感到義憤填膺。他心亂如麻地走進鄰近的大教堂，裡面的修繕工程如火如荼進行中，現場雜亂不堪。他找到一塊砂岩坐下來，長褲沾染了灰塵也渾然不覺，兩眼無神地觀察忙忙碌碌的工人，忽然意識到其中一個工匠正是校方所說的嫌疑犯，也就是蘇的情人裘德。

自從上次在耶路撒冷模型旁見面之後，裘德不曾再跟昔日的偶像交談過。那次他偶然在小路上看見費洛森對蘇的示愛舉動，從此在心裡對費洛森生出一股莫名的厭惡，不願意想到他，也不想跟他見面或以任何方式聯絡。自從知道費洛森成功得到蘇的口頭承諾，裘德覺得他再也不想看見或聽見費洛森其人其事，不想知道他的任何計畫，沒興趣想像他有任何性格上的優點。費洛森出現的這一天，蘇說過她會來，裘德正在等她。於是，當裘德看見費洛森站在大教堂的中殿，甚至朝他走過來，內心無比困窘。當時費洛森自己也尷尬極了，所以沒有注意到裘德的神情。

裘德迎上前去，兩人一起遠離他其工人，走到費洛森原先坐著的地方。裘德給他一塊粗麻布充做椅墊，告訴他直接坐在石材上有點危險。

「是，是。」費洛森心不在焉。等他重新落坐，視線直盯地面，彷彿努力回想自己身在何處。「我不會耽擱你太多時間。我只是聽說你最近見過我的年輕朋友蘇，所以我想找你談一談，我只是想問問……她的事。」

「我大概知道你想問什麼！」裘德急忙回答，「你想問她逃出師範學院來找我的事？」

「對。」

「嗯。」有那麼一瞬間，裘德生起一股無恥、殘忍的念頭，想要不計代價擊潰情敵。日常生活中最正直的男人為了爭風吃醋，也會做出違背良心的事。他可以告訴費洛森醜聞是真的，蘇已經是他的人，讓費洛森帶著痛苦與挫敗離去。但他的行為絲毫無意遵從他的獸性本能，他說的是，「謝謝你好意來找我開誠布公談這件事。你知道他們怎麼說的吧？說我應該娶她。」

「什麼？」

「我真心真意希望能娶她！」

費洛森渾身顫抖，蒼白臉龐上的皺紋變得像死屍般僵硬。「我不知道事情竟是這樣！但願不是真的！」

「不！不！」裘德驚呆了。「我以為你聽得懂。我的意思是，如果我有資格娶她，或娶任何人，安頓下來，而不是像這樣居無定所，我會很高興！」

他想表達的只是他愛她。

「既然聊起這個難堪話題，事情究竟是怎麼回事？」費洛森問。他似乎覺得長痛不如短痛，不希望日後暗自猜疑飽受煎熬。「在某些情況下（這次就是），為了防止錯誤的猜測，為了化解醜聞，必須提出氣量狹小的問題。」

裘德立刻解釋，詳述事件的所有過程，包括那天晚上借住牧羊人家，還有她渾身濕透去到他的住處，她泡水之後身體微恙，那天晚上的談話，以及隔天早上送她離開。

費洛森聽完之後說，「我知道我可以相信你，那麼你確定她輟學的原因沒有事實根據？」

「確定，」裘德肅穆回答，「百分之百。我對上帝發誓！」

費洛森站起來。經過剛才的談話，兩人都覺得沒辦法再像老朋友似地閒聊近況。裘德帶著費洛森逛了一圈，介紹這座古老大教堂幾個整修重點，費洛森就告辭離去。

兩人見面的時間大約是上午十一點，蘇一直沒有出現。下午一點裘德去吃午餐，在通往北門的街道上看見他心愛的蘇走在前面，那樣子不像來找他。他快步趕上去，提醒她他先前要求她去大教堂找他，而她答應了。

「我去學院拿東西。」她沒有正面回答他的問題，顯然也不想多做解釋。看見她這種推托閃躲的態度，他很想對她說出一直以來沒說出口的事。

「妳今天沒見到費洛森嗎？」他鼓起勇氣問。

「沒有。但我不想被盤問他的事。如果你繼續問，我不會回答！」

「這就奇怪了……」裘德頓住，盯著她看。

「什麼事？」

「妳本人常常不像妳在信裡那麼和善！」

「你真的有這種感覺嗎？」她臉上閃過一抹饒富興味的笑容。「這就怪了，我也有同樣的感覺。每次你離開以後，我就覺得自己是個鐵石心腸的……」

由於她知道他對她的感情，裘德覺得他們慢慢走近危險的境地。他心想，這時候該向她坦承一切了。

但他沒有開口。她接著說，「正是因為那樣，我才會寫信告訴你：如果你真的非常想愛我，我不介意！」

他原本或許會因為她這番話的暗示（或聽起來像暗示）心花怒放，但那份喜悅被他說出真相的意圖抵消了。他堅定不動搖，最後說道，「我沒有告訴過妳……」

「你說過了，」她輕聲說。

「我是說，我沒有告訴過妳我以前的事，所有的一切。」

「可是我猜到了，幾乎都知道。」

裘德抬眼看她。他與艾拉貝拉某天早上舉行了儀式，婚姻不到幾個月就名存實亡，結束得比死亡還徹底。這些她真的都知道？他看得出來答案是否定的。

「我不能在街上跟妳說那些事。」他用憂鬱的口吻說，「但妳不適合去我住的地方，我們往這裡面走。」

當時他們旁邊的建築物是市場，目前只有這個選擇，所以他們進去了。當天的市場已經結束，攤位和各個區域空蕩蕩的。他本意是希望找個更宜人的地方，可惜不如意事十常八九：他向她坦白過往時，周遭不是理想中的浪漫郊野或靜肅廊道。他們在市場走道來回走動，地面散落腐敗的甘藍菜，四處都是爛掉的蔬菜或賣不出去的渣滓。他三言兩語就說完了，只表明他幾年前結了婚，妻子還在人世。她臉色還來不及出現變化，就脫口而出：

「你之前怎麼不告訴我！」

「我沒辦法，說出來好像很殘忍。」

「你是指對你自己殘忍，所以你覺得對我殘忍比較好！」

「不，我最心愛的蘇！」裘德情緒激動。他想拉她的手，她拒絕了。他們無話不談的舊時情誼好像突然瓦解，只剩下沒有任何好感居間緩衝的性別對抗。她不再是他的知己、朋友和潛意識的愛人。她的眼睛帶著沉默的疏離打量他。

「我為當年結婚的原因感到羞愧。」他接著說，「現在我沒辦法詳細解釋。如果妳的反應不那麼激烈，我可以說清楚的！」

「我怎麼可能不激烈？」她突然大叫。「我基於一番好意告訴你，我是說寫信告訴你，你可以愛我，或那一類的話！而你一直……天哪，這種事實在太可惡！」她重重地跺腳，緊張不安得顫抖。

「蘇，妳誤會我了！我以前從來不認為妳喜歡我，直到最近，所以我覺得那件事無所謂！蘇，妳喜歡我嗎？妳知道我的意思，我不喜歡妳『基於一番好意』！」

蘇不願意在這種情況下回答他的問題。

「我猜她……我是說你太太，雖然不是好女人，長得很漂亮吧？」她很快又問。

「她的長相還算可以。」

「一定比我漂亮。」

「妳跟她一點都不像。我很多年沒見過她了……不過她一定會回來，女人都是這樣！」

「你跟她這樣分隔兩地太奇怪了！」蘇抖動的嘴唇和跳動的喉頭抵消她的諷刺口吻。「你這虔誠的男人，經過這次，你的萬神殿裡那些偶像……我指的是你稱之為聖徒的那些傳奇人物，他們會用什麼說詞為你求情？如果做這種事的人是我，情況就不一樣了，至少不值得重視，因為我不認為婚姻是神聖的。你的行為比你的理論還開明。」

「蘇，妳蓄意傷人的時候，說出的話比刀子還鋒利，十足的伏爾泰！不過妳想怎麼對我都可以！」

她看見他悲慘的模樣心軟了，眨了眨眼睛止住同情的淚水，用傷心女子語帶責備的甜美口吻說道，「唉，你表現出希望我允許你愛我之前，應該先跟我說清楚！原本我一點都沒發現，直到上次在火車站，不過……」蘇想要保持情緒平穩，效果卻非常有限，難得一次跟他一樣難受。

「親愛的，別哭！」他哀求道。

「我哭……不是因為……我想要愛你，而是因為你不值得信任！」

他們在市場裡，避開外界的視線，裘德忍不住伸手摟她的腰。他情不自禁的動作讓她神經繃緊。「不，不行！」她急忙往後退，擦了擦淚水。「當然不行！到這時還假裝這是表兄妹之間的親密舉動就太虛偽了，而我們只能當表兄妹。」

他們往前走十幾步，她的情緒好像平穩了。裘德心情紊亂，如果她表現得不一樣，他心痛的程度會減輕許多。回想起來，雖然先前她一時激動表現出女人的小心眼，基本上她是個開朗大方的人。

「我不會為你克制不了的事責怪你，」她笑著說，「我怎麼會這麼蠢笨呢？我的確有點怨你，因為你沒有早點告訴我。不過，那反正不重要。即使沒有你以前那些事，我們也不能在一起。」

「不，蘇，我們可以！這是唯一的阻礙！」

「你忘了，就算沒有阻礙，我們在一起的前提是我愛你、願意當你的妻子。」她語調略微為嚴肅，沒有透露內心想法。「何況我們是表兄妹，表兄妹不適合結婚。再者，我跟別人訂婚了。至於我們繼續維持類似目前的友好關係，我們身邊的人不會認同的。他們對男女關係的看法是狹隘的，我被趕出學院就是最好的證明。在他們的思想裡，男女關係的基礎是原始的欲望。他們忽略了人與人之間的深厚情誼，在這個廣大領域裡，情慾是次要的。這方面的代表是誰？對了，是維納斯。」

她能夠言之有物，顯示心情已經徹底平復。到了臨別那一刻，她幾乎重新恢復活潑的眼神、友好的口吻、愉快的態度，以及三思過後對待同年齡女子時不可少的體諒與寬厚。

現在他說話比較沒有顧忌。「我之所以不能倉促告訴妳，是因為幾個理由：第一個我已經說過了；其次，有人不斷告訴我我不該結婚，說我來自一個怪異又特殊的家族，是不適合婚姻的族群。」

「誰跟你說的？」

「我姑婆。她說佛雷家的人婚姻結局都不好。」

「這就怪了，我父親以前也跟我說過這種話！」

他們站在原地，心裡想著同一件事：如果他們有機會結合，婚姻失敗的機率會加倍，像雙倍的苦果。這種念頭即使只是假設，也夠嚇人的。

「不過那種話不可信！」她故作輕鬆的口氣略顯緊張，「近幾年來我們家族的人只是選擇對象時不走運罷了。」

於是他們假裝已經發生的一切都沒什麼大不了，他們還是可以當表兄妹和朋友，彼此通信互相關懷，即使不能像以前一樣經常相聚，見面時也能共度溫馨時光。他們友好地道別，離開前裘德用探詢的目光深深注視她。因為他覺得，即使到了現在，他依然猜不透她的心思。

7

一兩天後，蘇的消息像毀滅性的暴風襲向裘德。

讀信以前他瞄到署名，猜想內容可能十分嚴重。她簽的是全名，從第一次收到她的短信開始，她不曾在信裡簽署全名。

親愛的裘德，

我要告訴你一件事，你可能不會意外，卻一定會覺得速度加快了，鐵路公司也常這樣形容他們的火車。我跟費洛森再過不久就會結婚，大約三、四個星期後。你也知道我們原本計畫等到我上完訓練課程、拿到證書再結婚，必要時我才能在教學上協助他。可是他大方地表示，既然我已經離開學院，就沒有必要再拖延。他實在太好心了，畢竟我會陷入目前的困境，都是因為自己做錯事被學校退學。

請祝福我。別忘了我說過你必須祝福我，你不能拒絕。

敬愛你的表妹，

蘇珊娜．弗羅倫絲．瑪麗．布里海德

讀完信後裘德震驚不已，吃不下早餐，只是一口接一口喝茶，因為他覺得口乾舌燥。不久他就去工作，像遇到這種事的男人一樣地苦笑。所有的一切好像都變成嘲弄。他問自己：那可憐的女孩又能怎麼辦？他心情難受極了，欲哭無淚。

「噢，蘇珊娜．弗羅倫絲．瑪麗！」他工作的時候自言自語，「妳不明白婚姻的涵義！」

會不會是他說出已婚身分，促使她結婚？就像當初她會訂婚，很可能是他喝醉酒去找她的結果。沒錯，她做出這個決定好像有著現實與社會兩方面的充足理由，但蘇不是一味追求實際或善於謀算的人。他不得不猜想，費洛森可能會告訴她，想要證明學院對她的懷疑是空穴來風，最好的辦法就是馬上跟他結婚，就像一般人履行婚約一樣。而這時他對她吐露祕密，她受到刺激才接受費洛森的勸說。她其實被逼到了尷尬的境地，可憐的蘇！

他決定咬緊牙關勇敢面對，要支持她。可是接下來那一兩天他沒辦法回覆她要求的祝福，他心愛的蘇急躁地寄來另一封信。

裘德，你願不願意在婚禮上帶我進場？即使我父親對我友善、願意扮演這個角色（事實不然），你卻是我在本地唯一一個已婚親屬，沒有人比你更方便。你不會覺得這是個麻煩吧？我最近在研究禱告手冊裡的婚禮流程，發現必須有個人在婚禮上把我交出去，覺得非常羞辱人。手冊上記載，我的新郎根據他的意願選擇我，但我不能主動選擇他，必須有人將我交給他，像交出一頭母驢或母羊或其他家畜。教會的先生們啊，感謝你們這麼抬舉女性！不過我忘了，我已經沒有資格取笑你。

永遠愛你的

蘇珊娜・弗羅倫絲・瑪麗・布里海德

裘德拿出自己的英雄氣概，回信寫道：

親愛的蘇，

我當然會祝福妳！也願意帶妳進場。妳沒有自己的住處，我建議妳不要從妳同學的姊姊家出嫁，而是從我住的地方。我覺得這個安排很妥當，因為就像妳說的，我是妳在本地關係最親近的人。

我不明白妳為什麼換一種太過正式的方式署名？妳對我應該還有一點情誼吧！

永遠愛妳的

裘德

蘇的信裡還有另一根他隱忍不提的刺，比她的署名更令讓他難受，那就是「已婚親屬」這個詞。這讓深愛著她的他顯得多麼可笑！如果蘇那樣寫的用意是挖苦，他無法原諒她。如果是因為她心情不好，那就另當別論！

裘德提議蘇從他的住處出嫁，費洛森顯然很贊同，因為他寫了一封信熱烈感謝裘德，接受這個便利的安排。蘇也謝謝他。裘德立刻換一個比較寬敞的住處，既有更大的空間，也可以避開多疑的房東太太。蘇之前的不愉快經歷，都是那個房東太太造成的。

接著蘇寫信告訴他結婚日期，裘德打聽過後讓她接下來那個星期六搬過來，這麼一來她婚前會在教區裡居住十天，名義上也算符合婚前定居十五天的規定。

到了約定那天，她搭十點鐘的火車抵達。裘德沒有去車站接她。這是她特別提出的要求，因為她不希望裘德為她損失半天的工作收入（如果這是她的真實理由的話）。不過，到這時裘德已經很了解蘇，他記得每次他們發生情感危機，彼此的心裡都極敏感，這可能是她不希望他去接她的原因之一。那天他回到住處吃午餐時，她已經住進她的房間。

她跟他住在同一棟屋子的不同樓層，彼此很少見面，兩人偶爾一起吃頓晚餐，蘇會表現得像個受驚嚇的孩子。他不知道她心裡有什麼感覺，他們的對話生硬不自然，不過她的臉色倒不至於蒼白或虛弱。費洛森經常過來，但很少遇見裘德。婚禮當天早上裘德請了假，跟蘇一起吃早餐。這是這段尷尬時期的第一次，也是最後一次。用餐的地方在他房間，也就是客廳。蘇在這裡的這段時間，他租這個房間住。基於女人的習慣，蘇發現他實在不會布置房間，開始動手幫他整理。

「裘德，怎麼了？」她突然問。

只見他兩隻手肘擱在桌上，雙手托著下巴，彷彿凝視著描繪在桌布上的未來。

「沒事！」

「你今天是『父親』，也就是把新娘交出去的人。」

裘德原本可以說「費洛森的年紀夠格得到這個稱謂！」但他不願意用這麼不入流的回應惹惱她。

她滔滔不絕地說話，像是害怕他胡思亂想。早餐還沒結束，兩個人都覺得不該對自己的新立場太有信心，後悔一起吃早餐。裘德念茲在茲的是，他自己已經犯過這樣的錯誤，現在卻又幫助、教唆他心愛的女人去做同一件錯事，而不是懇求她，勸誡她不要去做。他幾乎開口問她，「妳下定決心了嗎？」

早餐後他們一起出門辦事，因為兩人都覺得以後不會再有機會像這樣無拘無束地相處。基於命運的嘲諷，以及蘇在關鍵時刻逗弄天意的怪異本事，她挽著他的胳膊走上泥濘的街道（她這輩子第一次做這種舉動）。在街角拐彎後，他們發現前方不遠處有一棟屋頂斜度和緩的灰色垂直式建築，是聖湯瑪斯教堂。

「就是那間教堂。」裘德說。

「我舉行婚禮那間嗎？」

「對。」

「真的！」她好奇地觀察。「我好想進去看看我不久後要跪下行禮的地方是什麼樣子。」

他再一次告訴自己，「她不明白婚姻的涵義。」

他被動地順從她的意願，兩人從西側入口進去。陰暗的教堂裡只有一個雜務女僕在打掃。蘇仍然挽著裘德的手臂，像挽著心愛的人。這天早上她對他極其溫柔，他雖然覺得她將來一定會後悔，卻也感到心痛：

……我想不通，
男人都難以承受的打擊，

你們女子卻彷彿不以為意！[35]

他們若無其事地走向中殿的聖壇圍欄，靜靜站在那裡，又轉身走向教堂中央。她依然挽著他，儼然像是一對新婚夫妻。這幕由她一手促成的場景暗示性太強，裘德的精神幾乎崩潰。

「我喜歡做這樣的事。」她的口吻是放縱情感的人特有的輕柔語調，顯示她說的是真話。

「我知道！」裘德答。

「這種事很有意思，因為以前可能沒人這麼做過。再過不到兩小時，我跟我丈夫就會像這樣走在走道上，是吧！」

「毫無疑問！」

「你結婚的時候也是這樣嗎？」

「我的天，蘇，別這麼狠心！哎……親愛的，我沒怪妳！」

「你生氣了！」她懊惱地說，眨眨有點濕潤的眼眶。「而我答應過永遠不惹你生氣！看來我不應該要求你帶我進來。噢，我明白了，確實不應該！我追求新體驗的好奇心總是惹出麻煩。原諒我！裘德，你會原諒我吧？」

她的懇求似乎深具悔意，裘德按住她的手表達應允時，眼睛比她更濕潤。

35. 摘自布朗寧的詩〈最糟糕的事〉（The Worst of It）。

「我們趕快走吧，我不會再犯了！」她謙遜地說道。他們走出教堂，蘇要去車站接費洛森。只是，他們走到主街後見到的第一個人正是費洛森，他的火車到站的時間比蘇的預期早一點。她靠在裘德手臂上的舉動其實沒什麼可苛責的，但她還是迅速鬆手，裘德覺得費洛森好像有點驚訝。

「我們剛才做了件很有趣的事！」她帶著率真的笑容說，「我們去教堂排練了一下。裘德，你說是不是？」

「怎麼排練？」費洛森好奇地問。

裘德很不以為然，覺得這種事沒有必要說出來。可是她已經說了，只好繼續解釋清楚。她告訴費洛森，他們並肩走向聖壇。

裘德發現費洛森似乎十分茫然，連忙用最輕快的語氣說，「我要去買個小禮物給蘇，你們要不要跟我一起去？」

「不了。」蘇答，「我跟他先回去。」她叫裘德別耽擱太久，就跟費洛森離開了。

裘德很快回到住處跟他們會合，不久後各自開始為婚禮做準備。費洛森費盡心思將頭髮梳得一絲不苟，襯衫的領子似乎過去二十年來都不曾這麼硬挺。除此之外，他的表情顯得莊嚴穩重若有所思，整體來說不難預見將來會是個和善體貼的丈夫。他對蘇的愛慕無庸置疑，而蘇看起來幾乎覺得自己配不上他。

雖然距離很近，他還是在紅獅旅館租了一輛輕便馬車。他們出來的時候，有六、七個女人和孩子聚在門口。裘德已經慢慢被附近居民接受，但沒有人認識費洛森和蘇。人們以為他們是裘德的遠親，沒有人想得到蘇前不久還是師範學院學生。

上了馬車後，裘德從口袋拿出他特別為新娘買來的禮物，是一塊長兩三公尺的白紗。他把白紗披在她的帽子上，充當面紗。

「披在帽子上看起來很怪，」她說，「我把帽子脫掉。」

「別，戴著吧。」費洛森說。她聽從。

等他們進了教堂，在各自的位置站定。裘德發現，先前來那一趟確實削弱了這場典禮對他的衝擊。只是，婚禮進行到中途時，他發自內心希望當初沒有接下這個把她交給新郎的任務。蘇怎麼能這麼莽撞，要求他做這種對他（可能還有她）如此殘忍的事？在這些事情上，女人跟男人大不相同。會不會是因為她們並不像一般認定的那般細心敏感，而是多一點麻木不仁、少一點浪漫情懷。或許她們更勇敢果決？或者蘇純粹只是性格偏執，刻意製造她自己和他的痛苦，以便日後長時間品嘗苦楚的況味，享受怪異又悲傷的樂趣，在此同時也令他陷於同樣的痛苦情境，從而為自己對他的溫柔憐憫心生感動？他看得出來她的表情緊張僵硬。等到儀式進行到最煎熬的考驗，也就是裘德將她交給費洛森時，她幾乎把持不住自己。只是，她之所以幾乎失控，似乎不是為了她自己，而是因為她知道裘德心裡會是什麼感受。她根本沒有必要讓裘德來參加這場婚禮，但以她極端矛盾的性格，或許會一而再再而三製造這種痛苦，再反覆為受苦的人傷悲。

費洛森好像沒有注意到，因為當時的他身陷迷霧中，感受不到其他人的心情。他們兩個簽了婚書離開教堂，緊繃的氣氛結束，裘德如釋重負。

他們回到裘德的住處簡單吃過午餐，下午兩點一對新人就離開了。他們越過人行道走向馬車時，蘇回眸一望，眼神裡露出一絲驚恐。蘇做出這麼反常的愚蠢行為，一頭栽進一無所知的未來，難道是為了表示她不需要依靠他，並且報復他對她隱瞞結婚的事實？蘇跟男人相處的大膽表現，或許是因為她年幼無知，沒有見識過男人耗損女人情感與生命的那一面。

她抬腳踏上馬車時，又轉身說她忘了點東西。裘德和房東太太表示願意去幫她拿。

「不，」說著，她往回跑，「是我的手帕，我知道放在哪裡。」

裘德跟著她回去。她找到了，拿著手帕走出來。她跟他四目相對，眼裡蓄滿淚水，突然張開嘴，像是要坦承什麼。但她繼續往前走，想說的話終究沒有說出口。

8

裘德不確定她是不是真的忘了拿手帕，也不知道她是不是非常想對他傾訴衷情，只是到了最後一刻又鼓不起勇氣。

他們走了以後，他在寂靜的房間裡待不下去。他擔心自己克制不了借酒澆愁的衝動，上樓把黑色衣服換成白色的，薄靴子換成厚的，回到工作地點度過下午的時間。

可是在大教堂工作時，他彷彿聽見背後有個聲音，滿腦子只想著她會回來。他幻想著，她不可能跟費洛森回家。這種感覺越來越強烈，擾亂他的心思。下班鐘聲響起那一刻，他扔下工具匆匆趕回家，問道，「有沒有人來找我？」

沒有人來過。

樓下的客廳他可以使用到午夜十二點，所以他整個晚上都坐在那裡，即使十一點的鐘聲響起，房東一家人就寢了，他依然覺得她會回來，會睡在他隔壁那個她之前睡過許多個晚上的小房間。她的行動向來難以捉摸：誰說她肯定不會來？他會樂意妥協，不再奢求她愛他、嫁給她。只要她能像這樣跟他同住一個屋簷下，維持朋友關係，即使當個最疏遠的朋友，他也不介意。他的晚餐還擺在桌上，他走到前門，輕輕打開，回到房間坐下，像古時在仲夏日前夕守夜的人，等待著心愛的人的幻影[36]。但她沒有來。

他沉迷在這種痴狂的期望中，走到樓上，探頭看向窗外，想像她與費洛森連夜搭車去倫敦度蜜月，馬車躂躂有聲地在潮濕的夜色中抵達旅館，就在他此刻仰望的夜空與肋狀雲朵底下。這天晚上的月亮躲在雲層後面，遮住了面容，只透露出方位。另有一兩顆比較大的星辰，看起來只是淡淡的星雲。這是蘇人生旅程上全新的開始。他預想未來的情景，看見她的孩子圍繞在她身邊，長相或多或少跟她相似。然而，就像所有跟他抱持同樣幻想的人，他沒辦法欣慰地認為那些孩子是她生命的延續，因為大自然不允許孩子的血統只來自父母中的一方。所有延續生命的意圖都得降格以求，必須與另一方摻和。裘德心想，「如果我無緣的愛人跟我疏遠或不在人世，而我能夠去探視屬於她個人的子女，也是一種安慰！」接著他又心神不寧地想到近日越來越常浮現腦海的畫面，那就是大自然對人類高尚情感的鄙夷，以及對人類抱負的漠不關心。

隔天和接下來那幾日，裘德對蘇的愛漸漸變得難以承受。他再也無法忍受梅爾切斯特的燈光，陽光像暗淡的顏料，蔚藍的天空像鋅板。這時他收到消息，得知他在馬利格林的姑婆病勢危急。幾乎在同一個時間，他還收到基督教堂城舊雇主的來信，聲稱如果裘德願意回去工作，可以有一份待遇優渥的穩定工作。這兩封信讓他鬆了一大口氣。他決定去探視茱希拉姑婆，之後再去基督教堂城看看那個建築商提出的工作條件如何。

裘德發現姑婆的病情比寡婦艾德琳在信中描述的更嚴重。姑婆也許還能拖個幾星期或幾個月，只是機會渺茫。他寫信給蘇，告知她姑婆的情況。他說，如果她想回來見年邁的姑婆最後一面，隔天星期一晚上搭上行列車到阿弗列斯頓路站，那時他搭下行列車從基督教堂城回來，可以在車站跟她會合。次日早晨他按照計畫前往基督教堂城，打算在跟蘇約定的時間趕回阿弗列斯頓。

學習之都基督教堂城已經變得陌生，他對這裡的一切不再有任何感受。只是，當陽光在那些豎框窗建築物正面照射出鮮明光影，或在方院新生的草坪上繪出波紋狀的齒垛圖案，裘德覺得這座城市比以往任何時候都美麗。他走到第一次看見蘇的那條街道。當時她坐在椅子上，俯身繪製宗教經文，手裡拿著豬鬃筆刷，少女般的倩影吸引住他探詢的目光。那張椅子仍然不偏不倚擺在原來的位置，只是沒有人坐在上面。彷彿她已經撒手人寰，沒有人有能力接替她的藝術設計工作。她變成這座城市的幽魂，而那些一度令他感動莫名的學術界和宗教界傑出人物的鬼魂，已經不再盤據此處。

不過他來了，為了完成他來這裡的任務，他去了之前在「貝爾謝巴」的住處，就在恪守儀式的聖西拉斯教堂附近。年老的房東太太來應門，見到他似乎非常開心，幫他送午餐時告訴他，以前雇用他的建築商曾經來打聽他的地址。

裘德去了之前工作的工作坊，可是那裡的舊工作間和工作台令他厭煩。他覺得自己沒辦法回來，沒辦法留在這個夢想破碎的地方。他希望趕快搭上返鄉火車前往阿弗列斯頓，也許能在那裡見到蘇。城市的種種景象令他心情低落，在接下來那難熬的半小時，他再次體驗到曾經多次令他崩潰的感受：他不值得自己或其他人的愛護。那半小時裡，他在「四條大道」遇見了修補匠泰勒，也就是那個事業失敗的教會五金商。對方邀他去酒館喝一杯，兩人沿著街道往前走，最後來

36. 根據英格蘭民間傳說，年輕女子在夏至前夕守夜不睡，就能看見未來的另一半。

到基督教堂城最有生命力的地點之一，也就是他接受挑戰背誦拉丁文《信經》的旅館。自裘德走後，這地方如今已經酒客盈門，有著吸引人的寬敞入口，裡面的酒吧全面翻修，改裝成現代風格，跟裘德住在這裡時全然不同。

修補匠泰勒喝掉他那杯酒就走了，說這地方變得太時髦，除非他有錢可以把自己灌得更醉，否則會覺得不自在。裘德喝得比較慢，失神地站在當時幾乎沒有人的吧台，不發一語。原本的吧台拆掉了，重新打造。桃花心木配件取代原本上油漆的木作，站立區後方放了幾張填充沙發長椅。酒館依照時下受歡迎的形式隔成一間間包廂，包廂之間裝設紅木框的毛玻璃屏風，以免某間包廂裡的酒客被隔壁的人認出來，造成諸多不便。吧台裡面有兩個女侍俯身操作有著白色握柄的啤酒機和一整排銀色小龍頭。銀色龍頭的液體一滴滴落入底下的錫盤。

裘德覺得疲倦，搭車前無事可做，就找張沙發坐下來。吧台女侍的背後是一大片磨邊鏡子，鏡子前裝設一排玻璃層架，上面整齊擺放著裘德不認識的珍貴酒品，裝在黃晶、青玉、紅寶、紫晶等各色酒瓶裡。幾名酒客走進隔壁包廂，酒吧突然熱鬧起來，收銀台也動了起來，每投入一枚錢幣，就發出叮叮聲響。

裘德的視線看不到負責那間包廂的女侍，但偶爾會從她後面的鏡子瞥見她的背影。原本他只是懶洋洋地看著，直到她轉身面對鏡子整理頭髮，他驚奇地發現，那是艾拉貝拉。

如果她來到他的包廂，一定會看見他。但她沒來，因為他這個包廂由另一邊的女侍服務。艾拉貝拉穿著黑色洋裝，洋裝有白色亞麻袖口和白色寬領。她的身材比過去更為成熟，左胸別著一束黃水仙，烘托出她豐滿的曲線。她服務的那個包廂有個酒精燈，藍色火焰上擺放電鍍盛水器，水蒸氣裊裊上升。這些都映在她背後的鏡子裡。此外，鏡子裡還看得到她正在服務的那些男人的臉，其中一個是放浪形骸的英俊男子，可能是個大學生，正在跟她講述某種有趣的經歷。

「噢，考克曼先生，真是！你怎麼可以用這種故事污染我純潔的心靈！」她開心地叫嚷，「考克曼先生，你用什麼方法把鬍子捲得這麼好看？」那年輕人其實沒有留鬍子，這番話於是惹來眾人對他的取笑。

「少來！」他說，「給我來杯橙皮酒，再幫我點個菸。麻煩妳。」

她從架上拿下一個漂亮酒瓶，倒了一杯酒，再劃一根火柴，殷勤又淘氣地送了過去，等著他吸幾口氣把菸引燃。

「親愛的，最近有妳丈夫的消息嗎？」他問。

「一點也沒有。」她說。

「他在哪裡？」

「我把他留在澳洲，應該還在那裡。」

裘德的眼睛瞪大。

「妳當初怎麼會離開他？」

「不要問問題，你就不會聽見謊話。」

「好吧，那把零錢找給我，我等十五分鐘了。拿到錢我就會浪漫地消失在這美麗城市的街道。」

她把零錢隔著櫃台送過去，他收錢時順勢抓住她手指，拉著不放。兩人拉扯一番，吃吃嘻笑，之後他道別離去。

裘德像個茫然的思想家，靜靜觀察剛才那一幕。艾拉貝拉似乎離他的人生非常遙遠，他們名義上的親密關係對他而言已經不太真實。基於這個原因，對於艾拉貝拉是他妻子這個事實，他幾乎無動於衷。

她服務的包廂客人陸續離去，他略作思考後走了進去，直接去到吧台前。艾拉貝拉沒有馬上認出他來，之後他們視線交會，她吃了一驚。最後她眼裡展露輕佻放肆的光芒，說道：

「我的天！我以為你很多年前就死了！」

「什麼！」

「我沒聽到過你的消息，否則我應該不會來這個地方。不過無所謂！今天下午我該請你喝杯什麼？威士忌蘇打可以嗎？說吧，看在過去的情分，只要酒吧裡有，你都可以點！」

「艾拉貝拉，謝謝妳。」裘德面無表情地說，「不過今天我不想再喝了。」真相是，她的突然出現彷彿一記悶棍，猛然擊碎他對烈酒的渴望，彷彿將他拋回喝奶的嬰兒期。

「真可惜，本來你可以免費喝一杯的。」

「妳在這裡工作多久了？」

「大約六星期。我三個月前從雪梨回來，你也知道我向來喜歡酒吧的工作。」

「沒想到妳會來基督教堂城！」

「我剛才說了，我以為你已經蒙主寵召。我在倫敦看見招聘啟事。我以前從來沒來過這城市，不太可能碰見熟人，不過就算碰見也無所謂。」

「妳怎麼會從澳洲回來？」

「我有我的理由……所以你還沒當上大學導師。」

「沒。」

「也不是牧師？」

「嗯。」

「連相當可敬的非國教牧師也不是？」

「我還是以前的我。」

「確實，你看起來沒變。」她無所事事的手指放在啤酒機的拉把上，批判的目光打量著裘德。他發現她的手比以前兩人住在一起時更小巧、更白皙，拉把上的手戴著一枚裝飾戒指，上面鑲嵌的似乎是真的藍寶石。寶石的確是真的，也受到那些經常光顧酒吧的年輕男子讚賞。

「所以妳對外的身分是有夫之婦。」他說。

「是。我倒想自稱寡婦，只是那樣一來情況會有點尷尬。」

「確實，這城裡有些人認識我。」

「我指的不是那個。我剛才說了，我沒想到你會在這裡。我是為了別的原因。」

「什麼原因？」

「我不想說。」她避而不談。「我現在過得很好，不是很想跟你生活在一起。」

這時有個沒有下巴、鬍子像女子眉毛的傢伙走進來，點了一杯成分古怪的調酒，艾拉貝拉只好去招呼客人。她後退一步，說道，「這裡說話不方便。你能不能等到九點？答應我，別犯傻。

我跟老闆說一聲，可以提前兩個小時下班。目前我不住在店裡。」

他想了一下，陰鬱地說，「我晚一點再過來，有些事我們最好處理一下。」

「噢，見鬼的處理！我什麼都不處理！」

「不過有些事我得弄清楚。妳說得對，這裡不方便說話。好吧，我晚點來找妳。」

雖然杯裡的酒還沒喝光，裘德仍舊離開了酒吧，在街上走來走去。對蘇的苦戀令他憂鬱傷感，這份傷感如今遭到無禮的突襲。艾拉貝拉說的話雖然不值得相信，但她暗示她不希望他打擾她的生活，說她以為他死了，或許有幾分真實。現在只有一個辦法，那就是快刀斬亂麻。法律畢竟是法律，雖然他跟艾拉貝拉的心早就天各一方，但在教會眼中，他們仍然是一個整體。

他必須在這裡等艾拉貝拉，就不能依約在阿弗列斯頓跟蘇會合。每每想到這點，他的心就一陣刺痛，卻又無可奈何。艾拉貝拉或許是上天派來阻撓他的，是對他不被容許的戀情施加的懲罰。等待的時間裡，他漫無目標地在城裡遊蕩，遠遠避開修道院和大學校舍，那些地方令他無法承受。他回到旅館酒吧的時候，主教學院的大鐘剛好敲響一百零一下，這種巧合在他看來似乎是無端的諷刺。旅館這時燈火通明，裡面的氣氛明顯更歡快活潑。女侍的臉龐有了生氣，兩頰緋紅。她們的舉止也比先前奔放得多，更恣意、更亢奮、更性感，表達情感與欲望時不那麼委婉，嬌笑時多了點風情、少了點含蓄。

過去一個小時以來，酒吧擠滿形形色色的男人，裘德在門外就聽見他們的喧嘩。最後酒客終於變少，他對艾拉貝拉點點頭，跟她說他在門外等她。

「可是你得跟我喝一杯。」她的態度非常友好。「算是提早喝杯睡前酒，我有這個習慣。喝完你就到外面等一下，我們最好別一起出去。」她用烈酒杯倒了兩杯白蘭地。從臉色看來，她似乎已經喝了不少，更可能的是吸收了幾小時的酒氣，但她還是匆匆喝掉杯裡的酒。裘德喝完後走出酒吧。

幾分鐘後她就來了，身穿厚外套，頭戴裝飾黑色羽毛的帽子。「我住得不遠。」她挽起他的手臂說，「任何時間都可以自己開鎖進門。你打算怎麼處理？」

「沒什麼特別的。」他答。他極度疲累厭煩，思緒再次飄向阿弗列斯頓和他沒有搭上的那班火車。他想到蘇到的時候沒看見他可能會感到失望，想到錯失跟她一起頂著星光走著漫長山路前往馬利格林的樂趣。「我得盡快趕回去！我姑婆病危了。」

「明天早上我跟你一起去。我應該可以請一天假。」

對於裘德的親戚或裘德本人，艾拉貝拉沒有一點同情與共鳴，她去探望他彌留的姑婆，跟蘇見面，實在不是個好主意。但他說，「當然，妳想去就去。」

「嗯，到時候再說。事情還沒談妥以前，我們一起出現在這地方有點尷尬。這裡有人認識你，慢慢也有人認識我，雖然沒有人會想到我跟你之間有任何關係。既然我們往車站的方向走，要不要搭九點四十的火車去阿爾布里罕？半個多小時就到了，只待一個晚上不會被人發現。在決定要不要公開任何事以前，我們可以照自己的心意享受一點自由。」

「聽妳的。」

「那就等我回去拿點東西。這是我住的地方，有時候時間太晚我會在上班的旅館過夜，所以我不回來不會有人注意。」

她很快就回來，兩人一起走向車站，搭半小時的車去到阿爾布里罕，在車站附近找了家三流旅館投宿，正好吃一頓逾時晚餐。

9

隔天早上九點到九點半之間，他們已經搭上返回基督教堂城的班車，那一節三等車廂裡只有他們兩個乘客。艾拉貝拉跟裘德一樣，為了趕火車匆匆洗漱，這時顯得有點邋遢，臉上全無前一天晚上在酒吧時的生動光采。走出車站時，她發現上班前還有半小時空閒，兩人默默朝阿弗列斯頓的方向往城外走去。裘德抬頭望向遠處的公路。

「啊……可悲又軟弱的我！」他終於喃喃出聲。

「什麼？」

「幾年前我就是走這條路進城，當時滿懷雄心壯志！」

「不管這是什麼路，時間差不多了，我十一點要趕到酒吧。我說過，我不打算請假去看你姑婆，所以我們就在這裡分手吧。既然我們沒有談出結果，我寧可不要跟你一起走進主街。」

「好吧。可是今天早上起床的時候，妳說我離開前有事要跟我說。」

「確實，有兩件事，特別是其中一件。可是你不肯答應保守祕密。如果你答應，我就告訴你。身為正直的女性，我希望告訴你……昨天晚上我想說的就是那件事，是關於雪梨那個旅館老闆。」艾拉貝拉的口氣比平時急躁。「你能保密嗎？」

「好，好，我答應！」裘德不耐煩地回應，「我當然不會洩露妳的祕密。」

「那時我只要跟他出去散步，他就說他多麼為我的容貌著迷，不停催促我嫁給他。當時我不想再回英格蘭，在澳洲那樣的地方，離開我父親以後沒有自己的家，所以我答應了，也真的做了。」

「什麼……嫁給他嗎？」

「對。」

「在教堂行禮，正規的、合法的儀式？」

「是。而且一直跟他住在一起，直到我離開前不久。我知道那樣做很蠢，但我還是做了！好了，我告訴你了。別指責我！他說他想回英格蘭，可憐的老小子。不過如果他真的回來，也不太可能找得到我。」

裘德臉色蒼白，一動不動站著。

「妳見鬼的昨天晚上怎麼不告訴我！」他說。

「嗯，我沒說……所以你不願意跟我和好了？」

「妳在酒吧跟客人說到『妳丈夫』，指的不是我！」

「當然不是……好了，別計較這些小事。」

「我無話可說了！」裘德說，「對於妳坦承的……罪行，我不知道該說些什麼！」

「罪行！呸。那邊的人才不當回事，很多人都這麼做。如果你接受不了，我就回去找他。他很喜歡我，我們過著體面的生活，跟殖民地所有夫婦一樣受尊重！當時我怎麼會知道你在哪裡？」

「我不怪妳。我可以說很多勸妳的話，但妳未必領情。妳有什麼要我做的嗎？」

「沒有。本來還想跟你說另一件事，不過我覺得我們已經彼此厭煩了！關於你目前的情況，我會考慮考慮，想清楚再告訴你。」

他們就這樣分開了。裘德看著她消失在往旅館的方向，自己走進附近的火車站。他發現還要等四十五分才能搭上阿弗列斯頓的班車，無意識地漫步走進城市，去到了「四條大道」，定定站在那裡。就像過去許多日子那樣，他看著向前方延伸的主街，看著街道兩旁一所又一所學院。那美侖美奐的景象，只有日內瓦的宮廷街那種歐洲大陸美景比得上。在清晨的空氣裡，那些建築物的線條就像在建築設計圖裡那般清晰。可是裘德並沒有觀看或評論眼前的景物，前一天晚上與艾拉貝拉同床共枕帶給他難以言喻的感受，那是一種自甘墮落的感覺，來自跟艾拉貝拉重溫舊夢，以及清晨目睹她沉睡的模樣。因為那份感受，他臉色難看，彷彿遭到詛咒。如果他能夠憎恨她，心情也許不會這麼低落，可是他蔑視她的同時，卻也同情她。

裘德轉身走向來時路，慢慢朝車站走去時忽然嚇了一跳，因為他聽見有人在喊他。令他震驚的倒不是有人喊他的名字，而是喊出他名字的聲音。他萬萬想不到，蘇像個幻影站在他面前，她的神情也像在夢境中那般不祥與焦慮。小巧的嘴緊繃著，瞪大的眼睛有著責備的探詢。

「天哪，裘德，我太高興了，竟然像這樣遇見你！」她說得很快，音調不平穩，幾乎像在啜泣。之後她漲紅了臉，因為她發現，裘德已經意識到這是她婚後他們第一次見面。

他們各自別開視線隱藏情緒，不發一語地拉著對方的手走了一段路，最後她用擔憂的眼神偷偷瞄他一眼。「我聽你的話昨天晚上搭車到阿弗列斯頓，卻沒有人在那裡等我！我一個人去了馬利格林，他們說姑婆身體好了一點。我陪她一個晚上，一直等不到你，擔心你出事。我以為你回到基督教堂城之後，想到……想到我結婚、不住在那裡，找不到人說話，於是又像那次你進不了學院心情不好一樣，又去喝酒解悶，忘了你答應過我再也不會那樣。我以為，你是因為這樣才沒去見我！」

「所以妳來找我，像好心的天使來解救我！」

「我搭早班火車來找你，以免……以免……」

「親愛的，我一直記著跟妳的約定，一刻都沒忘！以後一定不會再發生同樣的事。我也許一事無成，卻不會犯同樣的錯，光想到都覺得厭惡。」

「我很高興你留在這裡不是因為喝酒。可是……」她的口氣帶著一絲絲的不悅。「你昨天晚上沒有依照約定來跟我會合！」

「的確沒有，我很遺憾。我九點鐘跟人有約，時間太晚，趕不上跟妳會合那班車，也沒辦法回家。」

裘德懷著柔情看著這樣的蘇，覺得她是他最貼心、最無私的知己。這個女子生存在他鮮活的想像中，那麼空靈，幾乎從她的肢體就能看見她的靈魂在顫抖。想到前一天晚上跟艾拉貝拉共度一夜，他由衷為自己的低俗感到羞愧。對蘇說出他最近這些際遇，似乎冒失又邪惡。她是那麼脫俗，有時他會覺得她好像不可能是任何平凡男子的妻子，但她卻是費洛森的妻子。看著眼前的她，他難以想像她怎麼會變成已婚婦人，又如何以這種身分活下去。

「妳要跟我一起回去嗎？」他問，「馬上就有一班火車。不知道姑婆現在怎麼樣了……所以，蘇，妳真的為了我來到這裡！妳一定起得很早，可憐的表妹！」

「是。一個人照顧姑婆一整晚，我更是擔心你，所以天一亮我沒去補眠，直接出門。看來我白操心了，以後你不會再這樣了吧？」

他不敢肯定她的擔憂是白操心。他鬆開她的手，直到上了火車都沒再牽她的手。不久前他跟另一個人坐的好像就是這個車廂。他們並肩坐著，蘇在靠窗的位子。他端詳她側面的嬌弱線條，她緊身馬甲那蘋果般小巧緊致的隆起，跟艾拉貝拉的豐滿如此懸殊。她知道他在看她，卻沒有轉過頭來，而是直視前方，彷彿只要跟他四目相對，就可能會引發棘手的談話。

「蘇，妳現在跟我一樣也結婚了，可是我們一直都匆匆忙忙，還沒有聊過這個話題！」

「沒這個必要。」她迅速回答。

「嗯，也許吧。可是我希望……」

「裘德，別談**我的**事，我希望你不要談！」她懇求道，「我會心煩。請原諒我這麼說！你昨晚住在哪裡？」

她問這個問題純屬無心，只是為了換個話題。裘德也知道，所以只說，「住旅館。」如果能向她坦承他跟艾拉貝拉的偶遇，對他也是一種解脫。可是艾拉貝拉透露她在澳洲結婚的事，他擔心自己會說出傷害無知妻子的話，只好避而不談。

他們繼續閒聊，只是不太自在，就這樣抵達阿弗列斯頓。蘇貼上了「費洛森」這個標籤，不再是從前的她，以至於每回裘德想跟她聊些私人話題，就一陣氣餒。但她又好像跟從前一樣，裘德說不出為什麼。還有八公里的路程才能回到鄉下，這段路多半是上坡，搭馬車不比走路輕鬆，他跟另一個女人走過，卻不曾跟蘇同行。這時他彷彿帶著明亮的燈火，暫時驅逐早先那些事帶來的陰影。

蘇一路聊著，裘德卻發現她始終避談她自己的事。最後他問她費洛森近來好不好。

「他很好。」她答，「他沒辦法離開學校，不然他會陪我來。他對我很好。他向來反對隨便讓學生放假，卻願意違反原則停課一天陪我過來。只是我不同意他這麼做。我覺得我自己過來比較好，茱希拉姑婆脾氣有點怪，他們還不認識，突然見面兩個人都彆扭。後來我發現她大部分時間都不清醒，很慶幸沒有讓他來。」

她讚揚費洛森時，裘德顯得悶悶不樂。「費洛森什麼都讓著妳，這是他該做的。」他說。

「當然。」

「妳該是個幸福的妻子。」

「我的確是。」

「我應該說『新娘』。幾個星期前我才把妳交給他，而且……」

「是，我知道，我知道！」她臉上的某種神情否定了她剛才的肯定話語。那些話是那麼合乎體統，語調是那麼生硬刻板，幾乎是套用《賢妻指南》裡的模範金句。裘德熟知蘇的嗓音的每一個細節，能判讀她每一種精神狀態的跡象。她結婚不到一個月，他卻斷定她過得不快樂。然而，她像這樣匆忙離家，趕來看一個她幾乎不認識的親戚，卻證明不了什麼。因為蘇確實是會做這種事的人。

「費洛森太太，我對妳的祝福始終沒有改變過。」

她給他一個責備的眼神。

「不，妳不是費洛森太太。」裘德低聲說，「妳是親愛的、自由的蘇·布里海德，只是妳自己不知道！婚姻生活還沒有將妳塞進它無邊的大嘴消化掉，變成沒有個性的渺小物質。」

蘇擺出被冒犯的表情，說道，「在我看來，你也是一樣。」

「但我已經被消化了！」他哀傷地搖頭。

他們走到馬利格林和紅磚屋之間那段路，看見冷杉底下那棟孤單的屋子。裘德和艾拉貝拉曾經在那裡居住、爭吵，他回頭看了看。現在住這屋子的人家不愛乾淨。他忍不住告訴蘇，「我跟我太太在一起那段時間，一直住在那屋子裡。我從教堂帶她回到這個家。」

她看看那房子。「那房子對於你，就像薛斯頓的校舍對於我。」

「是。但我在那裡很不快樂，妳卻不一樣。」

她閉上嘴巴無聲地反駁。他們又走了一段路，她瞄他一眼，看看他有什麼反應。

「當然，我可能誇大了妳的幸福，這很難說。」他溫和地說。

「裘德，雖然你說那種話可能是為了刺傷我，但你千萬別那樣想。他盡他的能力善待我，給我完全的自由，年紀大的丈夫通常不會這樣……你覺得我不幸福是因為他年紀大，你錯了。」

「親愛的，我相信他對妳很好。」

「你不會再說讓我難過的話，對吧？」

「不會。」《賢妻指南》式應答。

他就此打住，心裡卻明白，蘇覺得她當初不該嫁給費洛森。

他們走下那片凹陷的田地，也就是許多年前裘德被農夫抽打的地方，馬利格林就在對面高坡上。他們爬上小村莊，走向姑婆的房子，看見寡婦艾德琳站在門口。艾德琳看見他連忙揮手，用不贊同的口吻嚷嚷著，「她下樓了，你們聽聽這像什麼話！竟然下床來，誰勸都沒用。可別弄出什麼事！」

一進門，姑婆果然裹著毯子坐在爐火旁，這時轉過頭來看著他們，那神情像極了塞巴斯蒂亞諾筆下的拉撒路[37]。他們一定是露出驚訝的表情，因為她用空洞的聲音說：

「啊，嚇到你們了吧？我才不要為了讓別人開心繼續躺在樓上！自己的身體自己知道，不懂的人偏偏來指手畫腳，是個人都受不了！」她轉頭對蘇說，「啊，妳會後悔結婚，跟他一樣！我們家族都是這樣，幾乎其他所有人也是。妳這笨蛋，早該學學我！妳嫁誰不好，非要嫁給那個教書的費洛森！妳為什麼嫁給他？」

「姑婆，大多數女人為什麼結婚？」

「妳的意思是說妳愛那個男人！」

「我沒有明確表達任何意思。」

「妳愛他嗎？」

「姑婆，別問了。」

「那男人我還記得很清楚，非常有禮貌，非常正派的人。可是天哪！我不想傷妳的心，但世上總有些男人，再好的女人都忍受不了。我早該告訴妳他是那種人。**現在**我不說了，因為妳一定比我更清楚，不過我**早該**說的！」

蘇跳起來走出去。裘德追了出去，發現她躲在外面的小屋裡哭。

「親愛的，別哭！」裘德焦急地說，「她是好意，只是現在脾氣暴躁又古怪。」

「不，不是那個！」蘇擦著眼淚，「我一點都不在乎她說話難聽。」

「那麼是什麼事？」

「是因為她說的是……是真的！」

「什麼！妳不喜歡他？」裘德問。

「我不是那個意思！」她連忙否認。「我是說我……也許我不該結婚！」

他覺得她原本想說的不是這個。他們一起回屋子。氣氛緩和許多，姑婆對蘇相當親切，直說沒幾個剛結婚的女人願意大老遠跑來探望像她這樣又病又醜的老太婆。下午蘇準備回家，裘德雇個鄰居駕馬車送她去阿弗列斯頓。

「要不要我送妳去車站？」他問。

她不願意。鄰居駕著二輪馬車過來，裘德扶她上車，也許表現得太過體貼，她用不贊許的眼神看著他。

「我回梅爾切斯特以後，是不是找個時間過去看妳？」裘德的口氣有點不高興。

37. 塞巴斯蒂亞諾（Sebastiano del Piombo，一四八五～一五四七）是義大利文藝復興時期畫家，他的作品〈拉撒路的復活〉（Raising of Lazarus）描繪耶穌的門徒拉撒路經由耶穌的神蹟復活的故事，見《聖經・約翰福音》第十一章。

她俯身過來輕聲說，「不，親愛的，暫時先別過來。我覺得你現在心情還不太好。」

「好吧。」裘德答，「再見！」

「再見！」她揮揮手就離開了。

「她說得對！我不去！」他對自己說。

當天晚上和接下來那幾天，他想方設法克制見她的渴望。為了澆熄對她的愛，他不惜絕食，幾乎把自己餓死。他閱讀講述教規的布道詞，在教會史的著作裡尋找有關西元二世紀禁慾主義的段落。他從馬利格林返回梅爾切斯特前，收到艾拉貝拉的來信。對蘇的眷戀雖然令他自責，看見那封信之後，與艾拉貝拉的短暫相聚更令他愧疚。

他看見信封蓋的郵戳是倫敦，不是基督教堂城。艾拉貝拉告訴他，那天早上他們在基督教堂城分開後過了幾天，她意外收到在雪梨經營旅館那個澳洲丈夫寄來的深情信函。他專程來英格蘭找她，在蘭貝斯開了一家執照齊全的私有酒館，希望她跟他一起經營。酒館前景可期，因為位置絕佳、人口稠密、附近居民嗜飲琴酒。目前每個月營業額已經有兩百鎊，再提高一倍不是問題。

他說他仍然深愛著艾拉貝拉，求她讓他知道她的下落。當初他們分開只是因為一點小爭執，而艾拉貝拉在基督教堂城的工作只是臨時性質，所以她已經出發去找他。她說在她心目中，那人比裘德更有資格當她丈夫，因為她也跟他舉行過正式婚禮，同住的時間比第一次婚姻更久。兩人就這樣和平分手，她對裘德沒有任何恨意。她終於有機會擺脫過去迎向美好的生活，相信他不會對付她這樣的女子，揭發她不為人知的過去，毀掉她的人生。

10

裘德回到梅爾切斯特。這地方有個未必是優點的優點，那就是離蘇目前的永久住處只有二十公里。一開始，他覺得距離太近正是他不該去梅爾切斯特的理由。可是基督教堂城是個他無法承受的傷心地，而梅爾切斯特跟薛斯頓那麼近，也許正好給他機會近距離擊敗心魔，贏得榮耀。早期教會的教士與修女認為面對誘惑時逃離躲避是可恥的行為，因此刻意尋找這樣的機會，甚至同居一室不逾矩。裘德忘了某個歷史學家一針見血地指出，在這種情況下，「受辱的大自然有時會伸張自己的權利。」[38]

現在他本著急迫的狂熱重拾書本，為晉身神職而努力。因為他發現到，近來他對這個目標的專一與忠誠明顯動搖。他對蘇的戀情擾亂他的心志，而他放任自己、合法跟艾拉貝拉相處十二小時，直覺上似乎更糟糕，儘管她事後才說起她澳洲丈夫的事。他深信自己已經克服一醉解千愁的衝動，事實上，他喝酒從來不是因為貪杯，而是為了逃離無法承受的滿懷愁緒。然而，他沮喪地意識到，從各方面看來，他情感太豐富，不會是個好牧師。在未來的人生中，他的肉體與靈魂勢必持續處於交戰狀態，他只能期盼肉體未必總是贏得勝利。

38. 這句話摘自吉朋的《羅馬帝國衰亡史》第十五章。

除了閱讀神學著作，他還發展另一項相關興趣，增進他在教會音樂與通奏低音[39]方面的粗淺技能。最後他學會正確讀譜，加入多聲部合唱。離梅爾切斯特兩、三公里有一座重建的村莊教堂，裘德最早是去那裡整修柱子和柱冠，後來結識教堂的風琴手。最終的結果是，他加入唱詩班，成為低音部的一員。

他每個星期天會步行前往那個教區兩次，平日偶爾也會過去。復活節前的某天晚上，唱詩班練習下一個星期要表演的新聖歌，裘德聽說作曲者是威塞克斯人。那支曲子情感出奇濃烈，他們一遍又一遍唱著，那和諧的旋律漸漸在裘德心中生根，深深打動他。

練習結束後，他去找風琴手打聽。曲譜是手寫本，最上方標明作曲家的名字，還有曲名：「十字架之下」。

「沒錯。」風琴手說，「他是本地人，是個職業音樂家，住在這裡跟基督教堂城之間的肯涅布里奇。牧師認識他。他在基督教堂城長大，也在那裡受教育，所以他的作品才有那樣的水準。他好像在那裡的大教堂彈奏，帶領穿小白衣的聖詩班。他偶爾會來梅爾切斯特，有一段時間大教堂的風琴手出缺，他曾經想應徵。今年復活節到處都聽得到這支聖歌。」

回家的路上他邊走邊哼那支曲子，不免琢磨起那個作曲家，以及他作這支曲子的靈感。那人一定富有同情心！裘德自己為了與蘇和艾拉貝拉的關係茫然困惑飽受折磨，他的良知為複雜的處境困擾糾結。他多麼想結識那個男人！他激昂地說，「他一定比別人更能理解我的痛苦！」如果世上有個人適合當知交密友，肯定就是那個作曲家了，因為他一定也受過苦，也悸動過、渴望過。

雖然這趟旅程會造成他金錢和時間上的負擔，他仍然孩子氣地決定接下來那個星期天走一趟肯涅布里奇。他一大清早照原訂計畫出發，因為他得迂迴地換幾班火車才能到達那個城鎮。他到的時間大約是中午，過橋進入古樸小鎮，向人打聽作曲家住在什麼地方。人們告訴他，作曲家住在前面不遠處的一棟紅磚建築，作曲家本人不到五分鐘前才從這條街經過。

「他往哪裡去？」裘德開心地問。

「從教堂直接回家。」

裘德急忙趕上去，不久就看見一個穿黑大衣、戴黑色氈毛軟帽的男人走在前面，距離不算太遠。他邁開大步追了上去，對自己說道，「飢餓的靈魂在追逐飽足的靈魂！我必須跟那個男人聊一聊！」

只是，他終究沒追上作曲家，眼睜睜看著對方走進家門。他不禁想到，這個時間上門拜訪合適嗎？不管合不合適，既然來了，他決定立即行動。回家還有一大段路程，不能等到下午。這個有靈魂的男人會諒解他的失禮，而他為宗教敞開的心靈被低俗的不倫情愛趁虛而入，這人也一定能給他完美忠告。

裘德於是拉了門鈴，被請了進去。

39. thorough-bass，指作曲家在曲譜上單獨寫出的低音聲部，是巴洛克時期音樂的一大特色。

作曲家很快就來見他。裘德衣著體面，相貌堂堂，態度誠懇，因此受到熱忱歡迎。想到要說明來意，他不免有點難為情。

「我是梅爾切斯特附近一所小教堂的唱詩班成員，」他說，「這星期我們練習的是〈十字架之下〉。先生，據我所知那是您的作品。」

「是，大約一年前寫的。」

「我……很喜歡，覺得這曲子優美極了！」

「嗯，也有人這麼說。是，如果我有辦法出版，這曲子能賺不少錢。我還有其他曲子可以跟它搭配，真希望可以一起出版，因為到目前為止，這些曲子沒有一支幫我賺到五鎊以上。那些出版界的人，他們付給我這種沒有名氣的作曲家的版權費還不夠我請人謄寫曲譜。你說的那個曲譜我借給這裡和梅爾切斯特的朋友，所以有不少人唱。不過音樂不是可靠的營生，我決定徹底放棄。這年頭想賺錢就得做生意。我打算賣葡萄酒，這是我做好的酒單，還沒發出去，你可以先拿一份。」

他把長達幾頁、裝訂成小冊子的廣告酒單遞給裘德。酒單裝飾著紅色線條，上面羅列著他用來啟動新事業的各式紅酒、香檳、波特酒、雪利酒和其他葡萄酒。裘德震驚不已，沒想到這個擁有靈魂的男人竟是如此這般，他覺得沒有辦法開口向對方傾吐露心事。

他們又聊了一段時間，彼此都有點勉強。作曲家發現裘德一窮二白之後態度不變，跟早先因為外表和衣著誤判他的身分和來意時判若兩人。裘德結結巴巴地說，他只是想恭賀作曲家寫出那麼崇高的作品，說完連忙尷尬地告辭。

他搭乘慢吞吞的週日班車回家，頂著料峭春寒坐在沒有爐火的候車室，為自己天真地跑這一趟而心情低落。他回到梅爾切斯特住處時，發現有一封信在等著他，早上他出門後幾分鐘才送到的。是蘇寫來的悔過短箋，她親切又謙卑地說，她覺得自己糟透了，竟然叫他不要去見她，還說她鄙視如此古板的自己。她邀請他當天搭十一點四十五分的火車過去，下午一點半跟他們共進午餐。

跟這封信擦身而過，來不及接受蘇的邀請，裘德懊惱得幾乎把頭髮揪下來。不過，近來他經常磨練自己，因此覺得這趟荒唐的肯涅布里奇之旅的確是上天特別安排的干預，幫助他遠離誘惑。然而，他近來不只一次發現自己的信心越來越不堅定，在嗤笑中否認上帝會讓人做徒勞無益之舉。

他渴望見到她，氣自己錯過這次機會。他馬上寫回信，向她陳述失約原因，說他沒有耐心等到下個星期天，只要她指定日子，他隨時可以過去。

他的信太過熱情，蘇基於她的風格，遲至耶穌受難日[40]前那個星期四才回信。她說他願意的話，當天下午可以去看她，在此之前她一直沒空接待他，因為她在她丈夫的學校擔任助理教師。裘德向大教堂工地請了假就出發了。請假的代價微不足道，只是扣除當天的工資。

40. 基督教重要節日，指復活節前一個星期五，又稱聖週五。

第四部

在薛斯頓

「任何人如果將婚姻或其他禮法置於人性的善與絕對必要的義舉之上，不管那人自稱天主教徒、新教徒或什麼別的，終歸只是個法利賽人。」

——約翰・米爾頓[1]

1

薛斯頓，古老不列顛的帕拉鐸爾[2]，種種奇事逸聞的發源地。

（德雷頓[3]如此歌誦，）它本身曾經是一座夢想的城鎮，如今依然未變。過去矗立在這裡的城堡、三座鑄幣廠、堪稱南威塞克斯一絕的雄偉半圓形修道院、十二座教堂、聖壇、小禮拜堂、醫院、附老虎窗的砂岩宅邸，如今都被無情的歲月沖刷殆盡。那依稀殘存的浮光掠影，讓遊客不由自主地憂思鬱悶，就連提神醒腦的空氣、一望無際的景色，也無法排解。這裡曾經埋葬過國王、皇后，以及許多男女修道院院長、聖徒與主教、騎士與鄉紳。「殉難者」愛德華國王[4]的遺體被慎重送到這裡保存，以供後世憑吊。薛斯頓也因此名聞遐邇，吸引歐洲各地的人來此朝聖，它的名聲於是流傳到海外。歷史學家告訴我們，教會的解體[5]敲響這座中世紀美麗小城的喪鐘。那宏偉修道院瓦解之後，整個小城也逐步崩塌，淪為廢墟：殉難者的骨骸跟保存它們的神聖建築走上同樣命運，如今再也找不到一磚一瓦來標示它們的長眠之地。

小鎮的天然美景與獨特之處依然留存，奇怪的是，在過去據說不懂欣賞美景的年代，倒有許多不同時期的作家頌揚小鎮的這些特色，如今卻是蕭索冷清。英格蘭最奇特、最古雅的景點，竟寂然屹立，幾乎無人遊賞。

小鎮有著獨一無二的地理位置，坐落在氣勢逼人的陡峭懸崖頂端，北面、南面和西面都從布雷克摩爾的沖積深谷拔地而起。站在城堡草坪俯瞰南威塞克斯、中威塞克斯與下威塞克斯青翠的牧草地，對於不抱期待的旅客，眼前的美景就跟吸入肺部的有益空氣一樣，都是意外驚喜。這地方火車到不了，最好的交通工具是雙腿，其次是輕便馬車。而馬車只能通過東北側一條類似地峽的路徑進鎮，那地峽銜接小鎮東北邊那片高聳的白堊台地。

這就是被世人遺忘的薛斯頓（又稱帕拉鐸爾）的舊時與今日。基於地形關係，小鎮用水十分吃緊。在老一輩的記憶中，馬匹、驢子和人馱著或背著木盆或木桶，步履艱難地沿著蜿蜒曲折的道路來到山頂。盆子、桶子裡裝著在山下水井打的水，小販帶著水沿街叫賣，半便士一桶。

除了水源匱乏，小鎮還有另外兩個特殊現象：第一，教堂後側的主要墓園地勢節節攀升，像屋頂般陡峭。第二，小鎮經歷過一段不尋常的腐敗時期，修道院和尋常百姓家雙雙沉淪。基於

1. John Milton（一六〇八～七四），英國詩人，這裡的句子摘自他為倡導離婚自由、於一六四三年匿名發表的〈論離婚的教義與規範〉（Doctrine and Discipline of Divorce）。法利賽人（Pharisee）為古猶太教的一支，主張恪守教規，《聖經》中指稱他們言行不一。
2. 薛斯頓古稱帕拉鐸爾堡（Caer Palladour）。
3. Michael Drayton（一五六三～一六三一），英國詩人。這裡的句子引用自他於一六二二年發表的不列顛指南《多福之國》（*Polyolbion*）。
4. King Edward（九六二～七八），英國國王，九七五年登基，九七八年因為王位爭議在科夫堡遭刺殺。
5. 指英國國王亨利八世（Henry VIII, 一四九一～一五四七）推動宗教改革，促成英格蘭教會脫離羅馬天主教會。

這三大因素，薛斯頓於是世所僅見地以人類三大慰藉聞名。首先，這裡的墓園比教堂的尖塔更接近天國；其次，這裡的啤酒供應量比水還充足；其三，這裡女性不論已婚未婚，放蕩者多端莊者少。另外，據說中世紀以後這裡的居民窮得沒錢供奉牧師，不得不拆掉教堂，無奈地捨棄集體禮拜。為了悼念這種心理需求，他們星期天下午會到酒館小酌一二。在那些時期，薛斯頓鎮民顯然不乏幽默感。

時至今日，薛斯頓又有另一個地形地勢衍生的特點，很多篷車隊、表演團體、射擊場和其他在博覽會和市集討生活的巡迴娛樂，都喜歡來這裡歇歇腳或落地生根。就像陌生野鳥會聚在岬角高處，或許是在長途旅程中暫時停駐，準備繼續往前，或者循著來時路折返。不少標示外地名稱的黃黃綠綠篷車在這座崖頂城鎮前無聲呆立，彷彿為驟然改變、擋住他們去路的地形震驚不已。他們通常留在這裡過冬，等到來年春天再重新踏上熟悉的旅途。

某天下午四點左右，裘德從附近的火車站走出來，有生以來第一次爬上這座清風徐徐、怪誕有趣的小鎮。他費力地爬到峰頂，越過這座高空城鎮外圍的屋舍，緩步走向學校。他來得太早，學生還在上課，發出輕柔嗡嗡聲，像一群小蚊子。他沿著修道院步道後退幾步，觀察這個在命運安排下成為他心上人居住地的小鎮。學校占地廣闊，校舍是石造建築，正前方生長著兩棵高聳參天的山毛櫸。山毛櫸偏好白堊高地，鼠灰色的樹幹表面平滑。隔著豎框橫檔窗的窗台，他看見學生們的頭頂，髮色有黑、褐與淡黃。為了消磨時間，他往下走到過去的修道院花園所在的那片平坦台地，心臟不由自主地怦怦狂跳。

他不願意在放學前進學校，於是留在原地，直到聽見孩子們的聲音來到戶外，看見穿著紅藍色連身衣與白色圍裙的女孩子蹦蹦跳跳走在小路上。三百多年前，女修道院長、小修女院院長、副院長和五十名修女也曾嫻靜端莊地走在那些小路上。回到學校時，他發現自己等得太久，蘇在最後一個學生離開後也到鎮上去了。費洛森下午不在，去夏茨佛出席教師會議。

裘德走進空蕩的教室坐了下來，正在掃地的女孩告訴他，費洛森太太幾分鐘後就會回來。教室裡有一架鋼琴，正是費洛森當年在馬利格林用的那架。儘管天色昏暗看不清音符，裘德仍然用他粗淺的方式彈奏，後來忍不住彈起前一個星期深深打動他的那支曲子。

有個人影從背後走向他，他以為還是那個掃地的女孩，沒有理會。沒想到那個人走到他身邊，手指輕輕放在他彈低音的手上。那隻手不大，有點熟悉，他轉身過去。

「別停。」蘇說，「我喜歡這首曲子，以前在梅爾切斯特學過。師範學院的人經常彈。」

「妳在這裡我沒辦法彈！妳彈給我聽。」

「好吧，我無所謂。」

蘇坐了下來。她彈出來的曲子雖然稱不上太出色，跟他比較起來卻彷彿相當神聖。她跟他一樣，好像被這支曲子感動，這倒出乎她自己的意料。曲子結束後，他伸手去拉她的手，她的手也伸了過來。裘德抓住那隻手，就跟她結婚前那次一樣。

「真奇怪。」她的語調明顯改變，「我竟然會喜歡這支曲子，因為……」

「因為什麼？」

「我不是那種人，不算是。」

「不容易受感動？」

「我不是那個意思？」

「可是妳**確實就是**那種人，因為妳的心跟我是一樣的！」

「但我的理智不是。」

她繼續彈著，而後突然轉身過來，兩人直覺地、不約而同地再次拉手。

她很快放開他的手，不自然地笑了笑，說道，「真奇怪！想不通我們為什麼牽手。」

「正如我剛才說的，可能是因為我們兩個很像。」

「我們的思想不像！情感方面也許有一點像。」

「而情感主宰思想……那個作曲家竟是我所見過最俗氣的人，讓人實在忍不住想咒罵！」

「什麼？你認識他？」

「我去看過他。」

「你這傻瓜，竟然去做我會做的事！為什麼去找他？」

「因為我跟妳不一樣。」他諷刺地說。

「我們喝茶吧。」蘇說，「在這裡喝好嗎？把茶壺茶具拿過來一點也不麻煩。我們不住學校宿舍，住在馬路對面那棟叫做老樹居的房子。那房子太老舊太陰暗，我住在裡面心情很低落。那種房子偶爾參觀一下還行，不適合住在裡面。想到過去有那麼多人在那裡度過一生，我就覺得被壓得喘不過氣來。在學校這種新建的地方，需要扛的只有你自己的生命。坐下，我叫艾妲把茶具帶過來。」

她離開以前把爐子的門打開來，他站在爐火的光亮處等待。她回來時帶著那個端茶具的女孩。他們一起坐在爐火亮光裡，銅壺底下酒精燈的藍色火焰也加入照明行列。

「這也是你送我的結婚禮物。」她指著銅壺說。

「是。」裘德答。

在他聽來，他送她的茶壺哼唱著諷刺曲調。他換個話題，「妳知不知道跟《新約》有關的非正統書籍哪個版本比較有可讀性？學校裡大概不會讀吧？」

「天哪，不會的！一定會嚇壞街坊鄰居……是有一本。我現在已經忘得差不多了，不過我以前那個朋友還活著的時候，我對那個版本蠻感興趣的。是古柏的《新約外典》[6]。」

「聽起來正是我要的。」只是，他的念頭轉向「以前的朋友」，心裡一陣刺痛。他知道她指的是她年輕時那個大學生知己。他好奇她有沒有向費洛森提起過那人。

「《尼哥德慕福音》[7]也不錯。」她繼續說，想化解他心裡的醋意，因為她跟以往一樣，看得出來他在吃醋。確實，他們聊著某個無關緊要的話題時，比如現在，總是有另一段無聲的對話在他們的情感之間進行，他們之間的互動就是這麼無懈可擊。「這本很像真正的《聖經》，細分了章節，像在夢裡讀到的福音書，感覺一切都一樣，卻又不一樣。可是裘德，你對那些問題還感興趣

6. 古柏（Harris Cowper，一八二二～一九〇四）是英國宗教作家，《新約外典》（*Apocryphal Gospels*）發表於一八七四年。

7. *Gospel of Nicodemus*，尼哥德慕是猶太教祭司，根據《聖經．約翰福音》第三章記載，他曾經夜訪聆聽耶穌教誨。《尼哥德慕福音》又稱《彼拉多行傳》（*Acts of Pilate*）。

嗎？還在研究**護教學**嗎？」

「是，我現在比以前更認真讀神學。」

她好奇地打量他。

「妳為什麼用那種眼神看我？」裘德問。

「你為什麼想知道？」

「我相信妳可以介紹些我沒聽說過的書，妳那個過世的朋友一定教了妳很多東西！」

「我們現在不要談那個！」她好言相勸，「你下星期會在那間教堂工作嗎？就是你學那首聖歌的地方。」

「可能會。」

「太好了。我能不能去那裡找你？那地方剛好在這個方向，我找個下午搭半小時火車就到了。」

「不，別來！」

「什麼！所以我們不能像以前一樣繼續做朋友了？」

「沒錯。」

「我不知道。我以為你永遠會對我好！」

「不，我不會。」

「我做了什麼？我以為我們兩個……」她的聲音抖得厲害，不得不中斷。

「蘇，有時候我覺得妳喜歡玩弄感情。」他突然說。

空氣凝滯片刻，然後她猛然跳起來。在酒精燈光線下，他看見她臉色緋紅，吃了一驚。

「裘德，我不能再跟你說話了！」她嗓音裡那悲涼的女低音再次出現。「天色太暗，我們這樣待在一起不太好，尤其剛才彈過那支耶穌受難日的哀傷曲調，讓人產生不該有的感覺！我們不該繼續像這樣坐在一起說話。對，你必須離開，因為你看錯我了！我絕不是你剛才無情指控的那種人……裘德，你那樣說實在太殘忍了！但我不能把真相告訴你。如果讓你知道我如何向衝動屈服，又如何覺得如果我不能發揮我的魅力，就不該擁有它，你會震驚得目瞪口呆！有些女人渴求被愛而永不饜足，通常她們也渴求付出愛。在愛人方面，她們可能會發現自己沒辦法持續去愛被主教指派接受這份愛的另一半。可是裘德，你個性太直，沒辦法理解我！你該走了。很遺憾我先生不在家。」

「是嗎？」

「我知道我那麼說只是基於禮俗！坦白說我不覺得遺憾。可悲的是，遺不遺憾都無所謂。」

他們不久前牽手牽得有點頻繁，他出去的時候她只是輕輕碰觸他的手指。他剛出門，她就懊悔地站上長板凳，打開窗子的鐵框，看見他從外面的小路走過。她問，「裘德，你什麼時候離開這裡去搭火車？」

他驚訝地抬頭看。「往車站的公共馬車大約再過四十五分出發。」

「這段時間你有什麼打算？」

「到處走走吧，也許會去老教堂坐坐。」

「剛才那樣讓你離開，我心裡很過意不去！老天，你對教堂已經太熟悉，不需要再摸黑去參觀。留在那裡。」

「哪裡？」

「就你現在站的地方。我這樣跟你說話，會比你在屋子裡時更自在……你放棄半天的工作來看我，實在善良又體貼！親愛的裘德，你是做夢的約瑟[8]，也是悲劇性的唐吉訶德。有時候你是聖斯德望[9]，人們拿石頭砸他的時候，他能看見天國的門打開。我可憐的朋友兼知己，未來你還得經受磨難！」

這時他們之間隔著高高的窗台，他沒辦法靠近她。她好像終於可以敞開心扉說些近距離不敢說的話。

「我一直在想，」她繼續用激情的口吻說，「文明套在我們身上的社會模型，跟我們真正的模樣毫無關係，就像傳統認知裡的星圖跟真正的星辰排列也沒有關係。我對外的稱呼是理察・費洛森太太，跟一個同樣姓氏的人過著平靜的婚姻生活。可是真正的我並不是理察・費洛森太太，而是一個孑然一身、顛沛流離的女人，有著偏離常軌的情感，還有難以理解的厭憎……你別再耽擱了，不然會趕不上馬車。改天再來看我，那時一定要去我家坐坐。」

「好！」裘德答，「什麼時候？」

「下星期。再見……再見！」她伸出手，憐惜地摸了他的額頭，只那麼一下。裘德跟她道再見，走進暮色裡。

走到比姆波特街時，他彷彿聽見公共馬車離開的聲音。果然沒錯，等他到了市集的公爵紋章旅館時，馬車已經走了。走路過去肯定趕不上這班火車，他索性安心等下一班，那是當天開往梅爾切斯特的末班車。

他到處遊蕩了一段時間，吃了點東西，發現還有半個小時，他的腳不由自主地走向聖三一教堂的莊嚴墓園與穿過墓園的椴樹大道，再次往學校的方向前進。學校已經一片漆黑。她說她住在對面的老樹居，他很快就根據她的描述找到那棟老房子。

屋子的前窗透出閃爍的燭光，因為百葉簾還沒關。他可以清楚看見屋裡的景象，地板比外面的路面低陷兩三階，因為屋子建成後那幾百年，路面又加高了。蘇顯然剛回到家，戴著帽子站在前廳。前廳的牆壁從地板到天花板都裝設了橡木護牆板，天花板粗重的模塑屋梁交叉縱橫，就在她頭頂上方不遠處。壁爐架也是一樣的粗重造形，雕刻著十七世紀初期的壁柱與漩渦形花紋。沒錯，幾百年的歲月果然沉重地懸在俯仰其間的年輕妻子頭頂上。

她打開紫檀針線盒，拿出一張照片端詳。沉思片刻後，她把照片貼在胸前，再放回原處。

接下來她意識到百葉簾還沒關，就拿著蠟燭走過來關窗簾。外面太黑，她看不見裘德，但他能看清她的臉，看見她長長睫毛下的黑色眼眸明顯泛著淚光。

她關上百葉簾，裘德轉身踏上寂寞的歸途。他問自己，「她剛才看的是誰的照片？」他曾經送她一張照片，但他知道她還有其他人的。她看的那張真是他的嗎？

8.《聖經・創世記》第三十七章記載，約瑟做了許多接受朝拜的夢，引來哥哥們的嫉恨。

9. St. Stephen（約五～三四），是基督教第一位殉教者。事跡見《聖經・使徒行傳》第七章。

她開口邀請了，他知道自己會去看她。他在書上讀到的那些重要人物——也就是蘇略有不敬地稱為他的偶像的聖徒——如果懷疑自己的自制力，勢必避開這樣會面。但他不能。那段時間他會齋戒禱告，但他心中的人性比神性更強大。

2

然而，如果上帝不給指引，女人會。第三天早上裘德收到蘇的來信：

下星期別來。如果是為你自己，那就別來！那天受到那首憂鬱的聖歌和薄暮微光的影響，我們沒有把握好分寸。無能為力的事就別再想了。

蘇珊娜．弗羅倫絲．瑪麗

裘德失望至極。他很清楚她在信末寫下這樣的署名時，是什麼樣的心情，臉上又是什麼表情。只是，不管她是什麼心情，他都不能說她的想法不對。他答：

我聽妳的，妳做得對。在這樣的時節，我是該學習克己。

裘德

他在復活節前夕把信投遞出去，他們的選擇似乎成了定局，但世間還有其他力量與定律在運轉。在復活節後那個星期一早晨，他收到寡婦艾德琳傳來的消息。當初他囑咐她如果發生緊急情況，就給他發個電報：

你姑婆病危，立刻過來。

他放下手邊的工作出發了，三個半小時後抵達馬利格林周遭的綠草丘陵，此時正走下那片低陷的田地，穿過通往馬利格林的捷徑。他越過低地後遇見一個工人，那人站在小路的柵門旁看著他，像是有話對他說。裘德心想，「他的表情告訴我姑婆過世了，可憐的茱希拉姑婆！」

果然如他所料，艾德琳派那人來通知他這個壞消息。

「她反正認不出你來。她死前躺在床上，像個眼睛裝玻璃珠的玩偶，所以你不在也無所謂。」那人說。

裘德往姑婆家走去。到了下午葬禮籌備完畢，幫忙入殮的人喝過啤酒後離去，他獨自坐在寂靜的屋子裡。雖然兩三天前他跟蘇才協議不再聯繫，但他必須通知她。他簡短寫了幾句話：

茱希拉姑婆突然離世，星期五下午舉行葬禮。

接下來那幾天，他逗留在馬利格林和周遭地區，星期五早上去看看墓地是不是安排妥當，納悶著蘇會不會過來。她沒有回信，從這點看來，她過來的可能性似乎比不來高一些。他算出她唯一可能搭的那班車，到了中午鎖上門，橫越那片低地去到紅磚屋旁的高地邊緣，站在那裡俯瞰北邊的遼闊視野，也望向近處的阿弗列斯頓。就在阿弗列斯頓另一邊大約三公里處，一陣白色蒸氣從左向右移動。

即使到了這一刻，他還是得等上很長時間，才能確知她是不是來了。不過，他耐心等著。最後，一輛出租小馬車停在山腳下，有個人下車，車子調頭回去，乘客往山上走來。他認得她，這天她顯得那麼纖瘦，經不起他沒有資格給她的那種熱情擁抱。走完三分之二路程時，她的頭突然殷切地上仰，他知道她在那個時刻認出他來。她露出哀怨的微笑，之後一直保持那個笑容，直到他下山跟她會合。

「我覺得讓你一個人參加葬禮太哀傷！所以，到了最後一刻才決定過來。」

「最親愛、最忠實的蘇！」裘德低聲說。

然而，秉著難以理解的古怪雙重性格，雖然離葬禮還有一段時間，蘇卻沒有停下腳步跟他深談。此時此刻這種感傷氛圍幾年內很難再遇到，甚至永遠不會再有，裘德很想停下來細細思索，跟她聊聊。但蘇也許根本沒有察覺，或者看得比他更清楚，不願意去感受。

葬禮備極哀榮卻十分簡短，他們幾乎快步走向教堂，因為忙碌的殯葬業者一小時後還有一場更重要的葬禮，地點在五公里外。茱希拉埋葬在新墓園，離她的先人有點遠。蘇和裘德一起送葬到墓地，現在在熟悉的屋子裡坐著喝茶。至少在這次對亡者的關懷中，他們的生命走到了一起。

「你說她自始至終都不贊成結婚？」蘇低聲問。

「是，尤其是我們家族的人。」

她注視他的眼睛，視線停留一段時間。

「我們真是個悲哀的家族，裘德，你說是不是？」

「她說我們都不是好丈夫、好妻子，結婚後肯定不快樂。不管怎麼說，我就是現成的例子！」

蘇沉默無語。而後她用略帶顫抖的嗓音說，「裘德，丈夫或妻子是不是不該對別人說他們在婚姻中不快樂？如果婚禮是神聖的宗教儀式，那麼這麼做可能不對。但如果它只是可悲的契約，是基於家務、開銷、納稅等物質上的考量，或者為了方便子女繼承土地和金錢，必須確認父親的身分（看起來好像是這樣），那麼人們當然可以抱怨婚姻帶給他或她傷害或苦惱，甚至宣揚得人盡皆知？」

「不管怎樣，我跟妳談過這個話題。」

她又接著說：「你覺得會不會有很多丈夫或妻子討厭沒有明顯過失的另一半？」

「我覺得有。比方說其中一方愛上第三者。」

「如果沒有愛上別人呢？例如做妻子的雖然尊敬又感激她丈夫，但只因為……」她的語調高低起伏，他有所猜測。「只因為她個人的反感——肉體上的反感，算是無理取鬧，或隨便怎麼說——她因為這原因不喜歡跟丈夫生活在一起，算不算是壞人？我只是隨便舉例。她該不該克服她的拘謹？」

裘德為難地看她一眼，別開視線說道，「這就類似於我的信條跟我的實際經歷背道而馳的情況。做為遵守規範的人（希望我是這種人，但恐怕不是），我的答案是肯定的。然而，從我的經歷和公正的天性來說，我的答案是否定的……蘇，我覺得妳不快樂！」

「我當然很快樂！」她反駁，「一個女人嫁了自己選擇的丈夫，新婚才八星期，怎麼可能不快樂？」

「『自己選擇的！』」

「你為什麼重複這句話？不過我得搭六點的火車回去，你會繼續待在這裡吧？」

「再待幾天辦姑婆的後事，這房子已經處理好了。要不要我送妳去火車站？」

蘇輕聲笑著拒絕。「不用了，你可以送一小段路。」

「等一下，妳不能今晚走！搭火車到不了薛斯頓。妳得在這裡過夜，明天再回去。如果妳不想住這裡，艾德琳太太家多的是空房間。」

「好吧。」她遲疑地說，「我沒有告訴他我今天一定會回去。」

裘德去找住在隔壁的寡婦，知會她一聲，幾分鐘又回來坐下。

「蘇，我們都被環境限制住，實在糟糕，糟透了！」他突然說，視線盯著地板。

「不！為什麼這麼說？」

「我沒辦法把我的煩心事全部告訴妳，妳的問題則是妳不該嫁給他。妳結婚前我就看出來了，但我覺得我不該干涉。我錯了，我應該阻止妳。」

「可是你為什麼有這些猜想？」

「因為……親愛的蘇，我能看穿妳的表象！」

她的手放在桌上，裘德伸手按住，她把手抽走。

「這實在荒謬，蘇，」他激動地說，「我們剛才聊了那麼多！真要說起來，我比妳更嚴謹，更守規矩。妳拒絕這麼單純的動作，顯示妳前後矛盾實在可笑！」

「或許我太正經，」她自我反省，「我只是把它看成我們之間的小遊戲，也許太過頻繁。好吧，你想握多久就握多久。我對你好不好？」

「是，很好。」

「但我必須告訴他。」

「誰？」

「理察。」

「喔……當然，如果妳覺得有這個必要。不過既然我們心無邪念，或許不需要平白惹他心煩。」

「嗯，你確定你只是以表哥的身分握我的手？」

「千真萬確。我心裡已經沒有愛情的存在。」

「這倒新鮮。怎麼會這樣？」

「我跟艾拉貝拉見過面。」

這個衝擊令她皺起眉頭，而後她好奇地問，「什麼時候的事？」

「上次去基督教堂城的時候。」

「那麼她回來了，而你沒有告訴我！看來你以後會跟她住在一起？」

「當然，就跟妳和妳丈夫一樣。」

她看著窗台上因乏人照料而枯萎的天竺葵和仙人掌盆栽，再望向窗外的遠方，眼睛開始濕潤。「怎麼了？」裘德柔聲問道。

「如果你以前跟我說的話現在還是真的，你為什麼這麼歡天喜地地回到她身邊！我是說，如果當時你說的是真話，現在當然不是了！你的心怎麼這麼快就回到艾拉貝拉身上？」

「應該是上天刻意促成的。」

「啊，你騙我，」她的口氣略顯惱怒，「你只是在逗我，因為你覺得我不快樂！」

「我不知道，也不想知道。」

「就算我不快樂，錯也是在我，是我個性不好，而不是我有權利討厭他！他任何事都體貼我，為人也風趣，只要能接觸到的書他都讀，所以知識很豐富。裘德，你覺得男人應該娶個年紀相當的女人，或比他年輕的，比如像我一樣比他年輕十八歲？」

「這要看他們對彼此是什麼感覺。」

他不願意迎合她，她得不到助力，只好用壓抑的語調繼續說下去，淚水幾乎落下：

「我……我覺得我必須對你開誠布公，就像你對我一樣。也許你已經知道我要說什麼？我想說的是，我把費洛森當朋友，但我不喜歡他。跟他生活在一個屋簷下，對我是一種折磨！好了，我說出來了……我沒辦法……雖然我一直……假裝自己很快樂。現在你會永遠瞧不起我！」她雙手放在桌布上，把臉埋進手裡，無聲地啜泣，身子輕微抽搐，三條腿的桌子也跟著晃動。

「我結婚才一兩個月！」她伏在桌上掩面哭泣，「有人說女人剛結婚時不喜歡的事，過了五、六年就能淡然處之。但那好像是在說截肢一點也不痛苦，因為久而久之那人就會適應木頭做的假手或假腳！」

裘德幾乎說不出話來，但還是說，「蘇，我就知道情況不對！我就知道！」

「可是事情跟你想的不一樣！問題只出在我身上，是我不好。那應該是我個人的一種……排斥感吧。原因我不能說，世俗眼光也不會認同！雖然他是個好人，但最令我痛苦的是，只要他想親近，我就得回應！這種事本來應當是兩廂情願，我卻覺得那是可怕的契約！我倒希望他打我，或對我不忠，或公開做某些事，好讓我有理由為自己的感受辯護！可是他什麼都沒做，除了發現我的感受之後變得有點冷淡。這也是他沒有來參加葬禮的原因……噢，我難過極了……不知道該怎麼做！裘德，別靠近我，你不可以。別……別！」

但他已經跳起來，將臉頰貼向她的臉，或者該說貼向她的耳朵，因為碰不到她的臉。

「裘德，我說別靠近我！」

「我知道，我只是想……安慰妳！這都是因為我們認識的時候我已經結婚，對不對？蘇，如果不是那樣，妳就會是我的妻子，是不是？」

她沒有回答，而是猛地站起來，說她要去姑婆的墓地走一走，冷靜一下，說完就出門去了。裘德沒有跟去。二十分鐘後，他看見她越過村莊草坪走向艾德琳家。不久後她讓一個小女孩過來拿她的東西，並且告訴他她很累，這天晚上不再跟他見面。

裘德坐在姑婆冷清的屋子裡，看著艾德琳的小屋被夜色吞沒。他知道蘇坐在那屋子裡，跟他一樣孤寂消沉。一直以來他深信所有的努力都是值得的，此刻信心再度動搖。

他早早就上床了，卻睡睡醒醒，因為他知道蘇就在附近。到了凌晨兩點左右，他漸漸入眠，卻被一陣尖叫聲吵醒。過去他住在馬利格林時，就常聽見那聲音，是野兔被陷阱捕獲發出的哀嚎。一如野兔的習性，這隻兔子沒有立刻再發出哀嚎，就算再叫，頂多也一兩次。牠會忍住疼痛熬到天亮，等到設陷阱的人來給牠當頭一擊。

裘德從小連蚯蚓都不忍心踩死，現在腦海裡想像著那隻兔子承受腿骨斷裂的疼痛。假使是獵人不樂見的情況，也就是兔子被夾住後腿，接下來六小時，牠會拖著捕獸夾到處走，直到腿上的肌肉被捕獸夾的尖齒生生扯離骨頭。萬一捕獸夾不夠牢固讓牠逃脫，牠也會因為傷口壞疽，死在野外。反之，如果夾住前腿，兔子的腿骨會斷掉，在企圖逃脫時幾乎把前腿扯斷。

將近半小時過去了，野兔再次哀嚎。如果不幫牠結束痛苦，裘德不可能睡得著。他快速穿好衣服下樓去，藉著月光橫越草坪，循著兔子的叫聲而去。他走到艾德琳太太家院子外那片樹籬，靜靜站著，仔細聆聽野兔拖著的捕獸夾發出的喀嗒輕響，尋找兔子的方位。找到兔子之後，他用手掌側面對準兔子後頸用力一敲，兔子身子一癱沒了氣息。

他轉身要走，看見隔鄰小屋一樓敞開的窗子裡有個女人探頭往外看。「裘德！是你，對不對？」有個聲音怯生生地問。是蘇。

「親愛的，是我！」

「我根本睡不著，後來聽見兔子叫，忍不住想著牠承受的疼痛，甚至覺得我得出去殺了牠！我很高興你先找到牠……真該禁止設置這些鋼鐵捕獸夾，你說對吧？」

裘德已經走到窗子旁，窗子開得頗低，他能看見她腰部以上。她放開窗釦，伸手按住他的手，月光下的臉龐憂慮地望著他。

「兔子吵得妳睡不著嗎？」裘德問。

「不，我一直沒睡。」

「怎麼了？」

「你知道的……現在知道了！你信奉教義，一定覺得像我這種處境的已婚女性對男人傾吐心事，是犯了不可饒恕的重罪，就像我對你訴苦那樣。我只希望我什麼都沒對你說！」

「親愛的，別那樣想。」他說，「我以前可能有那種想法，但現在我的信念已經動搖。」

「我就知道，我就知道！所以我發誓絕不要干涉你的信仰。我見到你很高興！還有，茱希拉姑婆死了，我們之間最後的聯繫也斷了，我本來不打算再跟你見面。」

裘德拉起她的手親吻，說道，「還有一個更穩固的聯繫在！我以後不會再管我那些教義或宗教信仰了！隨它們去！就算我真的愛著妳，也讓我幫助妳，就算妳……」

「別說！我明白你的意思，但那件事我不能承認。好了，你要怎麼想都沒關係，只要別逼我回答問題！」

「不管我怎麼樣，我都希望妳幸福！」

「我**不可能**幸福！很少人能夠理解我的感受，大部分的人會說我無端挑剔，或類似的批評，會譴責我……這不是文明社會裡常見、自然發生的愛情悲劇。這種悲劇是人為製造的，身陷其中的人只有分手才能得到解脫！如果我有其他的傾訴對象，也許就不該把自己的煩心事告訴你。但我沒有人可以說，而我**一定得**說出來！裘德，跟他結婚以前，我雖然明白婚姻的意義，卻從來沒有仔細思考過。我實在太蠢了，無話可說。當時我已經成年，覺得自己歷練豐富。後來因為師範學院那件事陷入困境，我不顧一切做出決定，像個自信滿滿的傻瓜！我認為人在無知的情況下做了錯事，應該擁有改正的機會！我敢說很多女人都有同樣的經驗，只是她們屈服了，而我選擇反抗……後世的人回顧歷史，看見我們不幸生活在充斥不開化習俗與迷信的時代，會怎麼說！」

「心愛的蘇，妳的話很尖銳！我多麼希望……希望……」

「你該回去了！」

她一時衝動俯身靠向窗台，臉貼住他的頭髮啜泣，在他頭頂留下幾乎難以察覺的輕吻，而後迅速後退。如果她留在原地，他一定會緊緊擁抱她。她關上窗子，他回姑婆的小屋。

3

裘德整個晚上都在回憶蘇內疚的自白，很為她感傷。

隔天早上到了她出發的時刻，附近村民看見她和裘德步行走下山路。山路銜接通往阿弗列斯頓那條偏僻道路。一小時後他沿著同一條路回來，臉上洋溢著欣喜，那喜悅夾雜著一絲輕率。必定有事發生。

他們在寂靜的公路道別，兩人心情既緊繃又激動，困惑地向對方探詢彼此能親近到什麼程度，幾乎爭吵起來。她流著淚說，他立志當牧師，即使在道別的時候也不該像現在這樣要求親吻她。她說，親吻這個動作本身沒什麼，重點在它背後的心態。如果是以表哥和朋友的立場，她並不反對，如果懷著情人的心思，她絕不允許。她問他，「你能不能發誓你沒有那種心思？」

不，他不能。他們一言不和，各自轉身離開。走了大約二、三十公尺後，兩人同時回頭看。這一回首，終結了他們到目前為止勉強保持的克制。他們快步往回跑，彼此會合，不假思索地相擁，深情長吻。等他們分開後，她的臉頰緋紅，他則是心臟狂跳。

那個吻是裘德職業生涯的轉捩點。他回到小屋獨自沉思，看清了一件事。在基督教的觀念裡，兩性的愛在最好的情況下是脆弱，最糟的則會淪為詛咒。儘管他親吻蘇的時候，覺得那似乎是他謬誤生命中最純潔的一刻。但他一方面懷抱這種不被認可的愛情，一方面矢志為基督教奮鬥、奉獻自己，那就是赤裸裸的表裡不一。蘇滿腔怒火時所說的話，其實是最冷酷的事實。如果他一心一意只想全力捍衛自己的愛，不顧一切地堅持對她的熱烈情感，那麼這件事本身就會讓他變成滿口仁義道德的偽君子。顯然，正如過去的他受限於社會地位，沒有資格講授學問，現在的他因為性格使然，也不適合宣揚教理。

奇怪的是，他的第一個志向（追求學識）因為女人而受挫，第二個目標（邁向神職）也因為女人止步不前。他心想，「該責怪女人嗎？或者該責怪人為的制度，將正常的性衝動轉變成窮凶極惡的家庭陷阱與牢籠，束縛並困住任何努力上進的人？」

長期以來他一直希望成為佈道家（不管地位多麼卑微），為受苦受難的人類同胞傳達福音，不求個人的利益。然而，他的妻子跟另一個丈夫在一起，他自己也陷入畸戀，而他愛的人可能因為他的緣故，對婚姻起了反感。以正統的觀點而論，他已經向下沉淪，不值得受到尊敬。

他不能再多想，只需要正視最明顯的一點，那就是當他以循規蹈矩的宗教導師自居，就已經變成欺世盜名的騙徒。

那天晚上夜幕降臨時，他走進花園挖了一個淺坑，把自己放在小屋的所有神學與倫理學書籍拿出來。他很清楚，在這個信仰虔誠的地方，這些書賣出的價錢跟廢紙不相上下。所以他寧可用自己的方法處理，儘管順著自己的心意這麼做會讓他損失一點金錢。一開始，他引燃幾本散頁小冊，再把書本盡量割開，用三齒叉將它們散置在火焰上。火勢很快燃起，照亮屋子後側、豬舍和他自己的臉，直到所有紙張幾乎全部化為灰燼。

雖然認識他的人已經不多了，還是有路過的村民隔著樹籬跟他攀談。

「在燒你姑婆留下來的垃圾是嗎？哎，在同一間屋子住八十年，東西就會堆得到處都是。」

將近凌晨一點鐘，杰里米．泰勒[10]、巴特勒、多德里奇[11]、佩利、普西、紐曼和其他人的作品的紙頁、封面和裝幀都付之一炬。深夜一片靜謐，他用鐵叉不停翻動碎片，那種不再是偽君子的感覺讓他的心靈得到解脫，恢復平靜。他的信仰或許不會改變，但他不會宣之於口。他擁有宣揚信仰的工具，自然而然應該率先身體力行。如今他不再擁有那些東西，也不再向人展示。懷著對蘇的愛，他現在可以是一般的罪人，而不是刷白的墳墓[12]。

另一方面，那天稍早跟裘德分別後，蘇一個人噙著淚水走向火車站，後悔跑回去任由裘德親吻她。裘德不該假裝不再愛她，害她無法克制一時的衝動，做出不合禮法的事，甚至可以說是錯事。她傾向判定那是錯誤的行為，因為蘇的邏輯非比尋常地複雜，好像認為事情還沒做之前應該是對的，等到做了之後，就會變成錯的。換句話說，理論上正確的行為，實踐後會變成錯誤的。

「我太軟弱！」她急躁地自言自語，邁開大步往前走，不時甩掉淚珠。「那吻太火熱，像情人的吻，錯不了！我再也不寫信給他，至少要隔很長一段時間，讓他明白我也有尊嚴！希望他會很受傷，明天早上等不到我的信，後天、大後天都是，一封信都沒有。那時他就會焦急擔心，一定會！我很高興！」想到裘德即將因為她飽受折磨，她眼裡湧出更多淚水，跟原先那些自憐的淚水融合在一起。

她忽快忽慢往前走，氣喘吁吁，雙眼因為絕望的凝視與憂慮透出疲憊。這是個不喜歡丈夫的纖弱小妻子，是個輕盈飄逸、神經細緻、敏銳易感的女孩，性格與本能都不適合跟費洛森履行夫妻同居義務，或許不適合跟任何男人走入婚姻。

費洛森在車站等她，發現她煩躁不安，猜想可能是受她姑婆的離世和葬禮的陰鬱氛圍影響。

他於是跟她聊起這天的瑣事，說有個朋友來拜訪他，這個朋友姓傑林翰，在附近的學校當校長，兩人已經多年未見。他們並肩坐在公共馬車上，車子爬向山頂的小鎮時，她突然用自責的口吻說起話來，視線盯著白色馬路和路旁的榛樹叢：

「理察，我讓裘德握我的手，握了很長時間。你會不會覺得那樣不對？」

他顯然從毫不相干的思緒裡清醒過來，不置可否地問，「是嗎？妳為什麼那麼做？」

「不知道。他想那麼做，我沒反對。」

「希望他開心，我覺得這種事不算罕見。」

兩人沉默無語。如果這是在法庭裡，由無所不知的法官審查，他可能會記下這個奇特的事實：蘇以小失誤取代大失誤，絕口不提那個吻。

那天晚上喝過茶之後，費洛森坐著核算學校的登記簿。她比平時沉默、緊張又煩躁，最後說她累了，要早點上床。費洛森十一點四十五分上樓時，因為核算出勤數字疲累不堪。他們的臥室白天視野絕佳，可以看見布雷克摩爾谷和更遠處五、六十公里的景色，視線甚至可以到達外威塞克斯。他進了臥室後走到窗子旁，臉貼在窗玻璃上，屏息凝神，注視著掩蓋遼闊景色的無盡漆黑，陷入沉

10. Jeremy Taylor（一六一三～六七），英國神職人員兼作家，作品富含詩意，是重要的散文作家。
11. Philip Doddridge（一七〇二～五一），英國非國教神職人員兼聖詩作家。
12. 典故出自《聖經．馬太福音》第二十三章第二十七節，指虛偽的人。刷白的墳墓外表美觀，裡面裝著亡者遺骸與不潔之物。

思。最後，他望著窗外說，「我想我得讓委員會換個文具供應商，這次送來的習字簿都不對。」

沒有人回應。他心想蘇可能已經半睡半醒，又說：

「教室裡的通風機也得調整，風往下猛吹我的頭，吹得我耳朵痛。」

房裡似乎比平時更安靜，他轉身過來。整棟破舊的老樹居樓上樓下的牆壁都覆蓋著厚重沉鬱的橡木護牆板，龐大的壁爐架直達天花板，跟他買給她的全新晶亮黃銅床架和樺木家具形成怪異對比。兩種風格似乎隔著承載三百年歲月、搖搖欲墜的地板彼此致意。

「蘇兒（這是他給她的暱稱）！」他喊一聲。

她不在床上。但她明顯剛才還在床上，因為她那邊的床單掀開著。他猜她可能想到廚房裡什麼事，下樓去查看。他脫掉大衣，無所事事地等了幾分鐘，發現她還沒上樓，就拿著蠟燭走到樓梯口，又喊一聲，「蘇兒！」

「噯！」她的聲音從遠處的廚房傳來。

「妳這麼晚在樓下做什麼，平白累著自己！」

「我還不睏，正在看書，這裡的火比較旺。」

他上床去了。半夜醒來時發現她還沒上床，於是點了根蠟燭，匆匆走出房門去到樓梯口，再次喊她。

她同樣應了一聲「噯！」只是這回音量比較低，像被什麼擋住，也聽不出聲音的來源。樓梯底下有個沒有窗子的大衣帽間，她的聲音好像從那裡發出來。衣帽間的門關著，但門上沒有鎖或任何形式的門閂。費洛森一陣驚慌，連忙走過去，擔心她是不是突然精神失常。

「妳在裡面做什麼？」他問。

「因為時間太晚，我怕吵到你，所以來這裡。」

「可是裡面沒有床，對吧？也不通風！整晚待在裡面會窒息！」

「不，不會的。別擔心我。」

「可是……」費洛森抓住門把拉了一下。她從裡面用繩子拴住，被他一拉扯就斷了。衣帽間沒有床，她鋪了幾張毯子，在窄小的空間裡幫自己築了個小窩。

他探頭看進來，她從毯子上跳起來，兩眼圓瞪，渾身顫抖。

「你不該把門拉開！」她激動地大喊，「那不是你該有的行為！你能不能走開，拜託你！」

她看起來是那麼可憐，穿著白色睡衣苦苦哀求，背後是陰暗的雜物堆。他擔憂極了。她繼續懇求他別打擾她。

他說，「我一直對妳好，給妳全部的自由，妳竟然還這樣，實在太荒唐！」

「沒錯。」她哭著說，「我知道！是我的錯，我不好！我很抱歉。但不該全怪我！」

「那麼還該怪誰？我嗎？」

「不，我不知道！怪整個宇宙吧，怪所有的一切，因為它們是那麼恐怖又殘忍！」

「說這種話沒有用，三更半夜攪得家宅不寧！如果不小心點，伊麗莎會聽見。」（他指的是家裡的女僕。）「妳想想，假使鎮上兩個牧師之中任何一個看見我們現在這個樣子，會怎麼說！蘇，我不喜歡這種古怪行為。妳的心情毫無條理和規律可言！不過我不打擾妳了，只是給妳個建議，門別關太緊，否則明天早上我會看到妳被悶死。」

隔天早上他起床以後，立刻去衣帽間查看。蘇已經下樓去了，她躺過的地方變成一個小窩，上方掛著蜘蛛網。他苦澀地說，「是多麼強烈的反感，竟能凌駕女人對蜘蛛的恐懼！」

他看見她坐在早餐桌旁，兩人開始用餐，幾乎沒有交談。鎮民走過外面比客廳地板高幾十公分的人行道（倒不如說是馬路，因為這裡的人行道非常窄），向這對幸福夫妻點點頭，道聲早安。

「理察，」她冷不防喊他，「你介不介意我不跟你住在一起？」

「不住在一起？為什麼？結婚前妳不就沒跟我住在一起，那樣的話，結婚有什麼意義？」

「我如果告訴你，你會不高興。」

「我還是想聽聽。」

「因為那時候我覺得我沒有選擇。別忘了，在那之前很久你就讓我許下承諾。後來時間慢慢過去，我後悔答應你，一直想找個不傷面子的辦法解除婚約。只是，面對禮法我不能輕率敷衍。後來你也知道外面流傳什麼醜聞，我被師範學院退學，而你當初花了那麼多時間和精神把我送進去。當時我嚇壞了，覺得我唯一能做的就是履行對你的承諾。當然，別人我不清楚，但是我不該在乎那些流言，因為我從來不在乎那種東西。可惜我太懦弱，很多女人都是，我理論上的不落俗套瓦解了。如果不是發生那件事，我寧可解除婚約。傷害你一次，總好過嫁給你之後傷害你一輩子……而你是那麼寬容，從來沒有相信過那些流言。」

「我不得不誠實告訴妳，我考慮過傳聞的真實性，也向妳的表哥打聽過。」

「啊！」她驚訝又難受。

「當時我沒有懷疑妳。」

「但你問了！」

「我相信他的話。」

她淚水盈眶，說道，「換做是**他**就不會問！你還沒回答我。你肯讓我搬出去嗎？我知道提出這樣的要求有多麼不合常理……」

「的確不合常理。」

「但我真想這麼做！家庭法規應該依照人的性情來擬定，而人的性情應該分類。讓大多數人過得自在的規則，往往會讓性格特殊的人吃苦受罪！你能答應我嗎？」

「可是我們結婚……」

「光是想著那些法律和條例有什麼用，」她脫口而出，「如果它們只是讓你悲慘度日，而你明知自己沒有犯下罪行。」

「可是妳不喜歡我，這就是一種罪行。」

「我當然喜歡你！只是先前我沒想到……沒想到那樣的喜歡遠遠不夠……男人跟女人親密地生活在一起，心裡卻懷著我那些想法，在任何情況下，不管多合法，都相當於通姦。好了，我說出來了！理察，你答應嗎？」

「蘇珊娜，妳這樣逼我答應，我很為難。」

「我們為什麼不能協議放對方自由？我們訂了契約，就能取消。這當然沒有法律上的效力，但我們可以精神上取消，尤其現在還沒有孩子之類的事需要考量。之後我們可以當朋友，見面時彼此心平氣和。理察，做我的朋友，可憐可憐我！我們再活不過幾十年，到頭來有誰會在乎你曾經給我一段時間的自由？你一定覺得我行為古怪，或過度敏感，或愚蠢可笑。只要沒有傷害到別人，我為什麼要因為與生俱來的性格受苦？」

「可是確實有人受到傷害，那就是我！而妳曾經宣誓要愛我。」

「沒錯，就是這樣！是我不對，我總是做錯事！宣誓永遠愛某個人，就跟宣誓永遠相信教義一樣，都是一種過失，也像宣誓永遠愛某一種食物或飲料一樣愚蠢！」

「妳說不跟我住在一起，意思是妳要單獨生活？」

「是，如果你堅持要我單獨生活的話。但我原本打算跟裘德住。」

「當他的妻子嗎？」

「那由我決定。」

費洛森神情痛苦。

蘇又說，「彌爾[13]說過，不論男女，『任由這個世界或他所在的環境為他決定未來人生，那麼他只需要擁有猩猩的模仿能力就夠了。』我很用心讀他的書。你為什麼不能照他的話做，我一直都希望這麼做。」

「我何必在乎彌爾！」他哀嘆，「我只想過平靜的生活！容我告訴妳，我已經猜到結婚以前從沒想過的事，那就是妳愛裘德．佛雷，以前是，現在還是！」

「既然你有這種猜測，不妨繼續猜下去。但如果我愛他，你認為我還會要求你讓我離開、去跟他生活在一起嗎？」

學校的鐘聲響起，費洛森暫時不需要回應。其實到後來蘇幾乎失去勇氣，她訴諸權威的論點不如她想像中那麼有說服力。她的言語越來越叫人困惑，他覺得她這次的行為就跟其他那些怪癖一樣，是為人妻者所能提出的最極端要求。

他們跟平時一樣去了學校，蘇走進教室，他只要把視線轉過去，就能隔著玻璃板看見她的後腦勺。他授課、聽學生回答的過程中，前額和眉頭不時因為思緒紛擾而糾結。最後他從一張寫過的紙撕下一小片，寫道：

妳的要求攪得我沒辦法專心工作。我不知道自己在做什麼！妳是認真的嗎？

他把紙條折了又折，交給一個小男孩送去給蘇。那孩子邁著小短腿走進教室。費洛森看著妻子接過紙條，彎下漂亮的腦袋讀著，嘴唇微微抿住，以免在這麼多孩子熾熱的目光中露出不恰當的表情。他看不見她的手，但她換了個姿勢。那孩子很快出來了，沒有帶回隻字片語。不過，幾分鐘後蘇的學生來了，送來一張類似的字條。裡面用鉛筆寫著寥寥數語：

真的很抱歉，我必須說我很認真。

13. John Stuart Mill（一八〇六～七三），英國哲學家兼政治家。這裡的句子引自他的作品《論自由》（*On Liberty*）。

費洛森顯得更苦惱了，他的眉頭再次抽搐。十分鐘後，他召喚剛才幫他送紙條的男孩，派他送另一張字條過去：

只要合情合理，我絕不想阻撓妳。我一心一意只希望妳過得自在又快樂。但妳想去跟妳的情人住在一起，我不能同意這麼荒誕的事。妳會失去所有人的尊敬和重視，我也一樣！

一段時間後，那間教室出現同樣的情景，她的回應傳來了：

我知道你是為我好。但我不需要受人尊敬！在我心中，創造「人類最多元的發展」（套用你欣賞的洪堡[14]的話）比受人尊敬更重要。在你看來，我的品味當然不高，低得無可救藥！如果你不願意讓我跟他同住，那能不能允許我跟你在同一個屋簷下各自生活？

他沒有回答。

她又寫道：

我知道你心裡的想法，但你能不能可憐可憐我？我拜託你、哀求你發發善心！我幾乎再也無法忍受，如果不是這樣，我不會開口求你！再也沒有哪個可憐的女人跟我一樣希望夏娃沒有墮落，人類可以按照古代基督徒相信的那樣，在樂園裡以植物的無害方式繁殖。我不多說廢話了！

雖然我對你不好，也請對我仁慈！我可以離開，到國外去，或任何地方，永遠不再煩你。

將近一個小時後，他給了回答：

我不希望妳受苦，這點妳非常清楚！給我一點時間。我傾向同意妳第二個請求。

她回了一行：

理察，我由衷感謝你。我不值得你如此善待。

這一天，費洛森茫然失神地望著玻璃隔板另一邊的她，重新體驗到跟她相識以前的孤單。他言而有信，同意跟她分房。一開始，兩人在用餐時碰面，新的生活方式似乎讓她平靜許多。但這種惱人處境終究擾亂她的心情，她的神經緊繃得像豎琴的弦。兩人交談時，她漫無邊際東拉西扯，只為避免他意有所指。

14. Wilhelm von Humboldt（一七六七～一八三五），德國學者，在德國文化史上具有重要地位。

4

費洛森習慣晚睡，這天也是一樣，忙著整理羅馬時期古物。這是他過去的興趣，已經荒廢一段時間，重新接觸至今，他首度感受到過去的考古熱情。他研究得渾然忘我，等他回過神來上樓休息，已經將近凌晨兩點。

他的房間在屋子的另一邊，但他滿腦子想著古物，慣性地走向原來的房間。那是他搬進老樹居之後跟蘇同住的臥室，自從兩人關係出問題，蘇就單獨住在裡面。他走了進去，無意識地開始更衣。

尖叫聲從床上傳來，緊接著有人迅速移動。他還沒意識到自己身在何處，就看見蘇睡眼惺忪地跳起來，兩眼瘋狂地盯著他，往床鋪的另一邊衝出去，那是窗子的方向。由於床帷的遮擋，他並沒有清楚看見她的動作，不一會兒他聽見她拉開窗框。等他發現她開窗不是為了透透氣，她已經爬上窗台跳了出去，消失在黑暗中。他聽見她摔落地面。

他驚恐萬分地下樓，匆忙間狠狠地撞上樓梯扶手。他打開厚重的大門，往上跑一兩個台階，到達外面的平地，看見一身白色睡衣的蘇躺在石子路上。他連忙過去將她抱起來，送進門廳，放在椅子上，就著搖曳的燭光端詳她。燭光來自他留在底層台階通風處的蠟燭。

她沒摔斷脖子。此時她望著他，那眼神彷彿沒看見他。她的眼睛不算特別大，這時卻像一對銅鈴。她按了按腹側又揉揉手臂，似乎意識到疼痛。而後她站起來，別開臉，顯然承受不了他的注視。

「謝天謝地，妳還活著！差點就沒命了……傷得不重吧？」她摔得不算嚴重，可能是因為老房子比外面的路面低。除了手肘破皮和腰側撞擊，傷勢算十分輕微。

「我當時睡著了！」她蒼白的臉仍然轉向別處。「被什麼東西嚇了一大跳。我做了惡夢，好像看見你……」她似乎回想起當時的情景，不再說話。

她的大衣掛在門後，可憐的費洛森取下來披在她身上。「要我扶妳上樓嗎？」他的語氣滿是厭倦，這次事件背後的涵義讓他對自己和所有的一切反胃至極。

「不用了，謝謝你。我幾乎沒受傷，自己能走。」

「妳該把門鎖上。」他語調平直，彷彿在學校教課。「就不會有人不小心闖進去。」

「我試過，鎖不上。所有的門鎖都壞了。」

聽見這番話，他心情並沒有變好。她慢慢走上樓梯，搖曳的燭光灑在她身上。費洛森沒有靠近她，聽見她回到房間，也沒有上樓。他關好前門，回來後坐在樓梯底層，一手拉著扶手欄杆，把臉埋進另一隻手裡。他就這樣坐了許久，任誰看見了都會為他心酸。最後他抬起頭，嘆了一口氣，彷彿在說，不管有沒有妻子，人生還得繼續。他拿起蠟燭，上樓回到樓梯口另一邊的冷清房間。

第二天兩人之間沒有再發生任何後續事件，到了傍晚學校放學後，費洛森立刻走出薛斯頓，只說他不喝茶，沒有告訴蘇他去什麼地方。他從西北邊的陡峭山路往下走，一直走到乾燥的泛白

土壤換成堅硬的棕色黏土。這時他來到低處的沖積層，

在此，登克利夫山是旅人的路標，
濃稠的斯陶爾河濁浪滔滔。

他不只一次回頭看看逐漸昏暗的天色，薛斯頓襯著幽暗的天空隱約可見。

帕拉鐸爾上方的灰色天際，
暗淡的日光漸漸退去……[15]

剛燃起的燈火穩定地從小鎮窗子透出來，彷彿凝視著他，其中一扇窗子是他的家。在那扇窗子上方，他只看得見聖三一教堂的尖塔。山下的風拂過厚重潮濕又黏著的土壤，比山上更為微弱徐緩。他走了兩三公里後，不得不拿出手帕擦拭臉龐。

越過左邊的登克利夫山，他毫不遲疑地走進暮色中，就像一個人走在從小生長的熟悉土地上，不在乎白天或黑夜。他總共走了大約七公里路，

這裡有六道清澈泉水，
為斯陶爾河灌注力量。[16]

他越過斯陶爾河的支流，抵達人口大約三、四千的列登頓小鎮。他直接走向男校，敲了校長宿舍的門。有個助理老師來應門，費洛森問傑林翰先生是不是在家，對方答是，而後轉身走回自己家，讓費洛森自己找路。他到的時候，傑林翰正在收拾當天傍晚授課的教材。煤油燈的光線落在費洛森臉上，相較於傑林翰冷靜、務實的面容，他的臉顯得蒼白又悲悽。他們是兒時的同窗，多年前又一起在溫登謝斯特師範學院求學。

「理察，見到你真高興！不過你臉色不太好！沒事吧？」

費洛森不發一語走過去，傑林翰關上櫥櫃，走到費洛森身邊。

「你已經多久沒來了，我想想，從你結婚到現在，對吧？我去找過你，不過你不在。我不得不說，天黑以後山路真不好走，所以我打算等白晝變長，再去挑戰那段路。不過，我很高興你現在就過來。」

他們雖然都受過良好訓練，能力也十分優秀，私下聊天時偶爾會用孩提時代的方言。

「喬治，我打算做一件事，這次過來跟你說明原因。將來如果有人質疑我的做法，至少你能

15. 以上兩段詩句改寫自英國多塞特郡詩人威廉・巴尼斯（William Barnes, 一八〇一～八六）的作品〈薛斯伯里博覽會〉（Shaftesbury Feair）。
16. 摘自德雷頓的《多福之國》。

理解我的動機。應該會有人質疑，事實上一定會……只是，怎麼樣都比維持現狀好。但願你永遠不要碰上我面對的這種事！」

「坐。你不會是說……你跟你太太之間出了問題吧？」

「的確是……我的可悲在於，我深愛的妻子不但不愛我，還……還……唉，我不想說。我知道她對我的感情，我寧可她恨我！」

「別這麼說！」

「悲哀的是，這事也怨不得她。你也知道她以前是我的助理教師，我當時利用她不諳世事，邀她出去散步，讓她答應嫁給我，而當時她還弄不清楚自己的心意。之後她遇見某個人，卻還是盲目地履行跟我的約定。」

「她愛上那個人？」

「是，對那人好像有一份莫名的掛念，但我不清楚她對他到底是什樣的感情，我想他也不清楚，或許連她自己都看不清。她是我見過最古怪的人。不過，有兩件事讓我深受打擊。第一是他們之間驚人的共鳴，或者相似性。他是她表哥，也許部分原因在此。他們好像同一個人一分為二！第二，雖然她可以把我當朋友，卻對身為她丈夫的我有著難以克服的反感，如今再也無法忍受。她真的努力過，卻沒有用。我受不了……太難了！我沒辦法反駁她提出的論點，她讀的書是我的十倍。她的知識像鑽石一樣奪目，我的卻像牛皮紙燒不出火焰……我高攀不上她！」

「她應該熬得過去吧？」

「不可能！是因為……這裡面的原因我就不細說了。最後她平靜又堅定地問我，肯不肯讓她離開我去他身邊。整件事的高潮發生在昨晚，我無意中走進她房間，她竟然從窗子跳出去……沒想到她這麼怕我！她假裝她做了惡夢，不過那只是為了安撫我。一個女人不要命地從窗子往外跳，她的表現已經夠明顯。基於這點，我得出一個結論：像這樣繼續折磨另一個人，是錯誤的行為。不管後果如何，我都不願意當那種冷酷的小人！」

「什麼……你要讓她走？讓她跟情人雙宿雙飛？」

「她想跟誰在一起是她的事。我決定讓她走，如果她願意，肯定會跟他在一起。我知道這樣做可能不對……對她這種心願讓步，不管是邏輯上或宗教上，我都沒辦法為自己辯護，這也違反我從小學習的教義。但我內心有個聲音告訴我，拒絕她是不對的。我跟其他男人一樣信誓旦旦地聲稱，一個人如果聽見妻子提出這種乖張的要求，他唯一正確、恰當又有尊嚴的做法就是一口拒絕，把她關起來，也許還要殺了她的情人。但那麼做果真正確、恰當又有尊嚴嗎？或者刻薄、自私又可鄙？我不願意假裝自己有答案，我只是打算依照直覺行事，不去管什麼信條。當一個盲目走進沼澤的人出聲呼救，只要我有能力，我會伸出援手。」

「可是，你還得考慮街坊鄰里和整個社會，如果外面的人……」

「我不打算再想那麼多！我只管自己眼前的事。」

「理察，我不認同你的直覺！」傑林翰嚴肅地說，「說實在話，我很驚訝，像你這麼沉著冷靜、埋頭苦幹的人，竟會有這種瘋狂念頭。上次我去看你，你告訴我她難以理解又異乎尋常。我覺得你才是！」

「你有沒有過這樣的經驗：有個女人，你深知她本質上是個好女人，你看著她站在你面前求你放她自由，看著她苦苦哀求，請你寬容她？」

「我慶幸自己沒遇到過。」

「那麼我認為你沒有資格發表意見。我就是那個男人，如果我還有一點男子氣概或騎士風度，情況就完全不同。過去很多年的時間裡，我幾乎沒有接觸過女人，所以我一點都不知道，光是跟女人走進教堂、為她戴上戒指，會讓人日復一日陷入如今我跟她面對的悲劇！」

「如果她選擇獨居，我倒是能夠接受你讓她離開的某些理由。但讓她奔向她的護花使者，就另當別論。」

「一點也不。如果她寧可忍受目前的悲慘生活，也不願意承諾不去找他呢？我相信她會這麼做。那是她自己的問題。這跟留在丈夫身邊卻偷偷背叛他完全不同……然而，她並沒有明確表示要以妻子的身分跟他一起生活，但我覺得她是這麼打算……據我了解，他們之間並不是那種可恥、純屬情慾的情感。這是最糟的一點，因為那讓我覺得他們的感情會地久天長。有件事我原本不想跟你說，剛結婚那幾個星期我還沒想通，心裡懷著妒意。有一天晚上他們在學校見面，我就躲在裡面，聽見他們的談話。現在我為當時的行為感到羞愧，不過，我應該只是在行使合法權利。我發現他們之間的關係有一種非凡的契合度，或者共鳴，以至於那份感情不存在任何低俗意味。他們最大的願望是常相左右，分享彼此的心情、喜好和夢想。」

「柏拉圖式愛情！」

「那倒不是，應該比較接近雪萊。他們讓我想到……那一對叫什麼……拉昂與賽絲娜[17]。也有點像保羅和薇吉妮[18]。我想得越多，就越**全心全意**支持他們！」

「但如果大家都這麼做，很多家庭會分崩離析。家庭就不再是社會的基本單位。」

「是，我也搞迷糊了！」費洛森哀傷地說，「你該記得，我從來不擅長說理。不過，少了男人，女人和孩子難道就不能組成社會的基本單位？」

「我的天！那是母系社會！這些也是**她**說的嗎？」

「不是。她絕對想不到我在這方面的看法已經超越她……這一切變化就發生在過去十二小時內。」

「這會顛覆附近地區的既存見解。天哪，薛斯頓的人會怎麼說！」

「這我相信。我不知道……我不知道！像我說的，我能夠感受，卻不擅長說理。」

「好了，」傑林翰說，「我們冷靜一下，邊喝邊聊。」他下樓拿了一瓶蘋果酒，兩人各喝了一大杯。「我覺得你現在心煩意亂，沒辦法思考。」他又說，「回家去，堅定你的立場，忍受她的異想天開。但別讓她走。所有人都說她年輕又迷人。」

「是啊！那是最悲哀的一點！好了，我該走了，回程還有一大段路。」

傑林翰陪他走了一兩公里，道別時表示，這次談話的主題雖然極不尋常，但他希望他們能從

17. Laon and Cythna，英國詩人雪萊（Percy Bysshe Shelley，一七九二～一八二二）的作品《伊斯蘭的反叛》（*Revolt of Islam*）中的戀人。

18. 法國作家聖皮耶（Bernardin de St. Pierre，一七三七～一八一四）的短篇小說《保羅與薇吉妮》（*Paul et Virginie*）裡的純真戀人。

此恢復往日的友誼。他最後的忠告是「留住她！」話聲隨著費洛森投入夜幕裡，黑暗中傳來費洛森的回應「噯，噯！」

費洛森獨自走在夜空的雲朵下，四野寂靜，只有斯陶爾河支流潺潺低鳴。他自言自語道，「那麼，傑林翰，我的朋友，你也沒有更好的反對理由。」

「我覺得該好好揍她一頓，讓她頭腦清醒過來。」傑林翰一個人往回走時也喃喃有辭。

隔天早上早餐時，費洛森對蘇說：

「妳可以離開，想跟誰在一起也隨妳。我毫不保留、無條件同意。」

一旦做出決定，費洛森越想越覺得這無疑是最正確的抉擇。他善待一個命運由他掌控的女人，從中得到一點平靜，這份平靜幾乎凌駕放棄她的哀傷。

幾天之後，他們最後一次共進晚餐的時刻到來。那是個烏雲密布風聲颯颯的夜晚，事實上，風是這座山頂小鎮的常客。這天晚上的情景永遠烙印在他腦海。她步履輕盈地走進客廳喝茶，身軀纖瘦柔軟，圓圓的臉蛋緊繃著，因為連日連夜煩躁不安顯得蒼白，比活潑歡快時的她多了點悲劇色彩。她這嘗一口那嘗一口，什麼都吃不下。她擔心自己的行為傷害到費洛森，顯得緊張不安。看在陌生人眼中，可能會以為即使只剩下最後短短幾分鐘，她都不樂意跟費洛森相處。

「妳最好吃片火腿或吃個蛋，或別的什麼。妳要趕路，吃那麼一點麵包和奶油是不夠的。」

她吃了他遞過來的火腿，兩人聊了家裡的瑣事，比如這座或那座櫥櫃的鑰匙放在哪裡，哪些帳單付過了，哪些還沒。

「蘇，妳也知道我天生就適合一個人生活，」他頗有英雄氣概地想消除她的擔憂，「其他男人結婚一段時間後失去妻子可能很難適應，對我而言一點問題也沒有。再者，我還有個宏大目標，想要寫出《威塞克斯的羅馬古物》，這個興趣會占用我所有的空閒時間。」

「如果你像以前一樣隨時把手稿寄給我，我會非常樂意幫你謄寫！」她的口氣柔順溫和。「我很希望能幫你的忙，以……以朋……朋友的立場。」

費洛森思索片刻，說道，「不，既然我們要分開，就該斷個徹底。基於這個理由，我不想問妳任何問題，尤其希望妳別告訴我未來的動向，甚至別留下地址。好了，妳想帶走多少錢？妳一定得帶點錢。」

「噢，理察，我決定離開你，絕不能拿你的錢！何況我也確實不想要。我還有點錢，夠用很長一陣子，裘德也會給我……」

「如果妳不介意，我不想知道他的任何事。妳擁有完全的自由，路也由妳自己選擇。」

「好吧。我只再說一件事：我只帶走一兩套換洗衣裳，還有我自己的一點小東西。我箱子還沒關，希望你先看一看。除了那個箱子，我只有一個小包袱，之後會放進裘德的皮箱。」

「我怎麼可能檢查妳的行李！我希望妳拿走這屋子裡四分之三的家具，我也省些麻煩。除了我父母留下的幾樣東西我想留個紀念，其他的妳隨時可以派人來運走。」

「我不會那麼做。」

「妳搭六點半的火車，對吧？現在五點四十五分了。」

「理察，我離開，你……你好像不是很難過？」

「嗯，也許吧。」

「你的表現我很欣賞。真是奇怪，我一旦把你當成昔日的老師，不再是我丈夫，我就喜歡你。我不至於虛情假意地說我愛你，因為你也知道我不愛你，頂多只有友情。不過我好像真心喜歡你這個朋友。」

想到這些，蘇又是淚眼汪汪。去車站的公共馬車來接她，費洛森盯著車夫把她的行李放上車頂，再扶她上車，道別時刻意吻了她一下。她明白他為什麼這麼做，也給了回應。他們分別時一團和樂，馬車夫會以為她只是出門一段時間。

費洛森回到屋子後走到樓上，打開窗子看著馬車的方向。車輪的聲音很快遠去。他下樓的時候表情僵硬，彷彿忍受著巨大的痛苦。接著他戴上帽子走出家門，循著馬車的路線走了一公里多，又突然調頭回家。

他才走進家門，前廳就傳來傑林翰的聲音。

「我喊了半天沒人回應，看見你門沒關，就不客氣走進來了。我說過會來拜訪你，你記得吧。」

「記得，很謝謝你。尤其謝謝你今天晚上過來。」

「你太太……」

「她很好，已經離開了，剛走。她一個小時前喝過的茶杯還在那裡。那個盤子是她……」費洛森的聲音哽住，再也說不下去。他轉身把杯盤收走。

「對了，你喝過茶了嗎？」他說，聲音已經恢復正常。

「還沒……喝過了……無所謂。」傑林翰想著心事，「你說她走了？」

「是……我可以為她死，卻不願意因為法律對她殘忍。據我所知，她去找她情人了。我不知道他們將來有什麼打算，不管她怎麼決定，我都百分之百同意。」

費洛森這番話說得堅定沉穩，傑林翰不便再多說什麼，只問，「需要我……離開嗎？」

「不，不。你能來真是太好心了。我有些東西要清理掉，你能幫我嗎？」

傑林翰同意。兩人上樓以後，費洛森打開幾個抽屜，把蘇留下來的東西取出來，放進大箱子裡。他說，「我讓她帶走這些東西，她不肯。當初我決定放她自由，就不會反悔。」

「有些男人頂多同意分居。」

「這些事我都考慮過，不想再討論了。關於婚姻，我曾經是、現在也是世上最古板的人。事實上，以前我從來沒有用批評的眼光看待過婚姻倫理，可是某些事實明顯擺在眼前，我不能假裝看不見。」

他們繼續默默收拾，等收拾妥當，他闔上盒子，拿鑰匙鎖上。

「好了，」他說，「以後她用這些東西裝扮是為別人，不再是為我。」

5

二十四小時以前，蘇寫了以下這封信給裘德：

事情就如我跟你說過的，我明天晚上出發。我跟理察都覺得天黑以後再離開比較不引人注目。我很害怕，所以你一定要在梅爾切斯特的月台等我。我六點五十分到。親愛的裘德，我當然知道你一定會到，可是我實在太膽小，忍不住再請你準時。整個過程中他一直對我非常和善。期待見面！

蘇

馬車帶著她漸行漸遠，離開那座山城，車上只有她一個乘客。她望著不停後退的馬路，臉上的表情有點憂傷，卻沒有明顯的遲疑。

她搭乘的那班上行列車依據車站發送的信號決定是否停靠。在蘇看來這似乎很奇怪，火車這種力大無窮的龐然巨物，竟然為了逃離法定家庭的她停下來。

二十分鐘車程接近尾聲，蘇開始收拾隨身行李準備下車。火車停靠在梅爾切斯特月台旁時，有一隻手扶住車門，她看見裘德。他很快進了車廂，手上提著黑色袋子，身穿週日和下班後常穿的那套黑色西裝。他整個人看起來年輕帥氣，對她的熾熱愛情在他眼裡燃燒。

「裘德！」她用雙手抓住他的手，緊張的心情讓她的聲音近乎哽咽。「我……我太高興了！在這裡下車嗎？」

「不，親愛的，是我上車！我行李都帶來了。除了這個袋子，我還有一個貼了標籤的大行李箱。」

「我不下車嗎？我們不留在這裡？」

「我們不能留下來，妳不明白嗎？這裡的人認識我們，至少很多人認識我。我買了到阿爾布里罕的車票，這是妳的車票，因為妳手上的車票只到這裡。」

「我以為我們會住在這裡。」她重複說。

「行不通的。」

「嗯！應該是。」

「我來不及寫信告訴妳我決定去阿爾布里罕，那個城鎮大得多，人口有六到七萬，而且沒有人認識我們。」

「你放棄大教堂的工作了？」

「嗯，事情來得突然，我沒想到會收到妳的信。嚴格來說，我必須做完這個星期，不過我跟他們說發生緊急情況，他們讓我提早離職。親愛的蘇，只要妳一句話，我隨時可以放棄工作。我為妳放棄的比這還多！」

「我恐怕對你造成不少傷害。破壞你進教會的希望，害你工作做不成，所有的一切！」

「教會對我已經沒有任何意義，別再想了！我不會加入

一排又一排的聖徒鬥士，
熱切盼望飛升到至喜之地[19]。

如果有那樣的地方的話！我的至喜之地不在上面，在這裡。」

「天哪，我太壞了，這樣妨礙男人的前程！」蘇的語調跟裘德一樣激動。火車前進大約二十公里後，她又找回了平靜。

「他答應讓我走，實在太好心了。」她重拾話題。「這裡有一封給你的信，我在梳妝台發現的。」

「沒錯，他確實令人敬佩。」裘德邊說邊看信，「我曾經恨他娶了妳，現在覺得慚愧。」

「根據女人捉摸不定的性格，我應該突然愛上他，因為他這麼寬宏大量又出乎意料地讓我離開。」她笑著說，「但我太冷漠，或者不知感恩，或什麼的，就連這麼大方的行為都沒法讓我愛上他，或悔悟，或願意繼續當他的妻子。不過，我確實喜歡他開闊的心胸，也比過去更敬重他。」

「如果他沒這麼好心，而妳不得不逃離那個家，我們可能不會這麼順利。」

「我**絕不**可能逃家。」

裘德若有所思的目光停在她臉上，而後他突然親吻她，正打算再次親吻。「別，現在吻一下就好，拜託你，裘德！」

「妳好殘忍！」他雖然埋怨，卻也聽從。片刻之後，他又說，「我碰上了怪事。艾拉貝拉寫信來要求跟我離婚。她說希望我好心答應她。她想要誠實又合法地跟她實際的丈夫在一起，求我給她行個方便。」

「你怎麼說？」

「我答應了。一開始我以為跟她離婚可能會影響她的第二次婚姻，而我不希望對她造成任何傷害。也許她終究不算太壞！不過這地方沒有人知道我跟她的婚姻，離婚應該不會太難。如果她想邁向新生活，我顯然有理由不阻撓她。」

「到時候你就自由了？」

「是，到時候我就自由了。」

「我們的車票到哪裡？」她問。這天晚上她的思路一直像這樣跳躍。

「我剛才說了，到阿爾布里罕。」

「可是到那裡時間很晚了吧？」

「是。我想到了，所以發了電報跟那裡的禁酒旅館訂了房間。」

「訂一個房間？」

「是，訂了一間。」

她看著他，而後低下頭，額頭靠向車廂角落。「噢，裘德！我猜到你可能會這樣，覺得自己在騙你。我沒那個意思！」

談話中斷，裘德的視線呆滯地盯著對面的座椅。「這樣啊！」他反覆說著，「這樣啊！」

19. 摘自布朗寧的詩〈雕像與半身像〉（The Statue and the Bust）。

他仍然沒有說話。她看見他的挫折，把臉蛋湊過去貼住他的臉，低聲說，「親愛的，別生氣！」

「噢，沒事。」他說，「只是……我以為妳是那個意思。妳是臨時改變主意的嗎？」

「你沒有權利問我這種問題，我不回答！」她笑著說。

「親愛的，雖然我們經常差點拌嘴，但在我心裡妳的幸福比什麼都重要！妳的意願對我而言就是法令。我希望自己不是個……自私的傢伙。就照妳的意思吧！」他又想了一下，眉頭露出困惑。「或者並不是因為妳變得保守，而是因為妳不愛我！就像我經過妳的薰陶，變得討厭禮法。我希望問題癥結在這裡，而不是另一個差勁的原因！」

在這個顯然需要坦誠相待的時刻，蘇仍然沒辦法揭露她謎樣的內心。她匆忙含糊其詞地說，「就當我膽怯吧，女人遭逢危機時自然而然的膽怯。我可以跟你一樣，認為自己從現在起有充分的權利跟你過你設想的那種生活。我可以認為，在正常的社會裡，孩子生父的身分就跟內衣款式一樣，是女人的私人事務，沒有人有權質問她。只是，或許是因為我現在能得到自由都要感謝他的大度，所以我寧可保守一點。如果我爬繩梯逃出來，而他拿著手槍追趕我們，情況又不同了，那時我可能會做出不一樣的決定。裘德，別逼我，也別批判我！就當我沒有勇氣實踐我的觀點。我知道自己是個可悲的人，我的個性不像你那麼熱情！」

他只簡單說，「我早先想的，只是我最直接的念頭。但如果我們不是戀人，那就不是。我相信費洛森以為我們是。妳看，這是他寫給我的內容。」他打開她帶來的那封信，讀道：

「我只有一個條件：你必須對她溫柔體貼，善待她。我知道你愛她，但愛情有時候也會很殘酷。你們是天生的一對，任何有點年紀、立場公正的人都看得出來。在我短暫的婚姻裡，你一直是那個『陰影般的第三者』。我再說一次，好好照顧蘇。」

「他是個好人，對吧！」她含著眼淚說。略作思考後，她又說，「放我離開，他非常無奈，幾乎太無奈！為了我旅途上的舒適，他做了很周到的安排，還主動說要給我錢。我差點愛上他，以前從來沒有過這種感覺。但我沒有愛上他。如果我對他有那麼一丁點夫妻的情愛，就算已經走到這一步，我也會回到他身邊。」

「但妳不愛他，是吧？」

「沒錯，多麼可怕的事實！我不愛他。」

「我有點擔心妳也不愛我。」他惱怒地說，「也許不愛任何人！蘇，有時候我很氣妳，覺得妳根本沒有能力真心愛人。」

「你說這話不友善，也不忠誠！」說著，她盡量拉開跟他的距離，板著臉望向漆黑的窗外。而後沒有回頭，繼續用受傷的語氣說，「我對你的情感或許不像其他女人。可是我跟你在一起很開心，那是非常微妙的感覺，我不希望冒著破壞它的危險讓它更進一步！我很清楚，就男女關係而言，我來找你是一種冒險。可是，以我跟你的關係，我決定信任你。我相信比起追求自己的滿足，你會更重視我的意願。親愛的裘德，別再談這件事了。」

「當然，如果會造成妳的自責的話……可是妳真的很喜歡我吧，蘇？說妳喜歡我！說妳對我的愛是我對妳的愛的四分之一，或十分之一，我就滿足了！」

「剛才我允許你吻我，那就足夠說明了。」

「只吻一下！」

「別太貪心。」

他靠向椅背，很長時間沒再看她。他再次想到她過去的經歷，她用同樣的方式對待基督教堂城那個可憐的大學生。他預見自己可能是步上這種痛苦命運的第二人。

「這真是一場怪異的私奔！」他喃喃說道，「也許這段時間妳一直利用我對付費洛森。瞧妳現在一本正經地坐在這裡，我敢說事情看起來就是這樣！」

「你別生氣，我不允許！」她一面哄他，一面轉頭挪近他身邊。「你剛才的確吻了我。裘德，我承認我不討厭你吻我。只是我不想讓你再吻一次，現在還不想，你該明白我們目前的處境！」

他從來無法拒絕她的請求，這點她很清楚。他們手拉手並肩坐著，直到她又想起別的事。

「你發了那樣的電報，我不能去那家禁酒旅館！」

「為什麼？」

「原因你很清楚！」

「好吧。總會有其他旅館還在營業。自從妳因為可笑的醜聞跟費洛森結婚，我經常覺得妳那些獨立自主的觀點都只是裝腔作勢，真實的妳跟我認識的所有女人一樣，掙脫不了社會規範！」

「精神上不是。不過像我剛才說的，我沒有勇氣實踐我的理念。我嫁給他不全然是因為醜聞。有時候女人對『被愛』的渴望會越超她的道德良知，雖然她會因為自己對男人的殘酷痛苦內疚，卻會鼓勵她不愛的男人愛她。事後她眼看著他受苦，又會痛悔自責，於是盡力彌補自己的過錯。」

「妳的意思是，當時妳肆無忌憚地挑逗那可憐的老小子，悔悟之後為了補償他，又嫁給他，跟他結婚後又把自己折磨得慘兮兮。」

「嗯，如果你要用這麼殘忍的方式形容，確實有點像。再加上那件醜聞，還有你隱瞞了早該告訴我的事！」

他看得出來他的批判令她沮喪，淚水盈眶。於是安撫道，「親愛的，別介意！妳願意的話就懲罰我吧！不管妳做了什麼，在我心裡，妳永遠是最重要的！」

「我心腸不好，又沒有原則，我知道你是這樣想的！」她眨眨眼想擠掉淚水。

「我認為、也知道妳是我親愛的蘇，不管多麼長遠的時間與距離、不管現在或將來的事物，都不能讓我跟妳分離。」

她在很多方面雖然顯得世故，在其他方面卻十足的孩子氣，聽見這些話她就心滿意足，等火車到達目的地時，兩人又恢復友好關係。他們抵達北威塞克斯的郡治阿爾布里罕時，已經將近晚間十點。她因為電報的關係不願意去那家禁酒旅館，裘德於是向人打聽別的旅館。有個少年表示可以幫他們找一家，推著他們的行李去到更遠處的喬治旅館，正是裘德跟艾拉貝拉那次久別重逢投宿的那家。

然而，這次他們走的是另一道門，加上裘德滿腹心事，一時之間沒有認出來。等他們各自訂好房間，準備下樓吃頓逾時晚餐，有個女僕趁裘德離開的空檔跟蘇攀談。

「女士，我覺得我見過妳那位親戚，或朋友，或不管他是誰。他來過一次，也是這樣的深夜，跟他太太，總之是一位女士，而且絕對不是妳。跟你們現在的情況差不多。」

「是嗎？」蘇覺得心裡很不舒服，「但我覺得妳可能弄錯了！那是多久以前的事？」

「大約一兩個月前。是個臉蛋漂亮、身材豐滿的女人。他們住這個房間。」

裘德回來吃晚餐時，蘇顯得悶悶不樂難過至極。兩人在樓梯口道晚安時，她哀怨地說，「裘德，我們之間已經不像過去那麼美好愉快！我不喜歡這裡，受不了這個地方！我也不像以前那麼喜歡你！」

「親愛的，妳好像很煩躁！怎麼突然變成這樣？」

「因為你帶我來這個地方實在太殘忍！」

「為什麼？」

「前不久你跟艾拉貝拉來過。好了，我說出來了！」

「我的天，怎麼……」裘德看看周遭。「對……是同一家！蘇，我真的不知道。不過這並不殘忍，因為我們是……以同行親友的身分來投宿。」

「你們什麼時候來這裡？告訴我，告訴我！」

「就是我在基督教堂城遇見妳的前一天，那次我們一起回馬利格林。我說過我遇見她。」

「對，你是說過你遇見她，卻隱瞞了一些事。你只說你們已經各奔東西，在上帝的眼中不再是丈夫和妻子。你沒有說你跟她和好。」

「我沒有跟她和好。」他憂傷地說，「蘇，我不能跟妳解釋。」

「你騙我，而你是我最後的希望。我永遠不會忘記，永遠！」

「親愛的蘇，可是依照妳的意願，我們只是朋友，不是情人！妳這樣未免太矛盾……」

「朋友也會吃醋！」

「我不這麼認為。妳對我不依不饒，我卻對妳百般退讓。再說，當時妳跟妳丈夫關係良好。」

「不，我跟他關係不好。裘德，你怎麼可以這樣想！再者，就算你不是故意的，畢竟還是騙了我。」她實在太失控，他不得不送她回她房間，關上門，免得有人聽見。「是這個房間吧？沒錯，你的表情告訴我了！我不要住這裡！你竟然又跟她在一起，實在太不忠！我跳了窗！」

「可是蘇，她終究是我的合法妻子，如果不……」

蘇跪倒在地，把臉埋在床單裡哭泣。

「我從沒見過這麼不講理的事……自己不要卻霸著不放手。」裘德說，「我不能靠近妳，也不能靠近任何人！」

「你不能**體會**我的心情嗎？為什麼不能？你為什麼這麼低俗？**我**跳了窗！」

「跳了窗？」

「我不能說！」

他不完全了解她的心情，卻有一點懂，對她的深深愛意再次湧現。

「我……我以為你從那時起直到永遠都不在乎任何人，也不想要其他任何人！」蘇說。

「事實也是這樣，當時是，現在也是！」裘德跟她一樣苦惱。

「但你一定經常想著她！否則……」

「不，我不需要想她。妳也不了解我，女人從來不了解男人！妳為什麼沒由來地鬧這一頓脾氣？」

她抬起埋在床單裡的臉，挑釁地說，「如果不是因為她，也許我會照你的意思跟你去那家禁酒旅館，因為當時我已經開始覺得我真的屬於你！」

「那已經不重要了！」裘德冷淡地說。

「我覺得，既然很多年前她主動離開你，就已經不再是你的妻子！我的想法是，像你跟她、或我跟他這樣分開，婚姻就已經結束了。」

「再說下去，我就會說出對她不利的話，而我不願意那麼做。」他說，「不過我必須告訴妳一件事，應該可以解決目前的困擾。她嫁給另一個男人，正式跟那人結婚！這件事我是在跟她一起投宿這家旅館之後才知道的。」

「嫁給另一個人？這是罪行……世人儘管不這麼認為，卻會以罪行論處。」

「嗯，看來妳恢復理智了。沒錯，正如妳不贊同卻又不得不承認的，那是罪行。但我絕不會說她的不是！她催促我辦離婚，好重新跟這個男人合法結婚，顯然是受到良心的刺激。所以妳該知道我不太可能再跟她見面。」

「你遇見她的時候，真的什麼都不知道？」她站了起來，說話的口氣也溫和多了。

「真不知道。親愛的，考量這一切種種，我認為妳不該生氣！」

「我不生氣了，但我不會去住禁酒旅館！」

他笑著說，「沒關係！只要跟妳在一起，我就算相當幸福了。對於這個粗俗卑賤的『我』，這已經是莫大的福分。妳這個小精靈，可愛、甜美、撩人的幻影，幾乎沒有實質的形體，以至於我抱妳的時候，彷彿覺得雙手會穿過妳的身體，像穿過空氣！妳說我是俗人，請妳包涵！別忘了，我們在彼此不相識時以表兄妹相稱，就落入了陷阱。我們父母之間的恩怨讓我對妳產生興趣，覺得那份新鮮感比一般的新朋友更強烈。」

「那麼為我念幾句雪萊的《心之靈》[20]裡的優美詩句，要想像詩句裡描寫的是我！」她乞求著，在此同時身體靠向站在一旁的他。「你會背吧？」

「我不會背詩。」他哀傷地說。

「是嗎？裡面有幾句是這樣：

我的靈魂神遊太虛之際，

時常巧遇某個靈體。

……

那是天使，溫柔不似凡人，

躲藏在耀眼的女性身軀裡……

哎呀，這實在讚美得太過，我不再念了！告訴我，那描寫的就是我！你告訴我！」

「是妳，親愛的！就是妳的模樣！」

「我原諒你了！你可以吻我這裡一下，不能太久。」她的指尖輕輕點了點自己的臉頰，他照她的話做。「你真的很喜歡我，對吧？雖然我不……你明白我的意思。」

「是，甜心！」他嘆息一聲，跟她道晚安。

20. *Epipsychidion*，英國詩人雪萊（Percy Bysshe Shelley）於一八二一年發表的詩作。

6

當初費洛森回到家鄉薛斯頓，居民對他頗多關注，也回想起不少他的往事。他的種種成就雖然在其他地方會得到更多推崇，這裡的人們倒也真心敬重他。他返鄉不久後又帶回一位嬌美的妻子。他們說，他的妻子太漂亮，如果他不小心，可能會惹一身腥，但他們還是歡迎她在鎮上定居。

她逃離那個家之後又過了一段時間，她的消失並沒有引起議論。她協助管理學生的職務在她離開幾天後就由另一名年輕女性接替，這件事也平平靜靜地過去了，因為她的工作原本就是臨時性質。不過，一個月後，費洛森輕描淡寫地向友人承認他不知道妻子在哪裡，人們的好奇心被激起，也驟下定論，認為蘇欺騙了他，已經逃家了。費洛森工作時表現出的倦怠與無精打采彷彿證實人們的猜測。

儘管費洛森一直守口如瓶，只對好友傑林翰吐露真相，但他為人正直坦率，以至於人們誤解蘇的時候，他不願意再隱瞞。某個星期一早晨，校務委員會的主委來找他，討論過學校事務之後，主委拉著費洛森走到學生們聽不見的地方。

「費洛森，我不得不向你打聽，畢竟大家都在談這件事。有關你家的那件事是真的嗎？也就是你太太不是出門訪友，而是暗地裡跟情人私奔？如果是，我替你覺得難過。」

「不需要。」費洛森說，「這件事沒什麼不可告人的。」

「那麼她真的出門訪友？」

「不是。」

「那麼究竟是怎麼回事？」

「她的離開，會讓人對她的丈夫表達同情。但我的確同意她這麼做。」

主委的表情顯示他沒聽懂費洛森的話。

「我說的是實話。」費洛森不耐煩地說，「她要求離開，說她要去找她的情人，我答應了。我為什麼不答應？她是個成年女子，這是她的良心問題，不是我的。我不是她的獄卒。我就解釋到這裡，也不想接受訊問。」

孩子們注意到他們兩人說話時表情極為嚴肅，回家後對父母說，費洛森太太的事有了新進展。緊接著費洛森的小女僕（剛從小學畢業）說，費洛森幫他太太收拾行李，問她需要多少錢，還寫了一封措辭友善的信件給她的年輕情人，要他照顧她。主委細細思量之後，又跟其他委員討論一番，發函要求費洛森跟他們私下會談。這次會議歷時甚久，費洛森回家後跟平時一樣蒼白又憔悴。傑林翰坐在他家裡等他。

「果然如你所料，」費洛森頹然坐下來，說道，「他們要求我遞辭職信，因為我做出放我受苦的妻子自由這種可恥的行為，或者套用他們的話，『容許她的通姦行為』。但我不會辭職！」

「如果是我就會。」

「我不會。這事與他們無關，也不影響我處理公務的能力。他們願意的話，可以開除我。」

「如果你把事情鬧大，報紙就會報導這件事，以後再也不會有學校聘用你。你該知道，他們必須考慮到你為人師表，教的又是年幼的孩子。再者，這件事對鎮上的風氣也會有不好的影響。在一般觀念裡，你的觀點站不住腳。這點你必須承認。」

只是，費洛森聽不進這逆耳忠言。

「我不在乎。」他說，「除非他們開除我，否則我不離開。因為我覺得，一旦辭職，就代表我做錯了。但我一天比一天確定，無論是從上帝的視角，或基於自然率真的人性，我都沒有錯。」

傑林翰知道這個頑固的老友絕不可能保得住目前的職位，但他沒再多勸。果然，經過一段時間（事實上是四十五分鐘），正式的解職書送來了。原來委員們跟費洛森開過會後，留下來開立這封解職函。費洛森拒絕接受，要求公開申訴。他看上去病懨懨的，傑林翰勸他留在家裡別出席，但他還是去了。他在大會上反對委員們所做的決定，態度堅決地陳訴理由，就像面對傑林翰時一樣。他主張這是個人的家務事，與委員們無關。委員會推翻他的說辭，強調他們有權規範教育工作者私底下的怪異行徑，因為那會影響學生的道德觀。費洛森說，他不認為發乎自然的善舉會損害道德觀。

鎮上有頭有臉的人物和家境富裕的本地居民無一例外，都不認同費洛森的見解。不過，令費洛森意外的是，有十多個擁護者堅定地支持他，絕不動搖。

早先提到過，薛斯頓是個停泊點，有一群古怪又有趣、經常走南闖北的人在此歇腳。每逢夏秋兩季，這些人會混跡威塞克斯各地的眾多博覽會與市集。費洛森不曾跟他們之中任何一個人交談過，但現在這些人令人敬佩地孤注一擲，挺身為他辯護。其中包括兩名流動商販、射擊場業主和填裝彈藥的婦人、兩個拳擊手、一個蒸氣旋轉木馬業主、兩個製售掃帚的流動小販（她們自稱寡婦）、一個薑餅攤販、一個遊樂園海盜船業者，以及一個經營「力量測試機」的人。

除了這群熱心的支持者，還有幾個抱持獨立見解的人（他們的家庭生活未必一帆風順），他們親切地上前和費洛森握手，激情地在大會上表達自己的見解，最後演變成集體扭打。一塊黑板斷成兩半，學校窗子三塊玻璃被打碎，一瓶墨水被灑在鎮議員上衣前襟，一名教會委員被一幅巴勒斯坦地圖蓋頭砸下，腦袋從撒瑪利亞[21]穿出來。不少人眼睛瘀青或流鼻血。令人驚駭的是，傷者之一是德高望重的牧師，施暴的人則屬於費洛森那一方、放飛自我的掃煙囪工人。費洛森看見牧師臉上的血跡，為這麻煩又丟臉的場面深深哀嘆，後悔沒有應校方要求提出辭呈。他拖著疲累的身心回家，隔天早上沒有力氣下床。

這場滑稽又可悲的鬧劇害他生了一場重病，他孤寂地躺在床上，心情沮喪到了極點。年逾不惑的他終於意識到，他的人生不管在學術上或家庭上，都注定走向失敗與黯淡。傑林翰下班後經常來看他，有一次兩人提起蘇。

「她一點都不關心我！」費洛森說，「她又何必？」

「她不知道你病了。」

「這樣對我們兩個都好。」

「她跟她情人住在哪裡？」

21. Samaria，古代巴勒斯坦中部地區。

「可能在梅爾切斯特，至少不久前他住在那裡。」

傑林翰回家後坐下來沉思，最後寫了一封匿名短信給蘇。為了讓信有機會送到她手中，信封上的收件人是裘德，信則是投遞到教區教堂。那封信到了教堂後被轉送到北威塞克斯的馬利格林，又被目前唯一知道裘德地址的艾德琳轉寄到阿爾布里罕。

三天後的傍晚，當夕陽輝煌壯麗地沉落布雷克摩爾的低地，薛斯頓的窗子在山谷居民眼中彷彿一片片火舌。病中的費洛森似乎聽見有人進屋，幾分鐘後，他的臥室響起敲門聲。他沒有出聲，有人遲疑地打開門，走了進來，是蘇。

她一身亮麗的春裝，似乎神出鬼沒，像飛蛾般倏忽出現。他的目光投向她，臉色漲紅，卻壓抑住先開口的衝動。

「我不該過來。」她俯視著他，臉上滿是驚恐。「但我聽說你生病，病得非常重，我……我知道你相信男女之間的感情不是只有肉體的愛，所以我來了。」

「親愛的朋友，我沒有生病，只是有點不舒服。」

「我以為你病了。看來除非你病重，否則我不該過來！」

「是……是，我幾乎希望妳沒有來！我的意思是，妳畢竟離開不久。不過來了就好。妳還沒聽說學校的事吧？」

「沒有，什麼事？」

「我要離開這裡到別的地方去。我跟校委們意見不合，所以辭職了，就這樣。」

不管是現在或後來，蘇絲毫沒有想到她的離去為他招致什麼樣的麻煩。她好像從沒考慮過這件事，也聽不到薛斯頓的任何消息。他們有一搭沒一搭聊些無關緊要的話題。茶點送來時，他吩咐震驚的小女僕幫蘇泡杯茶。小女僕對他們的事情感興趣的程度超乎他們想像，下樓時眼皮一翻、雙手一抬，做出難以置信的驚訝表情。他們喝茶時，蘇走到窗邊、若有所思地說，「理察，今天的夕陽美極了。」

「從這個房間看過去最美，因為陽光穿過山谷的霧氣。不過我一次都沒看見，光線照不到我躺著的這個陰暗角落。」

「你想看今天的夕陽嗎？美得像開啟的天堂。」

「想啊！但我看不到！」

「我幫你。」

「不用了，床架沒辦法移動。」

「你等著。」

她走向一面可調式鏡子，拿起來走到窗子旁陽光照得到的地方，調整鏡子的角度，直到光線落在費洛森臉上。

「好啦，你總算能看見紅紅的落日了！」她說，「我相信你心情會變好，我真的希望如此！」她孩子氣的口吻帶點懊悔的善意，彷彿什麼都願意為他做。

費洛森哀傷地笑了笑。夕陽光在他眼裡閃耀，他喃喃說道，「妳真是個怪人！經過那樣的事，竟然還來看我！」

「別再說那些事了！」她連忙說，「我還得趕公共馬車去車站，裘德不知道我來了。我出發時他不在家，所以我幾乎得馬上回去。理察，我很高興你的病不嚴重。你不恨我吧？你一直對我很好。」

「聽妳這麼說我很高興。」他聲音有點沙啞。「不，我不恨妳！」

他們斷斷續續閒聊著，陰暗的房間光線暗得極快，女僕送蠟燭過來之後，蘇也該離開了。她把手放進他手裡，正確來說，只是拂了一下他的手，因為她的碰觸極其輕微。她就要關上門的時候，他喊了一聲，「蘇！」他注意到剛才她轉身時臉上掛著淚水，嘴唇微微顫抖。

將她叫回來是錯誤的決定，他喊她的時候就發現了，但他情不自禁。她回來了。

「蘇，」他低聲說，「妳想跟我復合、留下來嗎？我會原諒妳，不追究任何事！」

「你不能，不能這樣！」她匆忙說道，「現在你寬恕也沒用了！」

「妳的意思是說**他**已經是妳實質上的丈夫了？」

「你可以這麼想。他在訴請跟他妻子艾拉貝拉離婚。」

「他妻子！我從來不知道他有妻子。」

「那是失敗的婚姻。」

「跟妳的一樣。」

「跟我的一樣。他訴請離婚倒不是為了他自己，主要是為了他妻子。她寫信給他，說離婚會是對她的善意，因為離婚後她才可以再婚，過體面的生活。裘德同意了。」

「妻子……對她的善意。是啊，完全放開她是對她的善意……但我不喜歡這種說法。蘇，我可以原諒。」

「不，不！我這麼壞，做了我做的那些事，你不能讓我回來！」

蘇的臉上露出驚恐神色，只要他從朋友變成丈夫，她就會出現這樣的表情，也會想方設法抗拒他對她的夫妻之情。「我得走了。我下次再來，可以嗎？」

「我現在也沒有要求妳離開，我求妳留下來。」

「理察，謝謝你，但我必須走。你的病沒有我想的那麼嚴重，我不能留下來！」

「她是他的人……從頭到腳都是！」費洛森的音量壓得極低。蘇當時正在關門，沒有聽見。她害怕費洛森想要重拾舊情，可能也有點難為情，不願意讓他知道她的移情別戀只是半調子（從男人的觀點來看），所以她沒有說出她和裘德之間目前真正的狀態。費洛森躺在床上痛苦萬分，彷彿置身地獄。他想像蘇穿得漂漂亮亮，冠著他的姓氏，既憐憫他又厭惡他，迫不及待地趕回情人的家。

傑林翰對費洛森的事非常感興趣，也格外關心他，一星期走兩三趟山路來到薛斯頓。這一趟路來回將近十五公里，只能在一天勞累的工作後、利用喝茶和晚餐之間的空檔。蘇來探訪之後，他再一次上山，發現費洛森已經下樓，原本煩躁的情緒已經變得穩定沉著。

「你上次來過之後，她來了。」費洛森說。

「你指是你太太？」

「是。」

「啊！你們復合了？」

「沒有……她只是來看我，用她蒼白的小手拍拍我的枕頭，扮演細心的護士，半小時後又走了。」

「真是差勁！太輕佻了！」

「你說什麼？」

「噢，沒有！」

「你什麼意思？」

「我是說，她是個喜歡勾引人的善變女子！如果她不是你太太……」

「她不是。除了姓氏上和法律上，她已經是別人的妻子。我在想，為了她好，我應該徹底解除法律上的關係。這是跟她聊天的過程中得到的暗示。奇怪的是，我覺得我辦得到，因為這次她回來，我說我可以原諒她，要求她回來，她拒絕了。我相信這件事是跟她解除婚姻關係的契機，只是我當時沒有想到。既然她已經不屬於我，又何必用法律綁住她？我知道、也百分之百肯定，她會認為我做這件事是對她的最大善舉。因為當她把我看成人類同胞，她會同情我，憐憫我，甚至為我落淚；把我看成丈夫時，她卻憎恨我，沒辦法忍受我。我不需要婉轉措辭，她確實憎恨我。我只能完成已經採取的步驟，才像個男子漢，不失尊嚴與慈悲。基於世俗的理由，擺脫法律束縛對她比較好。雖然她不知情，但我因為做出對我跟她最好的選擇，徹底毀掉自己的前途。從現在起到生命的終點，我面對的將會是無盡的貧窮，因為再也不會有學校聘用我。如今我失業了，未來的人生中我可能都要為三餐奔忙，最好一個人承擔。我不妨告訴你，我之所以想到跟她離婚，是因為她透露的消息。她告訴我裘德也在做同樣的事。」

「他也有配偶？這一對戀人實在太奇怪了！」

「我不想聽你對這件事的評論。我想說的是，跟她離婚不會對她造成傷害，甚至有機會為她帶來她不曾夢想過的幸福。因為那樣一來，他們可以結婚，其實他們一開始就該結婚。」

傑林翰向來尊重不同的觀點，他沉默片刻，才溫和地回應，「我可能不贊同你的動機，但如果你真的辦得到，我覺得你的決定是對的。只是，我不確定你做得到。」

在阿爾布里罕和其他地方

「你身上的氣屬性，以及與它交融的所有火屬性，儘管本質傾向往上飛升，卻仍然服從宇宙的支配，被收服在成分複雜的軀體裡。」[1]

——奧理略（喬治．隆譯）

1

傑林翰的擔憂並沒有成為事實，要想以最快的速度呈現這個結果，就得略過上一章所述事件後那陰鬱的幾個月發生的諸多插曲，來到次年二月某個星期日。

蘇和裘德住在阿爾布里罕，兩人仍維持著前一年她離開薛斯頓來找他時建立的關係。他們知道離婚訴訟在法庭進行，卻覺得那些事有點遙遠，偶爾收到的公文又深奧難解。

他們一如往常共進早餐，就在裘德承租的小房子裡。這間房子租金每年十五鎊，外加三鎊十先令的各種稅金，屋裡擺放的是他姑婆留下的那些古老笨重物品。他請人大老遠從馬利格林運來，花掉的運費恐怕跟那些東西的總值不相上下。蘇負責整理屋子，處理一切家務。

這天早上他走進來的時候，蘇拿起一封她剛收到的信。

「是什麼信？」他親吻她之後問道。

「信裡說費洛森與布里海德離婚案半年前的判決已經正式生效。」

「啊，」說著，裘德坐下來。

裘德與艾拉貝拉的離婚官司也在一兩個月前得到相同結果。兩個案子都無足輕重，不值得在報紙上報導，只是跟其他無人抗辯的判決一同出現在長長的名單裡。

「那麼，蘇，接下來妳想怎麼做都行！」他好奇地看著他的愛人。

「我們，我是說你跟我，是不是都自由了，就像我們從沒結過婚一樣？」

「對。除了一點，如果妳再婚，牧師可能會拒絕親自為妳證婚，把這項任務交給其他人。」

「可是……我們也是這樣嗎？我知道一般情況是，但我總覺得不安，因為我的自由是造假換來的。」

「怎麼說？」

「如果有人知道我們的真實關係，法庭就不會那樣判決。現在的結果只是因為我們沒有抗辯，造成他們判斷錯誤，是不是？所以，雖然我的自由是應得的，但它是合法的嗎？」

「那麼妳為什麼會讓法庭做出錯誤判斷？那得怪妳自己。」他開玩笑地說。

「裘德，別這樣！你不該到現在還為那件事不高興，你必須接受這樣的我。」

「好吧，親愛的，我會的。也許妳說得對。至於妳的問題，我們沒有義務證明任何事，那是他們的職責。不管怎麼說，我們確實住在一起。」

「是，雖然不是他們想的那樣。」

「有一件事是確定的，那就是，不管判決是怎麼形成的，婚姻關係解除就解除了。像我們這種沒沒無聞的人就有這個好處，這事會處理得粗糙又迅速。我跟艾拉貝拉的案子也是一樣。原本我擔心她違法的第二次婚姻會被揭發，她會受到處罰。可是沒有人關注她的事，沒有人探問，也

1. 摘自羅馬哲學家皇帝奧理略的《沉思錄》第十一卷。喬治・隆（George Long，一八〇〇～七九）是英國古典學者，翻譯許多古典作品。

沒有人懷疑。如果我們是受封的貴族，就會惹上沒完沒了的麻煩，光是調查就要耗掉很多天、很多星期。」

體驗到自由的滋味，蘇漸漸感染裘德的喜悅，於是提議到郊外散步，不在乎回來時午餐冷掉。裘德同意，蘇上樓做準備，換上色彩歡欣的洋裝，慶祝她重獲自由。裘德見狀也換了條淺色領帶。

「我們要手挽著手大步向前走，」他說，「像所有剛訂婚的未婚夫妻，法律賦予我們這樣的權利。」

他們漫步出城，沿著小路穿過城外的低窪地帶。這片低地被白霜覆蓋，廣闊的種子田光禿禿，沒有色彩也沒有農作物。不過，他們專注地思索自己的處境，沒有留意周遭的環境。

「親愛的，判決確定後，只要適度等待一段時間，我們就可以結婚了。」

「嗯，我想也是。」蘇語氣平淡。

「我們不結婚嗎？」

「親愛的裘德，我不想說不，但我對這件事的想法始終沒有改變。我還是害怕鐵一般的契約會消除你我對彼此的情意，就像我們不幸的父母一樣。」

「只是，我們怎麼辦？蘇，妳知道我真心愛妳。」

「我非常清楚。但我覺得我寧可像現在這樣以情人關係住在一起，只有白天見面。這樣的生活甜蜜得多，至少對女人而言是如此，尤其當那個女人信任那個男人的時候。以後我們也不需要像以前一樣擔心別人的眼光。」

「我們跟別人的婚姻結果都不好，這點我承認。」裘德有點沮喪。「也許是因為我們不知足、不切實際的天性，或者是我們運氣不好，但我們兩個……」

「兩個不知足的人一旦結合，情況會比原來糟糕一倍……裘德，哪天你因為政府蓋過章的證書必須珍視我，而我基於同樣的前提有資格獲得你的愛，我會開始害怕你……啊，多麼恐怖、多麼悲慘！不過，你現在是自由之身，所以全世界的男人之中，我最信任你。」

「不，不……別說我會變心！」裘德反駁，但他自己的語調也帶點憂慮。

「除了我們自己和我們不幸的特質，男人一旦被要求必須持續當某個人的情人，正常情況下他很難繼續愛那個人。如果不允許他愛那個人，他反倒比較可能會去愛。如果婚禮中需要宣誓並簽約保證從那天起，兩人不再相愛（因為他們已經擁有對方），而且在公開場合必須避免跟對方相處，相愛的夫妻就會比現在多得多。你想一想，丈夫和妻子違反誓言跟對方祕密約會，否認見過彼此，攀爬臥室窗子，或躲在衣櫃裡！那樣的愛情不容易冷卻。」

「沒錯。可是親愛的蘇，即使妳說的是真的，妳不會是世界上唯一有這種想法的人。很多人或許知道自己在用一生的不愉快換取一個月的幸福，但他們還是會結婚，因為他們抗拒不了自然的力量。妳我的父母如果跟我們一樣習慣觀察周遭事物，肯定也知道這點。但他們還是結了婚，因為他們有著正常的情慾。但妳是這麼空靈的人，妳……容許我這麼說……幾乎沒有原始的情慾，所以在這方面能遵從理智。我們這些本質粗俗、卑微又可憐的人卻辦不到。」

「唉，」她嘆口氣，「你自己也承認我們結婚的結果可能會很悲慘。我不是你想像中那種與眾不同的女人。喜歡婚姻的女人沒有你想像中那麼多，她們選擇結婚，是為了婚姻可能帶來的尊嚴，以及偶爾為她們獲取的社會利益。這種尊嚴和利益我很願意捨棄。」

裘德老話重提，說他們雖然關係親密，但他從來沒有聽她真誠、坦率地說過她愛他，或能夠愛他。他埋怨的口氣有著近乎憤怒的懷疑。「有時候我真的害怕妳沒辦法愛我，畢竟妳從來不肯明說。我知道有些女人會告誡其他女人永遠不要對男人掏心掏肺，但最高形式的感情是以雙方毫無保留的真誠為基礎。那些女人不是男人，不知道男人回想起過去的戀人時，最懷念那些行為坦蕩真誠的。那些敷衍閃躲裝模作樣的，即使吸引到優秀男人，也留不住他們。太常玩欲擒故縱遊戲的女人必然會得到報應，因為她的仰慕者遲早會鄙視她，會冷眼看著她孤孤單單走向生命終點。」

蘇凝望遠處，露出愧疚的神色，突然用悲痛的口吻說，「裘德，我今天比較不喜歡你！」

「是嗎？為什麼？」

「你太不友善，太愛說教。不過，我大概太壞、太沒用，活該聽最嚴厲的訓誡。」

「不，妳不壞。妳是可愛的人兒，只是每次我想要妳說真心話，妳總是像鰻魚一樣滑溜。」

「不。我很壞，也固執，有各種缺點！你不必安慰我！好人不會像我這麼欠教訓……可是現在我只有你，沒有任何人可以守護我。這實在太艱難了，我沒辦法照自己想要的方式跟你生活在一起，也沒辦法決定要不要跟你結婚！」

「蘇，我親愛的知己兼甜心，不管是結婚或另一件事，我都不願意強迫妳，絕不會的！妳這麼容易鬧情緒，實在太淘氣！好了，我們不要再談這個，繼續維持目前的關係。接下來的路程我們只聊牧草地和水災，或農民未來一年的收成。」

這件事之後幾天，他們都沒再提起結婚的事。不過，他們住在同一個屋簷下，房間隔著樓梯口相對，婚姻這個主題經常盤據他們腦海。目前蘇對裘德有實質上的幫助：裘德最近選擇雕刻墓碑，在他的小房子後面設了小型作坊。蘇利用做完家事的空閒時間，幫他在石材上標出字體，等他雕刻好之後再將字體塗黑。這種工藝比他原先在大教堂的工作低下，他的客戶是附近地區的低收入家庭。那些人知道，如果想為亡故的親友造個簡樸的墓碑，可以找這位在家門前掛著「石碑匠裘德．佛雷」的石匠，因為他收費低廉。這種工作比以前更獨立，再者，蘇不想變成他的負擔，也只有這種方式才能讓她幫上一點忙。

2

那是月底的某天晚上，裘德到不遠處的公共禮堂聽古代歷史演講，剛回到家。他進門之後，一整天沒出門的蘇為他送上晚餐，一反常態地沉默不語。裘德拿起一份畫報，看了一陣子，抬起視線，發現她心神不寧。

「蘇，妳心情不好嗎？」他問。

她沉默片刻，說道，「有件事要告訴你。」

「今天有人來？」

「是，一個女人。」她的聲音顫抖，突然停下手邊的動作坐了下來，雙手擺在腿上，眼睛盯著爐火。「我不知道自己做得對不對！」她接著說，「我說你不在家，她說她可以等。我告訴她你也許不能見她。」

「親愛的，妳為什麼那麼說？她可能是來訂墓碑的。她穿著喪服嗎？」

「沒有，她沒有穿喪服，也不是來訂墓碑。我覺得你不能見她。」她看著他，眼神裡有苛責與哀求。

「她是誰？她沒說嗎？」

「沒有。她不肯告訴我，但我知道她是誰，我覺得我知道！她是艾拉貝拉！」

「我的天！艾拉貝拉來這裡做什麼？妳為什麼認為是她？」

「我也說不清楚，但我知道是她！根據她看我的眼神，我非常確定。她是個豐滿又粗鄙的女人。」

「我不會用『粗鄙』來形容艾拉貝拉，她的談吐除外。不過，她一直在酒館工作，現在也許變粗鄙了。我認識她的時候，她算蠻標致的。」

「標致！沒錯！現在還是！」

「我聽得出來妳的小嘴有點顫抖。好了，不提那些，她在我心裡什麼都不是，也已經嫁給別人。她為什麼跑來打擾我們？」

「你確定她結婚了？你確認過嗎？」

「不，沒有確認過。但她要我放她走就是為了結婚。據我所知，她跟那個男人都想過合乎禮法的生活。」

「噢，裘德，是她，**就是**艾拉貝拉！」蘇雙手蒙著眼睛哭泣，「我心情糟透了！不管她來找你做什麼，都是不好的預兆。你不可能見她，對不對？」

「我想我不會見她，現在跟她談話太痛苦，對她或我都是。不管怎樣，她已經離開了。她有沒有說她還會再來？」

「沒有。但她走得很不甘心。」

一點小事都能讓蘇心煩意亂，這會兒她吃不下晚餐。裘德吃過晚餐後準備回房休息，熄了爐火、閂上門，走到樓梯頂端時，樓下傳來敲門聲。剛回房間的蘇馬上走出來。

「她又來了！」蘇用驚駭的語調悄聲說。

「妳怎麼知道？」

「她之前就是這樣敲門。」

他們靜下來聽，敲門聲再次傳來。家裡沒有僕人，如果要應門，他們兩個之中就得有一個人去。裘德說，「我開窗看看。不管來的人是誰，都該知道這個時間沒有人會讓訪客進門。」

於是他走進自己的臥室拉開窗子。附近住的多半是早睡的工人階級，這時街上冷冷清清，只有一個人影，是個女人，在幾公尺外的街燈下來回踱步。

「是誰？」裘德問。

「是佛雷先生嗎？」那無疑是艾拉貝拉的聲音。

裘德答是。

「是她嗎？」蘇在房間門口問，嘴唇微啟。

「是，親愛的。」裘德說。他又問，「艾拉貝拉，妳有什麼事？」

「裘德，很抱歉打擾你。」艾拉貝拉謙遜地說，「稍早我來過，我希望今晚能跟你談一談。我碰上麻煩，沒有人能幫我！」

「碰上麻煩，是嗎？」

「是。」

雙方沉默了一段時間。她的請求在裘德心中激起一份叫他為難的憐憫。他問，「妳不是結婚了？」

艾拉貝拉遲疑了一下，答道，「沒有，裘德，我沒結婚。他終究還是不肯。我現在很艱困，希望盡快再找到酒館的工作，可是要花點時間。再者，澳洲出了點事，我突然多了個責任，所以我現在真的很困擾，否則我不會來煩你。我想跟你談談那件事。」

蘇定定看著，緊張又痛苦，聽著每一個字，但什麼都沒說。

「艾拉貝拉，妳是不是缺錢用？」他的口氣明和緩了些。

「我的錢還夠付今晚的房錢，但不夠回去的路費。」

「妳住哪裡？」

「還在倫敦。」她正想說出地址，卻說，「我不想大聲說出自己的私人訊息，免得被人聽見。我今晚住在王子旅館，你能不能下來陪我走過去，我會跟你解釋。基於過去的情分，希望你下來！」

「可憐的女人！看來我必須給她一點善意，聽聽她想說什麼。」裘德有點迷惘。「反正她明天就回去了，沒什麼差別。」

「裘德，你可以明天再去看她！現在別去！」哀怨的聲音從走廊傳來，「她只是想套住你，跟上次一樣！親愛的，別去！她的感情很低俗，我從她的體態看得出來，從她的聲音也聽得出來！」

「但我要去，」裘德說，「蘇，別阻止我。上帝知道我已經不愛她了，但我不想對她殘忍。」

他轉身走向樓梯。

「但她不是你的妻子！」蘇心煩意亂地叫喊，「而我……」

「親愛的，妳也不是，還不是。」裘德說。

「你要去找她嗎？別去！留在家裡。裘德，留下來，拜託，拜託！別去找她！她跟我一樣，不是你的妻子！」

「真要說起來，跟妳相比，她才是我妻子。」他堅定地拿起帽子。「我希望妳當我的妻子，一直用約伯的耐心等著，但我的克己自制並沒有得到任何成果。我必須給她一點幫助，聽聽她急著想跟我說什麼。男人至少該做到這些！」

他的態度讓她知道反對沒有用。她不再說話，像個烈士般順從地走向自己的房間，聽著他下樓拉開門閂，出去後再關上。接著她像所有女人一樣，身邊沒有旁人時就顧不上儀態，急忙跑下樓，邊跑邊大聲哭。下樓後她靜靜聆聽。她知道艾拉貝拉說的那家旅館離這裡有多遠，正常的步行速度大約需要七分鐘，回來再七分鐘。如果過十四分他沒有回來，就是被絆住了。她看著時鐘，現在是十點三十五分。他可能會跟艾拉貝拉進旅館，因為他們到的時候旅館還沒打烊。她可能會邀他跟她喝一杯，天知道之後他會碰上什麼樣的災難。

她懸著一顆心靜靜等著。門重新打開、裘德走進來的時候，那十四分好像幾乎快過完了。她輕輕發出驚喜的叫聲，說道，「我就知道我可以相信你！你真好！」

「這條街上到處找不到她，我剛才只穿拖鞋。她走掉了，可能覺得我太狠心，完全拒絕她的請求，可憐的女人。我回來換靴子，外面開始下雨了。」

「她以前對你那麼不好，你為什麼要為她做這麼多事！」蘇失望又吃醋。

「蘇，她是個女人，我以前喜歡過她。在這種情況下，我不能太冷酷無情。」

「她已經不是你妻子了！」蘇情緒激動地大叫，「你**不可以**出去找她！這樣不對！她現在是個陌生人，你**不能**去跟她碰面。親愛的，最親愛的，你怎麼能忘記這件事！」

「她好像跟過去差別不大，還是那個容易做錯事、粗心大意、從不反省的人。」他繼續穿靴子。「不管倫敦那些法官玩什麼把戲，都改變不了我跟她之間真正的關係。如果她在澳洲跟別的男人在一起時是我妻子，她現在還是。」

「可是那時候她已經不是了！這就是我想說的！這實在太荒唐！好吧，親愛的，你幾分鐘後就會回來，是不是？裘德，你不能跟她聊太久，她太低俗、太粗鄙，一直都是！」

「也許我跟她一樣粗鄙，而且運氣比她差！我真的相信我身上藏著人類所有缺點的根源，所以我才看清當初我想當牧師多麼可笑。我想我已經戒掉喝酒的習慣，但我永遠不知道自己身上還會爆發出哪些隱而不顯的新惡習！蘇，雖然我對妳獻了那麼久的殷勤，得到的回報少得可憐，但我真的愛妳！我用最良善、最高貴的那個我愛著妳。妳的超塵脫俗帶著我昇華，讓我做到我（或任何男人）一兩年前想像不到的事。有些人倡導自我克制，說強迫女人是一種罪惡。這些都很好，但我希望過去曾經為艾拉貝拉或其他事譴責我的正直人士也體驗一下我的感受，看他們能不能抵擋這幾個星期以來跟妳生活在一起受到的誘惑。他們一旦知道我跟妳單獨住這間房子裡，卻始終屈服於妳的意願，一定會相信我確實是有自制力的。」

「是，裘德，你對我很好。我親愛的守護者，我一直都知道。」

「現在艾拉貝拉來請求我的協助。蘇，我至少必須去跟她談談！」

「我無話可說了！如果你必須去，我沒話說！」她突然哭得撕心裂肺，「裘德，我只有你，而你要拋棄我！我不知道你是這種人，我受不了，受不了！如果她屬於你，那又另當別論！」

「或者如果妳屬於我。」

「那好吧，如果我必須是，我就沒有選擇。既然你堅持，我同意！我會屬於你。我本來不想的！我不想再結婚！不過，好，我同意！我真的愛你。我們像這樣住在一起，我早該知道你總有一天會成功！」

她跑過去抱住他脖子。「我一直跟你保持距離，你不會認為我是個冷漠無情、不懂男歡女愛的人吧？我相信你不會這麼想！你等著瞧！我確實屬於你，對不對？我屈服了！」

「那麼我明天就安排我們結婚的事，或任何妳喜歡的時間。」

「好。」

「那我就不去見她。」他輕輕抱住蘇。「我確實覺得去見她對妳不公平，或許也對她不公平。親愛的，她跟妳不一樣，從以前就不一樣，這是公道話。別哭了。」他吻她的臉頰，再吻另一邊，而後中間，最後重新門上門。

隔天早晨下著雨。

「親愛的，」早餐時裘德開心地說，「今天是星期六，我打算馬上去安排結婚公告的事，這樣明天早上就能第一次公告，否則我們會多等一星期。在教會公告可以嗎？我們可以省一兩鎊。」

蘇心不在焉地同意在教會公告，當時她的腦子在想別的事。她的臉少了一點光采，多了一點鬱悶。

「我覺得昨天晚上我太自私！」她低聲說，「我那樣對待艾拉貝拉實在太刻薄。我不在乎她碰上困難，也不在乎她想跟你說什麼！也許她找你確實有正當理由。我想那是我的另一些缺點！情敵出現的時候，愛情就有了陰暗面。也許別人不會，但我是這樣……不知道她現在怎麼樣了？可憐的女人，希望她昨天順利回到旅館。」

「她不會有事的。」裘德平靜地說。

「希望她沒有被關在門外，不需要冒雨在街上走路。我能不能打著傘去看看她是不是順利回到旅館？我一整個早上都在擔心她。」

「有這個必要嗎？妳不知道艾拉貝拉多麼會照顧自己。不過，親愛的，如果妳想去看看，就去吧。」

蘇悔過的時候，會逆來順受地做各種奇怪又不必要的彌補，像這樣去見一個就彼此的關係而言大多數人都會避開的特殊對象，正是她的天性，所以裘德對她的要求並不訝異。

「等妳回來，」他說，「我就要去辦公告的事。妳要跟我去嗎？」

蘇同意，之後她穿上斗篷撐著雨傘出發，出門前她允許裘德盡情親吻她，也以不同往常的方式回應。情況果然有所改變。「小鳥兒終於被抓到了！」她的臉上帶著哀傷的笑容。

「不，只是有了巢。」他告訴她。

她沿著泥濘的街道往前走，去到艾拉貝拉提過的那家旅館，路程並不遠。旅館的人告訴她艾拉貝拉還沒離開，她尋思著該怎麼讓對方通報，裘德的舊愛艾拉貝拉才會知道訪客是她。最後她請對方告訴艾拉貝拉春日街的朋友來訪。裘德和她目前就住在春日街。通報後對方請她上樓，帶她到一個房間。那是艾拉貝拉的臥室，艾拉貝拉還躺在床上。她站在原地等著，幾乎想轉身離開，最後聽見艾拉貝拉在床上喊道，「進來，把門關上。」蘇照她的話做。

艾拉貝拉面朝窗戶躺著，自始至終沒有回頭。蘇雖然懷著悔過的心，這時卻也壞心腸地希望裘德看見他前妻在大白天裡的模樣。在路燈下她的側面或許還算好看，但這天早上她看起來有點蓬頭垢面。蘇從鏡子裡看見自己清新迷人的外表，整個人神采煥發。只是，她很快意識到這是多麼小家子氣的女人心思，又開始憎恨自己。

「我只是來看看妳昨天晚上是不是平安回來，沒別的事。」她溫和地說，「昨天妳走了以後，我一直擔心妳會出事。」

「噢，真是蠢極了！我以為來的是……妳朋友或妳丈夫。妳應該會自稱佛雷太太吧？」說著，艾拉貝拉失望地把腦袋一甩、躺回枕頭上，剛才費了些工夫弄出來的酒窩也任它消失。

「我不會。」蘇答。

「我以為妳會這麼做。雖然他還不屬於妳，但面子就是面子，一天二十四小時隨時都需要。」

「我不明白妳的意思。」蘇生硬地說，「真要說起來，他確實屬於我！」

「昨天還不是。」

蘇臉色漲紅，問道，「妳怎麼知道？」

「從妳昨天站在門口跟我說話的態度看出來的。親愛的，妳動作夠快，我猜昨晚我的出現也有點幫助，哈哈！但我不想從妳身邊把他搶走。」

蘇轉頭看著窗外的雨，再看看髒污的盥洗盆蓋布，還有艾拉貝拉掛在鏡子上的假髮（跟裘德當初看見的一樣），後悔自己來這一趟。談話中斷的期間有人敲門，客房女僕送來一封給「卡列特太太」的電報。

艾拉貝拉躺在床上打開電報，臉上怒氣消失了。

「非常謝謝妳為我擔心，」女僕離開後，她客氣地說，「不過妳不需要擔心。我男人發現他終究離不開我，同意履行他一直以來的承諾，重新跟我結婚。妳看！這就是他給我的答覆。」她把電報遞過來給蘇看，蘇沒有接。「他要我回去。他說，少了我，他在蘭貝斯那家角落小酒館會垮掉。不過，等我們依照英國法律舉行過婚禮，他就不能像以前一樣喝點酒就動手打我！至於妳，如果我是妳，就會馬上要裘德帶我去找牧師，把事情辦妥。親愛的，我是以朋友的立場給妳建議。」

「他一直等著，任何時候都可以。」蘇冷淡又自豪地說。

「那麼看在上帝份上答應他。結婚後跟男人在一起的生活會比較有條理，錢財方面也更順當。還有，如果你們吵架，而他趕妳出門，妳還有法律來保護妳。萬一哪天他跑了，那些家具至少屬於妳，不會有人把妳當賊。妳現在的情況就不行，除非他拿刀子捅妳，或用火鉗敲破妳腦袋。我說這些話是一番好意，基於女人對女人的關心，畢竟沒有人知道男人會做出什麼事。現在我男人同意了，我會再跟他辦一次婚禮，因為第一次有點瑕疵。我昨天給他發了電報，告訴他我幾乎跟裘德和好了。我猜他嚇到了，所以才給我這個答覆。如果不是因為妳，也許我真的跟裘德復合了。」她笑著說，「那麼今天以後妳我的人生會多麼不同！女人如果裝出落難的慘狀，再哄他幾句，天底下再也找不到像他那樣的傻瓜！他以前對鳥兒和小動物也是這樣。不過，比起跟他復合，現在的結果也不差，所以我原諒妳。還有，像我說的，我勸妳趕快把婚禮辦了，如果現在不辦，以後妳會發現沒有合法關係是個大麻煩。」

「我跟妳說了，他要我嫁給他，要讓我們的關係合法化。」蘇的語調比剛才更多傲氣。「我離婚後沒有馬上跟他結婚，是因為他尊重我的意願。」

「是啊，妳也是個怪人，跟我一樣。」說著，艾拉貝拉似笑非笑地打量蘇。「妳跟我一樣逃離第一任丈夫，對吧？」

「再見！我該走了。」蘇匆匆說道。

「我也該起床準備離開了！」艾拉貝拉從床上跳下來，動作太猛，身上的柔軟部位劇烈晃動。蘇驚慌地跳向一旁。艾拉貝拉說，「老天！我是個女人，不是高頭大馬的大兵！親愛的，等等。」她伸手搭住蘇的手臂。「我真的有件小事要跟裘德商量，我之前告訴過他，那也是我來這裡的主要目的。既然我要走了，妳能不能讓他到車站跟我談一談？不能嗎？好吧，我會寫信告訴他。原本我不想寫信的，不過沒關係，寫就寫。」

3

蘇回到家的時候，裘德在門口等她，打算帶她去教堂辦理結婚的第一道程序。她挽住他手臂，兩人默默往前走，像一對真正的知交密友。他發現她有心事，卻忍住沒問。

「裘德，我跟她聊了一陣子。」她終於開口，「真希望我沒那麼做！不過，有人提醒你一些事總是好的。」

「希望她表現得體。」

「是。我……不由自主喜歡她，只有一點點！她不是心胸狹窄的人，我很高興她的困難都解決了。」她於是說出艾拉貝拉收到電報、會回去結婚的事。「我剛才說的是我們以前的問題。艾拉貝拉跟我說了一些話，讓我更加覺得婚姻制度實在是粗陋得無可救藥，是套牢男人的陷阱，我光是想想都受不了。希望我沒有答應你今天早上去申請結婚公告！」

「妳不必在乎我，任何時間去辦都可以。我以為妳現在希望盡早辦好。」

「事實上，我現在跟以前一樣，一點也不著急。如果對象是別的男人，也許我會有點心急。不過，親愛的，我相信『可靠』是我們家族擁有的品德。現在我真正屬於你，你也真正屬於我，我一點也不擔心失去你。事實上，我現在比以前更放心，因為理察也得到自由，我再也不需要覺得對不起他。以前我一直覺得我們在欺騙他。」

「蘇，這樣的妳一點都不像基督教國家的小市民，反而像我以前浪費生命閱讀古典著作時讀過的那些輝煌古老文明的女人。在這個時候我幾乎覺得妳會告訴我，妳剛才在聖道[2]遇見某個朋友，跟對方聊了聊屋大薇或莉維亞[3]的近況；或者妳剛欣賞了阿絲帕席亞[4]流利的辯才，或觀看普拉克西特列斯雕刻他最新的維納斯，而芙麗妮在一旁埋怨她厭煩了當模特兒擺姿勢[5]。」

他們來到教區執事的住家外。蘇後退一步站著，裘德上前正要敲門，蘇喊了一聲，「裘德！」

裘德回頭。

「等一下好嗎？」

他走回她身邊。

「我們再想一想。」她怯生生地說，「有一天晚上我做了個很恐怖的夢！而且艾拉貝拉……」

「她跟妳說了什麼？」裘德問。

「她說如果兩個人結了婚，而男人打妻子，妻子可以得到法律的保護。還說如果夫妻吵架……裘德，如果法律規定你必須跟我在一起，我們還會像現在這麼幸福嗎？比如我們家族的男男女女，如果一切可以隨順他們的意願，他們就非常寬宏大量。但如果受到逼迫，他們會全力反抗。你不害怕那種在法定義務下不知不覺產生的心態嗎？你不覺得那會破壞本質上不求回報的愛情嗎？」

「我的天，心愛的，聽了妳這些不祥的預言，我也開始擔心了！好吧，我們回去再考慮考慮。」

她的愁容一掃而空，說道，「對，就這麼辦！」他們轉身離開，兩人走上回家的路，蘇挽著裘德手臂，低聲誦念：

你能讓蜜蜂停止奔忙，
或讓灰斑鳩的頸子不變色？
不行！受束縛的愛情也……[6]

他們反覆思考，或者暫時不去想。總之，他們沒有行動，繼續生活在夢幻天堂裡。兩三個星期過去了，事情依然毫無進展，阿爾布里罕任何教會的會眾都沒有看見他們的結婚公告。

他們一再拖延的過程中，某天吃早餐前收到艾拉貝拉寄來的信和一份報紙。裘德看見信封上的字，上樓到蘇的房間告訴她。蘇換好衣服立刻下樓，翻開那份報紙，裘德則是看信。她大略瀏覽過報紙後，把第一頁拿給裘德看，伸手指著其中一段。不過裘德專注看信，暫時沒有轉頭。

2. Via Sacra，古羅馬的主要街道。
3. 屋大薇（Octavia, 西元前六六～一一），是羅馬開國君主奧古斯都的姐姐。莉維亞（Livia, 西元前五九～二九）是奧古斯都的皇后。
4. Aspasia，雅典政治家伯利克里（Pericles, 西元前四九五～四二九）的情婦，以學識著稱。
5. Praxiteles，西元前四世紀著名雕刻家。芙麗妮（Phryne）是普拉克西特列斯的知名作品〈克尼多斯的阿芙羅黛蒂〉（Aphrodite of Cnidus）的模特兒。
6. 摘自蘇格蘭詩人湯瑪斯・坎貝爾（Thomas Campbell, 一七七七～一八四四）的作品〈自由與愛〉（Freedom and Love）。

「你看！」蘇說。

他看了過來。那份報紙只在倫敦南區發行，上面標示的啟事記載一樁在滑鐵盧路聖約翰教堂舉行的婚禮，新人的姓氏分別是卡列特和唐恩，也就是艾拉貝拉和她開酒館的丈夫。

「很不錯的結果。」蘇心滿意足地說，「只是，既然他們結婚了，我們如果跟著有樣學樣，就流於低俗了。不過我很高興。不管她有什麼缺點，現在生活總算有著落了，可憐的女人。知道她有了依靠，總比為她擔心來得好。也許我也該寫封信給理察，問問他過得怎樣。你覺得呢？」

裘德的心思還在那封信上，他瞄了一眼結婚啟事，心神不寧地說，「妳聽聽這封信。我該說什麼，又該怎麼做？」

三把號角酒館，蘭貝斯

親愛的裘德（我不想疏遠地喊你佛雷先生），

今天我寄了一份報紙給你，你可以看到我上星期二已經重新跟卡列特結婚，整件事總算圓滿落幕。不過我寫這封信主要是想告訴你一件私事，也是我去阿爾布里罕找你的真正原因。這事我沒辦法告訴你那位女朋友，也很希望能當面對你說，那樣的話我能解釋得比較清楚。事情是這樣的，裘德，雖然我從來沒有告訴過你，但我們有個兒子，是在我離開你八個月後出生的。當時我在雪梨，跟我父母住在一起。那些事都不難查證。我是在跟你分開以後才發現懷孕，那時我已經在澳洲。我們吵架時幾乎撕破臉，所以孩子出生時，我覺得不太方便寫信告訴你。當時我在等待新的機會，所以我父母幫我照顧孩子。從那時起孩子一直跟著他們。這也是為什麼我在基督教堂城遇見你的時候，以及後來訴請離婚的過程裡，始終沒有提起這件事。他現在已經長到懂事的年紀，我父母最近寫信給我，說他們在那裡日子不太好過，既然我在這裡安頓下來，他們不想再負擔這個孩子，畢竟孩子的父母都還在人世。我很願意讓他留在我身邊，只是他年紀太小，很多年後才能在酒館裡幫忙。當然，卡列特可能也不想留他在這裡礙眼。總之，我父母已經託幾個碰巧要回英國的朋友帶他過來。等他到了，我必須請你帶他走，因為我不知道該拿他怎麼辦。他是你的親生兒子，這點我可以鄭重發誓。如果有人說他不是，你得替我說話，責罵他們是明目張膽的騙子。不管我以前或後來做了什麼，從我們結婚到我離開那段時間，我從來沒有欺騙過你。

你永遠的朋友，

艾拉貝拉・卡列特

蘇一臉驚慌，虛弱地問，「親愛的，你打算怎麼做？」

裘德沒有回答，蘇焦急地看著他，呼吸也變急促。

「這真是一大打擊！」他壓低聲音說，「她說的也許是真的！我沒辦法查清楚。當然，如果他出生的時間沒有造假，那他確實是我的孩子。我想不通，那次她在基督教堂城遇見我、又跟我一起來這裡，怎麼沒有告訴我！啊，我想起來了，當時她確實說過，如果我們要重新在一起，有件事希望我知道。」

「那可憐的孩子好像沒人要！」蘇的雙眼湧出淚水。

這時裘德已經恢復鎮定，他說，「不管他是不是我的孩子，他對人生會有什麼看法！我必須說，如果我收入好一點，絕不會在乎他是誰的孩子。我會接他過來，養育他。探討親生不親生這種小心眼問題又有什麼意思？仔細一想，孩子身上是不是流著你的血又有什麼關係？我們這個時代的孩子，都是這個時代所有成年人的子女，所有人都有責任照顧他們。父母寵愛自己的孩子，討厭別人的孩子，就像階級情感、愛國精神、自掃門前雪和其他類似品格，本質上都是狹隘的排他心態。」

蘇跳了起來，給了裘德一個熱情的吻。「對，親愛的，就是這樣！我們接他過來！如果他不是你親生的，那就更好了。我真的希望他不是，雖然我不該有這種想法！如果他不是，我很希望我們能收養他！」

「我古怪的小知己，只要妳覺得開心，就這麼想好了！」裘德說，「總之，我不希望這可憐的小傢伙孤苦無依。想想他在蘭貝斯的三流酒館會過著什麼樣的生活：媽媽不要他，也很少見他，繼父根本沒見過他，這對他的心理會是多麼不好的影響。要不了多久，那孩子（也許是我的孩子）就會說，『願我生的那日和說懷了男胎的那夜都滅沒。』[7]」

「天哪，不！」

「當初訴請離婚的是我，我確實應該擁有他的監護權。」

「不管有沒有，我們都該撫養他，這點我很清楚。我會盡最大的努力當他的母親，我們應該養得起他。我會更努力工作。不知道他什麼時候會到？」

「可能再過幾個星期。」

「我希望……裘德，我們什麼時候才能鼓起勇氣去結婚？」

「只要妳有勇氣，我就會有。親愛的，結婚的事完全由妳決定。只要妳開口，事情就會辦妥。」

「在孩子過來之前嗎？」

「當然。」

「那樣的話也許他會有個比較正常的家。」她喃喃說道。

於是裘德給艾拉貝拉寫了一封信，用公事公辦的口氣要求她孩子一到就送過來。他沒有提到自己得知這件事時多麼驚訝，也沒有對孩子的身世發表意見，更沒有表明如果他早點知道這件事，會不會用不同的方式處理他們的關係。

隔天晚上，在預定十點鐘抵達阿爾布里罕的下行列車陰暗的三等車廂裡，有個臉色蒼白的小男孩。男孩瞪著驚恐的大眼睛，圍著白色羊毛領巾，領巾上有一把鑰匙，用一般的繩線穿起，掛在脖子上。鑰匙偶爾反射燈光，吸引其他乘客的目光。他的半價車票就塞在帽沿。小男孩的視線緊盯對面座椅的椅背，即使列車停靠車站，他也不曾轉頭看向窗外。對面的座位上有兩、三個乘客，其中一個是女工，腿上放個小籃子，籃子裡有隻斑紋小貓。她偶爾會掀開蓋在籃子上的布巾，那時小貓就會探出頭來，做些調皮的小動作。跟她同行的乘客見狀總是哈哈笑，只有那個帶著鑰匙和車票的孤單男孩例外。男孩只是用圓圓的大眼睛看著小貓，彷彿默默在說，「所有的笑

7. 這句話出自《聖經．約伯記》第三章第三節，約伯詛咒自己出生及成胎的日子。

都源於誤解。用正確的角度去看，太陽底下其實沒有值得一笑的事。」

偶爾列車進站停靠，列車長會探頭進車廂對小男孩說，「孩子，你的箱子在行李車很安全。」男孩會平淡地說，「好。」想擠出笑容卻沒成功。

這孩子彷彿老人家裝扮成少年人，卻因演技拙劣，真正的自我總是從各種漏洞顯露出來。每隔一段時間，似乎就會有來自遠古黑夜的海嘯，將這個生命處於黎明時期的孩子捲起。那時他的表情彷彿隔著時間的大海回眸凝望，卻毫不關心所見的事物。

其他乘客陸續閉上眼睛，就連小貓也在窄小的籃子裡玩累了，蜷縮起身子。男孩卻一動不動保持原狀。他好像加倍清醒，像受困的縮小版神祇，消極地坐在那裡端詳周遭的同伴，彷彿看見的是他們完整的生命，而不是眼前的身軀。

他是艾拉貝拉的兒子。艾拉貝拉幾個星期前就知道孩子會來英國。她沒有騙裘德，她去阿爾布里罕確實是為了說明這孩子的存在，並且讓裘德知道孩子即將來到英國。但她一如既往地粗心，直到孩子抵達的前夕，再也無法拖延，才寫信通知裘德。就在她收到裘德回信的當天下午某個時間，孩子踏上了倫敦碼頭。帶他過來的那戶人家把他送上往蘭貝斯的出租馬車，讓車夫將孩子送到艾拉貝拉家，跟孩子道別後就離開了。

孩子抵達三把號角的時候，艾拉貝拉仔細打量他一番，彷彿在說，「你跟我想像的一模一樣。」她讓孩子好好吃一頓飯，給他一點錢。雖然天色漸晚，她還是把孩子送上往阿爾布里罕的下一班火車，免得丈夫回家撞見。

火車到了阿爾布里罕，孩子跟他的行李箱被留在孤寂的月台上。收票員收走他的車票，想了想覺得不太妥當，問他這麼晚了一個人上哪去。

「去春日街。」孩子面無表情地說。

「喲，那地方離這裡一大段路，幾乎出城了。你到的時候那裡的人應該都睡了。」

「我一定得去。」

「你得雇馬車載行李。」

「不，我得走過去。」

「那你最好把行李留在這裡，到時候託人來拿。有一班公共馬車可以送你到半路，之後你得自己走。」

「我不怕。」

「你家人怎麼沒來接你？」

「他們可能不知道我來了。」

「你家裡有誰？」

「媽媽不讓我說。」

「那我只能幫你保管行李，你趕快走吧。」

孩子沒再說話，直接走到街上，轉頭看看四周，確認沒有人跟蹤或觀察他。走一段路之後，他向人打聽春日街怎麼走，被告知要一路直走到城郊。

男孩踩著單調穩定的步伐緩慢走著。那不太像人類的步伐，反倒像波浪、微風或雲朵的移動。他準確地朝既定方向前進，沒有用探詢的目光查看任何事物。不難看出，男孩對生命的看法跟本地男孩並不相同。孩子們從小處著眼，慢慢學會一般性概念。先是認識周遭的事物，再逐漸理解整個世界。這孩子好像從生命的共通特質入手，從來不關心小細節。房子、柳樹和遠處的朦朧田野，在他眼中顯然並不是磚造屋舍、修剪過的樹木或牧草地，而是抽象的人類住宅、植物和寬闊漆黑的世界。

他終於找到春日街，敲了裘德家的門。裘德已經上床，蘇正準備回裘德隔壁的房間，聽見敲門聲下樓來。

「爸爸住這裡嗎？」男孩問。

「誰？」

「佛雷先生。」

蘇跑上樓告訴裘德。裘德用最快的速度下樓，心急如焚的蘇卻覺得他動作太慢。

「是他嗎？怎麼這麼快？」裘德下樓時，她問。

她仔細端詳男孩的五官，而後突然走進隔壁的小客廳。裘德把男孩舉到跟自己同樣高度，用憂鬱又親切的眼神注視著。他對孩子說，如果知道他這麼快就到，一定會去車站接他。他暫時把孩子放在椅子上，到小客廳去看蘇。他知道蘇極度敏感的心緒被擾亂了。蘇沒有點燈，伏在一把扶手椅上。他伸手摟住她，臉頰緊貼她的臉，悄聲問，「怎麼了？」

「艾拉貝拉說的是真的，是真的！我在他身上看見了你！」

「不管怎樣，這已經是我生命中不可否認的事實。」

「可是他還有一半屬於……**她**！這正是我無法忍受的！但我應該接受，我會努力適應。沒錯，我應該這麼做！」

「愛吃醋的蘇！我以前說妳不懂男女感情，現在我收回。無所謂！時間會沖淡一切。還有，親愛的蘇，我有個想法！我們教導他，栽培他進大學。我自己沒辦法實現的理想，也許可以透過他來完成。目前貧寒學生的求學路不像以前那麼難了。」

「你這個愛做夢的人！」說著，她拉著他的手回到男孩身邊。男孩用她先前看他的眼神望著她。「妳才是我**真正的**媽媽嗎？」

「哦？我看起來你爸爸的妻子嗎？」

「是，只不過他好像很喜歡妳，妳也喜歡他。我能不能喊妳媽媽？」

這時孩子心裡湧起一股渴望，忍不住哭了起來。蘇情不自禁地跟孩子一起落淚，因為她就像一把豎琴，別人一絲情緒的微風就能撥動，就跟她自己情緒激動時一樣。

「可憐的孩子，如果你願意，可以喊我媽媽！」她低頭用臉頰貼住他的臉，隱藏自己的淚水。

「你脖子上掛的是什麼？」裘德裝出平靜的語調。

「是我在車站的行李箱的鑰匙。」

他們一陣忙碌，幫男孩弄了點晚餐，鋪了一張臨時床鋪，孩子很快就睡著了。他們兩個去看躺在床上的孩子。

「他睡著以前喊了你兩次媽媽。」裘德低聲說，「他竟然想喊妳媽媽，是不是很奇怪？」

「嗯，這事意義非凡。」蘇說，「那顆小小的、飢渴的心，比天上所有星辰都值得我們思量。親愛的，我們是不是該鼓起勇氣把婚禮辦了？逆勢而行是沒用的，我覺得自己的命運跟同類交織在一起。裘德，以後你還會繼續愛我，是不是？我真心想善待這個孩子，想當他的母親。如果我們的婚姻是合法的，對我來說會容易些。」

4

他們再一次、也是第二次籌辦婚禮，雖然選在這個特別的孩子來到他們家的隔天早上，卻比上次更為慎重。

他們發現孩子習慣靜靜坐著，板著怪異又神祕的臉龐，定定注視著他們在真實世界看不見的東西。

「他的臉像梅爾波梅妮[8]的面具。」蘇說，「親愛的，你叫什麼名字？你跟我們說過嗎？」

「他們都叫我小時光老人。是我的綽號，他們說我看起來很老。」

「你說話的樣子也是。」蘇溫柔地說，「裘德，真奇怪，這些不尋常的老成孩子幾乎都來自新興國家。那麼你受洗的時候取了什麼教名？」

「我沒有受洗。」

「為什麼？」

「因為如果我死於詛咒，就可以省下辦基督教葬禮的錢。」

「那麼你的名字不叫裘德？」裘德有點失望。

男孩搖搖頭。「沒聽過這個名字。」

8. Melpomene，希臘神話中主司悲劇的繆思女神，手中拿著悲劇面具。

「當然沒有。」蘇連忙說，「她一直都那麼恨你！」

「我們幫他安排洗禮。」裘德說。而後他私下告訴蘇，「就在我們結婚那天。」只是，孩子的到來仍然讓他心煩意亂。

他們為自己目前的處境感到尷尬，覺得在登記處結婚會比在教堂低調，所以這次他們決定不在教堂辦婚禮。蘇和裘德一起到當地登記處申請。近來他們相依相伴，做任何重要的事都同進同出。

裘德填寫申請表，蘇在他背後探頭看著他的手一筆一劃寫著，跟著細看那份四四方方的表格。她從沒見過這樣的東西，她看著自己和裘德的名字陸續填了進去，想著他們對彼此那份本質上短暫易逝的愛情即將因為這份表格成為永恆，她的表情似乎越來越痛苦焦慮。「當事人姓名」（她心想，他們變成當事人，不是情人）；「身分」（多麼恐怖的概念）；「階級或職業」；「年齡」；「目前住址」；「居住時間」；「舉行婚禮的教堂或場所」；「當事人各自居住的區與郡」。

「那樣的方式很掃興，對不對？」回家的路上，蘇說，「把結婚這檔事弄得比在教堂辦公室簽署婚書更慘淡。在教堂至少還有點詩意。不過我們會努力把事情辦妥，親愛的，你說是不是？」

「會的。猶太的官長說，『誰聘定了妻，尚未迎娶，他可以回家去，恐怕他陣亡，別人去娶。』[9]」

「裘德，你把《聖經》讀得多麼熟！你真的應該當牧師。我只會引用異教作家的話。」

等待領證書的那段時間，蘇出門辦事時偶爾路過登記處，會悄悄往裡面瞄一眼，看見牆上張貼著他們即將共結連理的公告。她無法忍受那樣的情景。有了前一次的經歷，如今再次走入婚姻，她跟裘德之間的浪漫愛情好像即將灰飛煙滅。她出門時通常拉著小時光老人的手，覺得別人可能會認為他是她的孩子，舉行婚禮只是為了彌補過去的失誤。

在此同時，裘德決定在自己的現在與過去之間建立起一點聯繫，邀請了世上唯一一個跟他在馬利格林的生活有點關聯的人來參加婚禮，那就是年邁的寡婦艾德琳。艾德琳是他姑婆的朋友，照顧姑婆過世前的生活起居。他覺得她不會來，但她來了，還帶了特別的禮物，包括蘋果、果醬、黃銅燭剪、古老的白鑞盤子、火盆和一大包填充床鋪的鵝毛。裘德和蘇安排她住客房。她早早就回房間，他們隔著天花板聽見她如實遵照禮儀規章的指示，大聲誦念主禱文。

只是，她還睡不著，發現蘇和裘德也還沒睡（當時才十點），她重新換好衣服下樓來，大家一起在爐火旁坐到深夜。小時光也在其中，但他始終沒有開口，幾乎沒有人意識到他的存在。

「我不像你們姑婆那麼反對結婚。」寡婦艾德琳說，「我希望你們這次結婚各方面都會幸福快樂。沒有人比我更希望你們過得好，因為這世上再沒有誰比我更了解你們家族。上帝明鑑，他們的婚姻路都很不平順。」

蘇的呼吸變得不順暢。

「他們都是好心人，連一隻蒼蠅都不會故意弄死。」艾德琳接著說，「可是他們總是碰到阻

9. 出自《聖經・申命記》第二十章第七節。

礙，如果事情不順利，他們就心情不好。一定是因為這樣，所以傳說中那個人才會做那樣的事，如果他真的是你們家族的人的話。」

「什麼事？」裘德問。

「就是那個故事，他被吊死，就在紅磚屋旁邊那個山頂，離馬利格林和阿弗列斯頓之間那個里程碑不遠，有一條路從那裡岔開。不過，那是我爺爺那個年代的事，那人也不一定是你們的親戚。」

「我知道以前絞刑架設在什麼地方，知道得很清楚。」裘德喃喃說道，「但我沒聽說過這件事。那個人……我和蘇那個祖先做了什麼？殺了他妻子嗎？」

「不是那麼回事。她帶著孩子離開他，回娘家去了。她在娘家那段時間，孩子死了，那人要討回孩子的遺體，想葬在他家族的墳墓裡，但他妻子不肯。有一天晚上他推著板車闖進他妻子娘家，把棺材偷走。後來他被抓到，因為太固執，不肯說他為什麼闖進妻子娘家，就判了強盜罪，被吊死在紅磚屋山頂。他死了以後，他妻子就發瘋了。不過他也不一定是你家族的人。」

爐火旁的陰暗處傳來徐緩的童稚嗓音，彷彿來自地底：「媽媽，如果我是妳，就不會嫁給爸爸！」說話的是小時光。他們都嚇了一跳，因為他們都忘了他。

「那些只是傳說。」蘇故作輕鬆地說。

在婚禮前夕聽完寡婦轉述振奮人心的傳說之後，蘇和裘德站了起來，跟客人道晚安，各自回房休息。

隨著時間過去，蘇的精神越來越緊繃。隔天早上出發前，她私下拉著裘德到小客廳，說道，

「裘德，我要你用情人的真心實意吻我。」她顫抖著依偎在他懷裡，睫毛掛著淚珠。「我們以後再也沒辦法像現在這樣了，對不對？真希望我們沒有申請結婚，現在我們必須繼續完成。昨天晚上的故事太恐怖了！不但破壞我今天的心情，還讓我覺得悲劇命運籠罩我們家族，就像阿特柔斯[10]的家族。」

「或耶羅波安[11]的家族。」曾經的神學專家裘德說。

「對。我們兩個結婚好像太莽撞！我要對你說出對前一個丈夫說過的誓詞，你也同樣要對我說出對另一個妻子的誓詞，不顧那些切身經驗帶給我們的教訓。」

「如果妳覺得不安，我也不會開心。」裘德說，「原本我希望妳高高興興的。但如果妳不高興，就別勉強，不需要強顏歡笑。如果這件事讓妳沮喪，我也會跟妳一起沮喪！」

「我只是覺得今天就跟我前一次結婚那天一樣讓人鬱悶。」她輕聲說，「我們走吧。」

他們手挽著手走向前面提過的登記處，婚禮的見證人只有寡婦艾德琳一個。天氣陰暗寒冷，來自「流經溫莎城堡的泰晤士河」[12]的濕涼霧氣拂過整座城市。登記處的台階上有著泥腳印，是剛進去的人留下的，入口處放著幾把濕雨傘。裡面已經有幾個人，裘德和蘇發現有個軍人和一個

10. Atreus，希臘神話中的人物，家族成員受到詛咒自相殘殺。
11. Jeroboam，《聖經》裡的以色列王。根據《聖經．列王紀上》第十四章第十節，上帝決定降禍給耶羅波安的家族。
12. 引用自米爾頓的詩〈假期活動〉（At a Vacation Exercise）。

年輕女子正在舉行婚禮。他們和寡婦艾德琳站在一旁等候，蘇看著牆上的結婚公告。對於蘇和裘德這種性情的人，登記處的氛圍太過陰鬱，但經常在這裡出入的人想必覺得這地方還算正常。黴斑點點的法律書籍排滿一堵牆，其他地方擺放著郵政名錄和各種參考書籍。用紅色布條捆成一捲捲的文件塞在分格架子裡，有個壁龕放著幾個鐵製保險櫃。沒有鋪地毯的木地板和門前台階一樣，有著前一批訪客的髒污腳印。

那個軍人繃著臉，不甘不願地，他的新娘哀傷又怯懦。她顯然很快就要當媽媽，一邊眼眶烏青。他們的婚禮完成了，親友團也零零散散走出去。其中一個見證人經過裘德和蘇時隨口跟他們攀談，彷彿彼此是舊識：「看見剛進來那一對了嗎？哈哈！那傢伙今天早上才從監獄出來，她去監獄門口接他，直接帶他來這裡，所有的費用都由她負擔。」

蘇轉過頭去，看見一個相貌醜陋、理平頭的男人挽著一個麻點斑斑的大臉女人。男人紅光滿面，因為喝了酒，也因為心願即將得到滿足。他們笑鬧地對往外走那對夫妻敬禮，又搶到裘德和蘇前面。蘇的信心一點一滴垮掉。她後退一步，轉身看著裘德，嘴唇抿著，像快要哭出聲來的孩子。

「裘德，我不喜歡這裡！真希望我們沒來！這地方太恐怖，一點也不像我們愛情的巔峰！如果非得舉行婚禮，我真希望是在教堂。那裡不會這麼低俗！」

「親愛的蘇，」裘德說，「妳看起來多麼憂愁，臉色多麼蒼白！」

「我們一定得在這裡辦婚禮吧？」

「不，也許不需要。」

他去向辦事員打聽，回來說道，「不。就算走到這一步，除非我們願意，否則不一定要在這裡或任何地方結婚。我們可以在教堂結婚，就算不是同一份證書，他們也會給我們另一份。總之，親愛的，我們先出去，等我們兩個都恢復平靜，再重新商量。」

他們帶著愧疚偷偷溜出去，輕輕關上門，彷彿犯了某種過失。艾德琳還等在入口處，他們讓她先回去，如果有需要，他們會請路人為他們見證。他們走到街上，轉進一條人跡罕至的小巷子，在那裡來回踱步，就像當初在梅爾切斯特的市場裡一樣。

「親愛的，接下來該怎麼做？我忽然發現我們把事情弄得一團糟。不過，**只要**妳高興，我就會高興。」

「親愛的裘德，我惹你心煩了！你想在剛才那裡辦婚禮，對不對？」

「坦白說，我進去的時候覺得不太喜歡那裡。那地方太醜，妳覺得不開心，我也一樣。後來我想到妳今天早上說的話，關於我們該不該結婚的事。」

他們茫然地往前走，不久後她停下腳步，輕聲說，「像這樣猶豫不決，好像有點懦弱！不過，卻比再一次魯莽行事好得多……剛才那一幕實在太恐怖了！那個虛胖女人臉上的表情，在那樣的心情下把自己交給那個囚犯，期限不是她能接受的幾小時，而是必須忍受一輩子。還有另一個可憐女人，只因為一時的性格軟弱毀了自己的名聲，為了逃避恥辱，自甘墮落跟一個鄙視她的暴君結合，這才是真正的恥辱。只有離開那男人，她才能真正得救。這是我們教區的教堂，對吧？如果我們選擇一般的方式，婚禮地點就會在這裡，是嗎？裡面好像正在舉行什麼儀式。」

裘德走過去查看門裡的情況。他說，「這裡也有一場婚禮。今天好像所有人都在結婚。」

蘇猜測可能是因為復活節大齋期剛結束，這時候通常有一波結婚潮。「我們去觀禮。」她提議，「想像一下如果我們在教堂結婚會是什麼感覺。」

他們走進教堂，選了後側的座位，觀看聖壇前的儀式。這對步入禮堂的新人顯然屬於富裕的中產階級，整場婚禮呈現該有的浪漫情調。即使有一段距離，他們還是看得見新娘手中的花朵在顫抖，也能聽見她機械化的喃喃話聲。她緊張害羞，好像連自己在念些什麼都不清楚。蘇和裘德專心聽著，各自回想起過去曾在同樣的情況下許下承諾。

「我現在知道了很多事，再結一次婚的心情跟她完全不一樣，可憐的女人。」她悄聲說，「他們第一次結婚，覺得這些流程理所當然。可是我們了解婚禮本身的嚴肅性，至少我了解，一是從經驗得知，二是基於我偶爾可能感覺太靈敏。我明知道會有什麼後果，卻又去做同一件事，真的有點不道德。進來這裡看見這個場面，我覺得在教堂結婚跟在登記處結婚一樣可怕。裘德，我們都是膽小懦弱的人，別人自信滿滿的事，我卻沒有把握。我就是個實例，證明不該再次陷入正式契約的悲慘境地！」

他們勉強笑了笑，繼續壓低聲音辯論眼前的反面教材。裘德說，他也認為他們兩個都太敏感，根本就不該來到這個世界，更別提攜手踏進婚姻這種對他們而言最乖戾的制度。

蘇突然一陣顫慄。她認真地問裘德，他是不是也覺得他們不該明知故犯，再次簽下那一紙終身契約？她說，「如果我們發現自己面對婚姻不夠堅強，卻在心裡有數的情況下打算去假宣誓，是不是糟糕極了？」

「經妳這麼一問，我覺得確實是這樣。」裘德說，「親愛的，別忘了，我都聽妳的。」見她遲疑，他坦承說，雖然他覺得他們應該做得到，卻也跟她一樣擔心自己能力不足，而這可能是因為他們個性獨特，跟其他人不一樣。他斷言，「蘇，我們太敏感，這才是我們的問題所在！」

「我覺得跟我們一樣的人比我們想像得多！」

「這點我不確定。婚姻的本意是好的，對很多人無疑也是正確的選擇。但我們如果結婚，效果卻會適得其反。因為我們性格比較奇特，如果家庭關係變成強迫性，便失去了誠摯與率真。」

蘇仍然主張他們不算太古怪或特別，所有人都一樣。「到頭來，每個人的感覺都會跟我們一樣。我們只是走在前頭，就這麼簡單。再過五十年或一百年，這對新人的子孫的行為和感受會比我們糟得多。他們會比我們更清楚看見雜亂無章的人性，**因為像我們這樣的人倍數增加**[13]。他們會害怕繁衍下一代。」

「多麼恐怖的詩句！不過，我自己情緒低落的時候，對人類同胞也有同樣看法。」

他們就這麼悄聲討論，最後蘇用開朗的語調說：

「別人怎麼樣與我們無關，我們又何必傷神？不管我們各自的理由多麼不同，結論卻如出一轍：對於我們兩個，無法收回的誓言太過冒險。裘德，我們回家去吧，別扼殺我們的夢想！可以嗎？你真好，不管我有什麼奇思怪想，你都可以包容！」

「妳的想法跟我很接近。」

參加婚禮的人都看著新人走進教堂辦公室，裘德趁機在柱子後面輕吻蘇一下，之後兩人走出教

13. 引用自英國詩人雪萊的作品《伊斯蘭的反叛》（*The Revolt of Islam*）。

堂。他們站在門外等著，兩、三輛一度離開的馬車又回來了，一對新人也來到戶外。蘇嘆口氣。

「新娘手裡的鮮花看起來多麼哀傷，像古代裝飾獻祭小母牛的花環！」

「蘇，在婚姻裡，男人的處境並沒有比女人好。有些女人看不清這點，不去埋怨制度，反倒埋怨同為受害者的男人。就像在人群裡的女人責罵擠到她的男人，殊不知那男人只是無助地傳遞他承受到的擠壓。」

「對，有些人確實會那樣，其實她們該跟男人合作，合力對抗共同的敵人，也就是婚姻的強制性。」到這時新郎新娘已經搭馬車走了，他們跟其他同樣無事可做的人一起離開。

「不，我們別那麼做。」她又說，「至少現在別做。」

他們回到家，手挽著手從窗戶旁走過，看見艾德琳在窗子裡看著他們。他們進門以後，艾德琳大聲說，「看見你們甜甜蜜蜜走回來，我跟自己說，『他們終於下定決心了！』」

他們簡單說明婚禮沒有完成。

「什麼！真的還沒辦好？完了，我活到這把年歲，竟然看見『腦子一熱去結婚，清醒過來就後悔』這句老話被你們兩個推翻了！如果新潮的觀念都往這個方向去，我就該回馬利格林啦！肯定該回去了。我那個時代沒有人會害怕結婚，幾乎什麼都不怕，只怕戰爭和饑荒！我跟我死去的老伴結婚的時候，覺得那不過是孩子的遊戲！」

「孩子過來的時候別告訴他，」蘇緊張地低聲提醒，「他會以為事情很順利，我們最好別讓他驚訝或疑惑。我們只是想再考慮考慮，暫時延期。只要我們現在過得很快樂，又何必管別人怎麼想？」

著重描寫情緒和行為的作家，並不需要針對上述重大爭議陳述個人見解。他們兩個人不悲傷的時候確實很快樂，這點無庸置疑。裘德的孩子意外來到這個家，他們感受到的不是預料中的干擾，而是一份前所未有、高貴無私的親切關懷，對他們的幸福生活反倒是助益，而非傷害。

由於他們求好心切，孩子的到來也讓他們更常思考未來，尤其目前在這孩子身上好像看不到一般孩子都有的展望。只是，他們不想太費力思考日後的事，至少暫時不想。

上威塞克斯有個人口大約九千到一萬的古鎮，不妨叫它斯妥貝希爾。鎮上有一座蕭索醜陋的老教堂，郊區則是新建的紅磚房舍。小鎮彷彿屹立在由阿爾布里罕、溫登謝斯特和重要軍事基地夸特夏形成的三角區域接近中央的位置，周遭是開闊的白堊土小麥田。銜接倫敦的西部大道穿越小鎮，在小鎮附近一分為二，往西大約三十公里後又重新合而為一。早在鐵路修建以前，這條路的分岔再結合帶給駕馬車的旅者無窮的困擾，不知道該走哪一條。如今這種問題已經跟為它們爭執不休的人一起走入歷史，那些人包括分擔地方稅的不動產業主、公路上的運貨馬車車夫和郵車車夫。或許斯妥貝希爾已經沒有任何居民知道那條分岔的道路最後會重新合併，因為再也沒有人每天駕著馬車在那條西行大道上奔忙。

當前斯妥貝希爾最為人熟知的是它的墓園，坐落在鐵道旁風景優美的中世紀古蹟之間。那些現代教堂、現代墳墓和現代灌木叢矗立在爬滿藤蔓的古老斷垣殘壁之間，顯得格外突兀。

不過，就在我們的故事述及的這一年六月初的某一天，小鎮的景物並不引人注目，卻還是有許多遊客搭乘火車前來。特別是某些下行列車，幾乎所有乘客都在這裡下車。這星期正是大威塞克斯農業展售會舉辦的日子，展售會的大篷子在廣大的鎮郊鋪展開來，像入侵軍隊的帳篷。一排排的遮篷、小屋、攤位、展覽館、拱廊和柱廊，林林總總的臨時結構覆蓋了約莫八百公尺見方的綠地。陸續抵達的遊客成群結隊走過小鎮，朝展售會場走去。通往會場的道路兩旁有表演節目、攤商和流動叫賣小販，整條路變成一個大市集，直達會場所在地。有些人思慮不周，原本專程來看展售會，沒想到還沒走到會場入口，荷包已經大幅縮水。

這天是大日子，門票只要一先令，一列列旅遊專車快速抵達，其中兩列來自不同方向的火車幾乎同一時間駛進兩個鄰近的車站。其中一輛跟先前很多輛一樣，從倫敦過來；另一輛則是從阿爾布里罕走支線過來。倫敦來的列車下來一對夫妻，男的個子不高身材臃腫，有著圓滾滾的肚子和細瘦的雙腿，儼然像是陀螺插在兩根木樁上。女人身材凹凸有致，臉蛋紅撲撲的，穿著黑色衣裳，從帽子到裙子都以珠子裝飾，全身上下閃閃發亮，像穿著鎖子甲。

他們的目光四處遊移。男人打算跟別人一樣雇輛馬車，女人說，「卡列特，別著急。這裡到會場路程不遠，我們沿著街道走過去，也許能在路上買到便宜的家具或古董瓷器。我很多年沒來過這裡了，以前年輕時住在阿爾布里罕，偶爾會跟男朋友來這裡玩。」

「搭火車沒辦法帶家具回去，」她丈夫濁重的嗓音說道。他是蘭貝斯三把號角酒館的老闆，當初被頂讓廣告吸引，承接了那家「位置絕佳、人口稠密、附近居民嗜飲琴酒」的酒館，目前還住在那裡。從他的外表看來，他跟他的顧客一樣，也喝了不少他賣的酒。

「如果看到值得買的東西，我就讓他們送。」他妻子說。

他們從容地往前走，還沒走進小鎮，她就注意到一對帶著孩子的男女。那兩大一小剛從阿爾布里罕的列車停靠的那個車站出來。此刻就走在他們夫妻前面。

「我的天哪！」艾拉貝拉驚呼一聲。

「什麼事？」卡列特問。

「你猜前面那兩個人是誰？你不認得那男人嗎？」

「不認得。」

「你忘了我給你看過的照片？」

「是佛雷嗎？」

「是，當然。」

「喔，他大概跟我們其他人一樣，也喜歡出門旅遊。」初識艾拉貝拉時，卡列特或許對裘德有些意見，自從她的魅力、風采、假髮和可選擇的酒窩變成老套的故事，那些意見也都隨風而逝。

艾拉貝拉適度調節她和丈夫的步伐，一直跟在裘德與蘇後面。在人來人往的街道上，這麼做倒是一點都不顯眼。對於卡列特說的話，她只是草率敷衍一聲，因為前面那二大一小比周遭的一切更吸引她。

「看來他們感情很不錯，也很疼愛他們的孩子。」卡列特說。

「**他們的**孩子！那才不是他們的孩子。」艾拉貝拉的語氣突然多了點莫名的豔羨。「他們在一起還不夠久，生不出那麼大的孩子！」

雖然她蠢蠢欲動的母性本能讓她否決丈夫的猜測，但轉念一想，她覺得沒必要說出真相。卡列特以為她跟裘德的兒子還跟外祖父母住在地球的另一端。

「嗯，說得對。她看起來還是個小女孩。」

「誰都看得出來他們只是戀人，或剛結婚，只是照顧別人的孩子。」

所有人繼續往前移動。一無所知的裘德和蘇覺得，這場離家不到三十公里的展售會是一日遊的好去處，花點小錢出門散心，還能寓教於樂。在這趟愉快的旅程中，他們無話不談，氣氛愉快。小時光的存在多多少少造成一點妨礙，但他們沒有只顧自己，還是帶著他出來，利用各種機會激發他的興趣，希望他跟其他孩子一樣盡情歡笑。他們很快就適應孩子的同行，彼此間那股濃濃情意，就算是生性極端害羞的人，也難免自然流露。由於身邊都是陌生人，他們不像平時在城裡那樣費心遮掩。蘇穿著全新夏裝，像鳥兒般輕盈靈活。纖細的拇指豎直按在白色陽傘的傘柄上，蓮步輕移，彷彿沒有碰觸地面。似乎只要颳來一陣中等強度的風，就能將她吹過樹籬，去到另一邊的田野。身穿淺灰色休閒西裝的裘德真心以蘇為榮，既因為她迷人的外表，更因為她的言談舉止與他高度共鳴。他們心靈完全契合，每個眼神和動作都跟話語一樣，有效傳達彼此的心意，兩人幾乎同屬一個整體。

他們帶著孩子走進十字轉門，艾拉貝拉和她丈夫就在後方不遠處。進入會場後，艾拉貝拉看見裘德和蘇用心引導孩子，指著各種死物或活物解釋說明。當他們發現孩子依然無動於衷，就會流露出哀傷的表情。

「她緊緊纏著他！」艾拉貝拉說，「不，我看他們沒有結婚，否則他們不會那麼在乎對方……真奇怪！」

「妳不是說他們確實結婚了？」

「我當時只是聽說他快結婚了。他們延期過一兩次，打算再去申請。整個展售會裡，他們眼裡只看得到對方。如果我做出這麼蠢的行為，一定羞死了！」

「我不覺得他們的行為有什麼特別的。如果沒聽妳說，我絕對看不出來他們彼此相愛。」

「你什麼都看不見。」她回嘴道。儘管如此，卡列特對裘德和蘇的行為舉止的看法，顯然跟一般大眾不謀而合。艾拉貝拉銳利的目光所看見的現象，好像沒有旁人注意到。

「他被她迷得神魂顛倒，一副她是什麼仙女似的！」艾拉貝拉又說，「看看他轉頭看著她，兩隻眼睛都黏在她身上。我覺得她對他的感情沒有他對她的深。在我看來她不是多麼熱情的人，對他只有普通程度的喜歡，不過她盡力了。只要他捨得，一定能傷透她的心。但他太單純，不會做那樣的事。哎呀，他們去對面的馬棚看挽馬。走吧。」

「我不想看挽馬，我們沒必要跟著他們走。我們是來看展售會的，就照自己的意思走，也讓他們走他們的。」

「不如我們各走各的，約個地方一小時後碰面。嗯，就在那邊的飲食區如何？這麼一來你可以看你想看的，我也可以。」

卡列特不反對，於是他們分道揚鑣。他走向展示麥芽酒製程的棚子，艾拉貝拉往裘德和蘇的方向去。不過，她還沒跟上他們，就遇見一張笑盈盈的臉，是她少女時代的朋友安妮。

光是這場偶遇就讓安妮樂得哈哈大笑。她恢復鎮定之後說，「我還住在老家，再過不久就結婚了，我未婚夫今天沒辦法過來。我們很多人一起搭專車過來，只是我跟他們走散了。」

「妳有沒有遇見裘德和他女朋友，或妻子，或不管她是什麼人？我剛才看見他們。」

「沒有，很多年沒見過了！」

「他們就在附近。沒錯，在那裡，那匹灰馬旁邊。」

「哦，那是他現在的對象，妳說是他妻子？他再婚了嗎？」

「我不知道。」

「她長得可真美！」

「是，沒什麼好挑剔或嫌棄的。不過，那種瘦巴巴又神經兮兮的小個子，一點也不可靠。」

「他長得也很英俊！艾拉貝拉，妳當初真該牢牢抓住他。」

「我也這麼覺得。」艾拉貝拉低聲說。

安妮笑了，「艾拉貝拉，妳一點都沒變！總是吃著碗裡看著鍋裡。」

「哪個女人不是這樣？至於他身邊那個人，她根本不懂愛情，至少不懂我所謂的愛情！我從她的臉就看出來了。」

「親愛的艾拉，也許妳也不懂她所謂的愛情。」

「我可沒興趣！啊，他們往藝術展覽區去了。我也想看看畫，要不要一起過去？哎呀，我敢說整個威塞克斯的人都來了！那是威伯特醫生，好幾年沒見了，他還是跟以前一樣，一點都沒變老。醫生，你好嗎？我剛才還說，你跟我小時候見到的一模一樣，一點都沒變老！」

「女士，這是因為我定期吃自己的藥丸。一盒只要兩先令三便士，政府標章保證有效。有沒有興趣追隨我的腳步，買下這個幫助妳抵擋歲月摧殘的靈藥？只要兩先令三便士。」

威伯特從背心口袋掏出一盒藥，艾拉貝拉在他的推銷下買了一盒。

「另外，」威伯特收了藥錢之後又說，「原諒我健忘，妳住在馬利格林附近，以前是唐恩小姐，現在不會是佛雷太太吧？」

「嗯，現在是卡列特太太。」

「啊，妳失去他了？那是個有前途的年輕人！曾經當過我的學生，我教他拉丁文和希臘文，沒多久就幾乎跟我一樣博學了。」

「我是失去他了，但不是你想的那樣。」艾拉貝拉冷淡地說，「我們離婚了。你看，他就在那裡，生龍活虎精神飽滿，跟那個年輕女人一起走進藝術展覽館。」

「啊，果然！他顯然很愛她。」

「**聽說**他們是表兄妹。」

「表兄妹關係讓他們感情更親密，是吧？」

「沒錯。她丈夫跟她離婚的時候顯然也是這麼想……我們要不要也進去看畫？」

他們三個橫越綠地走進去。裘德和蘇帶著孩子走到展覽館盡頭處的模型前，專注地端詳了很長時間，才繼續往前走，絲毫沒有察覺有人在看他們。艾拉貝拉等人也跟著走過去，看到模型的題辭寫著「基督教堂城主教學院模型，佛雷與布里海德製。」

「欣賞他們自己的作品。」艾拉貝拉說，「裘德還是老樣子，永遠想著大學和基督教堂城，不顧自己份內該做的事。」

他們大略瞄了幾眼展出的畫作，慢慢走向表演台，站在那裡聽軍樂隊的演奏。不一會兒，裘德、蘇和那孩子來到表演台另一邊。艾拉貝拉不在乎他們會不會認出她來，不過他們深深被音樂打動，沉浸在自己的世界，看不見一身珠光閃閃的她。她在人群外圍走動，從裘德他們背後經過。這一天，裘德他們的一舉一動對她有著難以言喻的吸引力。她站在他們後面仔細觀察，目睹裘德伸手去拉蘇的手。他們想必覺得彼此距離夠近，不怕別人發現他們默默傳達的情意。

「真是蠢笨的傻瓜，像兩個孩子！」艾拉貝拉鬱悶地自言自語。她走回同伴身邊，一句話都沒說，顯得心事重重。

安妮則是開玩笑地告訴威伯特，艾拉貝拉對前夫好像舊情未了。

威伯特於是私下對艾拉貝拉說，「卡列特太太，要不要來點這東西？我平常不賣這個，不過偶爾也會有人指名要買。」他拿出一小瓶清澈的藥水。「是催情藥，古代非常有效的配方。我是研究古人著作時找到的，次次靈驗。」

「裡面的成分是什麼？」艾拉貝拉好奇地問。

「其中一種成分是用鴿子或斑鳩心臟的血提煉出來的。這麼一小瓶就需要將近一百顆心臟。」

「你哪來那麼多鴿子？」

「跟妳說個祕密，我會拿一塊鴿子最喜歡的岩鹽，放在我家屋頂上的鴿舍裡，幾小時內鴿子就會從四面八方飛過來，東西南北都有，我需要多少就抓多少。妳在酒裡放個十滴，想辦法讓妳喜歡的男人喝下。不過，我之所以跟妳說這些，是因為我從妳剛才提出的問題聽出來妳想買，妳相信我的話吧？」

「好吧，那我就買一瓶送朋友，讓她給心上人試試。」她照醫生的開價支付五先令，把瓶子塞進她碩大的乳房之間。接著她說她跟丈夫約定的時間到了，轉身從容地走向飲食區。這時裘德他們三人已經去了園藝棚，艾拉貝拉瞥見他們站在一叢盛開的玫瑰前。

她在原地注視他們幾分鐘，而後帶著不太愉快的心情去跟她丈夫會合。她發現卡列特坐在吧台前，跟幫他倒酒的女侍聊天，女侍打扮得花枝招展。

「你在自家酒館待得不嫌膩嗎？」艾拉貝拉不滿地說，「你離開自己的吧台來到八十公里外，應該不是為了守在另一個吧台旁吧？走吧，帶我逛逛展售會，學學別的男人怎麼對待他們的妻子！真該死，不知道的還以為你是沒有家累的年輕單身漢！」

「可是我們約好在這裡會合，我除了等還能做什麼？」

「好啦，既然已經碰頭了，一起走吧。」她沒好氣地說，那架勢彷彿要為照在身上的陽光跟太陽吵架。於是挺著啤酒肚的卡列特跟打扮俗豔的艾拉貝拉一起離開飲食區，彼此針鋒相對話不投機，就跟基督教國家所有夫妻一樣。

在此同時，那對更為與眾不同的男女和小男孩仍然在園藝棚裡，對於善於鑑賞的他們，那是令人醉心的宮殿。蘇蒼白的臉龐透著粉紅光澤，與她此時凝視的粉紅色玫瑰相呼應。這歡樂的景象、空氣、音樂，以及跟裘德出遊的喜悅，讓她血流加速，晶亮的雙眼綻放欣喜的光采。她喜歡玫瑰，但看在艾拉貝拉眼中，她根本不顧裘德的意願，逗留在這裡研究這個或那個品種，把臉湊近去嗅聞香氣，離花朵不到兩公分。

「這些可愛的花兒，我真想把臉埋進去！」她說，「好像規定不能碰這些花，你說是不是，裘德？」

「沒錯，小寶貝。」裘德答，而後逗弄地輕輕推她一下，她的鼻子於是伸進了花瓣間。

「警察會來抓我們，我要告訴他們是我丈夫的錯！」

她笑著望向裘德。在艾拉貝拉眼中，那笑容透露許多訊息。

「開心嗎？」裘德低聲問。

她點點頭。

「為什麼開心？是因為妳來參觀大威塞克斯農業展售會，或因為**我們**一起來？」

「你總是想讓我承認各種莫名其妙的事。我開心當然是因為看到了這麼多蒸氣耕耘機、打穀機、切草機，還有牛、豬和羊，心靈得到提升。」

蘇一如往常閃躲推托，裘德儘管受挫卻樂在其中。不過，等他忘記自己提出的問題，也不再企求答覆時，她又說，「正如你某位基督教堂城傑出人物所說，我覺得我們回到了古希臘時代的歡樂氣氛裡，看不見自己的疾病與哀傷，也忘了從那時起到現在的兩千五百年帶給人類的啟示……只是，我們眼前有一道陰影，只有一道。」她看著超齡的男孩。他們帶他看了所有可能吸引小孩子的東西，他卻始終漠然以對。

男孩知道他們在說什麼，心裡又想什麼，說道，「爸爸媽媽，我真的非常非常抱歉。請不要在意！我也沒辦法。我總是想到那些花朵幾天後就會凋謝，不然我也會很喜歡它們！」

6

自從他們推遲婚禮的那一天起，不只艾拉貝拉，其他人也開始留意並議論他們平靜低調的生活。對於春日街的街坊和附近鄰里，蘇和裘德內心的想法、情感、立場和恐懼始終是個謎，永遠撲朔迷離。有個孩子突如其來地出現，喊裘德「爸爸」、喊蘇「媽媽」；為了不引人注目選擇在登記處結婚；還有傳說中在法庭上演、無人抗辯的離婚官司，對於平凡的心靈只有一種解釋。

小時光雖然正式取名「裘德」，原來的貼切綽號仍然跟著他。他傍晚從學校回到家，會轉述其他同學對他說的話和提出的問題，裘德和蘇聽了之後心情無比悲傷沉痛。

結果是，兩人取消登記處的婚禮後不久，結伴出門幾天，孩子暫時請人照顧。人們相信他們去了倫敦。他們回來以後，以漠然又厭煩的神態間接讓大家知道他們正式結婚了。蘇對外的稱呼原本是布里海德女士，現在公開改為佛雷太太。她接連幾日情緒低落、舉止畏縮、無精打采，似乎證明了一切。

可是他們悄悄離家去辦婚禮的做法被視為一種錯誤，讓他們蒙上更多神祕色彩。他們發現，結婚並沒有帶來預期效果，沒能改善跟鄰居之間的關係。即期的祕辛吸引人的程度，顯然不輸過時的醜聞。

以往麵包師的小伙子和雜貨店老闆的兒子過來跑腿時，都會殷勤地舉起帽子向蘇致意，這些日子他們不再向蘇表達敬意。技工的妻子在街上遇見他們的時候，兩眼直視正前方。

沒錯，沒有人騷擾他們，但一股壓迫感開始圈圍他們的靈魂，尤其是在參觀展售會之後，彷彿那次旅遊帶給他們某種不利的影響。他們的性格正好最無法承受這種氛圍，也不願意為了解決困境據理力爭公開說明。他們的補救措施明顯來得太遲，已經收不到成效。

墓碑與銘文的生意一落千丈，兩三個月後時序進入秋天，裘德發現他又得去當短期雇工。這實在雪上加霜，因為前一年打離婚官司欠下的訴訟費用還沒還清。

某天晚上他照例跟蘇和孩子一起吃晚餐，他對蘇說，「我一直在想，我不想繼續留在這地方。這裡的生活當然適合我們，但如果我們能搬到一個沒有人認識的地方，心情應該會比較輕鬆，日子可能會好過一點。可憐的蘇，不管妳多麼難適應，我們恐怕都得離開這裡！」

蘇一想到自己變成別人憐憫的對象，情緒總是大受影響，這時她內心酸楚。

「我不遺憾。」她說，「這裡的人看我的眼神讓我相當沮喪。何況你一直為了我和孩子負擔這個房子和家具！你自己根本用不上，也不需要花這些錢。可是裘德，不管我們去哪裡、做什麼，你都不會讓他離開我身邊，對不對？現在我離不開他了！這孩子的小小心靈蒙著烏雲，我非常心疼，很希望有一天能幫他清除！而且他非常愛我，你不會把他從我身邊帶走吧？」

「當然不會，我親愛的小姑娘！不管我們去哪裡，都會找個舒適的住處。也許接下來我會經常搬家，哪裡有工作就去哪裡。」

「我當然也會做點事，直到……直到……既然現在我沒辦法幫你描字，我一定得做點別的。」

「別急著找工作。」他帶著歉意說，「我不希望妳那麼做。蘇，我不希望妳工作，光是照顧孩子和妳自己就夠妳忙的。」

敲門聲傳來，裘德去開門。蘇聽見他跟訪客的對話：

「佛雷先生在嗎？我代表拜爾斯和威利斯建築公司過來，想問你願不願意接他們的工作。他們最近正在整修附近的鄉間小教堂，那裡的十誡碑文需要重新雕刻。」

裘德考慮了一下，表示他可以接。

「這工作不需要太細緻。」那人說，「那裡的牧師非常老派，要求教堂的整修只限於清潔和修復。」

「多麼理智的老人家！」蘇心想。她向來認為過度整修是可怕的做法。

「十誡碑文就在教堂東端，」那人接著說，「他們希望跟那堵牆一起修復。依照這個行業的慣例，拆除後的舊材料屬於建商，建商原本想把那面牆拆掉運走，但牧師拒絕。」

他們談妥了工作條件和報酬，裘德走回屋裡，開心地說，「好啦，工作上門了，妳可以幫得上忙，至少可以試試。其他部分的工作都完成了，所以到時候只有我們兩個在教堂工作。」

教堂離他家只有三公里，隔天裘德就去了，發現建商的辦事員說得沒錯。劃分成兩片的十誡銘文莊嚴地高懸在教堂各種神聖器物上方，是高壇那片牆壁上唯一的裝飾，屬於上個世紀的樸實風格。碑文的邊框以灰泥製作，沒辦法拆下來修復，其中一部分潮濕碎裂，必須重做。他先做完這部分工作，再將整面牆清潔乾淨，就開始重新雕刻碑文。隔天早上蘇也來了，一來想看看她能幫上什麼忙，二來他們喜歡跟彼此在一起。

教堂的寂靜與空蕩增加她的信心。裘德搭建了安全的低矮平台，她爬上去的時候有點膽顫心驚，卻還是站在上面塗刷第一片碑文，裘德則修復第二片的某個部分。她很為自己的能力感到高興，那是她早年在基督教堂城的教會文物店描畫經文時學會的本事。沒有人來打擾他們，悅耳的鳥叫聲和十月份的樹葉沙沙聲從敞開的窗戶飄送進來，跟他們的談話聲混合在一起。

只是，這樣舒心寧靜的時光為時甚短。大約十二點三十分，外面的石子路傳來腳步聲。老牧師和他的教會委員進了教堂，走過來視察修復進度，看見有個年輕女子在幫忙，顯得十分訝異。他們繼續往前走進一條側廊。之後教堂門又開了，有個小小身影走進來，是小時光，他在哭。蘇早先告訴過他，上學的時間如果想找她，可以來教堂。她從架子上爬下來，問道，「親愛的，怎麼了？」

「我沒辦法留在學校吃午餐，因為他們說……」他說有幾個男孩子取笑他不是媽媽親生的。蘇難過極了，向站在架上子的裘德表達內心的憤慨。之後孩子到外面的院子去了，蘇回去繼續工作。門又開了，打掃教堂的清潔婦穿著白色圍裙，一本正經地走進來。這婦人有個朋友住在春日街，蘇曾經去過她朋友家。她看見蘇的時候驚訝得舉起雙手，顯然她也認得蘇。接下來又進來兩名婦人，她們跟清潔婦聊了幾句之後，同樣往前走去，看著蘇描畫十誡的文字，用挑剔的眼神注視蘇在潔白牆壁烘托下的身影。蘇因此緊張不安，肉眼可見地顫抖起來。

她們回到其他人站著的地方，開始低聲交談，其中一個用蘇聽不見的聲音問，「她是他太太吧？」

「有人說是，有人說不是，」清潔婦答。

「不是嗎？那麼很明顯她必須是，否則肯定是別人的太太！」

「就算是，他們結婚才幾星期。」

「這樣的夫妻來描畫十誡未免奇怪！拜爾斯和威利斯公司怎麼會請他們來！」

教會委員認為拜爾斯和威利斯不知情，剛才與清潔婦聊過的婦人說明所謂的「奇怪」指的是什麼。

他們壓低聲音談論了些什麼，可以從接下來教會委員的話判斷出來。教會委員用教堂裡所有人都聽得見的音量說起一段故事，而故事本身則是由眼前的情況而來：

「這事說來邪門，我聽我祖父說，蓋米德一間教堂描畫十誡的時候發生了非常邪惡的事。那間教堂離我們這間不遠，走路就能到。那個時代十誡是黑底金字，我說的那個地方也是這樣。那時老教堂還沒重建。大概一百年前，那裡的十誡跟我們的一樣，也需要翻新。他們從阿爾布里罕雇了幾個工人來做，希望某個星期日之前完成，所以工人必須工作到星期六深夜。工人不太高興，因為當時不像現在有加班費。那個時代鄉下地方信仰不虔誠，牧師、執事或信眾都一樣。教區牧師為了討好工人，當天下午準備了很多酒給他們喝，據說天黑以後工人又自己去買了蘭姆酒。時間越來越晚，他們喝得越來越迷糊，最後把酒瓶和酒杯放在聖餐台上，拉了一張擱凳過來，圍著聖餐桌又喝了個痛快。據說他們把酒喝光以後，所有人都醉倒了，不省人事。沒有人知道他們暈了多久，等他們醒過來，外面已經雷電交加暴風雨肆虐。在陰暗的教堂裡，他們好像看到一個漆黑的身影站在梯子上幫他們工作。那個身影長著兩條細腿，還有一雙怪腳[14]。等到天亮時，他們發現工作確實完成了，卻一點都想不起來是不是自己做的。他們各自回家，之後他們聽

14. 過去的人相信魔鬼的腳像動物的偶蹄。

說星期天早上那間教堂發生了重大醜聞，前去做禮拜的信眾發現十誡條文裡的『不可』都消失了。接下來很長一段時間，正派的人都不願意去那間教堂做禮拜，最後教會只得派主教去重新舉行祝聖儀式。我小時候常聽到這個故事，因為今天的事才想起來，信不信由你們。」

那些人又瞄了一眼，彷彿要確認裘德和蘇是不是也遺漏了「不可」。之後他們陸續離開教堂，連清潔婦也走了。這段時間蘇和裘德一直在工作，他們讓孩子回學校去，彼此沒有交談。後來裘德仔細看了蘇一眼，發現她在默默流淚。

「蘇，別在意！」他說，「我知道那是怎麼回事！」

「我實在無法忍受，他們認為選擇自己生活方式的人是邪惡的，所有人都這麼認為！都是因為這些議論，害得心存善意的人不顧後果，最後做出不道德的事。」

「別灰心！那只是個荒唐的故事。」

「卻是因我們而起！裘德，我來這裡好像沒幫上你的忙，反而拖累你！」

仔細想想他們的處境，引出那樣的故事實在叫人沮喪。不過，幾分鐘後蘇好像發現，他們這天早上的處境也有滑稽的一面，於是笑著擦擦眼淚。

「說來確實好笑。」她說，「我們兩個有著奇特的過去，竟會在這裡描繪十誡！你就是被神所棄的人，而我，以我的情況……天哪！」她舉起手蒙住眼睛，有一陣沒一陣地笑著，沒有出聲，最後笑到無力。

「這樣好多了，」裘德愉快地說，「現在沒事了，對不對，小姑娘！」

「但這畢竟是嚴肅的事！」她嘆息著拿起畫筆，站直身體。「你有沒有發現他們認為我們沒有結婚？他們**不願意**相信！多麼奇怪！」

「我才不管他們信不信，」裘德說，「也不會多費口舌向他們解釋。」

為了節省時間，他們帶了午餐。這時他們坐下來用餐，吃完後正準備開始工作，有個男人走進教堂。裘德認出對方是包商威利斯。那人向裘德招手，帶他到一旁說話。

「我收到投訴。」他似乎困窘極了。「我不想說太多，因為我也不知道這究竟怎麼回事。但是我必須請你們兩個離開，這裡的工作讓別人接手。這是最好的安排，可以免掉很多不愉快。當然，這星期的工資我還是會付給你。」

裘德向來有自己的想法，不會大驚小怪。包商付了工錢就走了，裘德收拾工具，蘇清洗畫筆，而後兩人目光交會。

「我們怎麼會這麼天真，竟然覺得我們可以做這種工作！」她用哀怨的低沉嗓音說，「我們本來就不該來，我不該來！」

「這裡這麼偏僻，沒想到還會有人看見我們！」裘德說，「親愛的，現在多說無益，我留在這裡會帶給包商困擾，我不想那麼做。」他們一動不動端坐幾分鐘，而後一起離開教堂，在途中趕上小時光，三人心事重重地走回阿爾布里罕。

裘德對於教育仍然保持高度熱忱。基於過去的經歷，他會把握來到他面前的任何微薄資源，實現「機會均等」理念。他來到阿爾布里罕後不久，就加入鎮上的「工匠成長協會」。這個協會的成員都是年輕男性，各自信奉不同信條與教派，包括聖公會、公理宗、浸禮宗、一位論者、實證論者等等（不可知論者這個名詞當時還很少人聽說）。這些人有個共同願望，那就是藉著彼此的緊密聯繫增廣見聞。入會費不高，會館樸實舒適。裘德參與度高，擁有非凡學識，最重要的是，他多年在逆境中掙扎，培養了獨到的直覺，知道該讀些什麼書，又該怎麼讀，因此被選為協會委員。

他失去教堂修復工作之後，連續幾天都沒有新工作。有一天他去參加委員會議，到得比較晚，其他人都在。他進去的時候，大家都用質疑的眼光看著他，幾乎沒有人出聲跟他打招呼。他猜想，其他委員可能已經討論或爭辯過跟他有關的事。接著委員會處理一般會務，之後有人提及這個季度會員人數驟減。一名秉性仁厚個性正直的委員話中有話地說：委員會有必要做個內部檢討，因為如果委員會得不到尊重，大家各行其是，沒有共同的行為準則，整個協會可能會瓦解。當著裘德的面，沒有人再多說什麼，但裘德知道那人的意思，於是坐到桌子旁寫了一封請辭函，當場卸任。

裘德與蘇這對高度敏感的夫妻搬走的壓力越來越大。這時帳單紛紛送到，問題來了：如果裘德離開這裡，又不知道要搬去哪裡，該怎麼處理姑婆那些老舊又笨重的家具？基於這個原因，加上他手頭需要一筆現金，儘管他很想留下那些珍貴物品，卻不得不舉辦一場拍賣會。

拍賣的日子來到，蘇最後一次在小房子料理一家三口的早餐。那天剛好下雨，裘德不能提早離開，蘇身子不太舒服，又不想讓裘德獨自面對這個憂傷的場景，於是聽從拍賣商的建議，待在樓上的房間休息。房間裡的物品事先搬出來，不需要讓買家進去查看。她跟孩子都在這裡，還有幾個行李箱、簍子、包袱，另外就是不打算拍賣的一張桌子、兩張椅子。裘德來這裡找她，兩人聊著內心的想法。

沒有鋪地毯的樓梯響起上上下下的腳步聲，買家在查看拍賣品。其中某些家具年代久遠又典雅，幾乎可以當成藝術品來賣。有一兩個人打開他們這房間的門，為了避免再受干擾，裘德找了一小片紙張，寫上「請勿打擾」，貼在門板上。

他們很快發現，買家感興趣的不只他們的家具，還包括他們的私事和過去的經歷。那些人談論的話題何其廣泛，出乎他們的意料，也叫他們難以忍受。直到這一刻他們才真正明白，原來這段日子以來他們傻得可憐，以為沒有人知道他們的事。蘇默默拉住裘德的手，兩人四目相對，聽著那些流長蜚短，其中小時光古怪神祕的身分引來許多暗示與嘲諷。最後拍賣正式在樓下展開，他們聽見每件熟悉的物品被拍定，價值高昂的廉價售出，某些東西出乎意料賣出好價錢。

「外人不了解我們，」裘德深深嘆一口氣，「我很慶幸我們決定離開。」

「問題是，我們要去哪裡？」

「應該去倫敦，那裡的人可以過自己想要的生活。」

「不，親愛的，不要去倫敦！我很了解那個地方，我們在那裡不會開心。」

「為什麼？」

「你猜不到嗎？」

「因為艾拉貝拉在那裡？」

「那是主要原因。」

「可是如果搬到鄉下，我會一直擔心最近這種情況重演。首先，我不願意為了化解別人的誤會說出小時光的事。為了幫他擺脫過去，我決定不再提起那些事。如今我已經厭倦教會的工作，即使有人找我，我也不會接！」

「當初你應該學古典式建築。哥德式終究是野蠻人的藝術。普金[15]錯了，雷恩[16]的路線才正確。還記得基督教堂城大教堂的內部裝飾嗎？我們好像是在那裡第一次看清對方的面容。在那些優美如畫的諾曼風格細部裝飾底下，輕易就能看見怪誕的幼稚手筆，是粗野的人試圖模仿如今只存在模糊的傳統中、已經消失的羅馬形式。」

「是，這些妳以前就說過，也是我改變想法的一大原因。不過，人可以從事自己鄙視的行業。就算不做哥德式教堂，我還是得做點別的。」

「真希望我們兩個都能做跟個人立場無關的工作。」她露出哀悽的笑容。「我是個不適任教師，而你也不是個合格的教堂工匠。你適合火車站、橋梁、劇院、音樂廳、旅館之類的工作，這些都不會跟行為扯上關係。」

「那些我不擅長……我應該當麵包師傅，我從小跟姑婆學做這行。只是，就連麵包師傅也得遵循傳統，顧客才會上門。」

「除非他在市集或博覽會擺攤賣蛋糕或薑餅。那地方的顧客唯一在乎的，就是東西的品質。」拍賣商的聲音打斷他們的思緒。「接下來是這張古董橡木長椅，難得一見的老式英國家具，值得所有收藏家關注！」

「那是我曾祖父留下來的，」裘德說，「真希望能留下這張老椅子！」

東西一件件賣出去，下午的時光匆匆流逝。裘德他們三個人又累又餓，只是，聽過那些買家說的話，他們不太有勇氣在眾目睽睽之下走出去。最後一批東西還在拍賣，但他們不能再等，必須冒雨把蘇的東西送到臨時住處。

「下一件拍賣品是兩隻鴿子，活生生又肥嘟嘟，下個星期天晚上可以做個美味的餡餅！」鴿子的拍賣是整個下午最折磨他們的事。這兩隻鴿子是蘇的寵物，當初他們發現沒辦法繼續養，內心的不捨遠勝過拍賣家具帶來的感傷。拍賣過程中，蘇聽著鴿子低微的鑑定價格一點一滴攀升，直到最後的成交價。想盡辦法轉移注意力，免得哭出來。買家是附近的家禽商，鴿子顯然活不到下一次市集日。

裘德察覺到她強自壓抑的低落心情，親吻她一下，說他先去看看臨時住處是不是準備好了，很快就會帶孩子回來接她。

她一個人留在房間裡耐心等候，但裘德沒有回來。樓下的人都離開後，她就出發了。她經過不遠處的家禽店，發現她的鴿子就在門口的筐子裡。看見鴿子她情緒激動，加上天色漸暗，她臨時起意，先匆匆查看四周，再抽掉扣住筐蓋的木栓，繼續往前走。筐蓋從裡面被頂起來，鴿子撲啦啦地飛走了，懊惱的家禽商咒罵連連地追到門口。

蘇渾身顫抖地來到臨時住處，發現裘德和小時光已經把那地方整理得溫馨舒適。「買家是不是先付錢才拿走東西？」她喘著氣問。

15. Augustus Welby Northmore Pugin（一八一二～五二），英國建築師，致力復興哥德式建築。
16. Sir Christopher Wren（一六三二～一七二三），英國巴洛克時期建築師，被譽為英格蘭建築奇才。

「應該是吧。怎麼了?」

「那樣的話我就做了件壞事!」她百般痛悔地解釋自己做了什麼。

「如果他抓不回來,我就把錢還給他。」裘德說,「沒關係。親愛的,不需要為這事發愁。」

「我實在蠢極了!噢,大自然的法則為什麼是彼此殘殺!」

「媽媽,真是這樣嗎?」孩子認真地問。

「是!」蘇語氣激動。

「可憐的鴿子,接下來就看牠們的運氣了。」裘德說,「等拍賣的帳算好,帳單繳清,我們就走。」

「我們上哪去?」小時光憂心地問。

「我們的行動要保密,不能讓別人知道我們的去處。我們不能去阿弗列斯頓,也不能去梅爾切斯特、薛斯頓和基督教堂城。除了那些地方,我們哪裡都能去。」

「爸爸,我們為什麼不能去那些地方?」

「因為我們雖然『未曾虧負誰,未曾敗壞誰,未曾佔誰的便宜』[17],我們上空卻聚著一片烏雲。不過,也許我們『做了自己覺得對的事』[18]。」

17. 語出《聖經.哥林多後書》第七章第二節。

18. 語出《聖經.士師記》第十七章第六節。

7

從那個星期起，裘德和蘇告別了阿爾布里罕。

沒有人知道他們去了哪裡，主要是因為沒有人感興趣。好事者如果想追查這對平凡夫妻的行蹤，輕易就能發現裘德善用他便利的手藝，過起了居無定所、幾乎像遊牧民族的生活。短時間之內，這種生活也算相當愉快。

裘德只要聽說哪裡有石匠活，就趕到那地方，只是偏好遠離他或蘇曾經居住過的地方。他會接下一份或長或短的工作，工程結束後就趕往下一個城鎮。

他們就這樣度過兩年半的時間。有時候他在鄉間豪宅雕刻窗框，或安裝鎮公所的女兒牆。有時在桑博恩的旅館鋪石板，或在卡斯特橋的博物館。偶爾會遠赴艾克森伯里，或前往斯妥貝希爾。後來他去了肯涅布里奇，也就是馬利格林往南不到二十公里那座繁榮小鎮，那是他離小時候成長的村莊最近的一次。那村莊的人知道他年輕時多麼熱衷求學，懷抱什麼樣的理想，也熟知他那段短暫的不幸福婚姻。個性敏感的他不希望熟人探詢他的現況和前景。

他會在某些地方停留幾個月，在其他地方或許只待幾星期。他因為遭受難堪的誤解，對教會工作（不管是國教或非國教）突然生起一股莫名的反感。即使已經冷靜下來，這種反感依然揮之不去。與其說是擔心再度蒙受譴責，不如說是基於一種極端耿直的心態，不願意在那些可能不認同他的人手底下謀生。另一方面也是因為他過去信奉的教條跟如今的行事不一致：當初前往基督教堂城時懷抱的信念，如今幾乎蕩然無存。他目前的心理狀態有點類似跟他初識時的蘇。

距離艾拉貝拉在農業展售會認出蘇和裘德之後將近三年，五月某個星期六傍晚，在展售會上碰面的人再次相逢。

那是肯涅布里奇的春季博覽會，這項歷史悠久的商展如今規模已經比往昔縮小許多，鎮上筆直的長街中午時依然呈現熱鬧景象。這時有一輛運貨馬車跟其他車輛一起從北邊的馬路駛進鎮上，來到一家禁酒旅館門前。兩個女人從馬車上下來，其中一個是普通的鄉下人，負責駕車；另一個身材曼妙，從衣著看來是個新寡婦人。她的喪服款式別致，整個人看起來跟混亂喧鬧的鄉間博覽會格格不入。

有個男人走過來拉走馬車。寡婦對同伴說，「安妮，我去找找那個地方。之後我會回來，我們約在這裡碰面，再進去吃點東西。我已經餓得有點虛脫。」

「沒問題。」安妮答，「不過我寧可去查克斯或傑克酒館，這些禁酒旅館沒什麼好東西。」

「孩子，別向口腹之慾屈服。」寡婦用責備的語氣說，「這地方很合適。好了，我們半小時後見，或者妳想跟我一起去看看新禮拜堂在哪裡？」

「我沒興趣，妳告訴我就好了。」

兩人於是各自離開。寡婦步伐堅定，彷彿跟周遭雜亂的環境毫不相關。她一路打聽，終於來到一處圈圍起的工地，裡面正在開挖建築物的地基。在外圍的木板上有一兩張大型公告，宣布禮拜堂將在這天下午三點奠基，儀式由倫敦一名深受信眾愛戴的牧師主持。

確認了地點後，一身重喪服的寡婦調頭往回走，安步當車地逛起博覽會。不一會兒有個賣糕點和薑餅的小攤位吸引她的注意力。那攤位就擠在周遭壯麗的支架與帆布棚之間，攤子上鋪著潔淨的桌布，顧攤子的年輕女子明顯不習慣做生意，有個面容彷若八旬老者的男孩子在幫她。

「我的……上帝！」寡婦自言自語道，「是他妻子，如果他們結了婚的話！」她走向小攤子，和藹地說，「佛雷太太，妳好！」

蘇隔著認出黑紗認出艾拉貝拉，臉色一變。

「卡列特太太，妳好！」她語氣僵硬。她看見艾拉貝拉的喪服，不由自主地生起同情心。「怎麼回事？妳丈夫……」

「我可憐的丈夫。沒錯，他六星期前突然死了。他生前雖然對我不錯，卻沒有給我留下多少遺產。酒館賺的錢都進了酒廠的口袋，零售商討不到好處。還有你，我的小老人！你不認得我吧？」

「我認得。有一段時間我以為妳是我媽媽，後來才知道妳不是。」小時光說。他現在的威塞克斯口音已經十分自然。

「好吧，無所謂，我認識你爸媽。」

「裘伊，」蘇突然說，「拿這個托盤去車站月台，好像又有一班火車快進站了。」

小時光離開以後，艾拉貝拉接著說，「可憐的孩子，看來永遠也不會成為漂亮的孩子！他知不知道我才是他親生的媽媽？」

「不。他覺得他的身世有點神祕，如此而已。等他長大一點，裘德會告訴他。」

「你們怎麼會做這行？真想不到。」

「這只是暫時的。我們碰上困難時的權宜之計。」

「那妳還跟他在一起。」

「是。」

「結婚了？」

「當然。」

「有孩子嗎？」

「兩個。」

「看來很快就會有第三個。」

面對這種冷酷又直接的詢問，蘇顯得痛苦不安，柔軟的小嘴開始顫抖。

「老天……呃，仁慈的上帝，有什麼好哭的？有些人會覺得很驕傲！」

「我不是難為情，不是妳想的那樣！只是，創造生命好像是非常不幸的事，太獨斷獨行，有時候我懷疑自己有沒有權利這麼做！」

「親愛的，放輕鬆……妳還沒告訴我你們為什麼在這裡賣糕餅？裘德向來是那麼傲氣，幾乎什麼生意都瞧不上，更別提擺小攤子。」

「或許後來我丈夫改變了，我相信他現在已經沒有傲氣！」蘇的嘴唇又開始顫抖，「我在這裡做生意，是因為他今年初在夸特夏的音樂廳冒雨工作受了寒，當時工程必須趕在某個日子完成。他現在好多了，可是他生病這段時間很漫長，很折磨人！有個年老的寡婦朋友來幫忙，不過她不久就要回去了。」

「自從我丈夫過世，我一直過著體面的生活，思想觀念也嚴肅多了，感謝上帝。你們為什麼會賣薑餅？」

「這完全是意外。他從小在麵包店長大，有一天忽然想到可以試著做做看，因為做這些他不需要出門。這個我們取名基督教堂城薑餅，賣得很好。」

「我從沒見過這樣的東西。哎呀，有窗子有塔樓，還有尖頂！味道也很不錯。」她主動拿了一塊，毫不客氣地吃了起來。

「是。這是模仿基督教堂城那些學院的造型。有花飾窗格，還有迴廊。他突發奇想，才會用麵團來製作。」

「就連做糕餅也宣揚基督教堂城！」艾拉貝拉笑著說，「果然還是那個裘德，熱情永遠不會消退。他真是個怪人，永遠都會是！」

蘇一聲嘆息。聽見裘德遭到批評，顯得有點沮喪。

「妳不這麼認為嗎？少來，雖然妳喜歡他，妳一定也有這種想法！」

「當然，基督教堂城對他來說是個不變的夢想，我想他不會放棄對那地方的信念。他還是認為那裡匯聚了崇高無畏的思想，其實那地方只是培養平庸教員的溫床，那些人只會怯懦地遵循傳統。」

艾拉貝拉打量著蘇，比起蘇說的話，她更關注蘇說話時的神態。她說，「一個賣糕點的女人說這樣的話，多麼奇怪！妳為什麼不再去學校工作？」

蘇搖搖頭，「沒有人會聘請我。」

「因為妳離過婚？」

「不只那個，還有其他事。也沒那個必要。我們已經放棄所有抱負，在他生病以前，我們過得非常開心。」

「你們住哪裡？」

「我不想說。」

「就在肯涅布里奇這裡？」

蘇的表情讓艾拉貝拉覺得自己猜對了。

「孩子回來了。」艾拉貝拉說，「我跟裘德的兒子！」

蘇的眼裡閃過一道光芒，她激動地說，「妳何必當面跟我說這種話！」

「好吧，雖然我有點想帶他走！但我不想把他從妳身邊搶走，雖然我覺得妳帶自己的孩子已經夠煩了。上帝原諒我說這種不敬的話。我知道你們對他很好，我不會違抗上帝的安排。現在的我比以前認命多了。」

「確實如此！但願我也能像妳一樣。」

「妳該試試。」艾拉貝拉一派冷靜，彷彿覺得自己無論在靈性或社會地位上都高人一等。「我不會自吹自擂說我醒悟了，但我已經不是過去的我。卡列特死後，有一天我路過我家隔壁街的小禮拜堂，進去躲雨。當時我剛死了丈夫，覺得需要精神支持。宗教畢竟比琴酒正當，所以我開始固定去做禮拜，得到極大的安慰。不過我已經離開倫敦，目前跟我朋友安妮住在阿弗列斯頓，離故鄉近一點。我今天來不是為了參觀博覽會。有個倫敦的知名牧師下午在這裡主持一間禮拜堂的奠基儀式，我跟安妮駕馬車過來。我該回去找她了。」

艾拉貝拉跟蘇道別後就走了。

8

這天下午，街道遠端那處貼著告示的木板圍牆裡傳來歌聲，蘇和肯涅布里奇博覽會來來往往的人潮都能聽見。路人從木板縫隙往裡面窺探，看見一群人穿著上等黑呢衣裳，手捧讚美詩集，站在禮拜堂牆基的坑洞旁。身穿喪服的艾拉貝拉也在其中。她力道十足的清亮嗓音在群體之中清晰可辨，高聳的胸部隨著曲調起起伏伏。

兩小時後，艾拉貝拉和安妮在禁酒旅館喝過茶，就出發踏上歸途，橫越肯涅布里奇和阿弗列斯頓之間那一大片寬廣高地。艾拉貝拉顯得滿腹心事，安妮以為她在回想新禮拜堂的事，但她猜錯了。

「不，我在想別的事。」艾拉貝拉繃著臉說，「今天我來的時候，我心裡只想著可憐的卡列特，只想著今天下午奠基的新禮拜堂即將傳揚的福音。可是發生了一點事，我的想法改變了。安妮，我今天聽見他的消息，還見到**她**！」

「誰？」

「我聽見裘德的消息，也見到他太太。在那之後，不管我做什麼，總是忍不住想到他，就算用盡全身的力量去唱聖歌也一樣。我身為非國教信徒，不該那樣。」

「妳不能專心想著那個倫敦牧師今天說的話、擺脫妳滿腦子的胡思亂想嗎？」

「我也想，可是我的心不聽話，總是不由自主四處遊蕩！」

「我知道那種感覺，我的心也反覆無常！如果妳知道我偶爾會做些不想做的夢，一定也能明白我心裡不好受！」（安妮最近也嚴肅多了，因為她的情人拋棄了她。）

「我該怎麼辦？」艾拉貝拉鬱悶地問。

「妳可以拿一束妳丈夫的頭髮，做成悼念胸針，時不時看著。」

「我沒有他的頭髮！就算有，也沒有作用。雖說宗教能帶給人安慰，但我還是想要跟裘德復合！」

「他是別人的丈夫，妳必須勇敢抵抗這種念頭。我還聽說另一個好辦法，寡婦如果受慾念所苦，黃昏時就去妳丈夫的墳墓，長時間低頭站在那裡。」

「呸！我跟妳一樣知道該怎麼辦，我只是不想那麼做！」

她們駕著馬車沿著筆直的道路往前走，直到看見馬利格林出現在左邊不遠處的地平線上。她們來到公路和通往村莊的岔路交會處，村莊教堂的塔樓就在那片窪地對面。她們繼續往前，來到路邊那棟獨立的屋子。艾拉貝拉跟裘德結婚後那幾個月就住在那裡，殺豬那一幕也發生在那個地方。這時艾拉貝拉再也控制不住自己。

「我比她更有資格跟他在一起！」她脫口而出，「我倒想知道她有什麼權利得到他！有機會的話，我一定要把他搶回來！」

「咄！艾拉，妳丈夫才死六星期！妳要禱告！」

「我見鬼了才禱告！感情就是感情！我再也不當虛情假意的偽君子！去吧！」

艾拉貝拉火速掏出口袋裡的一疊傳單，那是她帶到博覽會散發的，也確實發出去一部分。

她一面說話，一面把剩下的傳單都拋進樹籬。「這種解藥我試過了，沒有效。我必須做回原本的我！」

「別說了！親愛的，妳太激動！現在我們安安靜靜回家，喝杯茶，再也不要談到他。我們不要再走這條路，因為這條路可以去到他現在住的地方，也因為它會讓妳太激動。過些時候妳就沒事了。」

艾拉貝拉的心情確實慢慢平復。她們越過山脊路，沿著那片又長又直的山坡往下走，看見前方有個上了年紀的人蹣跚地往前走。那人身材消瘦，步態沉重，手裡提著籃子，衣著有點邋遢，加上他整個人給人某種說不清道不明的印象，彷彿這人孑然一身，自己理家，自己料理三餐，沒有家人和朋友，因為世上沒有任何人在他身邊扮演這些角色。接下來都是下坡路，她們猜他要去阿弗列斯頓，邀他搭便車，他接受了。

艾拉貝拉看他一眼，又一眼，最後說道，「如果我沒記錯，你是費洛森先生？」

搭便車的人轉過頭來看著她，「是，我姓費洛森，但我不認得妳。」

「我記得你以前在馬利格林教書，我是你的學生。以前我每天從克列斯坎走路去上學，因為我們那裡只有一個女老師，而你教得比較好。不過你應該不記得我，我是艾拉貝拉．唐恩。」

他搖搖頭，客氣地說，「不，我不記得這個姓名。妳小時候一定很瘦小，現在豐滿多了，我不太可能認得出來。」

「我從小就不瘦。我目前跟朋友住在山下。你也許知道我前夫是誰？」

「不知道。」

「裘德．佛雷，以前也是你的學生，他上夜校，好像時間不長。如果我沒弄錯，後來你們彼此認識。」

「天哪，天哪！」費洛森震驚得回神過來。「妳是裘德的妻子？沒錯，他結過婚！而他……據我所知……」

「離婚了，就像你跟你妻子離婚一樣，不過他的理由比較充分。」

「是嗎？」

「唔，或許這件事他做對了，對雙方都好。因為我不久後又結婚了，一切都很順利，直到我丈夫最近死了。可是你，你肯定做錯了！」

「不，」費洛森突然有點煩躁，「我不想談這個，但我相信我只是做了恰當、公正又合乎道德的事。我的行為和想法帶給我苦難，失去她對我造成各方面的損失，但我堅持我做得沒錯。」

「你因為她失去學校的工作和不錯的收入，對不對？」

「我不想談那些。我前不久才回到這裡，我是指馬利格林。」

「你又回來管理那所學校是嗎？跟以前一樣？」

壓抑不住的悲傷迫使他打破沉默，他答，「我是在那所學校，但跟以前不一樣。這次是勉強收留，因為我走投無路。我一步步往上爬，懷著美好的夢想，最後卻只剩下這小小的容身之地，顏面無光地回到原點。不過這是個避風港，我喜歡這個與世隔絕的地方。教區牧師早年就認識我，那時我還沒對前妻做出所謂的乖戾行為、毀掉在教育界累積的聲譽。其他學校都拒絕我，只有他願意接納我。不過，雖然我之前在別的地方年薪超過二百鎊，現在只有五十鎊，但我比較喜歡現在的工作。就算去其他地方任職，我過去的家務事也可能會被挖掘出來攻擊我。」

「你說得沒錯，知足常樂。她的情況好不到哪去。」

「妳是說她過得不好？」

「今天我碰巧在肯涅布里奇遇見她，看起來一點也不好。她丈夫生病了，她很焦慮。我再說一次，你跟她離婚實在錯得離譜。恕我直言，你家醜外揚毀了自己，都是活該。」

「怎麼說？」

「她是無辜的。」

「胡說！他們沒有抗辯！」

「那是因為他們不願意。你訴請離婚那時候，她沒有做出你控訴的那件事。在那之後不久我遇到她，跟她談過之後百分之百確認這件事。」

費洛森緊抓運貨馬車的側板，這個消息顯然令他緊張又擔憂。他說，「但是……她想離開我。」

「沒錯，但你不該順著她。對付這種愛幻想、我行我素的女人就該這樣。不管她們無辜或有罪，時間一久都會回心轉意。我們都是這樣！社會習俗會讓我們順服！到最後結果都一樣！不過，不管他還喜不喜歡她，我覺得她到現在還愛她丈夫。如果是我，就不會讓她走！我會用鐵鍊鎖住她，她的反抗精神很快就會垮掉！想要馴服女人，沒有什麼比鎖鍊和冷血的守衛更有效。再者，法律也站在你這邊。摩西最清楚。你記不記得他怎麼說？」

「很遺憾，我現在想不起來。」

「虧你還是個校長！以前我在教堂聽到他們念這段話，還想了一下，『男人就為無罪，婦人必擔當自己的罪孽。』[19]該死，對我們女人真苛刻，我們還得笑著忍受！哈哈！現在她自食惡果啦！」

「是。」費洛森的語氣滿滿的心酸，「殘酷是主宰整個自然界和人類社會的法則。就算我們有心，也掙脫不了！」

「老先生，下回記得試試我的建議。」

「女士，我沒辦法保證，我從來不了解女人。」

他們來到阿弗列斯頓邊緣的平地，走進郊區時路過一家磨坊，費洛森說他要去磨坊辦點事，於是她們停下馬車，費洛森跳下車，懷著沉重的心情向她們道別。

在此同時，蘇在肯涅布里奇博覽會試賣糕點成果豐碩，喜悅的心情一度掩蓋內心的悲傷，但那份欣喜已經消退。她的「基督教堂城」糕餅都賣完了，她拿起空籃子和鋪在租來的攤位上那塊布，把其他東西交給小時光，兩人就離開街道。他們沿著小路走了七、八百公尺，遇到一個老婦人。老婦人一手抱著穿短衫的孩子，另一隻手牽著一個學步幼兒。

蘇親吻兩個孩子，問道，「他怎麼樣了？」

「又進步了些！」艾德琳太太開心地說，「別擔心，等妳上樓，妳丈夫就好得差不多了。」

19. 語出《聖經．民數記》第五章第三十一節。

她們轉身往前走，來到一片鋪著深色屋瓦的老房子，屋前有小園子和果樹。她們走進其中一間，直接拉起門閂，沒有敲門。進門後就是客廳，她們跟坐在扶手椅裡的裘德打招呼。裘德原本就偏瘦弱，生病後更是憔悴，加上那孩子氣的期待眼神，明顯看得出他生了重病，還沒完全康復。

「什麼！妳全賣完了？」他臉上突然露出關切的神采。

「是，拱廊、三角牆、東窗，都賣掉啦。」她匯報了這天的收入，而後欲言又止。等其他人都離開，她說出遇見艾拉貝拉的事，以及艾拉貝拉成了寡婦。

裘德心神不寧，問道，「什麼？她住在附近嗎？」

「不，她住在阿弗列斯頓。」蘇答。

裘德的面容依然陰鬱。蘇不安地親吻他，說道，「我覺得最好跟你說一聲？」

「是，我的天！艾拉貝拉不在倫敦，而在這個地區！從這裡只要橫越二十公里的鄉間就能到阿弗列斯頓。她在那裡做什麼？」

蘇把知道的都告訴他，又補充說，「她現在定期上教堂做禮拜，也把信仰掛在嘴邊。」

「嗯，」裘德說，「我們本來就打算搬走，也許這樣最好。今天我覺得身體好多了，再過一兩個星期應該就能離開，到那時艾德琳太太也能回家去。她真是最忠實的老好人，也是我們在這世上唯一的朋友！」

「你打算去哪裡？」蘇問，語調帶點憂愁。

裘德說出心裡的話。他說，這麼久以來他堅決避開過去熟悉的地方，所以她聽了也許會覺得訝異。可是最近發生了一些事，他經常想到基督教堂城，如果她不介意的話，他想回到那裡。就算有人認識他們又怎樣？他們這麼在意別人，實在過度敏感。就算他沒辦法工作，他們可以繼續賣糕點。他覺得貧窮不可恥，也許不久後他又會像以前一樣強壯，可以在那裡開個石匠坊。

「你為什麼這麼喜歡基督教堂城？」她哀怨地問，「基督教堂城一點都不在意你，可憐的人！」

「妳說得沒錯，但我管不住自己。我愛那座城，明知道它討厭我這種人，也就是所謂的『自學者』。對於我們費盡苦心學習到的知識，他們沒有給予應有的尊重，反而嗤之以鼻。如果我們讀錯母音音節，或發音出錯，他們就輕蔑嘲笑。事實上他們應該對我們說，可憐的朋友，看來你們需要幫助！總之，基於我早期的夢想，在我心目中那是宇宙的中心，這點永遠不會改變。也許那地方很快就會醒悟，會寬容大方。我衷心期盼！我想回去那裡定居，也許就在那裡走完一生。我覺得再過兩、三個星期我就能出發，那時就六月了，我希望能在六月的某一天去到那裡。」

他覺得自己能康復，事實上他的願望也沒有落空。三個星期內他就抵達那個充滿回憶的城市，走在那裡的人行道上，頹敗牆垣反射過來的陽光照在他們身上。

重回基督教堂城

「她極力蹧蹋自己的身體，將扯斷的頭髮扔在她曾經享樂過的地方。」[1]

——《以斯帖記》（次經）

「兩個人墮落了，是一個女人和我，
我們在這漆黑地域品嘗死亡。」

——布朗寧〈太遲〉

1

他們的火車進站時，車站裡熱鬧滾滾，許多戴草帽的年輕男人來迎接年輕女孩。那些女孩穿著最鮮亮輕柔的衣裳，面貌與來接她們的男子相似，顯然是一家人。

「這地方好像很歡樂。」蘇說，「哎呀，今天是期末紀念日！裘德，你可真狡猾，故意選今天過來！」

「是！」裘德輕聲答。他抱著最小的孩子，提醒小時光跟緊他們，蘇則帶著她的長女。「反正要來，不如選這一天。」

「我擔心你心情受影響！」她憂心地上下打量他。

「我不會為這些耽誤正事。在安頓下來以前，我們還有很多事要辦，當務之急是找住的地方。」

他們把行李和他的工具留在車站，徒步走上熟悉的街道，節慶人潮也湧向同一個方向。到了「四條大道」，他們準備轉往比較有機會找到投宿地點的方向。裘德看了時鐘和匆忙的人群一眼，說道，「我們去看遊行，先別管住處的事，晚一點再去找。」

「我們不是應該先找個地方安頓下來？」蘇問。

但他滿腦子想著慶典，於是他們一起走到主街，裘德抱著最小的孩子，蘇拉著女兒，小時光不發一語跟著，愁眉不展。穿著亮麗服飾的漂亮女孩，年輕時沒聽說過大學、沒受過教育的溫順父母，由他們的兄弟或兒子護送，往同一個方向走去。那些年輕男子臉上的表情顯然在說，此時此刻來到這地方的人，最有資格活在地球上。

「那些年輕人每一個都反映出我的失敗，」裘德說，「今天的一切能夠教導我不再自以為是！這是我的恥辱日！親愛的蘇，如果妳沒有出現來拯救我，我現在已經在絕望中一蹶不振！」

她從他的表情看出他即將陷入深度自我折磨。她說，「親愛的，我們最好馬上去辦我們自己的事。我覺得這些情景會喚醒你過去的哀傷，對你沒有好處！」

「就快到了，馬上就能看見。」他說。

他們來到那間附有義式門廊的教堂，教堂的螺旋狀柱子爬滿濃密的藤蔓。他們轉向左邊，順著巷道往前，直到那間頂著知名燈籠塔的圓形劇院矗立在裘德眼前。在裘德記憶中，那是個感傷的標記，代表他揚棄的理想。因為他深刻省思的那天下午，站在燈籠塔裡俯瞰這座大學城，才終於相信他做再多努力，都進不了大學。

這一天，在劇院和距離最近的學院之間的空地上站著一群引頸翹望的人。人群被兩排木柵欄隔開，留出一條通道，從學院的大門一直到它跟劇院之間那棟龐大建築物的門口。

「就是這裡，他們馬上會從這裡經過！」裘德突然激動地大喊。他擠到最前頭，占了個靠近柵欄的位置，懷裡還抱著孩子，蘇和另外兩個孩子連忙跟上。他們留下的空位迅速補滿，人們開

1. 這段文字摘自《以斯帖記》次經，描述猶太女王以斯帖向以色列的神禱告的情景。

始說說笑笑，看著一輛輛馬車駛向學院那扇比較低的大門。穿著鮮紅色袍服、莊嚴肅穆的身影陸續下車。烏雲聚攏過來，天色轉陰，間或傳來轟隆隆的雷聲。

小時光一陣顫慄，悄聲說，「好像最後審判日！」

「那些都是有學問的博士。」蘇說。

他們等待的時候，偌大的雨點落在他們腦袋和肩膀上，等待的時間變得漫長。蘇再次表示想離開。

「馬上就來了。」裘德頭也不回地說。

然而遊行隊伍遲遲不來，有個人為了打發時間，看著近處學院的拱廊，說他好奇上面刻的拉丁文是什麼意思。裘德離那個人不遠，為對方解說，發現周遭的人都專心聽著，於是繼續介紹中楣的雕刻（他多年前曾經研究過）。他還評論了城裡其他學院正門的石工技藝。

無所事事的群眾和兩名警察注視著裘德，就像利考尼亞人注視著保羅[2]，因為裘德聊起任何話題都容易過度投入。人們好像在納悶，這個陌生人怎麼會比他們更熟悉城裡的建築物。最後有個人說，「啊，我認識那個人，幾年前他在這裡工作，叫裘德．佛雷！你們不記得了嗎？他以前有個綽號叫『聖貧民窟導師』。因為他想幹那行。看來他結婚了，手裡抱著他的孩子。泰勒一定認識他，那傢伙誰都認識。」

說話的人名叫傑克．史戴格，裘德以前曾經跟他一起整修過學院的石作。有人看到站在附近的修補匠泰勒，喊了他一聲。泰勒於是隔著柵欄喊裘德，「我的朋友，你回來了，我們非常榮幸！」

裘德點點頭。

「你離開之後好像沒有幹出什麼大事？」

裘德也沒否認。

「除了要多幾張嘴要養！」說話的是另一個人，裘德發現那是他以前認識的石匠喬大叔。

裘德好脾氣地說他沒辦法反駁。緊接著大家你一言我一語，裘德就這麼跟這群閒漢聊了起來。泰勒問裘德記不記得拉丁文《使徒信經》，還有那天晚上在酒館的挑戰。

「可惜運氣不夠好？」喬大叔打岔，「你能力不夠，沒有達成心願？」

「別再回答了！」蘇懇求他。

「我不喜歡基督教堂城！」小時光哀怨地說，他的小小身影隱沒在人群裡。

然而，裘德發現自己成了人們好奇、探詢和議論的焦點，覺得沒有明顯理由為自己的想法感到羞愧，更不需要害怕公開陳述。在人群的催促下，他很快就大聲對在場的人說：

「朋友們，對於所有年輕人，這是個難題。這個問題曾經困擾過我，也困擾這個動盪年代裡成千上萬的年輕人。他們左右為難，不知道該不該義無反顧地遵循他眼前的路，不考慮自己合不合適，或者評估自己的才能和喜好，從而調整未來的方向。我曾經轉換過跑道，卻失敗了。但失敗不代表我的想法是錯的，成功也不代表我的想法正確無誤。只不過，目前我們都是如此論斷這

2. 保羅在利考尼亞傳道時，以神蹟治好一名天生的跛子，當地人震驚地望著他。見《聖經・使徒行傳》第十四章第十一節。

樣的努力。我的意思是，我們評論的依據不是那些努力本身，而是它們偶然的結果。如果我後來變成剛才下車那些穿著紅黑禮袍的先生，所有人都會說，『那個年輕人可真聰明，懂得聽從他天生的喜好。』但如果我毫無建樹，他們會說，『那人多麼傻，竟然被他那些怪念頭牽著走！』

「然而，屈服於挫敗的，是我的貧窮，而不是我的意志。我想用一個世代的時間，去做需要兩三個世代才能完成的事。我的衝動，或愛好，或許應該稱做惡習，它太強烈，不足以阻擋沒有優勢的人。這種人想要在自己的國家出人頭地，就得跟魚一樣冷血，或跟豬一樣自私。你們可以取笑我，我樂意接受你們的嘲弄，我顯然是個合適的對象。只是，如果你們知道這些年我經歷了什麼，一定會同情我。如果他們知道……」他朝那所學院和那些陸續抵達的學者點了一下頭，「可能也會有同樣的反應。」

「沒錯，他看起來病殃殃又憔悴！」有個女人說。

蘇的表情更激動了，但她離裘德很近，被擋住了。

「我死之前也許能做點好事，當個恐怖案例，成功地勸導世人什麼不該做，活生生的寓言故事。」裘德一改起初的平靜口吻，越來越尖刻。「現階段人心與社會處於不安定狀態，很多人都不快樂，我只是個無足輕重的受害者。」

「別這麼說！」蘇看得出裘德的精神狀態，含著眼淚低聲說，「你不是那樣。你為了追求知識勇敢奮鬥，只有世上最刻薄的人才會指責你！」

裘德換個姿勢，讓懷裡的孩子更舒適。總結說道，「我目前又病又窮的模樣，並不是我最糟的一面。我的信念陷入混亂，像在黑暗中摸索，做事全憑直覺，而不是效法榜樣。八、九年前我初到這座城市時，還有堅定的信念，可是那些信念一個接一個崩落。我走得越遠，內心越不確定。目前我恐怕已經沒有生命準則，只依循自己的喜好行事。這樣做只會對我自己造成傷害，卻能讓我最愛的人過得開心。先生們，你們想知道我過得如何，我已經說了，但願這些話對你們有益！我不能再多做說明。我覺得我們的社會常規在某些方面出了問題，至於出了什麼問題，只能由比我更睿智的先生或女士去發現，如果他們真的能在這個時代發現的話。『誰知道什麼於他有益呢？誰能告訴他身後在日光之下有什麼事呢？』[3]」

「大家聽聽！」群眾說。

「說得好！」泰勒一聲喝采。他又私下對身旁的人說，「城裡有很多臨時牧師來來去去，我們的駐堂牧師休假時，他們會來主持禮拜，講這樣的內容最少要拿一基尼。對吧？我敢發誓，不到一基尼他們不同意！然後他們還得讓人事先寫好布道詞。而這個人只是個工人！」

彷彿是為了客觀詮釋裘德的論點，這時有一位遲到的博士氣喘吁吁乘車而來。馬車沒有停在供乘客下車的定點，博士急忙跳下車進門去。車夫走下車，抬腳踢向馬肚子。

「這座城市是全世界的宗教與學術中心，」裘德說，「如果在這裡的學院門口能做這樣的事，我們該怎麼評論人類的進步？」

「肅靜！」有個警察大喊，他跟同僚打開對面學院的大門。「年輕人，遊行隊伍通過時別說

3. 語出《聖經．傳道書》第六章第十二節。

話。」雨勢又大了些，帶雨傘的人都撐了起來。裘德沒有雨傘，蘇只有一把兼具遮陽功能的小傘。她臉色變蒼白了，但當時裘德沒有注意到。

「親愛的，我們走吧。」她輕聲說，努力拿傘幫他擋雨。「我們還沒有地方住，別忘了我們的東西還在車站，而且你身體還沒完全康復。我擔心淋雨會加重你的病情！」

「他們來了，再過一會兒我就走！」他答。

六座大鐘噹噹響起，周邊建築物的窗子開始擠滿人們的臉龐，學院院長和新科博士出來了，穿著紅黑雙色禮袍從裘德的視野經過，像遙不可及的行星掠過望遠鏡的鏡頭。

隊伍行進中，認識那些大人物的人逐一喊出他們的姓名。最後隊伍抵達雷恩設計的古老圓形劇院，群眾爆出歡呼聲。

「我們去那邊！」裘德大聲說。這時雨勢已經連綿不斷，他卻好像渾然不覺，帶著一家人拐個彎往劇院去。這裡地面鋪著降低車輪雜音的乾草，他們站在乾草上。一尊尊霜蝕的古雅半身雕像圍繞劇院，陰沉冷漠地俯視底下的活動，尤其是濕漉漉的裘德、蘇和他們的孩子，彷彿覺得他們荒唐可笑，不該出現在這個地方。

「真希望我能進去！」裘德激昂地對蘇說，「妳聽，我在這裡能斷斷續續聽到一點拉丁語演說，窗子開著。」

不過，除了宏亮的風琴聲和每一段演講之間的呼喊與叫好，雨中的裘德沒有聽出幾句拉丁文，只有偶爾幾個響亮的字尾綴詞。

「我到死都只能留在門外！」他感嘆了片刻。「我們走吧，我最有耐心的蘇，妳真好，陪著我在雨中等那麼久，滿足我的痴迷！我再也不會在意那個該死的鬼地方，我發誓絕不會！可是剛才在柵欄邊的時候，妳為什麼抖得那麼厲害？蘇，妳臉色多麼蒼白！」

「我看見理察在對面的人群裡。」

「啊，真的？」

「他顯然跟我們大家一樣，來到耶路撒冷參加慶典[4]，這麼看來他可能住得不遠。他曾經跟以前的你一樣嚮往大學，只是沒你那麼狂熱。他應該沒有看到我，但一定聽見你在人群裡說的話。不過他好像沒有特別注意。」

「注意到也沒關係。我的蘇，妳現在已經不擔心他了吧？」

「嗯，應該是。但我個性軟弱，我知道我們沒有做錯什麼，卻莫名地害怕他，那其實是害怕或畏懼我所不相信的規範。那種感覺有時會向我襲來，像悄悄蔓延的麻痺感，讓我憂傷沮喪！」

「蘇，妳累了。啊，親愛的，我忘了！我們馬上走。」

他們開始打聽住處，最後去到米爾德巷，那地方似乎有機會租到房間。裘德無法抗拒那裡的地理位置，蘇卻不太喜歡。那是一條窄巷，靠近一所學院的後側，但沒辦法直接通到學院。學院高聳的建築物遮擋了光線，這裡的小房子因此十分陰暗。學院裡面的生活跟巷道居民的生活有天

4. 典故引用自《聖經・路加福音》第二章第四十一節，耶穌的父母每年到耶路撒冷過逾越節，耶穌十二歲那年也一同前往。

壤之別，彷彿各自位在地球的兩端，其實只有一堵牆將他們阻隔。其中兩、三間房子掛著出租告示，裘德敲了其中一家的門，有個女人來應門。

「啊，聽聽！」裘德突然說，沒有跟對方說話。

「什麼？」

「鐘聲呀，那是哪間教堂的？聲音很熟悉。」

遠處又傳來另一波鐘聲。

「我不知道！」女房東尖酸地說，「你敲門就是為了問這個？」

「不，我要租房子。」裘德回過神來。

屋主仔細打量蘇。「這裡沒有房間出租，」說完就關上門。

裘德顯得挫折，小時光則是面露愁容。蘇說，「裘德，我來試試，你不知道該怎麼問。」

他們在不遠處找到第二家，但屋主不只打量蘇，還看了小時光和兩個幼兒，客氣地說，「很抱歉，我們不租給有孩子的人家。」說完，同樣關上門。

最小的孩子扁起嘴，無聲地哭泣，直覺意識到他們碰上麻煩。小時光嘆息道，「我不喜歡基督教堂城。那些很舊的大房子是監獄嗎？」

「不，那是學院。」裘德答，「也許將來你會在那裡求學。」

「我寧可不要！」小時光說。

「我們再試試。」蘇說，「我把斗篷圍緊一點。從肯涅布里奇來到這裡，就好像從該亞法面前換到比拉多[5]面前！親愛的，我看起來如何？」

「沒有人看得出來。」裘德說。

還有另一棟房子招租，他們第三度嘗試。這裡的房東太太比較和藹，但她房間不夠，如果裘德不介意另外找地方住，蘇和三個孩子可以留下來。他們拖得太晚，情急之下只能接受這樣的安排。雖然房東太太開出的價錢有點超出他們的負擔，他們還是接受她的條件。在裘德找到更長久的住處之前，他們沒有挑剔的資格。房東太太讓蘇住在二樓深處的房間，裡面有個小隔間可以安置孩子們。裘德留下來喝了茶，開心地發現窗外是另一所學院的後側。他吻了蘇和三個孩子後就離開了，要去買些必需品，並且找自己的住處。

他走了以後，房東太太上來跟蘇閒聊，打聽新房客的狀況。蘇不會說謊，說出他們近來碰上的困難和四處為家的窘境，震驚地聽見女屋主問她：

「妳真的結婚了嗎？」

蘇遲疑片刻，而後衝動地對房東太太說，她跟她丈夫都有過一段不愉快的婚姻，害怕再次陷入無法脫身的結合，也擔心婚姻的桎梏會扼殺他們的愛情。他們很想在一起，也試過兩三次，卻提不起勇氣再婚。所以，在她自己的認知裡，她是已婚女子，在房東太太的認知裡她卻不是。

房東太太一臉尷尬地下樓去了。蘇坐在窗子旁看著雨，任思緒遊走。她忽然聽見有人從大門進來，而後是男人和女人在樓下走道說話。房東太太的丈夫回來了，房東太太在向他說明他不在

5. 該亞法（Caiaphas）是猶太教祭司，耶穌被送到他面前受審。比拉多（Pilate）是羅馬行政官，他判處耶穌十字架刑。

的時候有人來投宿。

男人突然憤怒地拉高嗓門。「怎麼讓這樣的女人住進來？說不定會在這裡生產！再者，我不是說不租有小孩子的人家嗎？走廊和樓梯都剛刷過油漆，馬上會被他們踢髒！這些人這麼狼狽地跑來，妳一定看得出來他們有問題。我說只租給單身漢，妳卻收了一大家子。」

房東太太勸了幾句，不過看來她丈夫不肯通融，很快蘇的房門被敲響，門外正是房東太太。

「很遺憾我必須通知妳，」她說，「我不能讓妳在這裡住一星期。我丈夫反對，所以我必須請妳搬走。妳今天可以在這裡過夜，因為時間已經有點晚了，不過我希望你們明天一早就離開。」

蘇知道自己有權在這裡住一個星期，但她不想害房東夫妻起爭執，答應搬出去。房東太太走了以後，蘇再度望向窗外，發現雨已經停了。等兩個小的上床睡覺後，她向小時光建議兩人一起出去找房子，訂好明天的住處，以免像今天這麼緊迫匆忙。

裘德已經託人將放在車站的行李送過來，蘇沒有打開行李，而是走上潮濕卻還算宜人的街道。她心想，裘德可能還在為自己的住處奔走，不該再讓他為他們被驅趕的事心煩。在小時光的陪伴下，她走過一條又一條街道，詢問了十幾個地方，結果卻比跟裘德一起時更糟，沒有人願意把房子租給她。她和小時光在這樣的陰雨天上門租房子，每個屋主都用懷疑的目光看著他們。

「我不該出生，對不對？」小時光懷著疑慮問。

蘇累極了，最後終於回到那棟不歡迎她、但至少能暫住一宿的屋子。她離開的期間裘德來過，留下他的地址。她知道裘德身體還很虛弱，打定主意明天再把壞消息告訴他。

2

蘇坐在那裡，看著房間裡裸露的地板。這只是一棟大型建築裡的古老小屋，窗子沒有窗簾。她凝望窗外的景物，對面一段距離外是石棺學院的外牆，沉寂、黝黑、沒有窗子，將長達四百年的陰暗、偏執與腐朽投進她所在這個小房間，阻擋了夜晚的光線和白天的太陽。更遠處依稀可見禮規學院的輪廓，再過去則是另一所學院的塔樓。她想到思想單純的人被滿腔激情掌控，是多麼奇怪的機制。裘德是這麼疼愛她和孩子，卻帶他們來到這個叫人沮喪的地方，只因他還擺脫不了舊日的夢想。即使走到這個地步，他還是聽不見那些學術高牆冷冰冰地否決他的期盼。

找不到合適的住處，爸爸不能住在這棟房子裡，對小時光產生深刻影響。他彷彿被一股揮之不去、隱而不顯的恐懼支配。他的話語打破沉默：「媽媽，明天我們**怎麼辦**？」

「我不知道！」蘇頹喪地答，「你爸爸可能會很煩惱。」

「真希望爸爸身體好了，也希望他能住在這裡！那樣的話就沒有什麼關係！可憐的爸爸！」

「的確是！」

「我能做點什麼嗎？」

「不！我們只有麻煩、厄運和苦難！」

「爸爸走掉，是為了讓我們小孩子有地方住，是嗎？」

「這是部分原因。」

「離開這個世界比留在這個世界好，是嗎？」

「幾乎可以這麼說，親愛的。」

「你們找不到好房子，也是因為我們小孩子，是嗎？」

「有些人確實不喜歡租給有孩子的人。」

「如果小孩子這麼麻煩，為什們大家要有孩子？」

「因為那是自然法則。」

「可是我們沒有要求被生出來？」

「確實沒有。」

「我的情況更糟，因為妳不是我親生媽媽，除非妳願意，妳不需要留著我。我不該來找你們，真的！我在澳洲是個麻煩，來到這裡也是。真希望我沒出生！」

「親愛的，你也沒有選擇。」

「我在想，沒人要的孩子出生後，就該趁靈魂還沒跑進他們身體直接殺死，不能讓他們長大、到處去！」

蘇沒有回答。她困惑地思考該如何對待這個多思多慮的孩子。

最後她決定，只要情況允許，她就會對他真誠坦率，把他當成跟她一起面對困境的成年朋友。

「我們家很快會有另一個孩子。」她吞吞吐吐地說。

「什麼？」

「會有另一個孩子。」

「啊！」小時光暴跳起來，「天哪，媽媽，妳不該再要孩子，妳已經有這麼多麻煩了！」

「很抱歉，我要了！」蘇喃喃說著，眼裡閃著晶瑩的淚光。

小時光哭了起來。「噢，妳不在乎，妳根本不在乎！」他忿忿地責罵，「媽媽，妳怎麼可以這麼壞，這麼殘忍。妳該等家裡日子好一點，爸爸的身體也好了再說！竟然給我們大家帶來**更多**麻煩！沒有夠大的房間，爸爸不得不離開，我們明天就要被趕出去，而妳馬上又要有一個孩子！妳故意的，妳是，妳是！」他哭著走來走去。

「小裘德，你得原諒我！」她懇求道，她的胸膛跟他一樣劇烈起伏。「我沒辦法解釋，等你長大我會跟你說。我們現在碰到這麼多困難，看起來我好像是故意的！親愛的，我沒辦法解釋！只是，我不是故意的，我也沒辦法！」

「是，一定是！因為除非妳同意，沒有人會這樣干涉我們的事！我不原諒妳，永遠不！我再也不相信妳愛我，或愛爸爸，或愛我們任何一個！」

他轉身走進相鄰的小隔間，裡面的地板上放著一張床。她聽見他在裡面說，「如果我們小孩子都不在了，麻煩就消失了！」

「親愛的，別那樣想。」蘇斷然喊了一聲，「睡吧！」

隔天早上六點剛過她就醒了，決定趕在早餐前去一趟裘德投宿的那家旅館，告訴他房子的事。她輕手輕腳下床，免得吵醒孩子們。昨天奔波一天，他們一定都累了。

裘德為了省錢，選了一家破舊的旅館。她去的時候他正在吃早餐，她說出今天必須重新找房子的事。裘德說，他一整晚都在擔心她，不過現在還是早晨，被趕出住處已經不像前一天晚上那麼愁人。蘇於是不再為自己沒能找到另一個住處心煩。她認為沒有必要要求住滿一個星期，決定立刻搬走，裘德同意她的看法。

「你們先來這家旅館住個一兩天。」他說，「這地方有點亂，孩子們待在這裡不太好，不過我們會有更充裕的時間找房子。郊區多的是分租房，比如我以前住過的貝爾謝巴。親愛的，妳既然來了，就在這裡跟我一起吃早餐。妳真的不餓？孩子還在睡，我們吃完回去還有時間幫他們做早餐。我跟妳一起回去。」

蘇於是匆匆跟他吃了早餐，十五分鐘後他們一起出發了，決定立刻讓蘇搬出那棟太高尚的房子。他們回到那地方，走上樓。蘇發現孩子們的房間沒有一點聲響，怯生生地喊來房東太太，請她把茶壺和早餐送上來。房東太太敷衍了事，蘇拿出自己帶回來的兩顆蛋，放進沸騰的水壺裡，要裘德看著，她去喊孩子們起床，這時已經八點半了。

裘德彎腰站在茶壺邊，手裡拿著錶給壺裡的蛋計時，背對孩子們所在的小隔間。蘇突然尖叫，他嚇得連忙回頭，看見小隔間（應該是衣帽間）的門開著。剛才蘇推開門的時候，門好像很沉重。蘇坐在門內的地板上，他急忙過去扶她起來，視線瞄向鋪在地板上的小床鋪，沒看見孩子。他困惑地顧環房間一圈，看見門後有兩個掛衣服的掛鉤，年紀小的那兩個孩子的身體掛在上面，脖子上套著捆行李箱的繩子。而在幾公尺外牆壁上有根鐵釘，小時光以類似的方式掛在上面，他腳下不遠處有一張翻倒的椅子。小時光呆滯無神的眼睛斜斜望向房間，女孩和小男嬰眼睛閉著。

裘德看著這詭異又驚悚的場景，幾乎動彈不得。他讓蘇躺下來，用隨身小刀割斷繩子，把三個孩子放在床上。在抱孩子的短暫過程中，他感覺他們已經死了。他抱起暈過去的蘇，將她放在另一個房間的床上，喘著氣喚來房東太太，自己則跑出去找醫生。

他回來的時候，蘇已經醒了，跟房東太太一起想盡辦法搶救孩子。目睹三具小屍體躺在那裡，裘德忽然不知所措。附近的醫生來了，果然正如裘德所猜測，醫生白跑一趟，孩子們已經救不回來。他們的身體雖然還有餘溫，但醫生推測他們已經死亡超過一個小時。裘德和蘇恢復理智後對事情經過做了一番推論，他們猜小時光醒來以後到外面的房間找蘇，發現她不在。前一天晚上碰到的事和聽到的消息激發他的病態性格，使得他更加消沉。另外，地板上留了一張紙，上面是小時光用他帶在身邊的一小截鉛筆寫下的字跡：

我這麼做，因為家裡孩子太多。

看見字條，蘇的精神徹底崩潰。她駭然醒悟，她跟小時光說的那些話，正是這場悲劇的主要導火線。心痛的感覺陣陣襲來，彷彿永難消滅。他們不顧她的反對，將她送到樓下的房間。她躺在那裡，纖瘦的身軀隨著她的抽泣陣陣抖動，兩眼盯著天花板，房東太太徒勞地安慰她。

這個房間聽得見樓上來來回回的腳步聲，她請房東太太讓她上樓，對方只告訴她，孩子如果還有救，她在場反而可能礙事，還提醒她好好照顧自己，免得腹中的胎兒受到傷害。她頻頻追問，最後裘德下來告訴她，孩子已經沒救了。等她心情平靜，重新找回說話的能力後，跟裘德說出她與小時光的對話，說她覺得自己是罪魁禍首。

「不是。」裘德說，「那是他的天性。醫生說目前確實有這樣的男孩子，上個世代還沒出現過，這是全新的生命觀造就的。這種孩子看見了生命所有駭人的面向，卻年紀太小，沒有力量抵抗。他說會有一股不願活著的普遍潮流，這只是開端。這位醫生觀念先進，卻沒辦法撫慰……」

為了蘇，裘德強忍自己的哀慟，但他現在再也無法隱忍。蘇基於對他的同情，勉強打起精神，暫時忘掉深切的自責。等其他人都離開後，她終於獲准去看孩子們。

小時光的面容呈現了他們的所有遭遇。那張小臉聚集了籠罩裘德第一次婚姻的所有厄運與陰影，以及第二次婚姻的災禍、錯誤、擔憂和過失。他是那一切的交會點與核心，是千言萬語濃縮成一句。親生父母的輕率令他飽受壓迫，他們的不和諧令他顫慄，後來這對父母的不幸終於奪走他的性命。

屋子沉寂下來，他們必須等待驗屍官的訊問，什麼也做不了。這時屋子後方的厚實牆壁傳來宏亮低沉的聲音，在房間裡回響。

「那是什麼聲音？」她間歇性的啜泣停頓下來。

「是學院禮拜堂的風琴。應該是風琴手在練習。他彈的是《詩篇》第七十三章的聖歌〈上帝確實善待以色列人〉。」

蘇又開始哭，「噢，噢，我的寶貝！他們沒有做錯什麼！被帶走的為什麼是他們，不是我！」

接下來又是一段靜默，被門外兩個人的交談聲打破。

「他們在議論我們，一定是！」蘇嗚咽地說，「我們成了一臺戲，給世人和天使觀看！[6]」

裘德仔細聽著，說道，「不，他們不是在說我們的事。那是兩個意見相左的牧師，在爭論祈禱時是不是該面朝東方。我的天！面朝東方，而一切受造之物一同嘆息、勞苦！[7]」

兩人再度沉默，蘇又陷入難以抑制的哀傷。「外在世界好像有個聲音在說，『你不該！』一開始它說，『你不該學習！』然後又說，『你不該當工人！』現在它說，『你不該愛！』」

他用安撫的口吻說，「親愛的，妳現在有點偏激。」

「但我說的是事實！」

等待的時候，她又回到自己的房間。小嬰兒死的時候，他的連身衣、鞋子和襪子放在椅子上。裘德不希望這些東西出現在她眼前，但她不讓他動。每次他去碰那些東西，她就求他別拿走。房東太太想收走，她幾乎狂暴地咆哮。

她間歇性的情緒爆發令裘德憂心，她面無表情、默不作聲更令他害怕。一陣沉默後，她叫道，「裘德，你為什麼不跟我說話？別背對我！你不看著我，我會孤單得**受不了**！」

「好，親愛的，我在這裡。」他把臉貼向她的臉。

「噢，我的知心人，我們完美的結合，我們兩人一體，現在已經沾染了鮮血！」

「只是蒙上死亡的陰影而已。」

6. 語出《聖經・哥林多前書》第四章第九節。
7. 語出《聖經・羅馬書》第八章第二十二節。

「是我鼓動他，雖然那時我不知道自己在做什麼！我跟那孩子說些只能跟成年人說的話。我說整個世界都在與我們為敵，在這種情況下，活著不如死去。他信以為真了。我告訴他我馬上會有另一個寶寶，他很煩惱，他聲色俱厲地責罵我！」

「蘇，妳為什麼那麼做？」

「我說不上來。我只是不想說假話。關於生命的真相，我不忍心欺騙他。但我說的也不算真話，因為顧慮太多，說得語焉不詳。我為什麼要比其他女性多點小聰明？卻不是全然的聰慧！我為什麼不跟他說些開心的假話，反倒說些半真半假的東西？那是因為我沒有自制力，所以我既無法隱瞞，也沒辦法揭露！」

「在大多數情況下，妳的做法或許沒錯。只是，在我們這個特殊案例裡，碰巧得到反效果。他早晚都會知道真相。」

「我正在幫小寶貝做新的連身衣，可是我再也看不到他穿上這件新衣服，永遠沒有機會再跟他說話！我眼睛腫得厲害，幾乎看不清。然而，一年多前我還覺得自己很快樂！我們太愛彼此，完全沉浸在自私的兩人世界裡！你記得嗎？我們說要讓歡樂變成一種美德。當時我說，文明致力阻撓大自然賜予我們的本能，我們卻應該為那些本能感到欣喜，因為那是大自然的意圖，是大自然的法則，也是存在的理由。我說了多麼恐怖的話！現在命運之神從背後捅了我們一刀，只因我們傻得相信大自然的話！」

她默默沉思，接著又說，「他們的死也許是最好的結果。沒錯，確實是這樣！在最鮮嫩的時刻被摘取，以免日後在悲慘中枯萎！」

「是。」裘德答，「有人說，初生的孩子死了，他們的長輩應該歡喜。」

「但他們不懂！噢，我的寶貝，我的寶貝，你們活過來好嗎？小裘德也許想離開人世，所以才會這麼做。他的確有理由尋死，那是他無可救藥的憂傷性格所致，可憐的孩子。可是另外兩個，**我**和你親生的孩子！」

蘇再次看著椅子上的小衣裳和鞋襪，整個人像琴弦般抖動。她說，「我是個可憐人，在人間或天上都沒有用處！外在的事物逼得我發狂。該怎麼辦？」她盯著裘德，緊緊抓住他的手。

「沒有辦法。」他答，「事情該怎樣就怎樣，該發生的終究會發生。」

她停頓片刻，又沉重地問，「對！這話是誰說的？」

「是《阿伽門農》[8]裡的合唱曲。這件事發生之後，這句話一直浮現我腦海。」

「我可憐的裘德，你錯失所有東西！錯失比我還多，因為我得到了你！你靠自己苦讀學到那樣的知識，最後的結果卻是貧窮和失望！」

像這樣短暫轉移焦點之後，她的哀傷又會捲土重來。

陪審團如期前來查看遺體，依規定訊問，而後舉行葬禮的那個淒涼早晨也來了。報紙上的消息吸引好事的旁觀者，他們站在那裡，彷彿在數算窗子的玻璃或牆上的石頭，而裘德與蘇的關係更是激發他們的好奇心。蘇說她要送兩個小的到墓園，到了最後一刻，她堅持不住。小棺材默默

8. *Agamemnon*，古希臘悲劇作家埃斯庫羅斯（Aeschylus）的作品。

被抬出房子，她一直躺在床上。裘德上了馬車，馬車漸漸駛離，房東總算鬆了一口氣，因為現在只剩蘇和他們的行李在屋子裡。他妻子不幸地把房子租給這些陌生人，他希望晚一點蘇也會帶著行李離開，好讓房子擺脫這一星期的可惡臭名。下午他私底下找屋主商量過，屋主同意如果因為這場悲劇引發房客的質疑，就想辦法更改門牌號碼。

裘德看見那兩個小箱子（一個裝著小裘德，另一個裝著兩個小的）放進墓穴，連忙趕回蘇的身邊。蘇還在她房間裡，他沒有打擾她。不過，他擔心她，下午四點又去看她。房東太太以為她還躺在房間裡，去查看之後回來告訴他她不在，帽子和外套也不在。換句話說，她出門去了。裘德趕到他投宿的旅館，但她沒有去過。他猜到她可能的去處，轉身往墓園的方向走去，進了墓園，走到孩子們下葬的地方。跟著去墓園的圍觀人潮都已經走了，有個男人拿著鐵鍬，正在為三個孩子的墓穴填土，可是有個女人站在還沒填滿的墓地裡拉住他的手阻止他。那是蘇，她沒有換上他幫她買的喪服，但她身上的服飾傳達的傷痛比傳統喪服更深沉。

「他要把他們埋起來，他不可以這麼做，我要再看我的孩子一眼！」她看見裘德時狂喊，「我要再看他們一眼！裘德，拜託你，我要看看他們！我不知道你會趁我睡著把他們送走！你說也許封棺前我可以再看他們一眼，結果沒有，你直接把他們送走！裘德，你對我也很殘忍！」

「她要把墳墓挖開來，要看棺材。」拿鐵鍬的男人說，「她現在的情況最好馬上回家。可憐的人，根本不知道自己在做什麼。女士，妳不能把棺材挖出來。跟妳丈夫回家去，冷靜下來。感謝上帝，馬上又有一個孩子來安慰妳。」

可是蘇面容哀悽，不停地問，「我不能再看他們一眼嗎？一眼就好！不能嗎？只要短短一分鐘，裘德？不會太久，看一眼我就會很開心。裘德，只要你答應，以後什麼都聽你的！看過之後我就乖乖回家，不會再說要看他們！不能嗎？為什麼不能？」

她就這樣哀求著，裘德感受到一股錐心的悲痛，幾乎想要求那人答應。但那麼做沒有好處，可能會讓蘇更傷心，何況他看得出來蘇必須馬上回家。他輕聲細語哄她勸她，把她摟在懷裡。最後她屈服了，聽他的勸離開墓園。

他想幫她雇輛馬車，可是他們的經濟太窘迫，她不同意。兩個人慢慢往回走，裘德戴著黑紗，她穿著褐色與紅色衣裳。這天下午他們原本要搬到新的住處，不過裘德覺得這個計畫不太可行，所以他們回到那棟可憎的房子。蘇立刻躺回床上，裘德去找醫生過來。

整個晚上裘德都在樓下等，到了深夜，他得知蘇早產，孩子跟其他幾個一樣，也死了。

3

蘇雖然了無生趣，卻還是慢慢康復了，裘德也重新回到老本行。他們搬到新的住處，就在貝爾謝巴附近，離那間儀式派教堂聖西拉斯不遠。

他們經常無語對坐。命運的無情打擊，比冷酷的阻撓更令他們憂懼。偶爾蘇的思維像星辰乍然閃耀，腦海浮現模糊又怪異的畫面，整個世界彷彿在夢境裡創作的詩歌或音樂。半睡半醒的人固然覺得美妙至極，全然清醒的人卻覺得荒謬得無可救藥。造物主的作為像夢遊者般毫無意識，而不是像智者般深思熟慮。造物主在建構世間環境時，好像從來沒有考慮過那些不得不在這個環境裡生活的人類，沒有考慮他們的情感覺知會發展到如今有思考能力、受過教育的人達到的程度。可是苦難使得那些敵對力量擬人化，原本的想法現在變成了一種感覺，彷彿裘德和她正在逃離步步進逼的迫害者。

「我們必須順服！」她悲傷地說，「神把自古以來的所有怒氣都發洩在我們身上，身為祂卑微的受造物，我們必須臣服。我們沒有選擇，必須那麼做，對抗神是沒有用的！」

「我們對抗的只是人類和無知無覺的境況。」

「沒錯！」蘇喃喃說道，「我到底在想什麼！竟然跟野蠻人一樣迷信！但不管我們的敵人是誰或什麼東西，我都被嚇得屈服了。我的戰鬥力一絲不存，沒有能力再冒險。我被打敗了，被打敗了！像最近我經常說的，『我們成了一臺戲，給世人和天使觀看！』」

「我也有同感！」

「我們該怎麼做？你現在有工作，但是別忘了，這可能只是因為還沒有人知道我們的過去和我們的關係……如果他們知道我們沒有正式辦過婚禮，也許會像阿爾布里罕那些人一樣把你辭退！」

「我也不清楚，也許他們不會那麼做。不過，我覺得等妳能出門，我們就該去補辦手續了。」

「你這麼覺得？」

「當然！」

裘德沉思片刻，說道，「世上有不少男人會誘拐女人，正派人士都遠離他們，最近我經常覺得我也是其中之一。這個念頭讓我非常詫異！我一直沒有意識到，也沒有做過任何傷害妳的事，畢竟我愛妳超過愛我自己。然而，我的確是那種男人！我不知道其他那些人之中還有沒有人像我這麼愚鈍又單純？沒錯，蘇，我是那樣的人，我誘拐了妳……妳是那麼與眾不同，是最純淨的人。大自然希望妳不染纖塵，我卻非得招惹妳！」

「不，不，裘德！」她連忙說，「別用莫須有的罪名譴責自己，要怪就怪我。」

「我促成妳離開費洛森，如果沒有我，妳不會要求他放妳走。」

「我還是會那麼做。至於我們，我們沒有正式結婚拯救了你我。因為這樣，我們第一次婚姻的莊嚴性才沒有被踐踏。」

「莊嚴性？」裘德驚訝地看著她，恍然意識到她已經不是以前的蘇。

「是，」她的聲音有點顫抖，「我懷著深深的恐懼，覺得自己的行為多麼傲慢無禮。我覺得，我還是他的妻子！」

「誰的？」

「理察的。」

「我的天，親愛的！為什麼？」

「我沒辦法解釋！我只是有這種想法。」

「那是妳的軟弱，是病態的胡思亂想，沒有理由也沒有意義！別為它心煩。」

蘇憂慮地嘆息。

他們不再討論這個話題。他們的財務狀況改善了，如果是在過去的日子，這種事一定會讓他們相當開心。出乎意料地，裘德幾乎剛進城就在老本行找到一份不錯的工作，夏季的天氣對他虛弱的身體也有好處。外表看起來，他的生活千篇一律。經過那段四處為家的日子，這是件可喜的事。人們好像已經忘記他曾經做過那些偏離常軌的難堪行為，他每天爬上他永遠進不去的學院的女兒牆或遮簷，更換他永遠沒有機會站在裡面往外看的豎框窗戶崩塌的砂岩，彷彿除了這些他什麼都不想做。

現在的裘德跟過去有些不同，他不再常去教堂參加任何儀式。有件事最令他憂心，那就是自從悲劇發生後，他和蘇的心靈好像各自往相反方向發展。那些事擴展了他對生命、法律、習俗和教義的看法，對蘇卻沒有相同作用。她不再是過去那個見解獨到的人。那時她的才智像柔和的閃電，戲耍著他當時衷心推崇、如今不再看重的傳統與儀式。

某個特別的星期天，他回家比較晚，蘇不在家，但不久後就回來，他發現她格外沉默，若有所思。

「小女孩，妳在想什麼？」他好奇地問。

「我也說不上來！我覺得我們一直以來都太自私、輕率，甚至不敬神，我們的人生只是追求自我的快樂，終究一無所獲。自我犧牲才是更崇高的道路。我們必須克制肉體，這差勁的肉體是亞當的詛咒！」

「蘇！」他低聲說，「妳這是怎麼了？」

「我們必須持續在責任的祭壇奉獻自我！但以前我只願意做讓自己開心的事，所以我受到鞭笞，罪有應得！但願我身上的罪惡立即被帶走，還有我做過的那些令人髮指的錯事，以及我犯過的所有罪行！」

「蘇，我受盡苦難的寶貝！妳不是壞女人。妳天生的本能沒有一點問題，也許不如我期待中那麼熱情，可是妳善良、可愛又純潔。像我常說的，妳是我見過最脫俗、最不注重感官享樂的女人，但妳又不是全然不懂男女之情。妳為什麼說這些話？妳以前不是這樣的。我們不自私，就算偶爾自私，那也是因為我們的無私對別人毫無助益。妳以前常說人性高貴又堅忍，不是可恥墮落，最後我終於相信妳說的是真的。現在妳好像把人性看得低劣許多。」

「我需要謙卑的心和節制的思想，卻一直做不到！」

「不管是在思想上或情感上，妳一直無所畏懼，我對妳的仰慕永遠不夠多。那個時候我滿腦子狹隘的教義，看不清這點。」

「裘德，別這麼說！我只希望我所有的大膽言語和思想都能從我的過去拔除。捨棄自我才是最重要的！我要用盡一切方法折辱自己，最好能用別針刺遍全身，讓我所有的惡習都隨著血液流走！」

「別說了！」裘德把她的小臉蛋按在自己胸膛，彷彿她是個小嬰兒。「妳會有這些想法，都是因為失去孩子。我敏感的小花朵，妳不該這樣自責。該自責的是世上的惡人，偏偏他們永遠不知悔過！」

「我不能這樣。」她依偎在裘德懷裡許久之後，喃喃說道。

「為什麼不能？」

「這是縱容自己。」

「還是一樣的想法！我們彼此相愛，這世上還有什麼比這更好？」

「有，要看是什麼樣的愛。你的……我們的愛是不對的。」

「蘇，這話我不認同！說說看，妳希望我們什麼時候去教堂辦婚禮？」

她頓了一下，而後忐忑地抬起頭，輕聲說，「永遠不要。」

裘德不完全明白她的意思，平靜地接受她的反對，沒有回應。幾分鐘後，他以為她睡著了。他輕聲說話，發現她自始至終都醒著。她坐直身體，嘆一口氣。

「蘇，今天晚上妳身上有一股難以形容的奇怪香水或氣味。」他說，「不只是精神上，妳衣服上也有。有點像植物，我好像知道那個味道，卻想不起來。」

「是香。」

「香？」

「我去聖西拉斯做禮拜，教堂裡就是那個味道。」

「喔，聖西拉斯。」

「是，我偶爾會去。」

「妳竟然去那裡！」

「裘德，平日早上你去工作，我在這裡很孤單，而我不斷想起……想起我的……」她停下來，直到她能控制哽咽的喉嚨。「因為那地方很近，所以我常去。」

「嗯，沒事，我沒有說這樣不好。只是妳會去那裡有點怪。他們一定沒想到他們之中來了個什麼樣的大人物！」

「裘德，你這話什麼意思？」

「嗯，說白了就是無神論者。」

「親愛的裘德，我現在這麼痛苦，你怎麼能這樣刺傷我？我知道你不是故意的，但你不該說這種話。」

「我不會了，但我非常驚訝！」

「裘德，我還有別的事要告訴你。你不會生氣吧？我的寶貝們過世以後，我想了很多。我覺得我不應該是你的妻子，也不該再當你的妻子。」

「什麼？但妳本來就是！」

「那是你的想法，然而……」

「我們當然會害怕辦婚禮，很多人如果也有這麼充足的理由害怕婚姻，一定會跟我們一樣。

可是我們過去以來的經歷已經證實，我們對自己判斷錯誤，高估我們的弱點。如今妳好像開始重視儀式和典禮，應該會希望立刻補辦婚禮才對。蘇，除了在法律上，妳不管哪方面都是我的妻子。妳剛才的話是什麼意思？」

「我不認為我是！」

「不是？假使我們舉行過婚禮，妳會不會覺得妳是？」

「不會。即使辦過婚禮也不會，我的心情只會比現在更糟。」

「親愛的，為什麼？這簡直匪夷所思。」

「因為我是理察的妻子。」

「啊，妳先前跟我提過這個荒唐念頭！」

「當時只是模糊的概念，隨著時間過去，我越來越確定我屬於他，或者，我不屬於任何人。」

「我的天，我們兩個立場完全對調！」

「是，也許吧。」

當時他們租木匠家的房間住。幾天後，一個夜幕初降的夏夜，他們坐在樓下的小房間，聽見前門響起敲門聲，不久後有人敲他們的房門。他們還來不及回應，訪客已經主動打開門，一個女人的身影站在門外。

「佛雷先生在嗎？」

裘德和蘇都嚇了一跳，因為那是艾拉貝拉的聲音。裘德呆呆地應了一聲是。

他行禮如儀地請她進來，讓她在窗前的長椅落坐。襯著光線，他們清楚看見她的輪廓，卻沒有進一步的細節幫助他們評估她的整體外觀和神態。不過，他們似乎看得出來她目前的生活不像卡列特在世時那麼舒適，衣著也沒那麼華麗。

他們三個不自在地聊起那樁悲劇。出事後裘德覺得有義務立即通知她，只是她並沒有回信。

「我剛才去了墓園。」她說，「我跟人打聽，找到那孩子的墳墓。我沒辦法來參加葬禮，但還是謝謝你的邀請。我在報紙上看到事情的經過，覺得你們不會想見我……我沒辦法來參加葬禮。」她重複說道，彷彿無法適度表現出深切的悲慟，只好舊話重提。「幸好我找到墳墓。裘德，你是做這行的，應該幫他們立個好看的墓碑。」

「我會的。」裘德悶悶地說。

「他是我兒子，我當然會為他傷心。」

「但願吧，我們大家都是。」

「另外兩個不是我的，我自然而然沒那麼難過。」

「當然。」

一聲嘆息從蘇所在的陰暗角落傳來。

「我以前一直希望讓他回到我身邊。」艾拉貝拉說，「那樣的話，也許就不會出事！可是我不願意把他從你太太身邊帶走。」

「我不是他太太。」蘇說。

她這話來得突然，裘德震驚得說不出話來。

「咦，真抱歉，」艾拉貝拉說，「我一直以為妳是。」

裘德從蘇的語調聽出她那些全新的超自然觀點，艾拉貝拉當然只聽見字面上的意思。蘇的話顯然也令她吃驚，但她很快恢復冷靜，繼續鎮定自若、口無遮攔地聊著「她兒子」。孩子活著的時候她沒有表達過一絲關懷，現在卻有模有樣地擺出符合道德良知的哀慟神情。她談起過去的事，說著說著又把話題轉向蘇，卻沒有人回應。蘇已經悄悄離開房間。

「她剛才說她不是你太太？」艾拉貝拉換了語氣，「她為什麼那麼說？」

「無可奉告。」裘德簡單回答。

「她是你太太，對不對？她親口告訴過我。」

「我不評論她的話。」

「啊，我懂了！我的時間到了。今晚我住在城裡，想到我們都遇見同樣的磨難，覺得不妨過來看你們。我住在以前當酒吧女侍的旅館，明天就回阿弗列斯頓。我爸回英國了，我現在跟他住在一起。」

「他從澳洲回來了？」裘德顯得不太感興趣。

「是，在那邊熬不下去了，日子不好過。我媽死於痢……就是那種熱天才有的什麼病。我爸和兩個小的最近才回來。他在老家附近找了間小房子，目前我在幫他管家。」

即使蘇已經離開，艾拉貝拉仍然維持良好教養，遵守世俗禮儀，表現出最端莊的一面，只逗留幾分鐘。她走了以後，裘德鬆了一大口氣，走到樓梯旁喊蘇，急著想知道她在做什麼。

沒有人回應，木匠說她不在。裘德十分困惑，開始擔心她，因為時間有點晚了。木匠把他妻子喊來，他妻子猜蘇去了聖西拉斯教堂，因為她經常去那裡。

「這麼晚，不會吧？」裘德說，「教堂已經關了。」

「她認識管鑰匙的人，有需要隨時拿得到。」

「這種情況有多久了？」

「大概幾星期了。」

裘德茫然地往教堂的方向走去。自從多年前他搬離這個地方以後，就不曾去過那間教堂，當時他青澀的觀點比如今多點神祕傾向。教堂沒有人，門卻沒上鎖。他悄無聲息地拉開門閂，進去以後關上背後的門，一動不動站在原地。那無所不在的靜寂中似乎有個微弱的聲音，像是呼吸，或啜泣，從教堂另一端傳來。他摸黑朝那個方向走去，地毯吸納了他的腳步聲。教堂裡黑漆漆的，偶爾穿插一抹從外面反射進來的月光。

前方高處，就在聖壇台階上方，裘德看見一個巨大、堅固的拉丁十字架，也許跟它被打造來紀念的那個十字架一樣大。十字架似乎用隱形的金屬線懸掛在空中，上面裝飾著碩大的寶石。十字架無聲地、肉眼幾乎難以察覺地來回擺盪，寶石因此微微閃爍，反射出從外面進來的暗淡光線。底下的地板上顯然有一團黑色衣裳，不斷發出他先前聽見的啜泣聲。那是他的蘇匍伏在地板上。

「蘇！」他輕聲喊。

黑暗中出現一抹白，是她的臉轉過來。

「裘德，你為什麼來找我？」她口氣幾乎有點尖銳，「你不該來！我想一個人待著！你為什麼闖進來？」

「妳怎麼能說這種話！」他立刻以指責的語氣還嘴，因為她剛才的態度徹底傷透他的心。「我為什麼來這裡？我倒想問問，如果我沒有權利過來，誰有權利？我愛妳超過愛我自己，也比妳愛我深得多！妳為什麼拋下我一個人來這裡？」

「裘德，別責難我，我受不了！我說過很多次了。你必須接受這樣的我，我是個可鄙的人，總是前後不一致！艾拉貝拉來的時候我無法忍受，心裡實在太難過，只能離開。我覺得她還是你妻子，理察還是我丈夫！」

「可是他們跟我們沒關係！」

「有，親愛的朋友，他們有。我現在對婚姻的看法不一樣了。我的孩子沒了，我才看清這一點！艾拉貝拉的孩子殺了我的孩子，就是一種天譴，正義的殺死錯誤的。我該怎麼做！我是這麼邪惡的人，不配生活在普通人之中！」

「這實在糟透了！」裘德難過得差點落淚，「妳沒做錯過什麼，這麼自責未免太荒唐，太不正常！」

「啊，你不知道我有多壞！」

他激動地說，「我知道！一絲一毫、一清二楚！不管是基督教，或神祕主義，或僧侶制度，或任何東西，如果害妳變得這麼頹廢，我就痛恨它們。妳是個女詩人、女先知，妳的靈魂散發鑽石般的光芒。世上的智者如果認識妳，都會以妳為榮，妳卻這麼貶低自己！如果神學像這樣毀了妳，我很慶幸我跟它已經沒有任何關係，真他媽的慶幸！」

「裘德，你在生氣。你對我太嚴苛，也看不清事物的真相。」

「那就跟我回家，親愛的，也許我就能看清楚。我已經不勝負荷，妳也是，所以剛才一時錯亂。」他摟住她，把她扶起來。雖然她願意跟他走，卻不肯讓他攙扶。

「裘德，我沒有討厭你。」她用溫柔、哀求的口氣說，「我跟以前一樣愛你！只是，我不能再愛你了。噢，絕對不可以了！」

「我不能接受。」

「但我已經決定了，我不再是你的妻子！我屬於他，我在聖壇前承諾永遠跟他結合。什麼都不能改變！」

「可是這世上除了我們，還有哪對配稱為夫妻？我們的婚姻是大自然認可的，這點無庸置疑！」

「卻不是神認可的。在神那裡還有另一個人是我丈夫，在梅爾切斯特的教堂得到永恆的認可。」

「蘇，蘇，妳心裡太苦，才會失去理智！我很多方面的看法都被妳改變了，現在妳突然選擇相反方向，只憑一時心情就全盤否決妳說過的話！我對過去熟悉的教會原本還存有一丁點喜愛和尊崇，現在都被妳連根拔除了。如今的妳徹底無視過去的邏輯，這點我完全無法理解。這是妳的特點嗎？或者所有女人都這樣？女人究竟是不是擁有思想的個體，或者是殘缺的一角，永遠在尋找整體？以前妳總說婚姻是粗陋的契約（這是事實），妳誓死反對它，痛陳它的荒誕！我們幸福快樂的時候二加二等於四，現在肯定還是等於四吧？我再說一次，我沒辦法理解！」

「親愛的裘德，那是因為你是個全聾的人，看著別人聽音樂，你問，『他們在看什麼？那裡沒有東西。』但確實有東西在。」

「妳說這種話太尖銳，而且比喻不恰當！以前妳揚棄了沒有意義的舊有偏見，也教我那麼做，現在妳卻重拾那些偏見。我得承認我完全看錯了妳。」

「親愛的朋友，我唯一的朋友，別這麼苛責我！我不得不做我自己。我相信我沒有錯，相信我終於看見了光明。可是，我又該如何從中受益！」

他們繼續往前走，出了教堂，她也還了鑰匙。她回來以後，兩人踏上寬敞的街道，裘德終於恢復了點活力，他說，「這還是那個女孩嗎？還是那個把異教神像帶進基督教信仰最虔誠城市的女孩嗎？還是那個模仿范托佛小姐用鞋跟踩碎神像的女孩嗎？那個引用吉朋、雪萊和彌爾的女孩？親愛的阿波羅在哪裡？還有親愛的維納斯呢？」

「噢，裘德，別，別對我這麼殘忍，我很不快樂！」她哭了。「我受不了！以前我錯了，我沒辦法跟你爭辯。我錯了，為自己的自負洋洋得意！艾拉貝拉今晚過來是最後一根稻草。別諷刺我，你的話像刀子一樣鋒利！」

他伸手摟住她，就在寂靜的街道上激情地吻她，動作太快，她來不及制止。之後他們往前走，路過一家小咖啡館。蘇忍著淚水說，「裘德，你能不能住這裡？」

「好，如果妳真的希望我這麼做。妳真的希望嗎？我們先回住的地方，再看看妳有什麼想法。」

他送她回去，帶她進屋裡。她說她不想吃晚餐，走上幽暗的樓梯，點了一盞燈。她轉過身來，發現裘德跟了上來，站在房間門口。她走到他面前，握著他的手說，「晚安！」

「可是蘇，我們不是住這裡嗎？」

「你說你會照我的話做！」

「是，好吧！也許我不該用那種惡劣的口氣跟妳爭執！當初我們沒辦法真心依照傳統方式舉行婚禮，也許就該分開。也許這個世界還不夠開明，接受不了我們的實驗！我們沒有自知之明，竟然以為能扮演時代的先驅！」

「不管怎樣，我很高興你能想通這些。我從來不是故意做以前那些事。我是因為嫉妒和心煩，才會走錯路！」

「但肯定也有愛，妳愛我吧？」

「是。但原本我想打住，只跟你當一對戀人，直到……」

「可是相愛的人不可能永遠維持那樣的關係！」

「女人可以，男人不能，因為他們……不願意。在這方面，普通女人比普通男人做得更好，她從來不主動，只回應。我們當時應該做一對心靈伴侶，不要再進一步。」

「就像我說的，事情的轉變都是因為我！好吧，就照妳的意思！可惜人類免不了會順從天性。」

「是，所以才該學習自制。」

「我再說一次，如果我們之中有誰做錯事，那一定是我，不是妳。」

「不，該怪我。你犯的錯只是男人的天性，他們都想要擁有女人。而我並不想擁有你，只是後來出於嫉妒心，想要趕走艾拉貝拉。原本我覺得我應該對你仁慈，允許你接近我，覺得如果像對待過去那位朋友一樣折磨你，就太自私。如果你沒有讓我擔心你會回到她身邊，我應該不會放棄堅持。不過這些都別提了！裘德，現在你能不能讓我一個人待在這裡？」

「好，可是蘇，我的妻子，妳是我妻子！」他激動地說，「我以前對妳的埋怨終究是對的，妳從來不曾像我愛妳那樣愛過我，從來沒有！妳不是熱情的人，妳的心不會為愛燃燒！妳始終是某種仙子，或精靈，不是女人！」

「裘德，一開始我不愛你，這點我承認。剛認識你的時候，我只想要你愛我。我並沒有勾引你，可是那種天生的渴望會侵蝕女人的道德感，幾乎比不受管束的激情更嚴重。那是一種吸引並擄獲男人的渴望，不在乎是不是會傷害到他們。我有那份渴望，等我發現我已經擄獲了你，我嚇壞了。之後，我也不知道怎麼回事，我不願意放你走，因為你可能會回到艾拉貝拉身邊，所以我必須愛你。可是你也看到了，不管後來我們感情多好，一開始只是一個自私又殘酷的願望。我想要你為我心痛，卻不願為你心痛。」

「現在妳傷我更深，因為妳要離我而去！」

「啊，沒錯！我越是掙扎，造成的傷害越大！」

「噢，蘇！」裘德忽然意識到自己面臨的危機。「不要拿道德當理由做不道德的事！妳是我立身處世的救星，基於人道精神留在我身邊！妳知道我是多麼軟弱的人，也知道我有兩個大敵，一是面對女人毫無抵抗力，二是容易沉迷烈酒。蘇，別為了拯救妳自己的靈魂，就放任我自生自滅！自從妳成了我的守護天使，我一直跟它們保持距離！自從擁有妳，我再也不怕接觸那些誘惑。我的安全難道不值得妳犧牲一點教理原則嗎？我非常擔心，萬一妳離開我，我就會像一頭洗乾淨的豬重新在泥地裡打滾！」

蘇哭出聲來。「噢，裘德，你不可以那樣！你不會的！我會日日夜夜為你禱告！」

「好吧，無所謂，別傷心。」裘德寬容地說，「上天知道當時我確實為妳吃了不少苦，如今舊事重演。不過也許妳比我更苦。長期下來，女人通常承受最多折磨！」

「的確是。」

「除非她徹底低賤又可鄙，而妳無論如何都不是！」

她焦慮地深吸一兩口氣。「我恐怕是！裘德，晚安！拜託你走吧！」

「我不能留下來嗎？最後一次也不行？畢竟我們在一個屋簷下住那麼久了。噢，蘇，我的妻子，為什麼不行？」

「不，不是妻子！裘德，你有能力左右我，而我已經走到這一步，別引誘我回頭！」

「好吧，我聽妳的。親愛的，這是我欠妳的，算是補償當初沒有順從妳的心意。天哪，當時我多麼自私！也許，也許我毀了男女之間可能存在、最崇高、最純潔的愛情！那麼從此刻起，就讓我們的神殿的帷幔撕成兩半！[9]」

他走向床鋪，拿起一顆枕頭扔到地上。

蘇看著他，俯身靠向床邊欄杆，默默流淚。「你看不出來我這麼做是為了自己的良心，不是

9. 耶穌死的時候，聖所的帷幔從上到下分成兩半。見《聖經．馬可福音》第十五章第三十八節。

討厭你！」她斷斷續續地低語，「我怎麼會討厭你！但我不能再說了，說了我會心碎，我之前的努力都會前功盡棄！裘德，晚安！」

「晚安。」說完，他就轉身。

「你還沒吻我！」她跳起來。「我受不了……」

他抱住她，親吻她掛著淚珠的臉龐，彷彿從沒親吻過似的。沉默一段時間後，她說，「再見，再見！」並且輕輕推開他。為了緩解哀傷，她又說，「裘德，我們還是親密的朋友，是嗎？我們偶爾可以見個面，沒錯！忘記這些事，恢復到很久以前的關係，好嗎？」

裘德不允許自己說話，直接轉身走下樓。

4

蘇心態大逆轉後認定的終身配偶目前仍然定居在馬利格林。

孩子的悲劇發生的前一天，費洛森也在基督教堂城，看見站在雨中觀看遊行隊伍往劇院去的裘德和蘇。但他沒有告訴站在身旁的老朋友傑林翰。那時傑林翰正好來拜訪他，跟他住在馬利格林。兩人會去基督教堂城，也是因為傑林翰的提議。

「你在想什麼？」回到家後，傑林翰問，「你沒拿到的大學學位？」

「不，不是。」費洛森不耐煩地答，「在想我今天看到的人。」過一會兒又補充，「是蘇珊娜。」

「我也看見她了。」

「你當時沒說。」

「我不希望你注意到她。不過，既然你看見了，當時就該跟她打聲招呼：『我曾經的親愛的，妳好嗎？』」

「呃，我也許會。不過，我有理由相信我跟她離婚的時候，她是無辜的，當時我誤會了。這事你怎麼看？是真的！真傷腦筋，是不是？」

「不管怎樣，之後她顯然努力實踐你離婚的理由。」

「唔，這是低級的譏諷。毫無疑問，當時我該等一等的。」

到了週末，傑林翰已經回到他在薛斯頓附近的學校，費洛森照慣例去了阿弗列斯頓的市集。走下那條長長的山路時，他琢磨著艾拉貝拉透露的訊息。他比裘德更早走這條山路，只不過他在這裡遭受的打擊沒有裘德強烈。他到鎮上後照例買了當地報紙，找了家旅館歇歇腳，儲備體力應付返程的八公里路程。他拿出口袋裡的報紙讀了起來，看見「石匠子女離奇自殺」的標題。

他向來個性沉穩，看到這則新聞卻難受極了，同時也十分困惑，想不通那個長子的年齡是不是誤報。只是，報紙的報導某種程度上不會有錯。

「他們的痛苦已經達到頂點！」他不斷想到蘇，想到她離開他之後的遭遇。

艾拉貝拉目前住在阿弗列斯頓，費洛森每週六都去那裡的市集，所以幾星期後他們毫不意外地又巧遇了，那時艾拉貝拉剛從基督教堂城回來。她在基督教堂城停留的時間比預期久得多，密切留意裘德的動向，只是裘德沒有再見到她。費洛森在回家的路上遇見艾拉貝拉，當時她正要往鎮上去。

「卡列特太太，妳喜歡來這地方散步？」他問。

「最近才重新開始。」她答，「我以前當酒吧女侍和出嫁後，都會走這條路，我過去的人生有趣的時期都跟這條路脫不了關係。最近我又常想起那些事，因為我去了一趟基督教堂城。沒錯，我見到裘德了。」

「啊！面對這樣的苦難，他們還好嗎？」

「他們的反應非常奇怪，怪得很！她已經沒有跟他住在一起。我離開前才聽說這個消息，不過，我去探望他們的時候，從他們的舉止就看得出來會有這樣的結果。」

「沒跟她丈夫住在一起？為什麼，我以為經歷過這番磨難，他們的感情會更牢固。」

「他終究不是她丈夫。他們雖然以夫妻的身分一起生活那麼久，她其實從來沒有嫁給他。他們沒有因為這次悲劇加快腳步合法辦婚事，她反倒古里古怪地變成虔誠的教徒。當初我丈夫死的時候我也是這樣，不過她的做法比我更極端。有人告訴我，她說從上帝和教會的角度來看，她還是你妻子，只會是你妻子，不會因為任何人的行為變成任何人的妻子。」

「是嗎？他們分開了！」

「年紀最大那個男孩是我兒子……」

「啊，是妳兒子！」

「是，可憐的小傢伙。謝天謝地，他是合法的婚生子。最重要的，她可能覺得我才是裘德的妻子，我也不清楚。至於我，我再過不久就會離開這裡，我得照顧我爸，我們不能住在這麼無趣的地方。我希望不久後可以找到酒吧的工作，可能是基督教堂城，或其他大城鎮。」

說完，他們各自往前走。費洛森往山坡上走了幾步又停下來，匆匆往回走，喊住艾拉貝拉。

「他們現在住哪裡？他們之前住的地方。」

艾拉貝拉告訴他。

「謝謝妳，午安。」

艾拉貝拉露出冷笑，繼續往前走。從剪枝柳樹到鎮上第一條街道上那家古老救濟院，一路上都在練習製造酒窩。

費洛森則是走上山路往馬利格林去。很長一段時間以來，他第一次對未來有了期待。他朝自己不得不屈居的簡陋校舍走去，經過草坪上那棵大樹時駐足片刻，想像蘇走到門口迎接他。他讓蘇離開的結果是吃盡苦頭，不管是基督教徒或異教徒，沒有人像他這般為自己的善行遭受如此重大的損失。他被那些所謂的正義之士排擠，到處碰壁，窮途末路，受盡沒有人能忍受的苦楚。他曾經差點餓死，現在生活完全仰仗這所村莊小學校的微薄薪資，而這裡的牧師因為收容他，也開始遭人議論。艾拉貝拉說當初他應該對蘇嚴厲點，她的叛逆精神支撐不了多久。他經常想到這些話。但他固執又不理性，始終相信讓妻子離開是正確做法，既不肯聽取別人的意見，也不遵從他以往學到的原理原則。

當原則能夠被情感推往某個方向，往往會因為同樣的禍患轉向另一邊。當初他率性而為給蘇自由，現在同樣率性，不會因為蘇曾經跟裘德同居瞧不起她。基於某種古怪的性情，無論他愛不愛蘇，他仍然希望她回來。姑且不論現實上的考量，他覺得只要她願意回來，他會心滿意足地接納她。

他發現，想要排除外界冷酷無情的鄙視，必須有點手段和技巧。現在機會上門了。只要把蘇找回來，重新舉行婚禮，光明正大地對外聲稱當初會跟她離婚都是一場誤會，或許他能找回舒適的生活，重回昔日的軌道，比如回到薛斯頓那所學校，甚至進教會當個兼職牧師。

他想寫封信徵詢傑林翰的意見，問問他贊不贊成自己寫信給蘇。當然，傑林翰回信告訴他，既然蘇已經離開了，最好別再找她回來。再者，真要說她是誰的妻子，他認為應該是那個她為他生過三個孩子、一起經歷那場悲劇的男人。那男人對她的愛似乎強烈得不尋常，過些時候他們也許會正式舉行婚禮，到那時一切都會圓滿順利，合乎禮儀又井然有序。

「但他們不會，蘇不會！」費洛森對自己大喊。「傑林翰太理所當然。她受到基督教堂城的情操和教義影響，我看得出來，她認為婚姻無法解除，也知道這觀念從哪裡來。那不是我的觀點，但我可以利用它實現我的目標。」

費洛森給傑林翰的回信相當簡短，他說，「我知道我想得不對，但我不同意你的話。至於她曾經跟他同居，生下三個孩子，雖然我沒辦法以傳統觀點提出符合邏輯和道德的解釋，但我覺得那只是為了完成她的教育。我會寫信給她，看看那女人說的話是不是真的。」

他寫信給傑林翰之前已經決定要寫信給蘇，所以根本沒有必要再寫信給傑林翰。不過，這就是費洛森的行事風格。

他寫了一封經過仔細推敲琢磨的信給蘇。他深知蘇的性情，字裡行間偶爾流露一點判官似的嚴正語氣，審慎隱藏他的異端心思，免得嚇到她。信的開頭他寫道，他聽說她的想法已經大幅改變，覺得有必要讓她知道，他們分別後發生了許多事，他的觀點也產生變化。他向她坦承，他寫這封信不是基於激昂的情愛，而是為了改善他們兩個人的生活。就算不能飛黃騰達，至少不會繼續邁向慘痛的失敗，而這個失敗是當初他本著公義、慈悲與情理做出的選擇所導致的。

他發現到，在這個古老文明國度，依照本能與不受控制的正義感行事，會受到懲罰。如果想要得到普通水準的安穩與名聲，一切行為都得遵循經過教育與學習而來的正義感，忽略未經雕琢的純真情感。

他建議她來馬利格林找他。

經過思考，他把倒數第二段刪除，重新謄寫一遍，立刻把信寄出去，帶著一絲振奮等待回音。

幾天後有個人穿過籠罩基督教堂城貝爾謝巴郊區的茫茫白霧，走向裘德跟蘇分開後居住的地方。他的住處響起怯生生的敲門聲。

當時天已經黑了，所以他在家。他彷彿有所預感，跳起來衝過去開門。

「你能跟我出來嗎？我不想進去。我想……想跟你談一談，也想跟你去一趟墓園。」

蘇用顫抖的嗓音說出這些話。裘德戴上帽子，說道，「這種陰冷天氣妳不該待在外面，不過既然妳不想進來，我無所謂。」

「嗯，我不想進去。我不會耽擱你太久。」

裘德心神太震撼，一時無法言語。蘇也一樣，她整個人緊張不安，腦子一片空白，不知該說些什麼。於是兩人有如冥界幽靈，在濃霧裡走了很長時間，沒有任何言語或手勢。

「我想告訴你，」蘇說話了，語句時快時慢。「免得你偶然聽別人說起。我要回到理察身邊。他寬宏大量，同意原諒我所做的一切。」

「回去？妳怎麼能回……」

「他要再跟我結婚，那只是為了形式，也為了滿足外界的要求，因為世人只看表面、不看本質。但我本來就是他的妻子，這點始終沒有改變。」

他轉身面對她，似乎承受劇烈的痛苦。

「可是妳是我妻子！沒錯，妳就是，妳自己知道。我經常後悔我們那次為了外界觀感，假裝到別地方去，回來以後對外宣稱我們已經結婚。我愛妳，妳也愛我，我們關係親密，那就是婚姻。蘇，我們還彼此相愛，這點妳跟我一樣心裡有數！所以我們的婚姻關係並沒有解除。」

「是，我知道你怎麼看待這件事。」她的回答有著絕望的自我壓抑。「我要再一次嫁給他（我知道你是這麼看的）。裘德，我這麼說你別介意，其實你也應該回到艾拉貝拉身邊。」

「我應該？我的天，接下來呢？我們當初差一點就舉行婚禮，如果我們真的合法結婚了呢？」

「還是一樣，我會覺得我們的婚姻不是真的。只要理察提出要求，我也會回到他身邊，就算不再舉行婚禮也沒關係。不過，『世上的規矩必然有其價值』[10]，應該吧？所以我同意再辦一次婚禮。我求求你，別冷嘲熱諷，也別批評，那會逼死我！我曾經很堅強，也許以前我對你太殘忍。可是裘德，請你以德報怨！我現在是弱者，別報復我，對我仁慈。請你對我仁慈，我只是個想要改正錯誤的可憐女人！」

裘德無助地搖搖頭，雙眼已經濕潤。喪子之痛好像摧毀了她的思考能力，那曾經敏銳的洞察力已經黯淡。他啞著嗓子說，「都錯了，都錯了！失誤，乖僻！逼得我幾乎發狂。妳在乎他嗎？妳愛他嗎？妳知道妳不愛！妳這是狂熱的賣淫，上帝原諒我！沒錯，就是這樣！」

「我不愛他，我必須……必須承認，我深深懺悔！但我會學著去愛他，服從他。」

裘德爭辯、慫恿、哀求，但她的信念抵擋這一切。這好像是她唯一堅持的事，而她的這一點堅持，動搖了她其他的衝動和渴望。

10. 這句話引用自布朗寧的詩〈雕像與半身像〉。

「我體貼你的心情，希望你知道這件事，而且親自來告訴你。」她用尖銳的口吻說，「免得你聽見別人轉述，覺得自己被藐視。我甚至坦白承認我不愛他，沒想到你是這樣回報我！原本我想請你……」

「把妳交給他？」

「不。幫我寄行李，如果你願意的話。但我猜你不願意。」

「我當然願意。怎麼，他不來接妳，不在這裡辦婚禮？他不願意紓尊降貴？」

「不，是我不讓他過來。我主動去找他，就像我當初主動離開他。我們會在馬利格林的小教堂結婚。」

裘德覺得她即使固執己見都有一種悲傷的美，情不自禁地同情她，不只一次為她落淚。

「蘇，我從來沒見過哪個女人像妳這樣衝動地悔罪！原本以為妳會循著理智勇敢往前，妳卻突然來個大迴轉！」

「好吧，別說了！裘德，我該說再見了！我希望你跟我一起去墓園，我們在那裡道別，就在孩子的墳墓旁，是他們的死讓我認清自己的錯誤。」

他們轉往墓園的方向，看守墓園的人為他們開門。她經常去那裡，在黑暗中也能找到路。他們到了目的地，定定站著。

「我想在這裡跟你分開。」她說。

「那就這裡吧！」

「別因為我憑信念行事就覺得我心狠。裘德，你對我的無私奉獻沒有人比得上！假使你失敗了，你在這世間的失敗為你帶來的也該是榮耀，而不是指責。別忘了，世上最傑出、最偉大的人物，都沒有為自己追求世間的利益。成功的人都有一定程度的自私，無私的人往往失敗，『愛是不求自己的益處』[11]。」

「我永遠的愛人，關於那個章節，我們見解一致，我們就依照它和平分手。有朝一日妳稱為宗教的一切都煙消雲散，那些詞句還會長存人間！」

「多說無益。再見，裘德，我的同夥罪人，我最仁慈的朋友！」

「再見，我思想偏差的妻子，再見！」

11. 語出《聖經・哥林多前書》第十三章第五節。

5

隔天下午，熟悉的基督教堂城霧氣依然籠罩一切，濃霧中只能勉強看見蘇的纖瘦身影走向車站。

那天裘德沒有心情工作，也沒有勇氣走向任何蘇可能經過的地方，於是他往相反方向走去，到達一個陰沉、怪異的蕭索地域。那裡的枝葉滴著水，咳嗽和肺癆潛伏著，是個他從未到過的地方。

「蘇離開我了……走了！」他傷心欲絕地喃喃自語。

同一時間，蘇已經乘著火車離開，到了阿弗列斯頓路站，換搭蒸氣軌道車進鎮。她請求費洛森別來接她，說她希望主動走向他，主動去他家，走進他家門。

那是星期五傍晚。之所以選這個時間，是因為費洛森當天下午四點下班後，要到星期一早上才上班。她在貝爾旅館租的小馬車將她送到馬利格林，車夫照她的要求在離村莊八百公尺的小路盡頭讓她下車，先將她帶來的行李送到費洛森的住處。她遇見回程的小馬車，問車夫老師家的門是不是開著。車夫說是，老師親自把她的行李拿進屋裡。

現在她可以放心進村莊，不會太引人注目。她經過那口井，從樹蔭下走過，往另一邊那所漂亮的新學校去，沒有敲門，直接拉開宿舍門閂。費洛森照她的要求，站在屋子正中央等著她。

「理察，我來了。」她整個人蒼白又顫抖，無力地坐進椅子裡。「我不敢相信……你原諒……

你的妻子！」

「心愛的蘇珊娜，我什麼都能原諒。」

他親密的稱呼雖然明智地沒有表露過多激情，卻還是嚇到她。但她重新鼓起勇氣。

「我的孩子……死了，他們死得很應當！我幾乎覺得慶幸。他們是罪行孕育出來的，犧牲生命來教導我該怎麼活著！他們的死是我第一階段的滌罪。所以他們的死不是毫無意義！你願意讓我回來嗎？」

她的話語和聲調令人同情，他深深動容，做了超出自己預期的事：俯身親吻她臉頰。

她幾乎難以察覺地退縮，在他的嘴唇碰觸下，不自主地顫抖。

費洛森一顆心往下沉，因為欲望已經在他內心重新燃起。「妳還是厭惡我！」

「不，親愛的，我冒著濕冷的天氣搭馬車過來，渾身發冷！」她匆匆擠出憂心的笑容。「婚禮什麼時候舉行？很快嗎？」

「如果妳真的想那麼做，我想明天一大早辦。我會給牧師遞消息，讓他知道妳來了。我把事情全都告訴他了，他非常贊同。他說這麼做能讓我們的生活幸福美滿。只是……妳確定自己的心意了嗎？如果妳覺得妳做不到，現在反悔還來得及。」

「可以，我可以！我希望盡快辦好。通知他，馬上通知他！這件事耗費我的心力，我不能等太久！」

「那麼妳先吃點東西，之後去艾德琳太太家借住。我會告訴牧師明天八點半舉行婚禮，那個時候不會有人出門。希望妳不會覺得這樣太倉促。我朋友傑林翰也會過來幫我們的忙，他是好人，百忙之中大老遠從薛斯頓趕過來。」

一般女人的目光多半鎖定物質世界，蘇好像看不見房間裡的一切，也注意不到周遭環境的細節。不過，當她走到客廳另一頭想放下暖手筒，卻輕輕發出一聲驚呼「啊！」臉色變得更蒼白，像死刑犯看見自己的棺材。

「怎麼了？」費洛森問。

當時寫字桌的蓋板正好掀開來，她把暖手筒放在上面，瞥見裡面的一份文件。她答，「沒事，只是吃了一驚！」走回餐桌旁的時候，她用笑聲掩蓋剛才的驚叫。

「啊！對了，」費洛森說，「結婚證書……剛送過來。」

傑林翰已經從樓上的房間下來，蘇努力表現出和善的一面，跟他聊些他會感興趣的話題。只是，她絕口不談自己的事，而她的事才是傑林翰最想知道的。她順從地吃了點晚餐，之後出發去艾德琳家。費洛森陪她走過那片綠地，在艾德琳家門口跟她道晚安。

艾德琳陪著蘇走進她借住的房間，幫她取出行李。她拿起一件繡著典雅圖案的睡袍。

「啊，我不知道那件衣服也收進行李了！」蘇連忙說，「我不想帶來的。這裡還有一件。」她遞過來一件樸素至極的新睡袍，料子是粗糙的原色印花棉布。

「可是這件比較漂亮！」艾德琳說，「那件根本是《聖經》上說的粗布衣裳！」

「沒錯，那是我的本意。另外那件給我。」

她接過那件睡袍猛力撕扯，撕裂聲在屋子裡迴蕩，像鳴角鴞的叫聲。

「可是天哪，天哪！無論……」

「這是私通的罪證！它代表我不再擁有的感情……當時買來是為了討好裘德，現在必須毀掉！」

艾德琳無奈地雙手一翻，蘇繼續激動地把睡袍撕成布條，扔進火爐裡。

「妳可以送給我！」艾德琳說，「老女人當然用不上這麼精緻的睡袍，我穿這種衣裳的日子已經過去了！只是看著這麼漂亮的刺繡被火燒了，我的太心痛。」

「那是被詛咒的東西，讓我想起我想忘掉的事！」蘇說，「只適合扔進火裡。」

「我的天，妳太嚴厲了！妳怎麼能說這種話，這麼一來，妳失去的無辜孩子也被妳詛咒了！我死也不相信宗教是這樣子的！」

蘇撲向床鋪，埋著臉哭泣。「別，別這樣！我受不了！」她沉浸在哀慟的情緒裡，整個人顫抖不已，身體往下滑，跪了下來。

「妳聽我說，妳不能再嫁給這個男人！」艾德琳憤慨地說，「妳心裡還愛著裘德！」

「我必須這麼做，我已經是他的妻子！」

「呸！妳是裘德的妻子。基於你們的理由，當初你們不願意再婚，才是符合良心的做法。只要你們繼續生活在一起，最後一定會修成正果。你們想怎麼過日子畢竟跟別人沒有關係。」

「理察說他願意重新接納我，我有義務回去！如果他拒絕，那麼我就沒有必要……放棄裘德。只是……」她的臉依然埋在床單裡，艾德琳走出房間。

這段時間費洛森回家陪傑林翰吃完晚餐。不久後兩人站起來，走到外面的草地抽菸。蘇的房間點著燈，有個人影偶爾從百葉窗前經過。

傑林翰顯然已經深刻認識到蘇那種難以言說的魅力，沉默片刻後他說，「她馬上就回到你身邊了。她不可能再離開你，這次總算塵埃落定。」

「是！我覺得我可以相信她。我承認這麼做有點自私。當然，對於我這樣的老頭子，她實在是珍貴的寶物，但我們復合也能扭轉神職人員和古板的俗人對我的印象。當初我放她走，他們一直不肯原諒我。往後我或多或少能回到過去的生活。」

「嗯，如果你有充分理由再一次娶她，就馬上去做！我始終不贊成你用那種自我毀滅的方式打開籠子放走鳥兒。如果當初你用強硬的態度處理她的事，你現在說不定已經是督學或牧師了。」

「我給自己帶來無法挽回的損害，這我知道。」

「一旦你把她找回來，就別再放她走。」

這天晚上費洛森有點含糊其詞。他不願意坦白承認，他跟蘇再次結婚根本不是因為後悔當初放她走，主要還是出自一股挑戰社會慣例與論點的人性本能。他說，「是，我會的。現在我比較了解女人了。當初放她走不管多麼正當，但以我看待其他事物的立場來說，卻毫無道理。」

傑林翰看著他，心裡不禁納悶，過去費洛森不合禮法與常情地善待妻子，如今在世人的奚落和自身肉體渴望雙重刺激下，能不能以更符合正統的冷硬手段對待妻子。

「我已經知道不能衝動行事，」費洛森又說。他越來越覺得需要表現出積極性。「當初我違反教會的教導，但那不是蓄意的敵對。女人有種莫名的影響力，能夠引誘你誤用善心。現在我比較了解自己，也許該有一點明智的嚴厲……」

「是，但你最好循序漸進，一開始別太激進，總有一天她會想通。」

這番告誡是多餘的，但費洛森沒有這麼說。「當初我同意她私奔、引發那場爭吵，我記得我離開薛斯頓之前牧師告訴我，『你想找回你和她的社會地位，唯一的辦法就是承認你當初做錯了，沒有用明智又強硬的手段留住她。另外，如果她同意，就把她找回來，從此堅定立場。』可惜當時我太頑固，沒有聽進去。我做夢也想不到離婚以後她還會回來。」

艾德琳太太家的大門喀嗒一響，有人往學校這邊走來。費洛森主動打招呼，「晚安！」

「是費洛森先生嗎？」艾德琳說，「我正要過去找你。剛才我跟她在樓上，幫她打開行李。先生，我必須說，我覺得這件事不對！」

「什麼事？婚禮嗎？」

「是。她在強迫自己，可憐的小東西，你不知道她心裡多麼痛苦。我從來不是虔誠信徒，也不反對宗教，但讓她這麼做是不對的，你應該阻止她。當然，所有人都會說你善良又大度，願意再接納她，但我可不這麼想。」

「她希望這麼做，我也願意。」費洛森的語氣極為冷漠，別人的反對使得他固執又蠻不講理。

「這是為了修正過去的縱容。」

「我不信這一套！她真正的丈夫是裘德，他們生了三個孩子，他也非常愛她。可憐的小東西，慫恿她做這件事真是邪惡又可恥！沒有人替她著想。她有個好朋友，但她頑固地不讓他靠近。我真想知道她這種念頭是怎麼來的！」

「不知道，肯定不是我，一切都是她自願的。我不想再談了。」費洛森板著臉說，「艾德琳太太，妳在反對我，這樣不太恰當！」

「這些話我必須說出來，我知道會冒犯你，但我不在乎，事實就是事實。」

「艾德琳太太，妳沒冒犯我。妳能跟我說這些，證明妳是個好鄰居。但我知道怎麼做對我和蘇珊娜最好。妳會參加我們的婚禮吧？」

「不，我怎麼會……真不知道時代會變成什麼模樣！這年頭的婚姻太嚴肅，確實讓人害怕。我們那個時代沒那麼重視，我不覺得有什麼不好！我跟我死去的老伴結婚的時候，大家熱鬧了一個星期，把教區的酒給喝光了。那時家裡沒半毛錢，跟人借了半克朗才過起日子！」

艾德琳回家以後，費洛森悶悶不樂地說，「我不知道自己該不該這麼做，也許不該這麼急。」

「為什麼？」

「如果她真的只是為了職責或信仰，違背心意強迫自己這麼做。也許我應該讓她再等一等。」

「我的看法是，你已經走到這一步，不該再退縮。」

「我確實不能延期，只是，她看到結婚證書的時候驚叫一聲，我有點擔心。」

「老弟，不必擔心，明天我會把她交給你，而你會接受她。當初我沒有堅定地阻止你放她走，我心裡一直過意不去。現在已經進行到這個階段，我一定要幫你把事情徹底解決。」

費洛森點點頭。他看見傑林翰這麼為他著想，更願意對他坦誠。「等這件事傳出去，一定有很多人笑我是心軟的傻子。但他們不像我這麼了解蘇。她雖然很難捉摸，本質上卻是誠實的人，應該沒有做過違背良心的事。她跟裘德同居其實沒什麼，當時她會離開我去找他，是因為她覺得自己沒有做錯。現在她的想法改變了。」

到了隔天早上，費洛森和傑林翰根據各自的觀點，一致同意讓蘇在她所謂的信條的聖壇自我獻祭。八點剛過，費洛森橫越草坪到艾德琳太太家接蘇。前一兩天在低地盤桓的霧氣這時已經飄上來，草地上的樹木蓄積了大量水氣，滴滴答答地落下。新娘已經穿好嫁衣戴上帽子，正在等著。她的名字蘇珊娜，希伯來文的意思是百合花，在幽暗的晨光中，她有生以來第一次這麼像一朵潔白的百合。她經歷磨難、厭倦人世、悔過自責，緊繃的神經侵蝕她的肌肉與骨血。她在最健康的時候就不是壯碩的體格，如今卻彷彿比過去更為瘦小。

「快！」費洛森寬宏大量地拉她的手，強忍住親吻她的衝動。她昨天受驚嚇的那一幕依然盤據他腦海，揮之不去。

傑林翰過來跟他們會合，三個人一起走出來。艾德琳仍然堅定地拒絕出席婚禮。

「教堂在哪裡？」蘇問。舊教堂拆掉後，她不曾在村子裡久住，這時又心事重重，一時忘了新教堂的地點。

「就在上面。」費洛森答。教堂龐大而肅穆的塔樓在濃霧中若隱若現。牧師已經走進教堂。他們到的時候，他愉快地說，「差一點就需要點蠟燭。」

「理察，你真的希望跟我結婚嗎？」蘇悄聲問。

「當然，親愛的，這是我最想做的事。」

蘇不再說話。費洛森再次覺得，他並沒有貫徹當初放她走的那份人道精神。

他們站在教堂裡，總共五個人：牧師、教堂執事、男女雙方和傑林翰。神聖的婚禮再次隆重舉行，有兩、三個村民在教堂中殿觀禮。當牧師說到「上帝所配的」，村民之中有個女人說道，「的確是上帝所配的！」

費洛森和蘇就像過去的自己的替身，重演多年前在梅爾切斯特發生過的類似場景。婚書簽署後，牧師恭喜費洛森和蘇，因為他們彼此寬恕的行為崇高又正當。他笑著說，「結果好、一切都好。你們『從火中得救』[12]，希望你們永遠幸福。」

他們走出近乎空蕩的教堂，去到對面的學校宿舍。傑林翰希望當天晚上回到家，提早離開了。他向費洛森和蘇道賀，費洛森送他出門，兩人走了一小段路，他說，「這下子我可以跟你家鄉的人說說這一段破鏡重圓的佳話，相信我，他們一定會說，『做得好。』」

費洛森回到家的時候，蘇正在假裝做家務事，一副她一直住在這個家似的。只是，他走過來的時候，她露出怯懦的神情，他看見之後內心一陣愧疚。

「親愛的，我跟以前一樣，不會侵犯妳的私人領域。」他沉重地說，「我們復合是為了改善我們的社會地位，雖然這不是我再婚的理由，至少是正確的決定。」蘇的臉色開朗了些。

12. 語出《聖經・哥林多前書》第三章第十五節。

6

這裡是基督教堂城郊區裘德寄宿處的大門外，距離他之前住的聖西拉斯教堂附近相當遠，因為那個區域讓他心情低落到無法自拔。雨下個不停，有個穿著寒酸黑色衣裳的女人站在門前台階跟裘德說話，裘德的手拉著門。

「我孤單、沒錢、無家可歸，真的！我爸把我的錢全借去做生意，又趕我出門。他說我懶惰，但我只是在等工作機會。我無依無靠！裘德，如果你不收留我，幫助我，我就得去濟貧院，或者更糟的地方。剛才來這裡的路上有兩個大學生對我眨眼睛。這地方有這麼多年輕男人，女人很難保持貞潔！」

在雨中說這些話的女人是艾拉貝拉，時間是蘇重新嫁給費洛森的隔天傍晚。

「我很同情妳，但我現在住的是分租房。」裘德冷冷地說。

「所以你要趕我走？」

「我會給妳一點錢，夠妳生活幾天。」

「你不能好心收留我嗎？我受不了一個人去住旅館，我很孤單。裘德，拜託你，看在過去的份上！」

「不，不行。」裘德急忙說，「我不想聽過去的事，如果妳再說，我就不幫妳。」

「看來我不能留下！」說著，艾拉貝拉額頭抵著門柱，低聲啜泣。

「裡面已經沒有空房間了。」裘德說，「我只多出個小房間，比衣櫥大不了多少，我放工具和模板，還有剩下的幾本書！」

「對我來說已經是皇宮了。」

「裡面沒有床。」

「可以打地鋪，這樣就夠好了。」

裘德沒辦法對她惡言相向，也不知道該怎麼辦，於是把房東找來，說艾拉貝拉是他朋友，碰上困難需要臨時住處。

「你記得我吧？我之前在羔羊旗當吧台女侍，」艾拉貝拉對那人說，「今天下午我父親辱罵我，我離家出走，身上一點錢都沒有！」

房東說他不認得她。「不過沒關係，既然妳是佛雷先生的朋友，我們就想辦法收留妳一兩天，只要他願意擔起責任。」

「可以，可以。」裘德說，「她突然跑來，我也很意外，不過我願意幫她度過難關。」最後他們決定在裘德的雜物間擺一張床，讓艾拉貝拉安心住下來，直到她擺脫當前的困境（她聲稱錯不在她），回到她父親的家。

等房間的時候，艾拉貝拉問，「你聽說了吧？」

「我大概知道妳指的是什麼，但我什麼都沒聽說。」

「我今天收到安妮從阿弗列斯頓寄來的信，她聽說婚禮的日期是昨天，但不確定是不是舉行了。」

「我不想談這個。」

「是，是，你當然不想。只是，這就看得出來她是什麼樣的女……」

「我說別談她！她是個傻瓜，卻也是個天使。可憐的蘇！」

「安妮說，所有人都認為如果他們真的再婚了，他會有機會回到過去的職位。支持他的人都很高興，包括主教本人。」

「艾拉貝拉，妳饒了我吧。」

艾拉貝拉就這麼安頓在小閣樓裡，最初那段時間她沒有接近裘德，只是來來去去忙自己的事。偶爾他們在樓梯或走道碰面，她告訴裘德她在找工作，打算重回老本行。裘德建議她去倫敦，那裡比較容易找到適合她的職缺。她搖著頭說，「不，那裡的誘惑太多，我想先在鄉下找個小酒館。」

接下來那個星期天早上，裘德吃早餐的時間比平時晚，她溫順地對他說，她的茶壺壞了，但店鋪沒開，沒辦法馬上換個新的，能不能跟他一起吃早餐。

「嗯，隨妳便。」他淡漠地說。

兩個人安靜用餐時，她突然說，「老朋友，你好像心事重重。我很替你難過。」

「我的確在想事情。」

「一定是在想她的事。那跟我沒關係，不過如果你想知道，我能打聽得到，可以知道他們的婚禮是不是舉行了。」

「妳怎麼打聽？」

「我打算去阿弗列斯頓拿些我留在那裡的東西。我可以去找安妮，她家人還在馬利格林，所以她一定會知道。」

裘德不太有勇氣接受她的提議，但他又太想知道答案，這份渴望凌駕他的審慎，戰勝他的理智。他說，「妳想打聽就去打聽。我沒聽到任何消息，就算他們結婚了，應該也沒有對外公開。」

「我的錢不夠負擔來回的旅費，否則我早就去了。我得等到我賺了錢。」

「我可以幫妳出旅費。」他急躁地說。他太擔心蘇的近況，也想知道她是不是再婚了，才會答應讓艾拉貝拉去打聽消息。在深思熟慮的情況下，他絕不會選擇這樣的探子。

艾拉貝拉出發了，裘德要求她最晚搭七點鐘的火車回來。她走了以後，他對自己說，「我為什麼指定她回來的時間？我根本不在乎她，也不在乎另一個！」

只是，當天工作結束後，他忍不住到車站去見艾拉貝拉。他心急如焚，迫切想知道她帶回來的消息，想獲知最壞的結果。在回來的路上，艾拉貝拉熟練地吸嘬酒窩，踏出車廂時，她露出笑容。裘德只問一聲，「怎麼樣？」臉上的表情跟艾拉貝拉形成對比。

「他們結婚了。」

「是，當然是這樣！」他說。只是，她注意到他說話時嘴唇緊抿。

「安妮在馬利格林的親戚貝琳達說，那件事悲傷又奇怪！」

「妳說悲傷是什麼意思？跟他再婚是她的意思，不是嗎？而他也願意！」

「是，的確是這樣。某種角度看來她想這麼做，但從另一個角度又不是。艾德琳太太很不高興，去找費洛森攤牌。蘇太激動，燒掉她跟你在一起時穿過的繡花睡袍，要徹底忘了你。女人如果想這麼做，就應該去做。雖然別人不認同，但我欣賞她這點。」艾拉貝拉嘆息道，「她覺得他是她唯一的丈夫，只要他活著，在上帝眼中她就只屬於他。也許有另一個女人想法跟她一樣！」艾拉貝拉又嘆氣。

「我不想聽假惺惺的話！」裘德激動地說。

「我沒有假惺惺，」艾拉貝拉說，「我的心情跟她一模一樣！」

他不想再談，斷然說道，「好了，我想知道的都知道了，謝謝妳提供消息。我還不想回住處。」說完，他轉身離開。

裘德痛徹心扉，在城裡遊蕩，幾乎把他跟蘇一起去過的地方都走一遍，之後他不知道要往哪去，又想到該回家吃晚餐了。只是，他的良善之中隱藏著所有惡習，甚至還有多餘。於是他轉身走進一家酒館，這是幾個月來的第一次。

在此同時艾拉貝拉已經回去了。時間越來越晚，裘德還沒回來。到了九點半，艾拉貝拉也出門了。她先到她父親住的地方。那地方靠近河邊，位置偏遠，她父親在那裡開了一家前景不樂觀的小肉攤。

「雖然那天晚上你狠狠罵了我一頓，我還是來了，因為我有事要告訴你。」她對她父親說，「我打算再結婚，安定下來，但你必須幫我。我為你做了那麼多事，你幫點忙也是應該的。」

「只要能擺脫妳，要我做什麼都可以！」

「那好。現在我要去找我男人，他可能去喝酒了，我得帶他回家。你唯一要做的就是今晚別鎖門，我可能會在這裡過夜，而且很晚才會過來。」

「我就知道妳架子擺不了多久，很快就會回來！」

「別鎖門。沒別的事了。」

之後她又急匆匆往外走，先趕回裘德的住處確認他還沒回家，立刻上街找他。她猜到他可能會去的地方，直接走向裘德過去經常流連的酒館，也正是她短暫當過吧台女侍的那家。她一打開那家「私人酒吧」的門，就看到他坐在包廂內側的陰暗處，兩眼盯著地板，眼神空洞。他還沒喝烈酒，桌上擺的是麥芽酒。他沒看見她，她走進去，在他身旁坐下。

裘德抬眼看她，似乎不覺得意外。他說，「艾拉貝拉，妳來喝酒嗎？我只是想忘掉她！但我做不到，我要回家了。」她看得出來他想喝烈酒，有點想。

「親愛的男孩，我來是為了找你。你狀況不太好，應該喝點更好的東西。」她對吧台女侍豎起一根手指。「你該喝杯烈酒，烈酒比啤酒更適合有學問的男人。你該來杯黑櫻桃香甜酒，或橙皮酒，甜不甜都可以，或櫻桃白蘭地。可憐的傢伙，我請客！」

「哪一種都無所謂！來杯櫻桃白蘭地好了……蘇對我不好，太不好了。我沒想到她會這樣！我一直守著她，她也該守著我。我為她出賣靈魂，她卻不肯為我冒一點風險。為了拯救她自己的靈魂，就讓我的靈魂下地獄！可是這不是她的錯，可憐的小女孩。我知道錯不在她！」

艾拉貝拉不知從哪弄到了錢，她點了兩杯酒，付了錢。兩人各自喝掉自己的酒之後，她建議再來一杯。就這樣，裘德有幸在專業嚮導的帶領下，遊賞酒國各種愉快風光。她的進度落後裘德一大段，他暢飲的時候，她只是小酌，儘管如此，她還是喝到了酒量的極限，勉強保持清醒。從她紅通通的面容看來，她喝得一點也不少。

這天晚上她始終用撫慰和哄勸的口吻跟他說話，裘德不停重複說，「我不在乎我變成什麼模樣。」每次他這麼說，她就答，「可是我非常在乎！」打烊的時間到了，他們不得不離開。艾拉貝拉摟住他的腰，帶著他踉踉蹌蹌往外走。

兩人到了街上，她說，「你醉成這樣，如果我帶你回去，誰曉得房東會怎麼說。我猜大門已經上鎖了，到時候他得下樓幫我們開門。」

「我不知道，我不知道。」

「沒有自己的家就是這麼麻煩。裘德，我來告訴你我們該怎麼做，我們去我爸爸家，我今天跟他和好了。我可以帶你進屋，不會有人看見你。明天早上你就沒事了。」

「怎麼都好，哪裡都好。」裘德答，「我見鬼的還有什麼好在乎的？」

他們一起往前走，像一對喝醉酒的男女。她的手臂仍然摟住他的腰，他也終於摟住她，但不是出於情愛，而是因為他身體疲累腳步不穩，需要有人扶持。

「這裡就是殉教者受火刑的地方。」他們拖著腳步走過寬敞街道時，他結結巴巴說道，「我記得……在富勒老頭的《神聖之國》[13]……我是……走到這地方……才想到的……富勒老頭在他的《神聖之國》裡說，瑞德利受火刑的時候，史密斯博士……布道提到，『即使我身受火刑，若沒有

13. 指英國歷史學家湯瑪斯・富勒（Thomas Fuller, 一七一〇～九〇）的《神聖之國與褻瀆之國》（*The Holy State and the Profane State*）。

愛，仍然於我無益。』[14]每次經過這裡我就會想到這個。瑞德利是個……」

「是，你說得對。親愛的，你很有思想，雖然那跟目前的我們沒多大關係。」

「當然有關係！我也要投身火堆！可是……唉，妳不懂！蘇才會明白我的話！是我誘拐她，可憐的小女孩！她走了……我不在乎我自己了！妳想怎麼對我都沒關係！她那麼做是為了良心，可憐的蘇！」

「叫她去死！我是說，我覺得她做得對。」艾拉貝拉打酒嗝，「我的想法跟她一樣，我也覺得在上帝眼中我屬於你，不屬於別人，直到死亡把我們分開！補救，呃，永遠，呃，不晚！」

他們已經走到她父親的家，她輕輕拉開門閂，在屋裡摸索著想點燈。

此情此景跟很久以前他們走進克列斯坎那間小屋後的情況不無相似之處，艾拉貝拉可能也懷著同樣動機。裘德渾然不覺，她倒是心裡有數。

「親愛的，我找不到火柴。」她把門閂拉上以後說，「不過沒關係，走這邊，盡量別出聲。」

「這裡黑漆漆的。」裘德說。

「把手伸過來，我帶你走。對。你坐這裡，我幫你脫靴子。我不想吵醒他。」

「誰？」

「我爸。他可能會罵人。」

她脫掉他的靴子，輕聲說，「好了，扶著我，靠過來沒關係。來，往上一階，再一階……」

「可是……我們在馬利格林那棟老房子嗎？」腦袋昏沉的裘德問，「我已經很多年沒走進這屋子了。嘿？我的書呢？我的書都到哪去了。」

「親愛的，我們在我家，這裡沒有人會看到你醉得多厲害。來，再往上一階，第四階……對了，繼續往上爬。」

14. 史密斯博士引用的是《聖經・哥林多前書》第十三章第三節。史密斯（Richard Smith, 約一五〇〇～六三），牛津大學欽定神學教授。

7

艾拉貝拉在做早餐，這裡是她父親剛租下不久的小房子樓下。她把腦袋伸向前面的肉攤，對她父親說早餐好了。她父親很快出現，十足的專業肉販模樣，穿著油膩膩的藍色上衣，腰部繫著皮帶，上面掛著磨刀棒。

「今天早上妳來看店。」他若無其事地說，「我要去倫斯登進半隻豬和一批下水，還得去其他地方。既然妳住在這裡，就該分擔些工作，至少幫我把生意做起來！」

「今天我沒辦法。」她定定注視他，「我的大獎在樓上。」

「哦？是什麼東西？」

「我丈夫，快成了。」

「不會吧！」

「是真的。是裘德，他要回到我身邊。」

「以前那個？真是見鬼了！」

「我一直都很喜歡他，這話是真的。」

「他怎麼會在樓上？」她父親忽然覺得好笑，朝天花板點點頭。

「爸，別問尷尬問題。我們該做的是把他留在這裡，直到我跟他……跟以前一樣。」

「怎樣？」

「結婚。」

「啊……這是我聽過最奇怪的事，世上有那麼多男人，偏要嫁給以前的丈夫！我覺得他不是好對象。如果是我，就會換個新的。」

「這是女人的怪僻，為了體面把前夫找回來。至於男人跟前妻復合，嗯，倒是比較好笑！」

艾拉貝拉一陣爆笑，她父親也跟著笑了幾聲。

「對他客氣點，其他的事交給我。」她笑完之後說，「今天早上他告訴我他腦袋痛得快爆炸了，不知道自己在哪裡。也難怪，昨晚他混了那麼多種酒。這一兩天他會待在這裡，我們要盡量讓他開開心心的，別讓他回住處去。他在這裡的開銷我以後會還你，現在我得上樓去看看他怎樣了，可憐的傢伙。」

艾拉貝拉走到樓上，輕輕打開第一間臥室的門，偷瞄一眼。她發現她失去神力的參孫[15]還沒醒，就走到床邊觀察他。裘德前一天晚上飲酒過度滿臉通紅，面容因此不像平時那麼蒼白。他長長的睫毛、烏黑的眉毛、鬈髮和鬍子襯著白色的枕頭，在艾拉貝拉這種注重感官情愛的女人眼中，是值得再次擄獲的對象，更何況她目前財務與名聲雙雙吃緊，更將他視為重要獵物。她熾熱的目光似乎觸動了他，他急促的鼾聲很快停止，眼睛也睜開來。

「親愛的，你現在覺得怎樣？」她問，「是我……艾拉貝拉。」

15. 典故出自《聖經・士師記》第十六章，大力士參孫因為心愛女子的背叛，失去神力落入敵人手中。

「啊……這是……對了，我想起來了！妳收留我……我寸步難行、生病、道德沉淪、壞透了！那就是我！」

「那就留在這裡，這裡只有我跟我爸，你可以在這裡休養，直到你完全康復。我會去你工作的地方告訴他們你生病了。」

「房東不知道會怎麼想！」

「我會過去解釋。也許該把房錢付了，免得他們以為我們偷跑。」

「對。我口袋裡的錢就夠了。」

裘德不怎麼在意，他眼球陣陣抽痛，受不了白天的光線，只好閉上眼睛，好像又睡著了。艾拉貝拉拿了他的錢包，悄悄走出房間，換上外出服，往他們前一天晚上離開的分租房走去。

不到半小時她又出現在街角，身邊跟著一個推著板車的少年，板車上堆著裘德的全部行李，還有艾拉貝拉暫住期間帶去的幾件用品。裘德前一天晚上喝得爛醉如泥，全身痛苦難當，又因為失去了蘇，並且在半清醒狀態下任由艾拉貝拉擺布，精神上備受煎熬。他看見自己為數不多的全部動產散放在眼前這個陌生房間，當中夾雜著女人的衣裳，沒有心思去琢磨這些東西是怎麼來的，出現在這裡又意味著什麼。

「好啦，」樓下的艾拉貝拉對她父親說，「接下來這幾天家裡要多準備好酒。我了解他的個性，他偶爾會心情低落到嚇人的程度，一旦他變那樣，就絕不會跟我結婚，那麼我只能繼續過苦日子。一定要讓他開開心心的。他在銀行裡還有一點存款，也把錢包交給我支付必要開銷，也就是申請結婚證書的費用。這個我得事先準備好，只要他點頭，馬上就把事情辦好。買酒的錢你來付，如果可以的話，請幾個朋友過來辦個歡樂的小派對。既能幫肉攤做做宣傳，也能幫到我。」

「只要有人願意提供吃的喝的，這種事一點也不難……好吧，的確能幫肉攤做點宣傳，這話不假。」

三天後，裘德眼睛和腦袋的劇烈抽痛緩和許多，但他還是迷迷糊糊，因為這段期間艾拉貝拉持續給他酒喝，說是讓他保持心情愉快。她提議的小型派對適時登場，方便把裘德推向計畫的最後一步。

唐恩這家不起眼的豬肉香腸攤剛開業不久，沒幾個顧客。不過，這場派對宣傳效果絕佳，他們父女在基督教堂城某個階層聲名大噪，那個階層的人跟學院、學術工作和校園生活毫無關係。艾拉貝拉問裘德，除了他們父女的客人之外，他有沒有想邀請的朋友。裘德鬱悶之餘什麼都不在乎，就提了史戴格、喬大叔、萎頓的拍賣商，以及多年前他酗酒那段時間在那家知名酒館見過的幾個常客，他甚至提到「快樂窩」和「雀斑」。艾拉貝拉同意邀請那些男性，女性則敬謝不敏。

還有另一個人他們都認識，那就是修補匠泰勒，他也住在這條街，卻沒有被邀請。派對那天晚上他工作得比較晚，回家時順道來肉攤買豬腳。當時肉攤沒有現貨，但保證隔天早上會有。那時泰勒探頭往屋裡瞄了一眼，看見賓客四散坐著，玩紙牌、喝酒，或盡情享用主人招待的餐點。他回家睡覺。隔天早上出門時，他有點好奇派對結果如何，卻覺得不值得刻意去肉攤問豬腳的事，畢竟時間還早，昨晚的派對如果鬧得太晚，唐恩和他女兒可能還沒起床。不過，他路過肉攤時發現門開著，裡面還有說話聲，只是肉攤的遮板還沒取下來。他走過去敲了敲客廳門，打開來。

「哎呀，竟然！」他驚呼一聲。

主人和客人都在玩紙牌、抽菸或聊天，就跟十一個小時以前他看見時一模一樣。雖然兩個小時前天就亮了，裡面卻還點著煤氣燈，窗簾沒有拉開。

「沒錯！」艾拉貝拉笑著說，「我們還在這裡，跟昨晚一樣。我們該覺得慚愧，對不對？不過這算是喬遷派對，我們的朋友都不急著回家。泰勒先生，進來坐坐。」

落魄的五金商、如今的修補匠泰勒欣然同意，進門後找個位子坐下來。他說，「這麼一來，我可能會耽擱十五分鐘，不過沒關係。說真的，剛才我看見裡面的情況，幾乎不敢相信自己的眼睛！感覺好像突然又回到昨天晚上。」

「說得是。幫泰勒先生倒杯酒。」

這時他看見她坐在裘德身邊，手臂摟著裘德的腰，裘德跟其他賓客一樣，明顯已經喝得醉醺醺。

「不瞞你說，我們在等教堂開門。」她語氣嬌羞，醉酒的泛紅臉龐幾乎像少女羞怯的紅暈。「裘德跟我決定復合，重新踏入禮堂，因為我們都發現不能沒有對方。所以我們想出這個好點子：派對不散場，等時間一到，馬上把婚禮辦了。」

裘德好像不怎麼留意她在說什麼，或者，他對任何事都漠不關心。泰勒的加入讓派對的氣氛活絡了些，大家仍然坐著。最後艾拉貝拉悄聲對她父親說，「我們該出發了。」

「可是牧師還不知道吧？」

「知道。昨晚我告訴他我們大約八點到九點之間會到。我們第二次結婚，基於社會觀感，最好早一點去，不要太張揚，免得引起別人好奇。牧師非常贊同。」

「好吧，我準備好了。」她父親站起來，抖了抖身子。

「我的寶貝，」她對裘德說，「跟我走吧，去兌現你的承諾。」

「我什麼時候承諾過妳什麼？」他問。艾拉貝拉運用她吧台女侍的專業知識讓他醉到一個程度，看起來幾乎像個清醒的人，至少跟他不熟的人會這麼覺得。

「什麼！」艾拉貝拉假裝驚慌。「昨天晚上我們坐在這裡，你說過好幾次要再娶我，這些先生們都聽見了。」

「我不記得了。」裘德頑強否認，「我要娶的女人只有一個，但我不願意在這個迦百農城[16]提到她的名字！」

艾拉貝拉看向她父親。唐恩於是說，「佛雷先生，你得負責任。你跟我女兒在這裡住了三、四天，是以你要娶她為前提。我如果知道你不娶她，就不可能允許這種事情在我家裡發生。為了維護你的聲譽，你現在必須履行承諾。」

「別詆毀我的名聲！」裘德憤怒地站起來。「我寧可娶巴比倫的娼婦，也不會做損害名譽的事！親愛的，我不是影射妳，這只是一種修辭法，就是書上說的誇飾法。」

16. Capharnaum，位於加利利海北岸，當地居民不相信耶穌的教導，耶穌詛咒他們會被貶入地獄。見《聖經．馬太福音》第十一章第二十三節。

「有閒工夫耍嘴皮，不如記住收留你的人的恩惠。」唐恩說。

「我不知道自己怎麼會來到這裡跟她住在一起，為了我的名譽，我有責任娶她，那麼就娶吧。上帝作證！我從來沒有對女人或任何生物做出不名譽的事。我不是那種為了拯救自己、不惜損害弱者權益的男人！」

「親愛的，別理他。」艾拉貝拉把臉頰貼向裘德的臉。「上樓梳洗一下，把自己打扮整齊，我們就出發了。跟爸爸和好吧。」

兩個男人握了手，裘德跟她上樓，不久後又下樓來，變得乾淨整齊一派平靜。艾拉貝拉也匆忙換了裝，兩人在唐恩陪同下出門了。

「先別走，」出門前，艾拉貝拉對賓客說，「我們出門這段時間，我讓小女僕幫大家準備早餐。等我們回來，大家一起吃點東西。到時候喝杯濃茶，好讓大家神清氣爽地回家去。」

艾拉貝拉、裘德和唐恩出發去舉行婚禮之後，派對賓客打過呵欠清醒了許多，開始興致勃勃地討論當前的狀況。修補匠泰勒腦子最清醒，思路也最清晰。

「我不想說朋友壞話。」他說，「不過，離婚的人又結婚，實在是少見的怪事！在我看來，第一次結婚時性子比較軟都維持不下去，第二次更不可能會成。」

「你覺得他會娶她嗎？」

「應該會，那個女人用他的名聲要脅。」

「臨時去結婚不太可能會成，他沒準備證書，什麼都沒有。」

「她準備好了。你沒聽見她跟她爸爸說的話嗎？」

「嗯，」泰勒借煤氣燈的火重新點起菸斗。「她整個人從頭到腳看起來，至少不是個醜女人，尤其是在蠟燭光底下。沒錯，在外面流通一段時間的半便士硬幣，確實沒有剛從鑄幣廠出來的好看。但以一個曾經天南地北到處飄泊的女人，她還算過得去。體格也許粗大了點，不過我比較欣賞風吹不倒的女人。」

小女僕直接把桌巾鋪在他們先前喝酒的桌子上，沒有先擦掉酒滴。他們的視線隨著她移動。窗簾已經打開了，屋子裡煥然一新，變成清晨的景象，只是有些客人坐在椅子上睡著了。也有一兩個人不只一次走到門口，望著街道另一頭，其中最主要的一個是泰勒，不久後他帶著曖昧的眼神走回來。

「他們回來了！我猜事情辦妥了！」

「不！」喬大叔跟在他後面進來。「相信我，他在最後一刻鬧脾氣。他們走路的樣子跟平時不同，這就能看出來！」

他們靜靜等著，直到聽見裘德他們進門。艾拉貝拉喳喳呼呼帶頭走進來，臉上的表情充分顯示她的計畫已經成功。

「佛雷太太是嗎？」泰勒故作斯文地問。

「當然又是佛雷太太了。」艾拉貝拉一面親切回答，一面脫下手套，伸出左手。「哪，這是婚姻之鎖。他實在是個非常和善、非常彬彬有禮的男人。我說的是牧師。典禮結束後他親切地跟我說，『佛雷太太，我衷心恭喜妳。因為我聽說了妳和妳丈夫以前的事，我覺得你們兩個都做了最正確、最恰當的事。至於妳和他過去做為妻子和丈夫時犯過的錯，現在應該得到全世界的寬恕，因為你們已經寬恕彼此。』沒錯，他是個非常親切、非常彬彬有禮的男人。他說，『嚴格來說，教會的教義不承認夫妻離異。你們在日常生活中都要記住婚約上的話：上帝結合的，沒有人能拆散。』他是個非常親切、非常彬彬有禮的男人……不過親愛的裘德，你當時的模樣實在太好笑了！你走得那麼直，步伐那麼穩，不知道的還以為你是實習法官。不過，我知道你什麼都看不清，因為你差點拉不到我的手。」

「我說過，為了挽救女人的名譽，我什麼都肯做。」裘德喃喃說道，「我做到了。」

「好了，親愛的，過來吃早餐。」

「我要喝威士忌。」裘德麻木地說。

「胡說，親愛的。現在不行！家裡沒有威士忌了。喝杯茶腦子就清楚了，到時候我們就會跟百靈鳥一樣精神百倍。」

「好吧。我已經娶了妳。她說我應該跟妳再婚，我馬上照做了，這是真正的信仰，哈哈哈！」

8

九月底的米迦勒節來了又走了，裘德和艾拉貝拉再婚後只在她父親家小住了一段時間，就搬到比較靠近市中心一棟分租房的頂樓。

婚後那兩、三個月裡，他工作了幾天。他的身體原本就孱弱，現在更是病勢沉重。他坐在爐火前的扶手椅裡，咳得厲害。

「我費那麼大勁跟你復合，真是做了筆好買賣！」艾拉貝拉對他說，「看樣子以後全靠我養家！我得做血腸和香腸沿街叫賣，養活一個我沒有必要負擔的病秧子丈夫。你為什麼不把身體照顧好，騙得我這麼慘？我們結婚的時候，你身體好得很！」

「是啊！」裘德苦笑道，「我經常想到我們第一次結婚時一起殺豬的情景，當時我對那頭豬的同情真是傻。現在對我最大的恩惠，就是有人用我當時對待那頭豬的方法對待我。」

這就是他們每天重複的話題。分租房的房東聽說這對夫妻有點古怪，一度懷疑他們沒有結婚，尤其某天傍晚他看見艾拉貝拉酒後吻了裘德。他原本打算要求他們搬走，但某天晚上無意中聽見她滔滔不絕斥罵裘德，最後還扔出一隻鞋打中裘德的頭，從中嗅出了婚姻生活的熟悉味道，因此相信他們確實是合法夫妻，不再多說什麼。

裘德的病情一直沒有改善，有一天他百般猶豫之後，請求艾拉貝拉幫他做一件事。她冷淡地問他什麼事。

「寫信給蘇。」

「你見鬼……要我寫信給她做什麼？」

「問她過得好不好，問她願不願意來看我。因為我病了，想見她……最後一面。」

「提出這種要求讓合法妻子難堪，果然很符合你的作風。」

「我要妳寫這封信，正是不想讓妳難堪。妳知道我愛蘇，我不想隱瞞什麼，事實擺在眼前，我愛她。我有太多方法可以避著妳寫信給她，但我希望對妳和她丈夫都光明正大。由妳寫信邀請她過來，就不會有人聯想到任何私情。如果她還保留一點過去的性情，就會過來。」

「你對婚姻沒有任何尊重，也不尊重婚姻裡的權利和義務！」

「像我這種一無是處的人，我尊不尊重什麼又有什麼關係！我已經半條腿進了墳墓，世人還會在乎誰來看我！艾拉貝拉，拜託妳寫吧！」他哀求道，「用一點寬宏大量回報我的坦誠！」

「我**不**想！」

「一次都不肯？寫吧！」他覺得身體的衰弱帶走了他所有的尊嚴。

「你為什麼要讓她知道你過得如何？她不想見到你。她是拋棄沉船的老鼠！」

「別說了，別說了！」

「而我守著你，我才是傻子！竟然想把那婊子叫到家裡來！」

她的話聲幾乎才剛落下，裘德就從椅子上跳起來。她還搞不清楚狀況，已經被裘德扔在身旁一張小沙發上，裘德的膝蓋壓在她身上。

「再說一句那種話，」他低聲說，「我會馬上殺了妳！殺了妳對我只有好處，其中一大好處就是可以結束我的生命，所以別把我的話當耳邊風！」

「你想要我怎麼做？」艾拉貝拉喘著氣說。

「永遠不再說她壞話。」

「好，我答應。」

「我相信妳的話。」他輕蔑地放開她，「雖然我不知道妳的話有多少可信度。」

「你狠不下心殺豬，卻狠得下心殺我！」

「啊，被妳發現了！不，我也沒辦法殺妳，就算生氣也不行。笑吧！」

他又是一連串劇咳，臉色慘白地坐回椅子上，艾拉貝拉用銳利的眼光評估他的生命力。「我會寫信邀她來，」她輕聲說，「只要你答應她來的時候讓我陪著你。」

雖然剛才被激怒了，但他生性溫和，又很想見到蘇，沒辦法抗拒艾拉貝拉的條件，於是他氣喘吁吁地答，「我同意，妳寫信叫她來就是了！」

那天晚上他問她信寫了沒。

「寫了。」她說，「我告訴她你病了，邀請她明天或後天來一趟，信還沒寄出去。」

隔天裘德想知道她是不是把信寄出去了，卻又不肯開口問。懷著痴傻又渺茫的希望，焦躁不安地等待著。他知道她可能搭乘的班車時間，每到那個時刻就側耳傾聽她抵達的聲響。

她沒有來，裘德不願意再跟艾拉貝拉談這件事。隔天他依然抱著希望痴痴地等，蘇還是沒來，也沒有收到她的回信。於是裘德暗地裡判定，艾拉貝拉雖然寫了信，卻沒有寄出去，從她的行為舉止不難看出一絲端倪。他身體太虛弱，只能趁艾拉貝拉不在的時候黯自傷心，流下失望的眼淚。事實上，他的猜測是有根據的。艾拉貝拉跟某些照顧病人的人一樣，覺得自己的責任就是用盡一切方法安撫病人，卻不必滿足他們的妄想。

他沒有再跟她提起他的願望或他的猜測。他心中暗暗生起一股決心，這股決心儘管沒能帶給他力量，至少讓他堅定又平靜。某天中午艾拉貝拉離開兩小時後回來，走進房間發現椅子上沒人。

她猛地坐在床鋪上，陷入沉思，說道，「我男人見鬼的到哪去了？」

來自東北方向的大雨一整個早上斷斷續續下個不停。看著窗外的雨勢，很難想像生病的人會冒死選在這種天氣出門。但艾拉貝拉覺得他一定出去了，等她找遍整棟房子，才真正確認這個事實。她說，「如果他真這麼傻，隨他去吧！我已經盡力了。」

那時裘德坐在火車上，已經接近阿弗列斯頓。他的裝束十分古怪，蒼白得像石膏雕像，吸引不少好奇的目光。一小時後他消瘦的身影裹著長大衣和毛毯，沒有撐傘，走在往馬利格林那八公里路上。他臉上有一股不達目的不罷休的決心，那也是支撐他的唯一力量。只是，衰頹的身體提供的助力極其有限，走那段上坡路時，他幾乎喘不過氣來，但他咬牙苦撐。到了下午三點半，終於站在馬利格林那口熟悉的水井旁。下雨天沒有人出門，裘德橫越那片草地去到教堂，沒有人看見。當時教堂門開著，裘德站在那裡望向學校，聽見孩子們一如往常的單調讀書聲，那是還沒體驗過人間苦楚的稚嫩嗓音。

他在那裡等著，直到有個小男孩從學校出來，顯然基於某種原因獲准提早離開。裘德舉起手，那孩子走過來。

「麻煩你去老師家找費洛森太太，問她能不能來教堂一趟，幾分鐘就好。」

孩子離開了，裘德聽見他敲費洛森家的門，轉身走進教堂。教堂裡的一切都是新的，唯一的例外是從舊教堂拆下來、安裝在新牆壁上的雕刻。他站在一旁看著，覺得那些雕刻很像他和蘇已經逝世的祖先。

門廊傳來細微的腳步聲，聽起來微弱得像雨滴的聲音，他回頭去看。

「噢，我不知道是你！我不……噢，裘德！」她情緒激動之下喉嚨哽住，之後連續喘幾口大氣。他走過去，但她迅速恢復，向後退。

「別走，別走！」他哀求道，「這是最後一次！我覺得去妳家會打擾妳，所以選擇這裡。以後我不會再來，所以別那麼狠心。蘇，蘇！我們遵循律法條文，而『律法條文令人死亡』[17]！」

「我會留下來，我不當狠心的人！」她允許他靠近，但嘴唇顫抖，淚水撲簌簌流下來。「你來做什麼？你做了那件正確的事之後，又為什麼做這樣的錯事？」

「什麼正確的事？」

「跟艾拉貝拉復合。阿弗列斯頓的報紙刊登了消息。裘德，嚴格來說，她始終是你真正的妻子。所以你願意承認這件事，重新跟她結婚，做得好，太好了！」

「天哪，我大老遠來這裡是為了聽這些嗎？我這一生所做最可恥、最不道德、最反常的事，

17. 語出《聖經‧哥林多後書》第三章第六節。

就是跟艾拉貝拉再次締結虛假的契約，而妳竟說我做了正確的事！還有妳，妳自稱是費洛森的妻子！**他的**妻子！妳屬於我。」

「別逼我逃跑，我承受不了太多！不過關於這點我很堅定！」

「我不明白妳怎麼會這麼做，不明白妳是怎麼想的，我不明白！」

「那都無所謂了。他是個好丈夫，而我……我跟自己掙扎搏鬥、絕食、禱告，幾乎讓我的肉體完全屈服。你不可以……喚醒……」

「我心愛的小傻瓜，妳的理智呢？妳好像失去了思考能力！我知道女人處在妳這種心情下沒辦法用大腦思考，否則我就會跟妳爭辯。或者妳跟很多面臨同樣景況的女人一樣，在自我欺騙，假裝相信某些東西，其實不相信。沉溺在虛假信念激起的情感中，享受那份樂趣？」

「樂趣？你怎麼能這麼殘忍！」

「親愛的、悲傷的、心軟的蘇，妳擁有我有幸見過最有發展潛力的才智，現在卻是最憂鬱的可憐人！妳對世俗曾經的鄙夷呢？換做是我，一定寧死不屈！」

「裘德，你在打擊我，幾乎是羞辱我！離我遠點！」她匆匆轉身。

「我會的，也不會再來找妳了，就算有體力也不會。但我不會再有體力了。蘇，蘇，妳不值得男人愛！」

她的胸膛突然劇烈起伏。「我沒辦法接受你說這種話！」她衝口而出，兩眼注視他一段時間，又不自主地往回走。「別，別鄙視我！吻我，不停吻我，說我不是懦弱卑劣的騙子，我承受不了！」她衝到他面前，吻上他的嘴唇，接著說，「我必須告訴你，我必須……我親密的愛人！

那只是教堂婚姻，只是做表面！他從一開始就這麼說了！」

「什麼意思？」

「那只是一場有名無實的婚姻。從我回到他身邊到現在都沒有改變！」

「蘇！」裘德緊緊抱住她，將她的雙唇吻到瘀腫。「如果說苦難中還能體驗到幸福，我現在就擁有片刻的幸福！以妳視為神聖的一切起誓，告訴我實話，不許說謊。妳真的還愛我嗎？」

「真的！你心裡很清楚！但我**不可以**這麼做！不可以順著我的心意回應你的吻！」

「妳可以！」

「但你這麼真心！而且好像病得很重……」

「妳也是！再吻一下，這是紀念我們死去的孩子，我們兩個的！」

這些話深深打擊了她，她低下頭。「我**不可以**，**不能**這樣下去！」她呼吸急促。「不過親愛的，我回報你的吻。我可以，我可以！這下子我會為了我的罪永遠憎恨自己！」

「不，聽我最後一個請求。妳聽我說！我們兩個都在失去理智的情況下再婚，我被灌醉了，妳也一樣。讓我昏頭的是酒，讓妳昏頭的是教條。這兩種迷醉都會剝奪更高尚的洞察力，所以我們甩掉我們犯的錯，一起走吧！」

「不，不能再一次！裘德，你為什麼這樣引誘我！這實在太殘酷！不過我現在已經克服自己。別跟著我，別看著我。可憐可憐我，遠離我吧！」

她跑向教堂東端，裘德照她的話做。他沒有回頭，而是拿起她始終沒看見的毯子，直接走出去。他經過教堂盡頭的時候，她聽見他的咳嗽聲夾雜在敲擊窗戶的雨聲中。基於至今沒能抑制的最後一絲人類情愛本能，她跳了起來，彷彿想跑過去關懷他。但她重新跪下來，舉起雙手摀住耳朵，直到不可能再聽見他的聲音為止。

這時他已經走到那片草地的轉角，那條路從那裡穿越他小時候趕白嘴鴉那片田地。他轉身，回頭看看蘇所在的那棟建築物，而後繼續往前走，深知他再也見不到那幕情景了。

每年秋冬，威塞克斯從南到北都有特別低溫的地區。但每當北風或東風襲來，最冷的地方是在紅磚屋旁邊那片綠草丘陵的最高點，也就是往阿弗列斯頓的路跟古老山脊路的交叉口。冬天第一波凍雨和冰雪在這裡落下、堆積；春天的嚴霜徘徊不去，最晚解凍。在這個地方，裘德迎著東北的冷風和寒雨緩緩步行，全身濕透。他的體力不如從前，遲緩的步伐不足以維持他的體溫。他走到了里程碑，雖然雨還在下，他仍然攤開毯子躺下來休息。在重新出發以前，他走過去摸摸自己在里程碑後面銘刻的文字。那些字還在，卻幾乎被苔蘚填平。他經過曾經吊死他和蘇的祖先的絞刑架舊址，走下山坡。

他到達阿弗列斯頓的時候，天已經黑了，他在那裡喝了杯茶。森森寒氣滲入他骨髓，再不吃點東西他會撐不下去。回家的旅程他得搭蒸氣軌道車，再換兩趟火車，中間穿插漫長的候車時間。他抵達基督教堂城時，已經晚上十點。

9

艾拉貝拉站在月台上，上下打量他一番。

「你去看她？」她問。

「是。」裘德又冷又倦，走得搖搖晃晃。

「你最好趕緊回家。」

他一路走，身上的水一路往下滴，咳嗽的時候，他不得不扶住牆壁。

「年輕人，你這是在尋死。」她說，「我不知道你到底明不明白。」

「我當然明白，我故意的。」

「故意什麼？自殺嗎？」

「當然。」

「我的天！為女人自殺。」

「艾拉貝拉，妳聽好。妳以為妳比我強，確實，以肉體來說，目前妳是比我強，妳可以輕易把我推倒，像推倒九柱球遊戲的木柱。那天妳沒有把信寄出去，我沒辦法怨恨妳。但我在另一方面卻沒有妳想像中那麼虛弱。做為一個肺部發炎困在屋子裡的男人，我只剩兩個願望，一是見某個女人，二是見過之後就死掉。我打定了主意，覺得只要下雨天去走這趟旅程，就能一舉兩得完成這兩個願望。現在我做到了：我跟她見了最後一面，也加速邁向死亡，終結這段根本不該開始的狂熱生命！」

「老天，你可真會唱高調！要不要喝點熱飲？」

「不，謝謝。我們回家。」

他們往前走，路過寂靜的學院，裘德屢次停下腳步。

「你在看什麼？」

「看愚蠢的幻想。某個角度來說，我在這最後一段路上又看見那些亡者的靈魂，就像我第一次來這裡看見的！」

「你真是個怪人！」

「我好像看得見他們，聽見他們窸窣作響，但我已經不像當時那麼崇拜他們。其中大半的人我都不相信：神學家、護教論者、他們的同類形上學家、霸道的政治人物，還有其他人，我都不感興趣了。現實的嚴峻磨礪已經摧毀那一切！」

在雨中的燈光下，裘德的臉龐宛如死屍，確實像是在沒有人的地方看見了人。有時他會在拱門底下靜靜站著，像盯著某個走出來的身影。而後他又望向某扇窗子，彷彿窗子裡有張熟悉的臉孔。他好像聽見聲音，複誦著某些字眼，似乎想辨識它們的意思。

「他們好像在笑我！」

「誰？」

「喔，我在跟自己說話！這裡到處都是鬼魂，在學院的拱門，還有窗子。在過去那些時代，他們看起來多麼和善，尤其是埃迪森[18]、吉朋、詹森[19]、布朗博士[20]和肯恩主教[21]……」

「走了吧！什麼鬼魂！這裡除了一個該死的警察，沒有其他活人或死人！這條街從來沒有這麼空曠過。」

「想像一下！自由詩人[22]以前常從這裡經過，而偉大的憂鬱解剖者[23]走過那邊！」

「我不想聽那些！太無趣了。」

「華特・雷利[24]在那條巷子向我招手。威克里夫[25]、哈維[26]、胡克[27]、阿諾德，還有牛津運動的所有幽靈……」

18. Joseph Addison（一六七二～一七一九），英國詩人、劇作家兼政治家。
19. Samuel Johnson（一七〇九～八四），英國知名文學家，曾花九年時間編纂《詹森字典》（*A Dictionary of the English Language*）
20. Sir Thomas Browne（一六〇五～八二），英國作家，學識廣博，兼具醫師、植物學家及哲學家等多重身分。
21. Thomas Ken（一六三七～一七一一），英國神職人員，是現代英語讚美詩的創始人。
22. 指雪萊，他在一八二〇年發表〈自由頌〉，大膽主張支持革命與個人自由。
23. 指英國詩人羅勃・伯頓（Robert Burton, 一五七七～一六四〇），著有《憂鬱的解剖》（*The Anatomy of Melancholy*），以憂鬱的視角解析人類情感與思想。
24. Walter Raleigh（約一五五二～一六一八），英國作家兼探險家。
25. John Wycliffe（約一三二〇～八四），英格蘭神學家，宗教改革的先驅。
26. William Havey（一五七八～一六五七），英國醫生，實驗生理學的先驅，首度證實動物血液循環現象。
27. Richard Hooker（約一五五四～一六〇〇），英國國教神職人員，所著教會法規奠定英國國教基礎。

「我說了，我不想聽那些人的名字！我為什麼要管那些死透了的人？要我說，你喝酒的時候比不喝酒的時候清醒！」

「我得休息一會兒。」他說。他停下來，抓著欄杆，抬眼打量一所學院的門面。「這是古老的禮規學院，那個是石棺學院，那條巷子那邊是權杖學院和都鐸學院。更遠那邊的是主教學院，門面多麼開闊，窗子像挑起的眉毛，像是大學對我這種人付出的努力表現出含蓄的驚訝。」

「走吧，我請你喝點東西！」

「好吧，那樣我會有力氣走回家，我感覺到一陣寒霧從主教學院的草坪飄來，像死亡之爪徹底穿透我。像安蒂岡妮[28]說的，等我死了，我既不是活在世間的人，也不是鬼。可是艾拉貝拉，等我死後，妳會看到我的魂體在這些鬼魂之間飄來掠去。」

「呸！說不定你還死不了。你硬朗得很呢。」

入夜的馬利格林，下午的雨勢不見趨緩。裘德和艾拉貝拉沿著基督教堂城的街道回家的時候，寡婦艾德琳越過草地，打開老師家的後門。如今睡前她常過來幫蘇做點家務。

蘇在廚房裡手忙腳亂，儘管她很努力，卻不擅長理家，也沒耐心處理瑣事。

「我的天，我會過來幫妳，妳何必這樣折騰自己。妳明知道我會來。」

「喔，我不知道……我忘了！不，我沒忘。我做這些是為了懲罰自己。我八點鐘開始刷洗樓梯。我**一定得**練習做家事。我一直忽略這些，太可恥了！」

「妳何必這麼做？以後他會換個好學校，也許會當牧師，妳可以請兩個幫傭。那雙漂亮的手變醜就可惜了。」

「艾德琳太太，別讚美我的手。我這漂亮的身體已經毀了我！」
「呸！妳哪來的身體！在我看來，妳根本就是精靈。不過親愛的，妳今晚不太對勁。妳丈夫生氣了？」
「不，他從來不生氣。他早就上床睡覺了。」
「那是什麼事？」
「我不能告訴妳。我今天做了錯事，我想抹除掉。嗯，我告訴妳吧……下午裘德來過，我發現我還愛他，噢，太卑劣了！我不能再多說了。」
「啊！」艾德琳說，「我早跟妳說過會這樣！」
「但這樣不對！我還沒跟我丈夫說他過來的事，不需要拿這種事煩他，因為我決定不再跟裘德見面。不過我決定履行我對理察的義務，消除我良心的不安。我要悔罪，要做那最根本的一件事。我必須要做！」
「換做我就不做，畢竟他同意這麼安排，這三個月來一切都很順利。」
「沒錯，他同意讓我照我想要的方式生活，但我覺得我不能強迫他縱容我，當初我不該同意這種安排。現在推翻是很可怕，但我必須對他公平點。噢，我為什麼這麼懦弱！」
「妳為什麼不喜歡他？」艾德琳好奇地問。

28. Antigone，希臘三大悲劇作家索福克里斯（Sophocles）的作品《安蒂岡妮》（*Antigone*）的女主角。

「我不能告訴妳。是某種……我不能說。可悲的是，沒有人會相信那樣的事會左右我的感受，所以我沒有任何藉口。」

「妳跟裘德說過嗎？」

「沒有。」

「我年輕的時候聽過一個跟丈夫有關的怪事。」艾德琳壓低聲音說，「聽說以前聖徒還在人間的時候，一到晚上，魔鬼會變成丈夫的模樣，害可憐的女人惹上各種麻煩。我怎麼會想起這種事，那只是個傳說……今晚風雨真不小！親愛的，別急著改變什麼。再想想。」

「不，不！我好不容易堅定我脆弱的意志，要對他更親切。必須是現在，馬上去做，趁我還沒崩潰！」

「我覺得妳不該違反自己的天性。沒有女人該那麼做。」

「那是我的義務。我要飲盡我杯中的苦酒[29]！」

半小時後，艾德琳戴上帽子披上圍巾，準備回家，蘇突然意識到一股無以名狀的驚恐。

「不……不！艾德琳太太，別走。」她懇求道。她兩眼圓睜，神經緊張地匆匆回頭看一眼。

「孩子，我該回去睡了。」

「是，可是，家裡還有個小房間，就是我住的那間，裡面什麼都有。艾德琳太太，請妳留下來，明天早上我可能需要妳幫忙。」

「好吧，既然妳要我留下，我無所謂。不管我在不在家，我那老房子都不會出什麼事。」

她去鎖好門，兩人一起上樓。

「艾德琳太太，妳在這裡等一下。」蘇說，「我要一個人進我原來的房間待一下。」

蘇把艾德琳留在樓梯口，就轉身走向她來到馬利格林後的專屬臥房，推門進去，跪在床邊一兩分鐘，之後站起來，拿了放在枕頭上的睡衣，走出房間。對面的房間裡傳出男人的鼾聲，她向艾德琳道晚安，艾德琳走進蘇原來的房間。

蘇拉開對面那個房間的門閂，似乎一時暈眩，整個人癱軟下來。她重新站起來，將門推至半開，喊了聲，「理察。」喊完之後，嘴唇明顯顫抖。

鼾聲停頓一段時間，但他沒有應聲。蘇好像鬆了一口氣，快速走回艾德琳的房間外，問道，「艾德琳太太，妳睡了嗎？」

「還沒，」艾德琳打開門。「我年紀大動作慢，換衣服需要一點時間，胸衣還沒解開。」

「我沒聽見他的聲音！也許……也許……」

「孩子，也許怎樣？」

「也許他死了！」她倒抽一口氣。「那麼……我就**自由**了，可以去找裘德！啊，不行，我忘了**她**，還有上帝！」

「我們去聽聽看。不，他又打呼了。外面風雨聲太大，只有減弱時才能聽見其他聲音。」

她拖著腳步往回走。「艾德琳太太，再次跟妳道晚安！很抱歉把妳喊出來。」艾德琳再次回

29. 杯中酒指上帝之怒，典故見《聖經．以賽亞書》第五十一節第二十二節。

房。

艾德琳走後，蘇又恢復緊繃、認命的神情。她輕聲說，「我必須去做……必須！我必須飲盡我杯中的苦酒！」她又喊道，「理察！」

「嗯，什麼事？蘇珊娜，是妳嗎？」

「是。」

「怎麼了？出了什麼事嗎？妳等等。」他穿上外衣走到房門口。「什麼事？」

「以前在薛斯頓的時候我跳出窗子，不讓你靠近我。我到現在還沒彌補當時對你的態度，我來請求你的原諒，請你允許我進房間。」

「妳只是覺得妳應該這麼做吧？我說過，我不希望妳違背自己的本意來找我。」

「但我請你允許我進去。」她等了一下，又重複說，「我請你允許我進去！我做了錯事，就連今天也是。我逾越我的權利。我不想告訴你，不過也許我應該說出來。今天下午我對你不忠。」

「怎麼說？」

「我見到裘德！我不知道他會來。而且……」

「然後呢？」

「我吻了他，也讓他吻我。」

「喔，舊事重演！」

「理察，我們事先不知道會發生這種事！」

「吻了多少次？」

「很多次。我不知道。我嚇壞了，不敢去回想。我唯一能做的，就是像這樣來到你面前。」

「這樣很不好，畢竟我做了那麼多！還有什麼要坦白的？」

「沒有了。」原本她想說，「我喊他親密的愛人。」只是，女人的悔罪總是有所保留，所以她沒有透露那一段情節。她接著說，「我不會再跟他見面。他提到過去的事，我才會管不住自己。他提到……孩子。不過，理察，像我說過的，我很慶幸……我是說我幾乎慶幸孩子們死了，他們的死抹除了我的那段人生！」

「妳說再也不跟他見面，是真心的嗎？」從他的口氣聽起來，跟蘇復合後的這三個月，他的寬容和情慾上的隱忍，好像沒有得到令他滿意的回報。

「是，是！」

「妳願意對著《聖經》起誓嗎？」

「願意。」

他走回房間，拿出一本棕色的袖珍版《聖經》。「那就請上帝作證！」

她起誓。

「很好！」

「理察，我屬於你，也在婚禮上宣誓要尊敬並服從你，現在我請求你讓我進去。」

「考慮清楚，妳明白進這房間代表什麼意思。讓妳回到這個家是一回事，這又是另一回事。妳再考慮考慮。」

「我考慮過了，我希望這麼做！」

「這種態度確實柔順，也許妳的想法是對的，有個情人糾纏不休，名義上的婚姻的確應該落實。但我第三次、也是最後一次提醒妳。」

「這是我的願望！噢，上帝！」

「妳為什麼說『噢，上帝』？」

「我不知道！」

「妳知道！只是……」他陰鬱地打量蘇穿著睡衣蜷縮在他面前的瘦弱身影。又說，「我早猜到事情的結果會是這樣。經過這些事，我不欠妳什麼，我會相信妳的話，原諒妳。」

他伸手摟住她，扶她起來。蘇嚇得退縮。

「怎麼了？」他第一次對她使用嚴厲的口氣。「還是想躲開我？跟以前一樣！」

「不，理察，我……我剛才一時不注意……」

「妳想進來嗎？」

「是。」

「妳知道那代表什麼意思？」

「是，那是我的義務。」

他把蠟燭放在五斗櫃上面，帶領她走進房間，將她抱起來親吻。一抹嫌惡的表情在蘇的臉上一閃而逝，她咬緊牙關，沒有發出聲音。

這時艾德琳已經換好睡衣，上床前喃喃自語，「啊，也許我最好去看看那小傢伙怎麼樣了。今晚風雨可真大！」

她走到樓梯口，發現蘇已經不在那裡。「唉！可憐的人！這年頭婚禮跟喪禮沒什麼兩樣。到今年秋天，我跟我死去的老伴就結婚滿五十五年了！從那之後，時代就變了！」

10

裘德雖然一心求死，身體還是好了點，工作了幾個星期。只是，耶誕節過後他又倒下了。

他用工作賺的錢搬到離市中心更近的地方。艾拉貝拉認為他可能有很長時間沒辦法工作，對復合後事態的演變極為不滿。她總是數落他，「你最後辦的這件事實在太聰明了！娶了我，得了個免費看護！」

裘德對她的話充耳不聞，通常以幽默的眼光看待她的辱罵。有時心情沒那麼輕鬆，他就會躺在床上喋喋不休，念叨過去未能實現的志向。

「每個男人都擁有某一方面的力量。」他會說，「我的身體不夠結實，不適合做石匠，尤其是安裝方面。搬移石塊對我來說始終太吃力；在沒有窗子的建築裡吹冷風，經常害我受寒。我的身體就是從那時候開始落下病根。但我覺得，只要有機會，有一件事我能做得好。我能累積知識，傳授給別人。不知道那些人創辦學院時是不是想到了我這樣的人：一個除了那件事、什麼都做不好的人？聽說過不了多久，像我這種無依無靠的人比較有機會受教育。已經有人在推動計畫，要廣開大學之門，拓展大學的影響力。我知道的不多，而且來不及了，我趕不上了！唉，在我之前那許多更優秀的人也一樣！」

「你整天嘮叨個沒完！」艾拉貝拉說，「我還以為到這時你已經放棄對書本的狂熱了。如果你腦袋還正常的話，就該放棄。你現在還是那麼差勁，跟我們第一次結婚時一樣。」

有一次自言自語的時候，他不知不覺地喊她「蘇」。

「你最好看清楚你在跟誰說話！」艾拉貝拉氣憤地說，「把一個體面的已婚女性喊成那個婊……」她及時打住，他沒聽見那個字。

日子一天天過去，她漸漸清楚情勢的發展，也知道自己不需要再忌憚蘇這個情敵，於是表現出一點度量。「你應該想見你的……蘇吧？」她問，「我不介意她來家裡，你喜歡的話可以叫她過來。」

「我不想再跟她見面。」

「這可真新鮮！」

「別跟她提起我的事，別說我病了，什麼都別說。她已經選擇她的路，讓她去吧！」

某天有個意外訪客上門。艾德琳來探望裘德，想知道他過得好不好。到這時艾拉貝拉已經完全不在乎裘德心裡愛的是誰，她離開房間，讓艾德琳和裘德獨處。裘德忍不住打聽蘇的近況。他想起蘇說過的話，直率地問，「他們現在仍然只是名義上的夫妻吧？」

艾德琳略顯遲疑。「呃，不，現在不是了。她最近才改變，完全是她自己的意思。」

「什麼時候的事？」他連忙問。

「你去看她的那天晚上。她是為了懲罰她自己。他不想那麼做，但她堅持。」

「蘇，我的蘇，我心愛的小傻瓜，我承受不了這個！艾德琳太太，別被我的胡言亂語嚇到，我整天一個人躺在這裡，一定得跟自己說說話。她的才智跟我比較起來，就像星辰和汽化燈。在她眼中，我的一切迷信只是蜘蛛網，她一句話就能掃除。後來我們遭到嚴峻的磨難，她的才智被擊垮了，她轉身投進黑暗裡。男女的差別多麼奇怪，時間和環境讓男人開拓視野，卻幾乎總是讓女人鑽進死胡同。現在最可怕的事情發生了，她接受禮法的奴役，就這樣把自己獻給她最憎惡的！她是這麼敏感，這麼退縮，就連吹拂到她身上的風兒都帶點溫柔。我跟蘇一齊走過人生的巔峰，那是很久以前的事了。當時我們思路清晰，熱愛真理，無所畏懼。可惜時代不夠成熟！我們的思想觀念超前五十年，對我們卻一點好處都沒有。我們碰到的阻力造成她的退避，也使我魯莽與毀滅！看吧，艾德琳太太，我躺在這裡的時候，就是這樣念叨個不停。妳一定覺得煩透了。」

「親愛的孩子，一點都不會，我能聽你說一整天。」

裘德反覆尋思艾德琳帶來的消息，心情越來越浮躁，惱怒之餘開始用褻瀆的字眼抨擊社會習俗，激動得咳嗽不止。這時樓下傳來敲門聲，卻沒有人應門，艾德琳於是親自下樓去。

訪客和藹地說，「我是醫生。」那瘦瘦高高的身影正是威伯特醫生，是艾拉貝拉找他來的。

「我的病人情況如何？」威伯特問。

「很糟，糟透了！可憐的孩子！我不小心說了些閒話，他太激動，罵了很多難聽話，我的過錯更嚴重了。不過，我們必須原諒生病的人說的話，也希望上帝會寬恕他。」

「我上樓看看他。佛雷太太在嗎？」

「目前不在，不過很快會回來。」

威伯特上樓了。到目前為止，裘德對這位醫界妙手的藥物蠻不在乎，任由艾拉貝拉把藥灌進他嘴裡。然而，這一刻事態的發展將他逼進死角，他毫不留情地當面批評威伯特，口氣是那麼強悍，言辭是那麼激烈，威伯特倉促地下樓去。艾德琳已經走了，他在門口遇見艾拉貝拉。艾拉貝拉向他探詢裘德的病情，發現威伯特怒氣騰騰，邀請他留下來喝點東西，他同意了。

「你在走道這裡等著，我會送過來。」她說，「今天這房子裡只有我在。」

她帶了瓶子和杯子過來，他喝了一杯。

艾拉貝拉強忍著笑，身體不住抖動。他咂咂嘴問，「親愛的，妳給我喝的是什麼？」

「喔，只是葡萄酒，裡面摻了點東西。」說著，她又笑了。「我倒了一點你自己做的催情藥。你在農業展售會賣給我的，還記得嗎？」

「記得，記得！真是聰明的女人！不過妳得承擔後果。」他伸手摟住她肩膀，當場吻了起來。

「別，別！」她一面悄聲說，一面開心笑著，「我男人會聽見。」

她送他出去，走回屋裡的時候喃喃自語，「呵！弱勢的女人總得積點雨來糧。如果我樓上那個可憐蟲當真翹辮子（我猜他撐不久），至少給自己留點機會。現在我不能像年輕時那麼挑剔了，找不到年輕的，只好找個老的。」

11

本書最後這幾頁，作者想為讀者敘述的情節主要發生在裘德臥房內外，時間則是再次來到草木蓊鬱的夏季。

他的臉瘦得脫形，恐怕連他的老朋友都認不出來。那是下午，艾拉貝拉站在鏡子前燙頭髮。她把傘骨放在燭火上加熱，再將柔順的長髮纏上去燙捲。弄好頭髮以後，她又練習嘬酒窩，穿戴打扮一番，回頭看了裘德一眼。他雖然半臥半坐，卻好像睡著了。他的病情不容許他平躺下來。

艾拉貝拉戴好帽子和手套，萬事俱備，坐下來等待，似乎預期某個人來接替她的看護職責。外面傳來的聲音顯示，城裡正值某種歡騰的節慶期間。只是，不管那是什麼節慶，在這個房間什麼也看不到。鐘聲響起，那噹噹聲從敞開的窗子飄進來，在裘德的腦袋周圍嗡嗡作響。她聽得焦躁不已，最後對自己說，「爸爸怎麼還不來？」

她又看看裘德，細細評估他漸漸流逝的生命。過去幾個月來，這件事她已經做過無數次。裘德的錶掛在一旁當時鐘，她瞄了那只錶一眼，不耐煩地站起來。裘德還在睡，她做出決定，偷偷溜出房間，輕輕關上門走下樓梯。房子裡沒有其他人，吸引艾拉貝拉出門的活動顯然早就把其他人都拉走了。

那是個晴空萬里、溫暖宜人的日子。她關上大門，快步轉彎走進主街。靠近劇院時，她聽見風琴的聲音，顯然在為即將在禮堂舉行的音樂會預演。她從古門學院的拱門走進去，方院四周有人在搭遮篷，因為晚上禮堂裡有個舞會。從鄉下進城來參加盛會的人們在草地上野餐，艾拉貝拉沿著古老椴樹下的石子路往前走。她覺得這地方有點乏味，重新回到街道上，看著一輛輛馬車為音樂會而來：大人物和他們的妻子，大學生和他們的歡快女伴，有志一同地趕過來。等禮堂的門關上，音樂會開始，她舉步往前走。

音樂會的音符震撼力十足，從敞開的窗戶和擺盪的黃色窗簾穿透出來，飄過屋頂，進入靜謐的巷道。它們飄得極遠，去到裘德所在的房間。這時他咳嗽發作，醒了過來。

等他咳嗽停歇，能說出話來，他閉著眼睛輕聲說，「請給我一點水。」

只有空蕩的房間聽見他的請求。他再次咳到乏力，用更衰弱的聲音說，「水……給我水……蘇……艾拉貝拉！」

房間仍然一片寂靜。他又喘著氣說，「喉嚨……水……蘇……親愛的……一點水……拜託……噢，拜託！」

沒有水，細微有如蜜蜂嗡鳴的風琴聲持續飄進來。

他半躺在那裡，臉色漸漸轉變。吶喊聲和歡呼聲從河邊傳來。

「啊，對了！是期末紀念日的競賽，」他喃喃說道，「我躺在這裡，而蘇被玷污了！」

歡呼聲接連不斷，淹沒了微弱的風琴樂音。裘德的臉色變得更不同了。他緩緩低語，枯乾的嘴唇幾乎沒有動。

「願我生的那日和說懷了男胎的那夜都滅沒。」

（「好極了！」）

「願那日變為黑暗；願神不從上面尋找他；願亮光不照於其上。願那夜沒有生育，其間也沒有歡樂的聲音。」

（「好極了！」）

「我為何不出母胎而死？為何不出母腹絕氣？……不然，我就早已躺臥安睡。」

（「好極了！」）

「被囚的人同得安逸，不聽見督工的聲音。大小都在那裡；奴僕脫離主人的轄制。受患難的人為何有光賜給他呢？心中愁苦的人為何有生命賜給他呢？[30]」

於此同時，艾拉貝拉在城裡四處看熱鬧，抄捷徑走進一條狹窄街道，再穿過偏僻角落，進了主教學院的方院。那裡人來人往好一番忙亂，鮮花和各種舞會裝飾品在陽光下燦爛奪目。有個木匠對她點點頭，那人曾經跟裘德共事。工人正在搭建一條走廊，從學院入口連接到禮堂樓梯口，沿途裝飾鮮紅暗黃相間的彩旗。馬車運來一箱箱盛開的鮮豔花朵，被搬進會場布置，寬敞的樓梯鋪了紅地毯。她對相識的幾個工人點頭致意，利用跟他們的關係走上禮堂。裡面的準備工作如火如荼，有人在鋪新地板，有人布置會場。

近旁的大教堂鐘聲響起，下午五點的彌撒即將開始。

「我倒希望有個男伴摟著我的腰在裡面舞上幾曲。」她對其中一個工人說，「不過我得回家了，還有很多事要做。今天別想跳舞了！」

她回到家時在門口遇見史戴格和另外一兩個裘德的工作夥伴。史戴格說，「我們正要去河邊看划船比賽，特地過來探望妳丈夫。」

「他正在睡覺，謝謝你們。」艾拉貝拉說。

「那就好。佛雷太太，妳要不要跟我們一起去，讓自己放鬆半個小時？對妳有好處。」

「我也想去。」她說，「我從來沒看過划船比賽，聽說很有意思。」

「那就一起去！」

「**真希望**我能去！」她渴望地看向街道另一端。「那就等我一分鐘，我上樓看看他的情況。我爸爸應該陪著他，所以我多半能出去。」

他們同意等她，她進門去。樓下的住戶還是不在，事實上，他們結伴去河邊等遊河的船通過。她走到房間時，發現她爸爸到現在還沒來。

「他為什麼沒來！」她急躁地說，「他自己也想去看划船比賽，一定是這樣！」

不過，她轉頭看向床鋪時眼睛一亮，因為她發現裘德還在睡，只是不像平時那樣因為咳嗽的關係不得不半躺半坐。他上半身往下滑，整個人平躺著。她再看一眼，嚇了一跳，連忙走到床邊。他臉色慘白，而且慢慢變僵硬。她摸摸他的手指，觸手冰涼，身體還有微溫。她趴在他胸口聆聽，無聲無息。跳動了將近三十年的心臟已經停止。

她驚恐地意識到發生什麼事，但驚恐過後，她聽見軍樂或其他銅管樂隊的聲音隱隱約約從河

30. 以上四段話出自《聖經．約伯記》第三章，約伯詛咒自己的出生。

邊傳來。她氣呼呼地說，「竟然這個時候死掉！為什麼這時候死！」她又想了一兩分鐘，轉身走出房間，跟先前一樣輕輕關上門，再次下樓去。

「她來了！」其中一個工人說，「我們正在猜妳到底要不要去。走吧，我們得走快點，才能找個好位置。對了，他怎麼樣了？還在睡？當然，我們也不想勉強妳，如果……」

「沒事，他睡熟了，暫時不會醒過來。」她匆匆回答。

他們跟著人潮湧向主教街，走到橋邊，河面上的遊樂駁船赫然出現在他們眼前。他們鑽過一個窄小過道，往下走到河濱小路。這條路現在已經塵土飛揚、高溫炎熱、人潮擁擠。幾乎就在他們抵達的那一刻，壯觀的划船比賽就開始了，船槳垂直向下劃破河面時，發出巨大聲響。

「哇，可真開心！幸好我來了。」艾拉貝拉說，「我不在家對我丈夫也沒有影響。」

河流對面的駁船上擠滿乘客，都是如鮮花般賞心悅目的女性，裝扮入時，綠、粉、藍與白，色彩繽紛美不勝收。划船俱樂部的藍色旗幟是注目的焦點，旗幟下有一支穿著紅色制服的樂隊，奏著她剛才在亡者的房間聽見的音符。形形色色的大學生跟女士們坐著獨木舟在河上來回穿梭，專注地盯著他們支持的船。艾拉貝拉觀看這歡欣活躍的場景，有人碰了碰她的肋骨。她轉過頭去，看見威伯特。

「催情藥生效了！」他斜睨她一眼。「妳怎麼可以這樣摧殘別人的心！」

「今天我不談情說愛。」

「為什麼？今天是普天同慶的假期。」

她沒有回答。威伯特的手偷偷摟住她的腰，他的動作成功避開周遭人群的視線。艾拉貝拉察覺到那隻手，臉上露出狡猾的表情，但她的目光仍然停留在河面上，彷彿渾然不覺。

人群推來擠去，每每差點把艾拉貝拉和他那群朋友擠進河裡。接著人們開始嬉笑打鬧，艾拉貝拉原本會痛快大笑，只是，她不久前看見的那張有如雕像的蒼白臉孔深印在她腦海，多多少少讓她冷靜下來。

河面上的熱鬧活動達到頂點，有人跳下水，有人大喊大叫，比賽有人輸有人贏，穿著粉、藍、黃各色衣裳的女子下了駁船，參觀人潮也開始移動。

「這實在太好玩了！」艾拉貝拉興奮地叫嚷，「不過我該回去照顧我可憐的丈夫了。我知道我爸在陪他，但我最好趕快回去。」

「妳急什麼？」

「我該走了……天哪，天哪，這實在麻煩！」

從河邊小路下來之後，要經過那處狹窄通道，才能到那條橋。所有人在通道前擠成一團，熱氣直冒。艾拉貝拉、威伯特和那些工人都堵在這裡動彈不得。

艾拉貝拉越來越不耐煩，急得大叫，「天哪，天哪！」因為她忽然想到，如果有人發現裘德孤單死去，可能避不開一場審訊。

「我的愛，妳多麼煩躁。」威伯特說，他不需要費勁，就被人群擠得緊貼她。「反正過不去，不如耐心等著！」

將近十分鐘後，卡住的人潮才終於鬆動，人們魚貫走過通道。艾拉貝拉走到街上立刻加快腳步，不許威伯特再跟著她。她沒有直接回家，而是走到一個專門幫窮人處理後事的女人的家，敲了敲門。

「我丈夫剛過世，可憐的人。」她說，「妳能過來幫他小殮嗎？」

艾拉貝拉等了幾分鐘，而後跟那個女人一起回家。這時裝扮時髦的人群剛從主教學院草坪出來，她們摩肩擦踵地從人群中擠過，差點被馬車撞倒。

「我還得去找教堂司事談談喪鐘的事，」艾拉貝拉說，「教堂就在轉角，對吧？我們約在我家門口會合。」

到了那天晚上十點，裘德躺在租屋處床板上，被床單覆蓋，筆直得像一支箭。主教學院舞會的華爾滋樂曲歡樂的節奏從半開的窗戶吹送進來。

兩天後，天空依然晴朗，空氣依然凝滯。同樣的小房間裡，兩個人站在裘德還沒蓋上的棺木旁。一邊是艾拉貝拉，另一邊是艾德琳。她們都看著裘德的臉，艾德琳蒼老下垂的眼皮紅通通的。

「他長得真好！」她說。

「嗯，的確是一具英俊的屍體。」艾拉貝拉說。

窗子仍然開著，保持空氣流通。當時是正午，外面的清新空氣靜止不動，沒有一點風。遠處傳來說話聲，夾雜明顯的踏步聲。

「那是什麼？」艾德琳輕聲問。

「是劇院裡的聲音，那些博士在頒授榮譽學位給漢普頓公爵和其他傑出人士。這星期是期末紀念週。在歡呼的是那些年輕人。」

「噯，年輕力壯，肺活力強！不像我們這個可憐的孩子。」

偶爾一兩個字眼從劇院敞開的窗子飄出來，傳送到這個寂靜的角落，像是演講的聲音。裘德大理石般的臉孔似乎露出笑容。一旁書架上擺著已經淘汰的戴爾芬版維吉爾和賀拉斯，摺角的希臘文《新約聖經》，還有其他幾本他一直留在身邊的書。那些書沾染粉塵，質感粗糙，因為他工作時隨身攜帶，利用空閒讀個幾分鐘。在演說聲的襯托下，那些破舊的書本顯得蒼白無血色。鐘聲歡快地響起，它們的殘響在房間裡迴蕩。

艾拉貝拉的視線從裘德轉到艾德琳身上，問道，「妳覺得她會來嗎？」

「很難說。她發誓不再見他。」

「她現在是什麼模樣？」

「疲倦又悲慘，真可憐，比妳上次見到她老了很多很多歲，變得呆板又憔悴。是因為那個男人，她到現在還接受不了他！」

「如果裘德活著的時候看到她，也許不會再喜歡她。」

「沒有人知道……他上次突然跑去找她之後，有沒有再叫妳邀請她過來？」

「沒有。正好相反，我提議寫信叫她來，他不准我告訴她他病得多重。」

「他原諒她了嗎？」

「據我所知沒有。」

「可憐的小東西，但願她已經在別的地方得到寬恕！她說她找到了平靜！」

「就算她對著她項鍊上的十字架發誓，把嗓子喊啞，那也不是真話！」艾拉貝拉說，「自從她離開他，她就再也找不到平靜了。今後她想要平靜，只能等到跟他走上同一條路！」

（全文完）

〈導讀〉

既神經質又勇敢的蘇：《咆哮山莊》與《簡愛》的神學展演

國立臺灣大學外文系教授　吳雅鳳

「我們成了一臺戲，給世人和天使觀看。」——《哥林多前書》第四章第九節

Jude the Obscure（一九八五）《無名的裘德》或譯為《石匠玖德》，是哈代完成的最後一部小說，無論從主人翁的浪漫情事或是生涯追求各個方面，甚至以社會批判的層面來說，都是極度慘烈的。這部似乎集結了哈代前幾部小說的悲劇能量，特別是《黛絲姑娘》（*Tess of the d'Urbervilles*, 一九八一），但更加抹滅了任何一點救贖的希望。

裘德（Jude Fawley）原是積極向上的農村青年，決心以後來離開村落到基督教堂城（Christminster）繼續求學的小學老師費洛森（Richard Phillotston）為楷模，自學希臘與拉丁文的古典文學，後來受到鄰居一位屠夫女兒艾拉貝拉（Arabella Donn）的誘惑，奉她謊稱的兒女之命結婚，為了生計，只得放棄學習的夢想。然而妻子離他去了澳洲，他如釋重負，前往基督教堂

城，以教堂修復維生，並希望能重拾學術憧憬。

正巧他的表妹蘇（Sue Bridehead）也在基督教堂城從事彩繪宗教藝術的工作，他為蘇的美麗、靈巧、自由、不羈所吸引，兩人也互相愛慕。但他們的愛情從此遂展開一個接著一個的悲劇，先是蘇因為知曉裘德已婚，負氣嫁給費洛森，後來又因為了解到自己愛的始終是裘德，實在不願意與丈夫同房，甚至在丈夫不小心進來臥室時，竟然因為害怕，從二樓的窗子跳出去，丈夫驚然了解她對自己的嫌噁（disgust）。接著她要求丈夫諒解她與裘德的愛情，丈夫非常紳士地，承諾還她自由。在與裘德相處初期，她還是不願意獻身，直到裘德的妻子從澳洲回來，蘇害怕失去裘德，才願意與他同床。

其實在遇見裘德之前，蘇曾與基督教堂城一位大學生相戀，從他那裡，她學會了激進批判的精神，包括基督教與社會禮教對女性的箝制。即使他們真心相愛，蘇一直拒絕與大學生發生肉體關係，最後他絕望自殺。與此相較，蘇對於裘德，算是彼此靈體合一。但是因為他們一直未能正式結婚便同居，而且養著三個幼子，包括裘德與妻子的兒子，社會無法接受這樣違反婚姻陳俗，尤其裘德所從事的教堂修復工作，更使他們無婚的組合受到贊助人的質疑，認為褻瀆基督教。他們漸漸走投無路。

裘德決定回到基督教堂城，希望為夢想再搏一次命。他們在學位紀念日（Enceania）回到此城，傍晚好不容易找到一間民宿願意收容他們一晚，就在隔日早上，裘德與蘇得到一份修復教堂的工作，正準備回民宿慶祝，卻發現裘德與妻子的兒子將另外兩位孩子勒死後，自己也上吊自殺。原因可能是前一晚睡前，那位善感的小孩詢問，為何他們總是找不到棲身之所，疲憊的蘇回答，因為我們帶了太多孩子。小孩將此話放在心上，覺得是他與弟妹的錯。

這個驚人的悲劇發生後，蘇離開了裘德，也放棄了以前獨立不羈的精神，回歸基督教教條，甚至自虐式地回到前夫身邊，也要求裘德回到他原來的妻子身邊，認定這才是神所認可的婚姻。先前他們不惜違背禮教，卻帶來如此慘烈的後果。當然離開了他們的真愛，兩個人都無法真正完成自我。最後裘德染肺病，就在學位紀念日當天過世，結束了他慘淡的一生。就像蘇曾惋惜地說，裘德錯過了一切原本可能擁有的機會。

他們的悲劇其實歸因於他們的思想與作為超越當代規範太甚，被判為離經叛道。在這部自傳性強烈的小說中，兩位主人翁的塑造融合了多項哈代本人的特質、憧憬與經歷。裘德的石匠背景便來自哈代早年的建築師訓練，教堂修復正是哈代年輕時期盛行英國各地的風潮，而哈代本人雖然對於基督教教義有著深沉的批判，但是他認為教堂是社群聯絡與精神的中心，教堂的建築美學與音樂陶冶人性，維繫人際情誼。

這部小說，在基督教義的檢討上，是哈代嘔心瀝血之作，由兩位主角搏命展演。[1]蘇自身詮釋新約，並從那位心儀她的大學生那裡，了解到聖經不一定要被奉為神諭天啟，而是實際的歷史文獻，可依時間程序來重新編排。對於欽定聖經所排除的章節，也應該鄭重閱讀，不需要以教派教條為唯一權威，蘇的態度接近從早期教會時期便存在的不可知論（Agnosticism）與

1. 詳細資料，請見筆者〈《石匠玖德》：交叉的聖旅〉，《聖經的文學迴響》，姜台芬編，臺大出版中心，二〇一二，一九七～二二四頁。

靈知派（Gnosticism）。悲劇發生後，她劇烈地轉向近乎天主教的高教會（High Church）教條派（Tractarianism）。而裘德一開始是遵循儀式的教條派，認為學會了古典語言便可以為學術殿堂接納，最後得以進入新耶路撒冷。愛上蘇之後，他隨著放棄了這個教條，悲劇發生後，他回到妻子身邊，過著完全沒有靈性、沒有感情的生活。他們兩人的神聖旅程交叉在孩子的悲劇上。

這部小說早期被學者視為是班楊（John Bunyan）《天路歷程》（*The Pilgrim's Progress*）的反諷，記錄裘德的尋索與幻滅。其實如果以女主角蘇的經歷來看，小說無異是《咆哮山莊》（*Wuthering Heights*）與《簡愛》（*Jane Eyre*）的神學展演。哈代作品中對女性角色的塑造都格外深刻立體，尤其是《遠離塵囂》（*Far from the Madding Crowd*）的艾維丁（Bathsheba Everdene）、黛絲與蘇。學者常說，這些獨立女性受多重壓抑的經歷，多半脫胎於哈代的妻子。

哈代對於她們流露著深厚的同情。特別是蘇的特異獨行。有學者視她為「新女性」（New Woman）的代表，在宗教、情慾上皆隨著真性情，不輕易從俗，積極挑戰制度，敢於說真話，最後，這樣面對世界的純粹勇氣，被孩子自戕的悲劇徹底打敗。蘇在小說裡最常伴隨著英文nervous, nerves 這類的形容詞，可以解釋成「神經質」、「緊張」等，也有「膽量」、「鼓起勇氣」的相反意義。

蘇的特異獨行是從心理出發，呈現在精神上，反映在生理上，有著整套的美學型態。她超溢時代的自由，造成她清高孤獨，對自己與他人都堅決徹底，但因為得不到支持而緊張，不能自在的心情彰顯於外。這層描寫是哈代的獨到見解，因為當代保守勢力對於「新女性」的負面刻板印象之一，就是精神損耗甚至歇斯底里，缺乏理性到了極致，或是缺乏女性應有的溫婉賢淑。

哈代筆下的蘇，青春美麗，鮮活大方，但是因為執著理念而時時對抗體制，精神與身體都處於緊繃狀態，除了引人同感惋惜，也可能為她的純粹理念本身產生質疑。蘇與裘德兩位就像同一個人的兩面，他們的結合，就如同《咆哮山莊》中戀人假設性的喜劇結合；蘇後來回歸先生，就像是簡愛願意與表哥同赴印度傳教的小說可能結局。哈代以此延續勃朗特姊妹在十九世紀中所立下的典範，將其放置在更趨保守的世紀末，以蘇與裘德從靈知論到教條論的交叉旅程，以肉身展演神學的辯論。

國家圖書館出版品預行編目資料

無名的裘德 / 湯瑪斯．哈代（Thomas Hardy）著 ; 陳錦慧譯. -- 初版. -- 臺北市 : 商周出版 : 英屬蓋曼群島商家庭傳媒股份有限公司城邦分公司發行, 2022.10
面； 公分. -- (商周經典名著 ; 71)

譯自 : Jude the obscure by Thomas Hardy

ISBN 978-626-318-446-6 (平裝)

873.57 111015612

商周經典名著 71

無名的裘德（首度繁體中文全譯本）

作　　者 / 湯瑪斯．哈代（Thomas Hardy）
譯　　者 / 陳錦慧
企劃選書 / 黃靖卉
責任編輯 / 黃靖卉

版　　權 / 吳亭儀、江欣瑜
行銷業務 / 周佑潔、黃崇華、賴玉嵐
總 編 輯 / 黃靖卉
總 經 理 / 彭之琬
事業群總經理 / 黃淑貞
發 行 人 / 何飛鵬
法律顧問 / 元禾法律事務所 王子文律師
出　　版 / 商周出版
臺北市104民生東路二段141號9樓
電話：(02) 25007008 傳眞：(02)25007759
E-mail：bwp.service@cite.com.tw
Blog：http://bwp25007008.pixnet.net/blog
發　　行 / 英屬蓋曼群島商家庭傳媒股份有限公司城邦分公司
臺北市中山區民生東路二段141號2樓
書虫客服服務專線：(02)25007718；(02)25007719
服務時間：週一至週五上午09:30-12:00；下午13:30-17:00
24小時傳眞專線：(02)25001990；(02)25001991
劃撥帳號：19863813；戶名：書虫股份有限公司
讀者服務信箱：service@readingclub.com.tw
城邦讀書花園：www.cite.com.tw
香港發行所 / 城邦(香港)出版集團有限公司
香港灣仔駱克道193號東超商業中心1樓
E-mail：hkcite@biznetvigator.com
電話：(852) 25086231 傳眞：(852) 25789337
馬新發行所 / 城邦(馬新)出版集團【Cite (M) Sdn. Bhd.】
41, Jalan Radin Anum, Bandar Baru Sri Petaling,
57000 Kuala Lumpur, Malaysia.
Tel: (603) 90563833 Fax: (603) 90576622
Email: cite@cite.com.my

封面設計 / 日央設計工作室　廖韡
排　　版 / 邵麗如
印　　刷 / 韋懋實業有限公司
經 銷 商 / 聯合發行股份有限公司
地址：新北市231新店區寶橋路235巷6弄6號2樓
電話：(02) 2917-8022 Fax: (02) 2911-0053

■2022年10月27日初版一刷
定價480元

Printed in Taiwan

城邦讀書花園
www.cite.com.tw

版權所有，翻印必究 ISBN 978-626-318-446-6

廣　告　回　函
北區郵政管理登記證
北臺字第000791號
郵資已付，免貼郵票

104　台北市民生東路二段141號2樓

英屬蓋曼群島商家庭傳媒股份有限公司城邦分公司　收

請沿虛線對摺，謝謝！

書號：BU6071　　書名：無名的裘德　　編碼：

請於此處用膠水黏貼

讀者回函卡

線上版讀者回函卡

感謝您購買我們出版的書籍！請費心填寫此回函卡，我們將不定期寄上城邦集團最新的出版訊息。

姓名：________________ 性別：☐男 ☐女

生日：西元________年________月________日

地址：________________

聯絡電話：________________ 傳真：________________

E-mail ：

學歷：☐ 1. 小學 ☐ 2. 國中 ☐ 3. 高中 ☐ 4. 大學 ☐ 5. 研究所以上

職業：☐ 1. 學生 ☐ 2. 軍公教 ☐ 3. 服務 ☐ 4. 金融 ☐ 5. 製造 ☐ 6. 資訊

☐ 7. 傳播 ☐ 8. 自由業 ☐ 9. 農漁牧 ☐ 10. 家管 ☐ 11. 退休

☐ 12. 其他________________

您從何種方式得知本書消息？

☐ 1. 書店 ☐ 2. 網路 ☐ 3. 報紙 ☐ 4. 雜誌 ☐ 5. 廣播 ☐ 6. 電視

☐ 7. 親友推薦 ☐ 8. 其他________________

您通常以何種方式購書？

☐ 1. 書店 ☐ 2. 網路 ☐ 3. 傳真訂購 ☐ 4. 郵局劃撥 ☐ 5. 其他______

您喜歡閱讀那些類別的書籍？

☐ 1. 財經商業 ☐ 2. 自然科學 ☐ 3. 歷史 ☐ 4. 法律 ☐ 5. 文學

☐ 6. 休閒旅遊 ☐ 7. 小說 ☐ 8. 人物傳記 ☐ 9. 生活、勵志 ☐ 10. 其他

對我們的建議：________________

____

____

【為提供訂購、行銷、客戶管理或其他合於營業登記項目或章程所定業務之目的，城邦出版人集團（即英屬蓋曼群島商家庭傳媒（股）公司城邦分公司、城邦文化事業（股）公司），於本集團之營運期間及地區內，將以電郵、傳真、電話、簡訊、郵寄或其他公告方式利用您提供之資料（資料類別：C001、C002、C003、C011 等）。利用對象除本集團外，亦可能包括相關服務的協力機構。如您有依個資法第三條或其他需服務之處，得致電本公司客服中心電話 02-25007718 請求協助。相關資料如為非必要項目，不提供亦不影響您的權益。】

1.C001 辨識個人者：如消費者之姓名、地址、電話、電子郵件等資訊。
2.C002 辨識財務者：如信用卡或轉帳帳戶資訊。
3.C003 政府資料中之辨識者：如身分證字號或護照號碼（外國人）。
4.C011 個人描述：如性別、國籍、出生年月日。

請於此處用膠水黏貼